Originalausgabe
© schruf & stipetic GbR, Berlin 2021
www.schruf-stipetic.de
© 2021 Jasna Mittler
Covergestaltung: JBC
Satz: Hilga Pauli
Druck: CPI - Clausen und Bosse, Leck
ISBN: 978-3-944359-61-8
Vervielfältigung und gewerbliche Nutzung nur nach
ausdrücklicher Genehmigung der schruf & stipetic GbR.

Die Versuchsbeschreibungen im Kapitel „Laach 1783" sind inspiriert von und teilweise zitiert nach T. E. Bruun-Neergard „Ueber den Hauyn (la Hauyne), eine noch neue mineralische Substanz", Journal des Mines, Vol. 21, N.125, Mai 1807

Die Figur der Maria Theresia Paradis ist inspiriert und teilweise zitiert nach ihren Briefen, veröffentlicht in Ludwig August Frankl: „Maria Theresia Paradis. Biographie", Verlag des oberösterreichischen Privat-Blinden-Instituts, Linz 1876 und Marion Fürst: „Maria Theresia Paradis. Mozarts berühmte Zeitgenossin", Böhlau Verlag Köln 2005

Jasna Mittler

BLAU-AUGE

schruf & stipetic

Für Peter Mittler (1946 – 2004)

I *Die Reise der Brüder Haüy*

1 Wenige Tage nach der Beerdigung des Bildhauers Peter Klopp öffnete seine Tochter Hanna das große Flügeltor und betrat zum ersten Mal seit dem Tod ihres Vaters dessen Werkstatt. Sonnenschein und Wärme fluteten in die Halle, Staubpartikel schwebten glitzernd im einfallenden Licht. Auf einem der klapprigen Gartenstühle, die um den runden Tisch mit der Mühlsteinplatte gruppiert waren, hing Peters Motorradjacke aus derbem Leder. Der Anblick versetzte Hanna einen Stich. Über den nächsten Stuhl war seine Schürze geworfen, auf der Tischplatte lag seine Arbeitsbrille, am Bügel mit Klebeband repariert. Eines seiner zahlreichen Notizbücher lag ebenfalls dort. An den Wänden der Werkstatt waren Regalbretter montiert, über und über mit Skulpturen und Plastiken bestückt. Aus Gips gegossene Hände in Lebensgröße, wie abgetrennte Leichenteile. Zwischen zwei aus Eisenteilen geschweißten Motorradfahrern stand die lebensgroße Büste der Nofretete. Die stammte nicht von Peter, sondern hatte früher seiner Mutter gehört, Hannas Oma Gerda. Seit deren Tod war die Büste in der Werkstatt eingelagert, mit den Jahren von Staub bedeckt, sodass die leuchtenden Farben nicht mehr zu erkennen waren.

Als Nofretete noch auf einer Anrichte im Wohnzimmer der Großmutter thronte, hatte sich Hanna manchmal mit der alten Ägypterin unterhalten. Sie hatte die schöne Königin geliebt, obwohl die ein blindes Auge hatte. Es war weiß, wie das von Oma Gerda. Die hatte das rechte Auge bei ihrer Geburt eingebüßt, hieß es. Ein grauweißer Schleier hatte sich auf den Augapfel gelegt und Gerda halbblind gemacht.

Hanna ließ ihren Zeigefinger über den hohen Hut der ägyptischen Königin streichen, zog einen Strich über die Stirn und die gerade Nase, bis hinab zu Nofretetes sinnlichen Lippen. Unter dem Staub wurde die bunte Bemalung sichtbar. Wie eine Kindheitserinnerung leuchtete die Farbe hervor. Hanna kannte die Geschichte der Büste, ihr Vater hatte ihr davon erzählt. Eine Bildhauerin, Tina Haim, hatte zwei Kopien des Originals angefertigt, das 1912 von einem deutschen Archäologenteam in Ägypten entdeckt und später nach Berlin verfrachtet worden war. Im Laufe der Jahre waren von den Haimschen Kopien eine Vielzahl von Repliken angefertigt worden, Nofretete war zur Modefigur avanciert.

Das Original war heute in Berlin im Neuen Museum ausgestellt. Kurz nach ihrem Umzug war Hanna einmal dort gewesen. Die Museumsbesucher hatten sich so dicht um die Glasvitrine gedrängt, dass es ihr kaum möglich gewesen war, einen Blick auf die Büste zu erhaschen. In einer Nische des Ausstellungsraums hatte Hanna jedoch eine Kopie entdeckt, eine schwarze Nofretete, die für blinde Besucher zum Betasten bereitstand. Sie hatte ihre Augen geschlossen und war mit den Fingerspitzen über das Gesicht der schönen Königin gefahren.

Das Material der Blinden-Büste im Museum war glatter und kühler gewesen als der Gipskopf, den sie nun in ihren Händen hielt.

Oma Gerdas Mann, Peters Vater, der ebenfalls Peter Klopp geheißen hatte, war vor Hannas Geburt gestorben. Auch er war Bildhauer gewesen. Wie sein Vater, wie dessen Vater. Bildhauer und Steinmetze. Der Beruf wurde in der Familie von Vater zu Sohn weitergegeben, Generation um Generation, genauso wie der Vorname. Hanna hatte nach dem Abitur eine Steinmetzausbildung bei ihrem Vater begonnen. Im zweiten Lehrjahr hatte sie alles hingeschmissen und war nach Berlin gezogen. Aus Liebe, und weil das weit weg von zu Hause war. Drei Jahre war das her.

Der Kompressor stand auf einem Handwagen neben dem Werkstatttor. Peter hatte sich nicht die Mühe gemacht, das Kabel aufzurollen. Als hastig zusammengerafftes Knäuel lag es neben der

Maschine. Ein paar vertrocknete Blätter waren zwischen dem schwarzen Gummi eingeklemmt, Überbleibsel aus dem Herbst, als Hannas Vater zum letzten Mal mit Druckluft gearbeitet hatte. Hanna nahm eines der verschrumpelten braunen Blätter in die Hand, es zerbröselte zwischen ihren Fingern. Peter hatte nicht gewusst, dass es sein letzter Arbeitstag sein würde, als er den Kompressor abstellte. Ein Herzinfarkt hatte ihn am nächsten Morgen beim Frühstück erwischt. Einfach so. Es folgten Tage auf der Intensivstation, Wochen im Krankenhaus. Zu Weihnachten durfte er nach Hause, doch er war zu kaum mehr fähig gewesen, als auf dem Sofa zu liegen. „Das ist kein Leben für mich", hatte er zu Vera und Hanna gesagt, „das müsst ihr verstehen!"

Die Chancen für eine erfolgreiche Bypass-Operation standen bei fünfzig Prozent – entweder würde er seine Kraft und seinen Lebenswillen zurückerhalten oder nicht mehr aus der Narkose erwachen.

„Klingt doch nach einem fairen Deal", hatte er am Telefon zu Hanna gesagt und gelacht, „findest du nicht?"

Wenige Tage vor der Operation war Hanna aus Berlin angereist und seither in Mendig geblieben. Sie hätte lieber einen Vater auf dem Sofa gehabt als gar keinen mehr.

Als Kind hatte Hanna es geliebt, ihren Vater bei der Arbeit zu beobachten. Der Steinstaub hatte ihn von Kopf bis Fuß grau gefärbt, sich auf dem Overall festgesetzt, in seinen buschigen dunklen Augenbrauen, in den Bartstoppeln. Peter Klopp hatte die Gabe besessen, mit Steinen zu sprechen. Oft brauchte er nur wenige Hammerschläge, um eine Skulptur zu skizzieren. Er deutete auf einen unförmigen grauen Klotz und sagte: „Sieh mal, der Elefant hat seinen Rüssel um den Kopf geschlungen" oder „Schau nur, ein Pferd im Galopp!" Er erkannte die Kreaturen, die in dem Stein gefangen waren, und befreite sie, gab ihnen eine Form, schliff sie glatt, bis sie auch für alle anderen sichtbar wurden. Mit seinen großen, schwieligen Händen schuf er Gebilde aus Stein, aus Holz, aus

Gips, Ton oder Metall. Aber auch aus allem anderen, was ihm in die Finger kam. Er modellierte kleine Wesen aus dem weichen Inneren der Frühstücksbrötchen, schnitzte mit den Fingernägeln Gesichter in das Wachs von Kerzen, kritzelte beim Telefonieren Zeichnungen an die Wand. Nichts war vor seiner Schöpferkraft sicher. Einmal hatte er sogar Geldscheine mit Kuli verziert, bis keine Bank sie mehr eintauschen wollte. „Lass die Spielerei, was soll denn das?!", schimpfte Hannas Mutter mit ihm wie mit einem ungezogenen Kind. Das Geld war immer knapp gewesen in Hannas Familie, und die Mutter konnte in dieser Verschönerung des schnöden Mammons keine Aufwertung erkennen. Als Kind war Hanna sich manchmal nicht sicher gewesen, ob ihr Vater der tollste aller Väter war oder der bekloppteste.

Klopp war wohl nicht umsonst ihr Familienname.

Auf einem Regalbrett entdeckte Hanna eine Reihe von Gipsmodellen, nicht größer als dreißig Zentimeter. Entwürfe des Denkmals für den Mann mit dem schwierigen Namen: Haüy.

„Man spricht es *ah, oui!*", hatte Peter ihr erklärt, und sie hatten verschiedene Betonungen ausprobiert. Auf wie viele Weisen konnte man „ah, ja!" sagen? Oder das Gegenteil, *mais non!*

„Wie weit bist du mit Monsieur Mais-Non?", hatte sie ihren Vater gefragt, als sie mit ihm von Berlin aus telefonierte, und er hatte von seinen Fortschritten mit der Skulptur erzählt.

René Just Haüy, der französische Gelehrte des 18. und frühen 19. Jahrhunderts, war ein zusätzliches Familienmitglied geworden, nach dem man sich erkundigte. Sein Denkmal sollte vor dem neu eröffneten Vulkanmuseum stehen. Ein großer Auftrag, der dem Vater am Herzen lag, nicht allein des Geldes wegen.

Hanna nahm einen Entwurf nach dem anderen zur Hand, pustete die Schicht aus Staub und Gipspulver ab, die sich in den fein geschnitzten Ritzen abgesetzt hatte. Mal stand der Mineraloge stolz und aufrecht, mal beugte ihn das Alter. Mal faltete er die Hände wie zum Gebet, mal zeigte er die offenen Handflächen, als wollte er etwas präsentieren. Einer der Miniatur-Haüys hielt einen großen Kristall in der Hand, den Peter blau eingefärbt hatte. Das musste Blau-Auge sein, der sagenumwobene Riesen-Haüyn, der angeblich vor vielen hundert Jahren in Mendig gefunden worden war. Hanna hatte ihn immer für eine Erfindung gehalten, und erst gestern im Vulkanmuseum hatte Walter Newel, der selbsternannte Dorfchronist, ihr die Geschichte abermals erzählt, so als ob sie sie nicht schon unzählige Male gehört hätte. Ein augapfelgroßes Exemplar des blauen Kristalls, das größte, das je entdeckt worden war. Im Mittelalter sei er gefunden worden, habe für Neid und Totschlag gesorgt, bis man ihn im Jahre 1783 dem berühmten französischen Mineralogen geschenkt habe – Haüy. Dass Haüy sich damals in der Eifel aufgehalten habe, sei nachweislich belegt, hatte Newel behauptet und zur Bekräftigung seine wässrigen Augen hinter den dicken Brillengläsern aufgerissen. Gemeinsam mit seinem Bruder habe Haüy im Kloster in Maria Laach residiert. Der Kristall sei dann in Paris in der Sammlung des Mineralogen ausgestellt worden, im Nationalmuseum irgendwas, so genau hatte Hanna nicht zugehört. Dort sei er vor 200 Jahren gestohlen worden und gelte seitdem als verschollen. Der Besuch von Haüy in der Eifel, gepaart mit der Tatsache, dass er der Namenspatron für den hiesigen blauen Edelstein war, hatte zu der Idee geführt, ihn in einer Skulptur zu verewigen. Newels Idee, wohlgemerkt, darauf hatte er explizit hingewiesen. Die Verbindung von Heimatsage und Wissenschaft, die durch das Denkmal des Mineralogen verkörpert wurde, passte zum Image des Museums, und so waren bald auch der Altbürgermeister Mertens, der Museumsleiter Dr. Wolf und die diversen Geldgeber überzeugt gewesen.

Vorsichtig stellte Hanna die Miniaturen in die staubfreien Aussparungen, in denen sie zuvor gestanden hatten. Sie mochte nichts verändern an diesem Ort, der letzten Arbeitsstätte ihres Vaters.

Hanna griff nach dem Notizbuch. Diese Bücher hatten sie schon als Kind fasziniert. Die Konzentration, mit der ihr Vater sich darüber gebeugt hatte, immer einen Kuli oder einen Bleistift in der Hand, den er mit unruhigen Strichen über das Papier zog. Er konnte Tiere, Menschen, Paläste und Maschinen entstehen lassen, sie wuchsen unter der Spitze seines Bleistifts, unter der Kuli-Mine hervor. Hanna klappte das Buch auf. Die meisten Seiten waren leer, nur auf den ersten hatte der Vater ein paar Notizen und flüchtige Zeichnungen hinterlassen. Der Anblick der Handschrift traf Hanna mit einer Wucht, als hinge an diesem Abdruck von getrockneter Kugelschreibertinte auf Papier noch immer die Hand, der Arm, der Körper ihres Vaters. Hanna legte das Buch auf den Tisch zurück und sah sich in der Werkstatt um. Alles wirkte, als müsse er jeden Augenblick zur Tür hereinkommen. Als sei er nur kurz zur Toilette gegangen. Einen Augenblick lang wollte Hanna selbst daran glauben, aber das Wissen, dass er niemals wiederkommen würde, ließ sie die Werkstatt fluchtartig verlassen.

In dem verwilderten Garten, der sich an die Werkstatt anschloss, lag Monsieur Mais-Non auf einem Stapel Holzpaletten und lächelte in die Morgensonne. Sofern man bei den nur angedeuteten Gesichtszügen von einem Lächeln sprechen konnte. Das Gestein, aus dem Peter Klopp die Skulptur hatte herausarbeiten wollen, war Basalt, erstarrte Lava eines viele tausend Jahre zurückliegenden Ausbruchs des Laacher See-Vulkans. Haüy war überlebensgroß, die Säule maß im Ganzen mindestens drei Meter. Mit langsamen Schritten umrundete Hanna den Stein, der hüfthoch aufgebockt war. Sie musste dabei die Brennnesseln niedertrampeln, die um die Skulptur herum wucherten. An einigen Stellen war der Basalt noch feucht vom Morgentau. Die Nässe verlieh ihm eine dunkle Färbung, ein tiefes Blaugrau. Wo die Sonne den Stein getrocknet hatte, wies er ein helleres Grau auf, wie Elefantenhaut. In Kürze würden sich Eidechsen an den aufgewärmten Stellen zum Sonnenbad treffen, nicht ahnend, dass es bald vorbei wäre mit der Ruhe. Vermutlich dachten sie, der Stein sei der Natur zurückgegeben worden, so lange, wie er schon unberührt dalag.

Unschlüssig strich Hanna um die Skulptur herum, betrachtete sie mal aus diesem, mal aus jenem Blickwinkel und konnte doch nur das Unfertige darin sehen.

„Eine Skulptur, das ist etwas, das von außen nach innen gearbeitet wird", hatte Peter ihr erklärt.

„Aus einem Steinklotz zum Beispiel oder aus einem Stück Holz. Da steckt die Figur, die man schaffen will, schon drin und du musst nur alles wegschlagen, was nicht dazugehört."

Es hatte so einfach geklungen.

Hanna spürte, wie die Feuchtigkeit des Grases und der Brennnesseln den Stoff ihrer Jeans durchdrang und ihr eine Gänsehaut verursachte. Sie dachte an den Vertrag, den sie unterschrieben hatte. Das Gewicht des Basaltbrockens lastete auf ihren Schultern.

Es war ein Vertrag, der vor Förmlichkeit und Verbindlichkeit strotzte. *Der Vertragspartner verpflichtet sich* stand dort, *verbindliche Zusage der Fertigstellung bis* stand dort ebenfalls. Das Wort *Konventionalstrafe* war Hanna ins Auge gesprungen, die dem Vertragspartner, *d. i. der Erbengemeinschaft Klopp*, in Rechnung gestellt werden würde, falls der Vertrag nicht in gehöriger Weise erfüllt werden würde. *Nicht in gehöriger Weise,* Hanna hätte nie gedacht, dass eine solche Formulierung überhaupt existierte. Die Höhe der Strafe setzte sich zusammen aus dem bereits gezahlten Vorschuss sowie einem Drittel dieser Summe zusätzlich für die Umstände und Verluste, die dem Museum in diesem Falle entstünden. Wenn Vera dieses Geld würde bezahlen müssen, bliebe tatsächlich nur der Verkauf des Hauses.

Der Vertrag war zweifach ausgefertigt worden. Beide Exemplare waren von Dr. Wolf unterzeichnet, im Namen der Auftraggeber. Auf der rechten Seite, *die Auftragnehmer,* waren zwei Linien für die Unterschriften aufgedruckt. Vera hatte ihren Namen gewohnt souverän mit schwarzer Tinte geschrieben. Den Füllfederhalter trug sie immer in ihrer Handtasche mit sich herum. Einen Augenblick lang hatte Hanna sich vorgestellt, den Vertrag mit Blut zu unterzeichnen, doch dann hatte sie den Kugelschreiber genommen, den Mertens ihr gereicht hatte, und ihren Namen auf das Blatt gesetzt. Sie war es ihrem Vater schuldig.

Beide Hände auf den Basalt aufgestützt hievte Hanna sich hoch, schwang ein Bein auf die Skulptur und setzte sich an Haüys Fußende. Sie strich über die raue Oberfläche. Die Steinhaut war durchsetzt von einer Unmenge Poren, Spuren von Gas, das einst in der Lava eingeschlossen und beim Erkalten an die Oberfläche getreten war. Winzige Löcher, die ein Kribbeln in Hannas Handflächen verursachten, als sie darüberrieb. Sie zog die Beine nah an den Körper und reckte ihr Gesicht mit geschlossenen Augen den wärmenden Strahlen der Sonne entgegen. Sie wünschte sich, dass ihr Vater seinen letzten Frühling noch wahrgenommen hatte, aber vielleicht machte das auch keinen Unterschied für einen, der starb, vielleicht machte es nur einen Unterschied für die, die weiterlebten. Hanna jedenfalls erleichterte der Frühling, sie konnte nicht fortwährend traurig sein, wenn die Sonne ihr ins Gesicht schien, wenn die Vögel sangen und die Blüten und Blätter sprossen.

Altbürgermeister Mertens hatte sie mit Kopien der Zeichnungen ausgestattet, die Peter als Entwurf für die Skulptur angefertigt hatte. René Just Haüy als alter Mann, von den Jahren gebeugt, aber mit einem verschmitzten, jungenhaften Lächeln auf den Lippen und einem wachen Blick. Interessiert, wissbegierig. In den Händen hielt er ein Gerät, das Hanna Bauchschmerzen bereitete. Goniometer heiße dieses Werkzeug, hatte Dr. Wolf ihr mit unverhohlener Bestürzung über ihr Unwissen erklärt, und man habe es seinerzeit zur Winkelbemessung der Kristalle benutzt. Die geraden Linien und exakten Winkel, die dieses Instrument charakterisierten, in Stein umzusetzen, schien Hanna ein Ding der Unmöglichkeit. Ganz zu schweigen von den Durchbrüchen, die nötig sein würden – dieser

Herausforderung fühlte sie sich nicht gewachsen. Peter konnte den Basalt durchbrechen, Hohlräume im Material schaffen und diese miteinander verbinden, bis nur freistehende Streben übrigblieben. Filigraner Basalt, zart wie Zuckerwerk. Wenn bei solchen Arbeiten der Stein an einer Stelle riss, wenn etwas wegbröselte, abbrach, entzweiging, war nichts mehr zu retten.

„Watt fott äess, äess fott", hätte Tante Käthe, die Kölner Großtante, früher dazu gesagt.

Die Arbeit am Goniometer würde sie sich für den Schluss aufheben. Vielleicht würde sie bis dahin auf magische Weise zur Bildhauerin heranreifen.

Eine bittere Erinnerung stieg in ihr auf wie eine Gasblase in der Lava, träge, aber unaufhaltsam. Sie war dreizehn, vielleicht vierzehn Jahre alt gewesen, da hatte Peter ihr vier Quader aus Sandstein vorgelegt, alle in der Länge ihres Unterarms. Hanna sollte sie zu gleichmäßig runden Säulen schnitzen. Sandstein zu schnitzen, war ein Kinderspiel, das ging fast wie von selbst. Eine gleichmäßige, glatte Oberfläche zu schaffen war ihr dagegen unmöglich gewesen. Vom Mittag bis zum Abend hatte Hanna auf einem Hocker vor der Werkstatt gesessen, über und über mit dem sandgelben Steinstaub bedeckt, und hatte versucht, die Unregelmäßigkeiten auszugleichen. Aber wenn sie an einer Stelle einen Überstand abgetragen hatte, war dort auf einmal zu wenig Material gewesen, und sie musste an einer anderen Stelle etwas wegnehmen, bis die Säulen zu dünn geworden waren, um sie weiter zu bearbeiten. In einem seiner gefürchteten Anfälle von Jähzorn hatte Peter die missratenen Säulen eine nach der anderen in die Hand genommen und auf den Steinplatten vor der Werkstatt zerschmettert. Seit jenem Tag schmeckte Hanna bei Enttäuschungen und Niederlagen Steinstaub auf der Zunge. Sie war eben keine Bildhauerin, das war ihr an diesem Tag klar geworden. Sie hatte es einfach nicht in sich! Die alte, niemals ganz vergangene Wut flammte erneut in ihr auf. Sie versetzte dem Palettenstapel, auf dem die Skulptur ruhte, einen Fußtritt und fühlte sich von dem Wunsch getrieben, etwas zu zerstören.

Als sie in der Werkstatt angekommen war, ließ ihre Wut augenblicklich nach. Beinahe scheu ließ sie ihre Blicke über die Werke des Vaters streifen. In einem Regal hinter der Büste der Nofretete stand eine halbfertige Gipsplastik, etwas wild Zusammengepapptes. Wenigstens dieses unförmige Ding sollte dran glauben. Hanna griff mit beiden Händen nach dem Objekt, zog daran. Dabei stieß es gegen die Nofretete-Büste, die ins Wanken geriet und über den Regalrand kippte. Hanna griff danach, um sie abzufangen. Der Gipskopf schlug hart auf ihrem Unterarm auf, prallte ab und stürzte auf den Betonboden. Mit einem dumpfen Knacken brach der schmale, lange Hals. Die Nase platze ab, ebenso ein Placken vom Gesicht. Hanna fühlte sich mit einem Mal wie ausgenüchtert. Aller Zorn war verflogen. Sie hob den Kopf auf, der im Sturz einen Teil der Staubschicht verloren hatte. In der Wunde, dort, wo der Hals weggebrochen war, steckte ein Fremdkörper in der weißen Masse – ein Stein. Hanna strich vorsichtig mit dem Daumen darüber, rieb die bröckelige Gipsschicht ab. Der Stein besaß eine dunkle Färbung. Hanna befeuchtete ihren Daumen mit Spucke, wischte damit über den Staub. Ein tiefes, intensives Blau wurde erkennbar. Sie schabte weiter mit dem Daumennagel, legte Millimeter für Millimeter des Steins frei. Er war größer, als sie zunächst gedacht hatte, und er war geschliffen. Hanna sah sich nach einem geeigneten Werkzeug um. Von einem befreundeten Zahnarzt hatte ihr Vater Kratzeisen übernommen, die in der Praxis nicht mehr einsatzfähig gewesen waren. Mit zweien dieser chirurgisch feinen Werkzeuge in Händen ließ Hanna sich auf einem Holzschemel nieder, den schweren Kopf der Nofretete im Schoß. Sie operierte an der offenen Halswunde, zog seitlich um den Fund herum tiefe Furchen. Es knackte, und ein Stück von Nofretetes Unterkiefer brach weg. Das war Hanna jetzt egal, sie hob das Fragment auf und legte es zu den anderen Bruchstücken. Dabei fiel ihr auf, dass der Gips im Inneren des Kopfes eine andere Färbung hatte als der Gips des äußeren Randes. Es schien, als sei das Innere nachträglich gefüllt worden. Durch den fehlenden Unterkiefer hatte Hanna nun freien Zugang zu dem Stein, der wie eine Wucherung in Nofretetes Schlund feststeckte. Er war rund, mit einem Durchmesser von drei bis vier Zentimetern, schätzte Hanna. Ein Schmuckstück vielleicht, ein großer Edelstein. Mit immer weniger Rücksicht auf Nofretete arbeitete Hanna daran, den Fund freizulegen, bis der Stein endlich, Plock!, aus dem Gips sprang. Hanna rieb ihn vorsichtig mit dem Stoff ihres Sweatshirts blank. Er lag schwer auf ihrer Handfläche. Es war die Geste, die Haltung, die René Just Haüy in dem Modell ihres Vaters angenommen hatte, die Hand, die einen Kristall zugleich beschützte und präsentierte. Was ich da in Händen halte, dachte Hanna fassungslos, ist Blau-Auge.

Paris, 1778

Am frühen Morgen hat René Just Haüy einen Boten zum Ministerium gesandt, wo sein Bruder als Übersetzer arbeitet. Valentin solle René alsbald in seinem Studierzimmer im Collège du Cardinal Lemoine aufsuchen. Es sollten jedoch noch einige Stunden vergehen, ehe Valentin sich von der Übersetzung der Korrespondenzen und Verlautbarungen des Außenministers losreißen kann. Als er nun die Kammer betritt, in der René lebt und arbeitet, ist er gespannt, was sein Bruder ihm zu berichten hat. Das Studierzimmer erinnert an eine Mönchsklause, mit hohen grauen Wänden, einer einfachen Liege, einem kleinen Tisch am Fenster unter der Dachschräge, durch das fahles Nachmittagslicht in die Kammer dringt. Ein geschlossener Schrank stellt das größte Möbelstück im Raum dar, ansonsten sind die Wände mit schlichten Regalen bestückt.

„Wo um alles in der Welt sind deine Herbarien geblieben?"

Valentin ist über das Fehlen der Pflanzensammlung so verblüfft, dass ihm die Frage herausrutscht, noch ehe er seinen Bruder begrüßt hat. René, der auf einem Holzschemel am Tisch sitzt, ganz in die Betrachtung eines Kristalls unter dem Vergrößerungsglas versunken, blickt auf.

„Valentin, mein Lieber, tritt ein!", sagt er mit einem Lächeln und erhebt sich, um den Jüngeren in die Arme zu schließen. „Die Herbarien mussten meiner neuen Sammlung weichen. Schau nur, ich habe ein zusätzliches Regal fertigen lassen!" Stolz weist René auf die wandfüllenden Bretter, auf denen sich eine Vielzahl von Mineralen befinden, ordentlich beschriftet und sortiert. „Aber nun setz dich erst einmal, bitte!"

René räumt eifrig einen Stapel Bücher zur Seite. Darunter kommt der einzige Sessel im Raum zum Vorschein. Valentin schmunzelt. Es sieht seinem Bruder ähnlich, dass er den harten Schemel bevorzugt, anstatt es sich in dem Polstermöbel bequem zu machen. Bequemlichkeit, Gemütlichkeit, Sinnesfreuden – all das sind Dinge, die René ablehnt, da sie in seinen Augen zu Faulheit und Verderbtheit leiten. Valentin, der den angenehmen Seiten des Lebens weitaus aufgeschlossener gegenübersteht, hat früh gelernt, daraus seinen Nutzen zu ziehen und René gegenüber kein schlechtes Gewissen zu entwickeln. Er lässt sich auf den Sessel sinken.

„Nun sprich, was ist der Grund, weshalb du mich hierher beordert hast?"

René hat wieder auf seinem Schemel Platz genommen und reicht Valentin ein dickes Buch.

„Mémoires de l'Académie Impériale et Royale de Sciences et Belles-lettres de Bruxelles", liest Valentin halblaut die Inschrift des Titelblatts vor. „Oh, verlegt von dem guten Jean-Louis de Boubers. Dem haben wir die zwölfbändige Ausgabe des Rousseauschen Werks zu verdanken!"

Kopfschüttelnd nimmt René das Buch wieder an sich. „Hier geht es nicht um deinen Rousseau", sagt er streng, „sondern um das hier. Lies!" Dabei drückt er Valentin das aufgeschlagene Werk in die Hände. „Es handelt sich um einen Aufsatz von Robert de Limbourg, einem Mann der Geologie aus Belgien", erklärt er ungefragt, während Valentin sich in die Zeilen vertieft. „Seine Beobachtungen stammen aus dem Jahr 1774, er ist aber erst im vergangenen Jahr damit an die Öffentlichkeit getreten."

„Ein weiterer Vulkan in Europa?", fragt Valentin erstaunt.

René nickt. „Steffeln, im Herzogtum Luxemburg gelegen. Landschaftlich dem Gebiet der Eifel zuzurechnen. Und nicht so weit entfernt wie der Mont-Vesuv."

Erst wenige Jahre zuvor waren erste Anzeichen von vergangener Vulkantätigkeit in Europa nachgewiesen worden. Die gigantische Chaîne des Puys, eine Kette vulkanischer Berge im Zentralmassiv der Auvergne, hatten die Brüder in einer mehrtägigen Wanderung aufgesucht. Es war ihre erste gemeinsame Reise gewesen, die erste

Reise überhaupt, die nicht ins Heimatdorf geführt hatte, und sie hatten dieses Abenteuer genossen, René der seltenen Gesteinsformationen wegen und Valentin einfach um des Reisens willen.

„Du meinst, wir sollen hinfahren?"

Valentin reißt es vor Begeisterung aus dem Sessel. René lächelt sanft und faltet die Hände.

„Ja, mein Bruder, lass uns nochmals auf den Spuren der Vulkane wandeln! Allerdings will eine solch weite Reise sorgsam vorbereitet sein. Die Planung, die Beschaffung der Mittel, das alles braucht seine Zeit."

Valentin nickt abwesend, während er im Kopf bereits Reisepläne schmiedet. Er wird sich im Ministerium eine Auszeit erbitten müssen. Dabei kann er die Gelegenheit nutzen, seine Vorgesetzten um Empfehlungsschreiben zu bitten, die unterwegs hilfreich sein könnten. Mit einer Referenz des Außenministers persönlich, Charles Graviers, Comte de Vergennes, sollten ihnen alle Türen und Staatsgrenzen offenstehen. Seine Ersparnisse sind nicht groß, aber für einige Wochen auf Reisen sollten sie genügen. Endlich wird er die Landesgrenzen überschreiten und andere Länder, andere Völker kennenlernen! Dafür hat er Sprachen gelernt, darauf hat er sein ganzes Leben lang hingearbeitet. Eine beinahe kindliche Freude durchströmt Valentin, und voll Überschwang will er René in die Arme schließen. Dieser ist von dem Gefühlsausbruch jedoch so überrumpelt, dass er zurückweicht und gegen das neue Regal stößt. Die Steine und Apparaturen auf den Regalbrettern geraten ins Wanken, eines poltert gegen das nächste, bis schließlich ein Exemplar der Kalzitgruppe, das ganz am Rande steht, vom Regal kippt, hart auf dem Boden aufschlägt und zerbirst. Valentin starrt erschüttert auf die Mineralsplitter.

„Das habe ich nicht gewollt, das tut mir leid!", ist alles, was er hervorbringen kann.

René aber, den Blick ebenfalls auf die Bruchstücke geheftet, hebt die Hand, um ihn zum Schweigen zu bringen. Er geht in die Knie und hebt behutsam die Kristallsplitter auf, um sie einzeln gegen das Licht zu halten. Ein Lächeln erhellt sein Gesicht.

„Das ist es!", ruft er aus. „Ich hab's gefunden, *tout est trouvé!*"

Valentin starrt seinen Bruder verständnislos an. Mit wenigen Schritten ist René am Tisch, wo er die Bruchstücke unter das Vergrößerungsglas hält und hin und her wendet. Plötzlich springt er auf, nimmt zwei weitere Exemplare seiner Sammlung zur Hand und lässt diese ebenfalls am Boden zersplittern. Valentin zuckt zusammen.

„Hast du den Verstand verloren?", ruft er aus, aber René schüttelt energisch den Kopf.

„Im Gegenteil, mein lieber Valentin! Ich war noch nie so klar wie jetzt. Ich habe ihn gefunden, den göttlichen Bauplan der Gesteine. Es gibt ein Prinzip, ich wusste es!"

René ist so in seine Betrachtungen vertieft, dass er die Abschiedsworte seines Bruders kaum wahrnimmt, als dieser Mantel und Hut ergreift und die Tür zum Studierzimmer leise hinter sich schließt. René Just Haüy zerbricht, betrachtet, vermisst, notiert. Noch tief in der Nacht, beim Schein der Kerze, arbeitet er weiter. Ein großer Teil der Sammlung geht in dieser Nacht zu Bruch, was ihm bei seinen Neidern den Ruf einbringt, ein *Crystalloclaste,* ein Kristallzerbrecher zu sein. Doch während er einerseits zerstört, legt er andererseits den Grundstein für die Wissenschaft der Kristallografie.

2 Hanna trat durch das hohe schmiedeeiserne Tor, das den Jardin des Plantes, früher Jardin du Roi, umschloss. Sie war frühmorgens in den Thalys gestiegen. Die Fahrt nach Paris hatte kaum mehr als vier Stunden gedauert. Nun folgte sie den geharkten Wegen, die auf die Gebäude des Muséum National d'Histoire Naturelle zuführten. Das üppige Blattwerk der Kastanienbäume entlang der Wege bildete ein Dach aus frischem Laub, stolz ragten die Blütenkerzen daraus empor. Einzelne Blüten kullerten über den Boden. Hanna hob eine davon auf. Das Blütenblatt war weiß und rund, mit einer feinen roten Zeichnung, einem kleinen Einsprengsel, und ließ sie an altmodische Mädchenkragen denken. Auch durch und durch rote Kastanienblüten fand sie, fuchsiafarben. Sie rollten über den Boden, sammelten sich zu Inseln, bedeckten die Wege wie kleine Teppiche.

Hanna verspürte den Wunsch, es den anderen Besuchern des Botanischen Gartens gleichzutun, in der frühen Mittagssonne durch den Park zu flanieren, durch die Rabatten zu streifen, sich treiben zu lassen. Aber das musste warten, ebenso wie ein Besuch der prächtigen alten Gewächshäuser, deren Glasscheiben in der Sonne bläulich und grün schimmerten, als seien sie mit einem Ölfilm überzogen. In Hannas Schultertasche war ein Schatz verborgen, der sie vorantrieb. Zwei Tage waren vergangen, seit sie den blauen Kristall gefunden hatte. Seitdem gab es kaum eine Minute, in der Hanna nicht darüber nachgegrübelt hatte, was sie mit ihrem Fund tun sollte. Sie hatte beschlossen, zunächst niemandem davon zu erzählen und stattdessen alleine herauszufinden, ob es sich tatsächlich um Blau-Auge handelte. Vera war ohnehin durch den Wind. Die würde den Stein verkaufen wollen, ohne sich um die Hintergründe zu scheren. Und falls sich herausstellen sollte, dass Hannas Schatz in Wahrheit kein wertvoller Edelstein, sondern bloß geschliffenes Glas war, war es ohnehin besser, wenn niemand davon wusste.

Immer wieder ließ sie die Hand in die Tasche gleiten, wühlte mit den Fingerspitzen im weichen Stoff des T-Shirts, in das sie den Kristall sorgfältig eingerollt hatte, bis sie die kühle Oberfläche des Steins ertastete. So, als müsse sie sich versichern, dass er noch da war, dass sie sich nicht alles nur eingebildet hatte.

Das imposante Hauptgebäude des Museums ließ Hanna hinter sich und hielt auf ein kleineres, doch ebenfalls auffälliges Gebäude zu, das der Mineralogischen Sammlung vorbehalten war. Ein überdimensional großer, auf Säulen ruhender Portikus war dem Eingang vorgelagert. Die Luft in der Eingangshalle war stickig, gesättigt vom Staub der Jahre. Die Wände waren bemalt, ein verblasstes Panoramabild einer weiten Landschaft. Hier und da wies das Gemälde weiße Flecken auf, Stellen wie Wunden, an denen der Putz abgeblättert war. Jede Wand wurde von einer fast raumhohen, zweiflügeligen Tür aus dunklem Holz dominiert. Eine dieser Türen stand offen und wies den Weg zur Ausstellung, die anderen schienen in ihrer respektvollen Größe so uneinnehmbar, dass Hanna sich nicht vorstellen konnte, dass sie sich überhaupt öffnen ließen.

Die moderne Museumskasse wirkte in diesem Raum fehl am Platz. Hanna nahm das Ticket entgegen und ließ es in der Hosentasche verschwinden. Sie schloss ihre Tasche mit dem Stein, der vielleicht, vielleicht auch nicht, einst aus diesem Museum gestohlen worden war, in einen der geräumigen Spinde aus dunklem Holzfurnier ein.

Der Ausstellungsraum stand im krassen Gegensatz zum Rest des Gebäudes. Hier war das Museum offensichtlich auf dem neuesten Stand – die Wände anthrazitfarben, die Ausstellungsstücke hinter Glas ins rechte Licht gesetzt. Computeranimationen, Einspielfilme, eine zurückhaltend nüchterne Präsentationsweise, die die gezeigten Objekte ins Zentrum der Aufmerksamkeit rückte – dabei aber entkörpert und unsinnlich wirkte. Hanna hatte erwartet, Haüy hier näherzukommen. Sie hatte altmodische Vitrinen und seine von Hand geschriebenen Inventarlisten erwartet. Wenn sie ehrlich war, hatte sie gehofft, in einer Vitrine einen leeren Platz zu finden, ein samtenes Kissen vielleicht, auf dem noch der Abdruck eines Kristalls zu erahnen war, der hier einmal gelegen hatte. Auf einem Schild daneben hätte *Blau-Auge, Location: Mendig/Allemagne* stehen können, und *disparu,* verschwunden.

Sie ging durch die Ausstellung, streifte jedes Exponat mit einem flüchtigen Blick, aber die Pracht der hier gezeigten Kristalle ließ sie gleichgültig. Sie dachte an ihren Monsieur Mais-Non, den basaltenen Riesen, der im Garten vor der Werkstatt auf sie wartete, und spürte einen Kloß im Hals. Welche Bedeutung hatte dieses Denkmal noch, wenn der einst berühmte Mineraloge, Begründer der Kristallografie, selbst hier in seinem Museum in Vergessenheit geraten war? Und ihr Vater, Peter, wann würde der in Vergessenheit geraten?

Schließlich entdeckte Hanna doch noch einen Verweis auf René Just Haüy. Zwar musste er sich die Vitrine, in der einige seiner Modelle, Messgeräte und Aufzeichnungen präsentiert wurden, mit seinem Konkurrenten Romé de l'Isle teilen, aber es stellte immerhin eine Anerkennung seiner Forschungen dar. Unter den gezeigten Werkzeugen sprang Hanna vor allem das Goniometer ins Auge, das sie von Peters Entwurf für die Skulptur her kannte. Das Messgerät war viel kleiner, als sie es sich vorgestellt hatte, es wirkte fast wie ein Spielzeug. Die Idee, dieses Instrument in vielfacher Vergrößerung in Stein zu hauen, war ihr nun doppelt suspekt – nicht nur aufgrund der handwerklichen Herausforderung, sondern auch, weil sie es lächerlich fand, ein solch feines Gerät derart grob umzusetzen.

Bei genauerem Hinsehen entdeckte sie, dass einige der Exponate in der Ausstellung doch aus der Sammlung Haüys stammten. Die Sammlung war offensichtlich auseinandergerissen worden, dennoch erkannte man die einzelnen Stücke sofort: Sie waren allesamt mit schwarzer Masse auf kleine, schwarz gestrichene Holzsockel geklebt, dazu jeweils ein Schildchen mit einer Nummer. Diese aufwändige Bearbeitung, die Haüy offensichtlich jedem einzelnen Stück hatte angedeihen lassen, ließ die Akribie, Fürsorge und Hingabe erahnen, mit der er sich seiner Sammlung gewidmet hatte.

Die Frau an der Kasse sträubte sich zunächst, doch als Hanna nicht aufhörte, ihr in stockendem Schulfranzösisch Fragen zu stellen, griff sie zum Hörer und ließ sich mit einem der im Haus arbeitenden Mineralogen verbinden. Zu Hannas großer Freude willigte er tatsächlich ein, sie am nächsten Tag zu empfangen.

Paris – Laach, 1783

Im Frühjahr 1783 leidet die Erde an schwerem Bauchgrimmen. Das Magma in ihrem Inneren brodelt wie heißes Wasser kurz vorm Überkochen. Im Monat Februar führt das Leibdrücken des Planeten zu Vulkanausbrüchen in Italien, im Juni bersten die Laki-Krater auf Island, um Lava auszuspeien. Der Planet übergibt sich, ergießt sich, kehrt sein Innerstes nach außen. Landschaften werden von glühenden Seen überschwemmt, von gewaltigen Steinen und Lavaklumpen bedeckt, die aus den Tiefen der Krater in die Höhe katapultiert werden und wie gigantische Kuhfladen auf den Boden platschen. Unter heftigem Rumoren stoßen die Vulkane unaufhörlich Aschewolken und Unmengen von Schwefelgas aus. In Island findet man ein Wort für das, was nun folgt: Móðuharðindin, *die Not mit dem Nebel*, der sich ausbreitet, um alles Leben zu ersticken. Zunächst fallen die Blätter von den Bäumen, Pflanzen werden vernichtet. Menschen klagen über brennende Augen und gereizte Haut, sie leiden an Atemnot, Husten, Kopfschmerz und Mattigkeit. Dann fällt das Vieh beim Weiden tot um, erstickt an der Luft, vergiftet vom Gras. Den Leuten ergeht es nicht anders, das Schwefeldioxid der Atmosphäre verwandelt sich in ihren Lungen zu Schwefelsäure. Zehntausende sterben, ein Viertel der Bevölkerung Islands. Und weiter ziehen die unheilschwangeren Wolken, sie halten sich nicht an Landesgrenzen, ziehen über das Meer, breiten sich über dem Norden Europas aus. Trockennebel, der die Sicht verschlechtert und die Lebewesen verängstigt. Ätzender Schwefeldunst setzt sich auf den Schleimhäuten fest. Herabsinkende Vulkanasche bedeckt die Ernte und lässt die Tiere krepieren – je nach Windstärke viele hundert Meilen vom Ort des Vulkanausbruchs entfernt, sodass sich niemand den Ursprung des tödlichen Ascheregens erklären kann.

Im August desselben Jahres folgt ein letztes Aufstoßen, das den Vulkan Asama in Japan zum Bersten bringt. Der Dunstschleier, der bei dem Vulkanausbruch entstanden ist, verdunkelt die Sonne auch in Europa und lässt den Winter, der dem Katastrophenjahr 1783 folgt, zu einem der kältesten werden, an den man sich erinnern kann.

Doch von alldem weiß man noch nichts, als am achten Juni der Laki auf Island ausbricht. Von alldem weiß man noch nichts, als die Brüder Haüy an diesem Sonntag, gleich nach der Frühmesse, mit vor Aufregung geröteten Wangen dabei zusehen, wie ihr Gepäck auf dem Dach der Kutsche vergurtet wird, damit sie sich endlich auf die von langer Hand geplante Reise begeben können. Der Hauch von Schwefelgeruch, der an diesem Morgen in der Luft liegt, reizt die Augen und Nasen kaum mehr als die üblichen Ausdünstungen in den Straßen und Gassen von Paris.Die Ammoniakdämpfe der Pferdepisse, der süße Fäulnisgeruch von totem Getier, Unrat und verrottenden Lebensmittelresten, die sich im Rinnstein sammeln.

„Adieu Paris! Ich kann es kaum erwarten, eine andere Luft zu atmen!", frohlockt Valentin, bevor er die Kutsche besteigt.

Zwei Plätze sind von einem betagten Ehepaar besetzt. Valentin deutet eine Verbeugung an, streicht die Schöße des flaschengrünen Reisemantels glatt, den er sich für diese Unternehmung hat anfertigen lassen, und nimmt auf der gepolsterten Sitzbank Platz.

Nachdem René Just, seit seiner Priesterweihe auch Abbé Haüy genannt, ebenfalls in der Kutsche Platz genommen und die Türen geschlossen hat, treibt der Kutscher die Pferde an.

„Auf geht's", sagt Valentin zufrieden. „Welt, wir kommen!"

Die Fahrt durch Paris geht schleppend voran, doch nachdem sie die Stadt endlich hinter sich gelassen haben und der Kutscher die Peitsche knallen lässt, nehmen sie Geschwindigkeit auf. Dem Lauf der Marne folgend, reisen sie am ersten Tag bis Meaux, am nächsten bis Dormans. Die zunehmende Trübung der Luft verschleiert die Sicht in die Weite, nur eines von vielen Phänomenen, die den Brüdern in dieser bisher unbekannten Landschaft begegnen.

Sie gewöhnen sich schnell an das Reisen. Die Fahrt in der Kutsche ist komfortabel, da sie sich Plätze im Inneren des Wagens leisten können. Diejenigen Passagiere, die sich auf den Außenbänken drängen, wo sie Wind, Wetter und dem zunehmenden Gestank nach Schwefel oder faulen Eiern schutzlos ausgeliefert sind, erregen Valentins Mitleid. Mindestens zweimal im Verlauf der Tagesreise wird an einer Poststation Rast gemacht, wo die Pferde ausgetauscht werden. Dort wartet Verpflegung auf die Reisenden und bei Bedarf ein einfaches Bett für die Nacht. Als die Brüder die Kutsche wechseln und einer der Burschen ihr Hab und Gut ablädt, wird augenfällig, dass das Gepäck von René Just mindestens das doppelte Volumen von Valentins einnimmt. Obwohl der Abbé in seiner asketischen Kutte unterwegs ist und gewiss keinen Koffer für Kleidung, Kopfputz und Schuhwerk benötigt, sind die hölzernen Kisten und Leinwandsäcke, die er für die Reise gepackt hat, schwer und unhandlich. Valentin selbst hat sich auf einige Kleidungsstücke und Bücher beschränkt, die ihm auf der Fahrt die Zeit vertreiben sollen. Außerdem trägt er alle wichtigen Unterlagen in einer Ledermappe mit sich, die er kaum aus der Hand zu legen wagt. Die Reiseerlaubnis der Obrigkeit, die Wechsel, die Empfehlungsschreiben, die Passierscheine – und die eigenhändig von ihm selbst verfassten Übersetzungen dieser Papiere in deutscher Sprache.

Am dritten Tag besichtigen die Brüder auf Wunsch von René Just die stattliche Kathedrale Notre Dame de Reims, die Krönungsstätte, in der neun Jahre zuvor der junge Louis zum König von Frankreich und Navarra gekrönt worden ist. Valentin genießt es, durch die fremden Straßen von Reims zu streifen, nie gesehene Gesichter und unbekannte Ecken zu entdecken.

Am elften Juni setzen die Brüder ihre Reise fort, auf den Spuren der alten Römerstraße Via Agrippa in die Ardennen. Nach einer

Übernachtung in Attigny ist Mouzon ihr nächster Aufenthalt, wo sie die gotische Kathedrale Notre Dame besichtigen („Wie viele Damen haben wir eigentlich?", scherzt Valentin) und René Just sich die Erlaubnis einholt, ein paar Takte auf der Orgel zu spielen. Sie erreichen das Herzogtum Lothringen, übernachten in Montmédy, dann in Longwy, von wo aus sie am fünfzehnten Juni mit dem Ziel Trier aufbrechen. Ein Achsbruch bei Remich kostet sie einen halben Tag, den sie im Schatten einer Linde am Wegesrand verbringen. Valentin liest ein Buch, während René Just Pflanzen sammelt. Zwischenzeitlich hat sich zu dem dichter werdenden Nebel eine Wärme gesellt, so als habe jemand eine Glocke aus getrübtem Glas über die Landschaft gestülpt. Es fällt den Brüdern schwer, sich zu konzentrieren. Unter dem Reisekostüm und der Kutte läuft ihnen beiden gleichermaßen der Schweiß in kitzeligen Rinnsalen den Rücken hinab. Zudem fühlen sich die Stadtmenschen von den Insekten geplagt, die sie umschwirren. Zwar könnte René Just jedes einzelne von ihnen mit seinem lateinischen Namen benennen, doch muss er zugeben, dass ihm die Abbildungen in Büchern lieber sind als ihre allzu lebendige Anwesenheit.

Als sie tags darauf die Grenze zum Heiligen Römischen Reich passieren, bekommt Valentin vor Aufregung einen Schluckauf. Im Kurfürstentum Trier gönnen sich die Brüder eine Pause von zwei Tagen, um das gerade vollendete Schloss Monaise und die römischen Bauwerke zu besichtigen. Valentin, der die deutsche Sprache beherrscht, aber nur selten Gelegenheit zur Konversation hat, empfindet eine kindliche Freude daran, die Menschen in den Straßen und Geschäften ins Gespräch zu verwickeln.

Der unzähligen Kutschfahrten müde besteigen die beiden Männer am achtzehnten Juni schließlich einen Nachen. Ein bärtiger, wortkarger Schiffer erklärt sich bereit, sie in endlos scheinender Schlingerfahrt durch die felsige, aber liebreizende Mosellandschaft zu stochern.

Bei der ersten Übernachtung in Bernkastel-Kues fühlt sich Valentin unsicher auf den Beinen. Ihm ist, als schaukele der Lehmboden unter seinen Füßen. René Just hingegen scheint die Fahrt auf dem Wasser nichts auszumachen, er kommt aus dem Schwärmen kaum heraus. Diese Felsformationen, dieses Naturschauspiel! Die Brüder stoßen mit einem Krug Moselwein auf ihre Reise an, und bald fällt Valentin das Schlingern in seinem Inneren nicht mehr auf. Am nächsten Tag geht es weiter bis Karden, bevor sie am zwanzigsten Juni in Kobern, einem kleinen Winzerdorf, endgültig an Land gehen. René Just besteht darauf, die Kapelle hoch über dem Fluss zu besichtigen. Obwohl der Nebel die Aussicht trübt, wird die Mühe des Aufstiegs mit einem herrlichen Anblick belohnt – der Abendhimmel zeigt sich in seinen schönsten Farben und malt ein atemberaubendes Bild um die blutrot untergehende Sonne. Auch dies eine Folge des Schwefelgehalts in der Atmosphäre, doch die Brüder halten es für eine Besonderheit der Gegend, und man lässt sie in dem Glauben.

Am Morgen des einundzwanzigsten Juni besteigen die Brüder Haüy einen offenen Einspänner, der sie zu ihrem vorläufigen Ziel bringen soll. Diese Etappe, weniger als vier Meilen, nimmt einen ganzen Tag in Anspruch. Die Fahrt führt über unwegsames Gelände durch die Eifel. Kleine Dörfer, schlecht ausgebaute Wege. Sie queren das Maifeld und erreichen endlich am Abend ein einsames Kloster an einem großen, von Wald umgebenen See – die Benediktinerabtei Laach.

Das Erste, was den beiden Parisern auffällt, ist die unglaubliche Ruhe, die dieser Ort ausstrahlt. Das Kloster wurdeRené Just empfohlen, von hier aus wollen sie ihre Erkundungstouren unternehmen, hier wollen sie logieren – die nächsten Wochen oder Monate, je nachdem, wie viel Zeit sie für ihre Forschungen benötigen.

Nicht weit vom Laacher Kloster entfernt, in dem Steinhauerdorf Mendig, sind derweil Männer und Frauen, Junge und Alte in der

Kirche versammelt. Grubenarbeiter, die man unschwer an ihrer blassen Hautfarbe und dem rasselnden Atem erkennt. Grubenbesitzer, die Kleidung aus teurem Stoff tragen. Dazu die Steinmetze mit ihren breiten Rücken, die Ackerer mit ihrer von der Sonne gegerbten Haut. Sie alle hat die Witterung der vergangenen Tage in Schrecken versetzt – die zunehmende Hitze bei gleichzeitiger Trübung des Himmels, gepaart mit dem pestilenzartigen Gestank, einem Höllengeruch, der bei jedem Atemzug die Lungen beißt. Sie, die in der Gewissheit leben, dass Gott ihrem Dorfe zürnt, seit ihre Vorfahren vor vielen Menschenleben eine tiefe, gemeinsame Schuld auf sich geladen haben, sehen nun die Strafe des Allmächtigen auf sich zukommen. Und so versammeln sie sich, Abend für Abend, um auf die Knie zu fallen und zu beten, auf dass der himmlische Vater sie verschonen möge.

Blau-Auge, der blaue Kristall, seit Jahrhunderten in einer eigens dafür ins Gemäuer geschlagenen Nische neben dem Altarschrein verborgen, wird nur an hohen Feiertagen ans Licht geholt. Geheimnisvoll und verboten erfüllt er die Seele des Dorfes gleichermaßen mit Stolz und Schrecken.

„Liebe Gemeinde, liebe Brüder und Schwestern im Glauben!"

Der Priester ist ein hagerer junger Mann, der erst vor kurzer Zeit das Amt angetreten hat, nachdem sein Vorgänger auf dem Friedhof vom Blitz erschlagen wurde.

„Ich habe euch hier zusammengerufen, um euch etwas zu verkünden, das von größter Wichtigkeit ist."

Die Gläubigen, die sich eben noch in Klagen ergingen, vereinzelt von heftigem Schluchzen geschüttelt, kommen zur Ruhe.

„Wir alle haben in den vergangenen Tagen unseren himmlischen Vater angefleht, auf dass er uns ein Zeichen sende, wie wir seinen Zorn gegen unser Dorf besänftigen können. Gewiss, die Schuld, die unsere Vorfahren auf sich geladen haben, können wir nicht tilgen."

Jammerlaute in den Reihen der Gläubigen, die mit gesenkten Köpfen in den hölzernen Betbänken knien. Der Priester hebt die Hände zu einer beruhigenden Geste.

„Doch lasst die Hoffnung nicht fahren, denn etwas Wunderbares ist geschehen! Wir alle haben Gott angefleht, und siehe, unser himmlischer Vater hat unsere Bitten erhört!"

Die Männer, Frauen und Kinder heben die Köpfe und sehen den Priester erwartungsvoll an.

„Heute ist mir zu Ohren gekommen, dass Besuch aus dem fernen Paris in der Abtei Laach eingetroffen ist. Es handelt sich um einen berühmten Mineralogen und Mann der Kirche namens Abbé Haüy. Gott schickt uns seinen frommen Diener, auf dass wir an diesem Mann aus Frankreich das Unrecht wiedergutmachen, dass unsere sündigen Vorfahren jenem unglücklichen Franzosen angetan haben."

Ein Raunen geht durch die Menge, erleichtertes Seufzen, jubelnde Zustimmung.

„Seht, alles, was wir tun müssen, ist den Stein, der uns doch niemals rechtmäßig gehörte, in die Obhut jenes Edlen zu geben, der so weit gereist ist, um uns von unserem düsteren Schicksal zu befreien!"

Der Bürgermeister, ein feister Herr im samtenen Rock, steht in der ersten Reihe auf und dreht sich zu der Gemeinde um, wobei er unwillkürlich dem Geistlichen, dem Altar und dem großen Kruzifix den Rücken, schlimmer noch, sein Hinterteil zuwendet, weshalb sich die Frommsten unter den Anwesenden sogleich bekreuzigen.

„Gemach, gemach!", versetzt er mit seiner Respekt einflößenden Stimme. „Wir wollen doch bei alldem nicht vergessen, dass der Kristall einen beträchtlichen Wert besitzt! Ihn so einfach aus der Hand zu geben hieße, den Besitz des Dorfes, ja mehr noch, einen Teil unserer Seele in die Gosse zu werfen!"

Erschrockenes Wispern auf der einen, zustimmendes Gemurmel auf der anderen Seite.

„Herr Bürgermeister, liebe Gemeinde!" Rote Flecken der Aufregung breiten sich vom dünnen Hals des Priesters auf sein Gesicht aus. Er ringt um Fassung. „Wie wir alle so leidvoll wissen, ist es ein Unrecht, dass der Stein sich im Besitz des Dorfes befindet. Und ein Unrecht kann nur dadurch gesühnt werden, dass man bereit ist, ein Opfer zu erbringen. Unser Herr, in dessen unendlicher Macht es liegt, uns zu strafen oder uns zu verschonen, hat uns ein Zeichen geschickt, indem er uns seinen Diener sendet, einen Mineralogen, der den Stein gewiss in aller bescheidenen Demut und Frömmigkeit entgegennehmen wird. Es ist unsere Pflicht, die Sünden unserer Vorväter zu sühnen und Gottes Zorn zu besänftigen. Wenn wir dieser Pflicht nicht nachkommen, wird die Strafe, die uns ereilt, unermesslich sein!"

In den Reihen der Gläubigen hält man vor blankem Entsetzen die Luft an. Der Bürgermeister, der zwischenzeitlich wieder Platz genommen hat, erhebt sich nochmals. Dieses Mal fixiert er den Priester mit zornigem Blick. Sekundenlang starren sich die beiden Männer an, bevor der Bürgermeister seine Bass-Stimme erklingen lässt.

„Dieser Kristall gehört zu unserem Dorf, solange ich denken kann, solange mein Vater denken konnte, und dessen Vater und Vatersvater. Dieser Kristall ist in den Tiefen unserer Gruben entdeckt worden, und somit ist er unser Eigentum. Mag sein, dass das jemand, der von woanders kommt, nicht versteht, aber hier versteht man das!"

Der junge Priester, der tatsächlich nicht aus dem Dorf stammt, sondern aus der Nachbargemeinde, zuckt bei diesen Worten zurück, als habe er sich an der Altarkerze verbrannt. Der Bürgermeister nimmt das zum Anlass, sich wiederum der Gemeinde zuzuwenden, und verkündet:

„Ich sage, wenn wir den Kristall so unbedingt hergeben sollen, dann werden wir ihn verkaufen, und zwar zu einem ordentlichen Preis!"

Just in diesem Augenblick zerreißt ein Donnerschlag die nächtliche Stille mit solcher Kraft, dass das Glas der Kirchenfenster klirrt und die Flammen der Kerzen flackern. Kinder wimmern, einige der feinen Damen verlieren das Bewusstsein, während die Bäuerinnen sich die derben Hände vors Gesicht schlagen. Selbst aus dem zuvor noch zorngeröteten Gesicht des Bürgermeisters ist mit einem Mal alle Farbe gewichen. Ohne ein weiteres Wort lässt er sich auf die Bank sinken. Dem Vorschlag des Pfarrers wird nicht mehr widersprochen.

3 Laut Stadtplan lagen zwischen dem Muséum National d'Histoire Naturelle und dem Musée Valentin Haüy weniger als zwei Kilometer. Trotzdem brauchte Hanna mehr als eine Stunde zu Fuß, bis sie den Boulevard des Invalides erreichte. Wieder und wieder hatte sie sich unterwegs in den belebten Straßen ablenken lassen, war kleinen Seitengassen gefolgt, hatte sich von den Schaufenstern der Geschäfte zum Trödeln verführen lassen. Nach den Wochen in der Provinz tat es gut, endlich wieder in einer Großstadt zu sein. Die belebten Straßen, voll von Menschen, die es eilig hatten, von einem Ort zum anderen zu kommen, ließen Hanna sich wach und lebendig fühlen. Sie beneidete die Leute, die an den Tischen der Straßencafés saßen und sich die Sonne ins Gesicht scheinen ließen. Später würde sie es ihnen gleichtun, schwor sie sich, während ihr der Duft des Café crème, den eine Kellnerin knapp an ihrer Schulter vorbeibalancierte, in die Nase stieg. Doch zuvor wollte sie auch dem Bruder von Monsieur Mais-Non einen Besuch abstatten.

Hanna erkannte, dass sie richtig war, als ihr zwei Männer mit weißen Stöcken entgegenkamen. Sie bog vom Boulevard des Invalides in die Rue Duroc ein und hielt auf ein modernes weißes Gebäude zu, das im Erdgeschoss einen Laden mit Blindenhilfsmitteln beherbergte. An dem Geschäft zog sie vorbei, zum Haupteingang des Blindeninstituts. Es gab kein Schild, das auf das Museum hingewiesen hätte. Hanna betrat die Vorhalle und wandte sich an die Frau am Informationsschalter. Ja, das Museum befinde sich hier. *„Là-bas"*, durch diese Türe und dann links die Treppe hoch, den Schildern nach.

Die Verbindungstür führte vom Neubau in einen älteren Trakt des Gebäudes. Der altersgraue Linoleumboden erinnerte Hanna an Krankenhausflure. Nackte Leuchtstoffröhren strahlten kalt von der Decke herab. Sie erreichte eine blaue Brandschutztür, auf der ein mit Computerdruck beschrifteter Zettel klebte: *Musée*. Die Tür gab den Weg frei in einen Raum, in dem die Zeit stehengeblieben zu sein schien. Die Wände dunkelrot gestrichen, mit edlen Vitrinen aus glänzendem Holz bestückt. Für einen Augenblick dachte Hanna an ihre Mutter – für Vera würde so das Zimmer ihrer Träume aussehen. Hanna ließ ihre Blicke schweifen, über die Tische mit den aufgeschlagenen Büchern hinweg, schwere, in Leder gebundene Exemplare, auf deren papierenen Seiten die Buchstaben reliefartig emporstanden, als wollten sie wortwörtlich ins Auge springen. Eine Sammlung von altertümlichen Schreibmaschinen und ähnlichen Apparaturen, Hilfsmittel zum Transkribieren von Blindenschrift in Schriftzeichen für Sehende – und umgekehrt. Skulpturen, ausgestopfte Tiere und andere Objekte, die zum Betasten einluden. Rechts neben der Tür empfing ein Globus die Besucher, der Erdball so groß, dass Hanna ihn nicht mit den Armen hätte umfassen können. Die blau gefärbte Holzkugel, deren Oberfläche mit Erhebungen die Erdteile plastisch darstellte, war über und über mit kleinen Schildern aus Metall bestückt, auf denen die Punkte der Brailleschrift zu ertasten waren. Unwillkürlich ließ Hanna ihren Zeigefinger über eines der Schilder streifen. Wie es möglich war, die unterschiedlichen Anordnungen der Punkte mit dem Tastsinn zu unterscheiden, war ihr schon immer ein Rätsel gewesen.

„Bonjour!", ertönte eine feine Stimme, deren Ursprung Hanna hinter den Regalen und Pulten vermutete, die den Raum zur rechten Seite hin begrenzten.

Im nächsten Moment trat eine Dame hinter den Regalen hervor. Sie war zierlich, grauhaarig, wirkte dabei zugleich alterslos, die helle Haut wie aus Papier gemacht. Das einzig Farbige an ihr war der rote Rollkragenpullover, der auf die Wände um sie herum abgestimmt zu sein schien. Die Dame reichte Hanna die Hand zur Begrüßung und begann sogleich, auf sie einzureden. Der Name Valentin Haüy fiel mehrfach, während die Frau auf verschiedene Bereiche der Ausstellung wies.

„Excusez-moi", unterbrach Hanna den Vortrag mit einem entschuldigenden Lächeln, *„je parle juste un peu français!"*

Die Dame erwiderte das Lächeln.

„Is it something particular you are looking for?"

Hanna zuckte mit den Schultern und ließ ihren Blick durch den Raum streifen. Gute Frage, wonach suchte sie eigentlich? *„I don't think so. I'm just interested in Valentin Haüy, I guess."*

Sogleich geriet die Museumswärterin ins Schwärmen.

Der Namensgeber des Museums hatte nicht nur die erste Blindenschule Frankreichs gegründet, kostenfrei und für alle Schichten zugänglich, wodurch er den Umgang der Gesellschaft mit Blinden revolutionierte, sondern auch in anderen Ländern Europas die Entstehung solcher Institutionen vorangetrieben.

In einer Vitrine war ein weiteres altes Buch mit reliefartigem Druck ausgestellt. Dies sei das allererste Exemplar gewesen, erzählte die Dame. Valentin Haüy hatte diese Schrift selbst entwickelt, um Bücher für Blinde und Sehende gleichermaßen lesbar zu machen.

Ein Brief von Valentin Haüy befand sich ebenfalls dort, die geschwungene Unterschrift in Tusche mehr gemalt als geschrieben, mit Schleifchen und Schlingen verziert, die ein kunstvolles Ornament bildeten. Hannas Blick fiel auf eine aufgeschlagene Mappe, die neben weiteren Schriftstücken und Kupferstichen hinter dem Glas präsentiert wurde. Die Inschrift war auf Deutsch verfasst: *ZWÖLF LIEDER auf ihrer Reise in Musik gesetzt, widmet der besten edelsten Fürstin LOUISE, verwittweten Herzogin zu Sachsen-Meynungen, gebohrnen Prinzessin von Stollberg-Geudern, ihrer gnädigen Gönnerin als ein geringes Zeichen ihrer tiefsten Verehrung, MARIA THERESIA PARADIS.*

Die Museumsmitarbeiterin, die Hanna nicht von der Seite gewichen war, folgte ihrem Blick.

„Mademoiselle Paradis, a blind pianist and composer. She inspired Valentin Haüy when they met here in Paris."

Hanna hörte sie kaum. Wie gebannt starrte sie auf das kleine ovale Bildnis, das in einem aufgeklappten Medaillon neben der Mappe präsentiert wurde. Ein Porträt der Komponistin, in altmeisterlichem Stil gemalt, die Farben auch nach mehr als zweihundert Jahren noch lebendig leuchtend. Eine dünne Locke aus echtem Haar, vom Alter ausgeblichen, umrahmte das Bild. Es war nicht die nach Art der damaligen Mode aufgebauschte Frisur, die Hanna in ihren Bann zog. Es war nicht der selbstbewusste Gesichtsausdruck, mit dem die Musikerin den Betrachter anzuschauen schien, nicht die stolze Haltung. Das, was Hanna beim Anblick des Bildes den Atem raubte, war die Kette am weißen Hals von Maria Theresia Paradis, genauer gesagt, der Anhänger. Ein ungewöhnlich großer geschliffener, blauer Edelstein.

Saint-Just-en-Chaussée, 1750 – Laach, 1783

Obwohl die Sonne eben erst aufgegangen ist, wärmt sie die Wege und trocknet die Pfützen, die der Regen der vergangenen Nacht hinterlassen hat. René und sein kleiner Bruder Valentin laufen barfuß über den Lehm, der feucht zwischen ihren Zehen aufquillt. Sie werden sich die Füße waschen müssen, bevor sie die Abtei betreten. Frère Antoine stellt ihnen dafür jeden Sonntag eine Schüssel und ein Stück Lavendelseife auf die Türschwelle. Wenn sie Glück haben, ist das Wasser von der Sonne bereits ein wenig angewärmt.

Im Kloster heißen fast alle Frère, und manche sogar Père. Valentin findet das lustig, aber er ist auch erst fünf. René versteht schon mehr von der Welt, er ist sieben, und die Mutter nennt ihn *mein Großer*. Ihr echter Père, Just Haüy, läuft ihnen wie an jedem Sonntag mit eiligen Schritten voraus. Es ist seine Aufgabe, dreimal täglich die Angelus-Glocken in der Abbaye St. Just zu läuten, zu Laudes, Sext und Vesper, um damit ganz Saint-Just-en-Chaussée zum Gebet zu rufen. Jeden Sonntag dürfen Valentin und René den Vater begleiten. Beim ersten Hahnenschrei springen die Jungen von ihrer Schlafstätte auf, um sich ja nicht zu verspäten.

René tritt durch die schwere, bronzeverzierte Tür, und ihn überkommt ein Gefühl von großer Ruhe. In den Mauern des Klosters herrscht eine Stille, wie er sie sonst nicht kennt. Zu Hause sind immer Geräusche zu hören – das Klappern des Webstuhls, an dem Vater und Mutter tagein, tagaus sitzen. Das Gemecker der Ziegen im Stall, das Kakeln der Hühner. All dies wird von den dicken Klostermauern abgehalten, die lauten Stimmen der Menschen auf der Gasse ebenso wie das Gezwitscher der Vögel, das Summen der Bienen, das Zirpen der Zikaden. Stille. So dass die abgedunkelte Welt im Inneren dieser Mauern, diese Welt, die er nur mit frisch gewaschenen Füßen betritt, ihm so heimelig erscheint wie das Innere einer Muschel. Auf dem kühlen Steinboden unter seinen Fußsohlen ist nicht ein einziges Körnchen Sand, Staub oder Dreck zu spüren. Die Schritte der Frères und Pater, die in ihren hellen Gewändern durch die Gänge gleiten, sind kaum wahrnehmbar, sodass René den Eindruck nicht loswird, sie müssten schweben. Sie sprechen sanft, mit gedämpften Stimmen. Manche lächeln ihn und seinen kleinen Bruder nur an, streichen den Kindern gelegentlich über den Haarschopf, den die Mutter wie jeden Sonntag energisch gebürstet und mit Wasser glattgestrichen hat. Schweigend folgen sie ihrem Vater und Frère Antoine über die kühlen Gänge, aus deren Tiefe jetzt Gesang ertönt. Männerstimmen, die zu einem einzigen, tiefen Klang verschmolzen sind wie ein Fluss, der doch aus unzähligen Strömen besteht. Der Klang durchfließt die Gänge, füllt sie aus, und René überkommt wie jeden Sonntag der unbändige Wunsch, dorthin zu gehen, nein, zu rennen, wo der Gesang entspringt. Er möchte an die Quelle laufen, möchte ihn in sich aufnehmen, diesen Klang, möchte sich damit volllaufen lassen.

Während Frère Antoine die Tür zur Klosterküche aufschließt, legt der Vater flüchtig die Hand auf Renés Schulter und nickt den beiden Jungen zu. Dann setzt er seinen Weg alleine fort, um zu den Glocken zu gelangen.

„Wenn du einmal größer bist, werde ich dich dorthin mitnehmen", hat er zu René gesagt und ihm von dem strahlenden Glanz der hundert und aberhundert Kerzen erzählt, die jeden Sonntag in der Kathedrale erstrahlen.

Die Klosterküche ist ebenso schattig wie der Gang draußen, jedoch strahlen die Wände hier Wärme aus wie die sonnenbeschienene Steinmauer zu Hause, auf der René und Valentin an heißen Tagen Eidechsen fangen. Der Geruch von Feuer und frischgebackenem Brot schlägt den Jungen entgegen.

„Nichts wie rein, Kinderchen!", sagt Frère Antoine fröhlich und wedelt mit den Armen, als wollte er nicht zwei schüchternen Jungen, sondern einer ganzen Herde Schafe den Weg weisen. „Gleich gibt's was Feines, ihr seid doch gewiss am Verhungern!"

Wenig später sitzen René und Valentin an dem derben Holztisch in der Mitte des Raumes, an dem üblicherweise die Köche die Speisen zubereiten. Am frühen Sonntagmorgen macht sich Frère Antoine selbst an den Töpfen zu schaffen, legt Holz im Herd nach, klappert mit den gusseisernen Gerätschaften, wärmt die Milch über dem Feuer und scheint an alldem die größte Freude zu haben. Er presst einen Laib Brot an seine massige Brust und schneidet dicke Scheiben ab. Die Laibe im Kloster sind doppelt so groß wie die, die René von zu Hause kennt. Er muss die Scheibe mit beiden Händen halten. Sein Bruder Valentin zupft sein Brot gierig auseinander, tunkt das weiche Innere in die Milch und saugt die Stückchen geräuschvoll aus, ehe er sie in seinem kleinen Mund verschwinden lässt. Dabei läuft ihm ein weißes Rinnsal übers Kinn, das er mit dem Hemdsärmel abwischt. „Mehr!", ruft er, sobald seine Brotscheibe vertilgt ist, und Frère Antoine kommt dieser Aufforderung mit vergnügtem Eifer nach. René ist die Gefräßigkeit seines Bruders peinlich. Obwohl auch ihm das Wasser im Mund zusammenläuft, zwingt er sich dazu, mit Ruhe und Maß zu essen. Andächtig bricht er kleine Stücke von seinem Brot ab, bemüht, nicht einen Krümel, nicht einen Tropfen Milch zu verschwenden.

„Schmeckt's dir nicht, mein Junge?" Frère Antoine macht ein bekümmertes Gesicht. „Iss nur", nuschelt er mit vollem Mund, „iss, mein Kind!"

René möchte ihm gerne sagen, dass es ihm sehr wohl schmeckt, wie jeden Sonntag, und dass er ihm und allen im Kloster dankbar ist, doch er wird vom ersten Glockenschlag unterbrochen. Es ist die tiefe Glocke, die der Vater scherzhaft den „dicken Albert" nennt, wie Onkel Albert, der als Koch in einem reichen Haus arbeitet. Der dicke Albert oder einfach der Dicke oder einfach nur Albert, den in Schwung zu setzen dem Vater immer einige Mühe abverlangt. Wenn ihm abends die Schultern schmerzen, schiebt er Albert die Schuld zu. Die Maria schlägt leichter an, ihr hoher, reiner Klang perlt fröhlich vom Kirchturm über ganz St. Just herab. Albert und

Maria, der Dicke und die Schöne. Vater Haüy verbringt so viel Zeit mit den Glocken, dass er über sie spricht, als wären sie alte Bekannte. René mag es nicht, wenn der Vater so redet, er findet das lästerlich. Valentin hingegen kann sich darüber ausschütten vor Lachen.

Beim ersten Schlag vom dicken Albert hat Frère Antoine seine Milchschale abgesetzt.

„Angelus Domini", sagt er nun und faltet seine fleischigen Hände, „nuntianit Mariae et concepit de Spiritu Sancto."

„Ave Maria", fallen René und Valentin im Chor ein.

„Gegrüßt seist du, Maria, voll der Gnade", während der zweite Schlag des dicken Albert ertönt. „Du bist gebenedeit unter den Frauen, und gebenedeit ist die Frucht deines Leibes, Jesus."

Die Pause, die nach dem dritten Glockenschlag eintritt, lässt René wie jedes Mal das Atmen vergessen, weil die plötzliche Stille so wirkt, als sei die Zeit stehen geblieben.

„Sancta Maria, Mater Dei", spricht Frère Antoine in die Stille hinein, singt es eher, als dass er es spricht, und auch René erlaubt seiner Stimme, die Tonlage zu wechseln, „ora pro nobis peccatoribus", Frère Antoine blickt von der Tischplatte auf und bedenkt René mit dem Anflug eines Lächelns, „nunc et in hora mortis nostrae."

Tief im Inneren der Klostermauern ertönt wiederum der Dicke, so gewaltig, dass man meint, die Schwingungen der Glocke müssten sich durch das uralte Gestein übertragen, den Schlag nachzittern lassen, bis in die Knochen der Menschen hinein, die ins Gebet vertieft sind.

„Amen", antworten die Jungen.

Der nächste Schlag der Glocke setzt zusammen mit der Stimme des Kirchenmannes ein, verschmilzt mit ihr zu einem einzigen Ton.

„Ecce ancilla Domini – Fiat mihi secundum verbum tuum."

„Gegrüßt seist du, Maria", fügen die beiden Jungen an.

René zieht die letzte Silbe in die Länge, um sie erst mit dem dritten Glockenschlag ausklingen zu lassen. Wieder folgt Stille auf die Schlagfolge, und diesmal lässt auch Frère Antoine volle zehn Sekunden verstreichen, während er René nachdenklich mustert. Die letzte Schlagfolge wird eröffnet, und mit dem Glockenklang findet Frère Antoine zu seinem Gebet zurück.

„Et verbum caro factum est et habitanit in nobis."

„Ave Maria", antworten die Kinder, und René schließt die Augen, „voll der Gnade", singt er und moduliert dabei die Tonhöhe, „der Herr ist mit dir und mit deinem Geiste", während Valentin und Frère Antoine verblüfft innehalten, lauschen. „Heilige Maria Mutter Gottes", singt René, als der nächste Schlag des dicken Albert in der Luft zittert, „bitte für uns Sünder", reinster, glockenheller Gesang, „jetzt und in der Stunde unseres Todes." Ohne es zu bemerken, hat sich René vom Stuhl erhoben, steht aufrecht, singt mit geschlossenen Augen und endet, „Amen", mit dem Ausklang des letzten Schlages des dicken Albert.

Hell und klar setzt nun die Marienglocke ein. René kommt zu sich, schlägt die Augen auf und schaut in das verblüffte Antlitz von Frère Antoine. Auch Valentin starrt ihn an, der Mund steht ihm offen. Die Maria antwortet dem dunklen, gebieterischen Ton Alberts mit freudigem, ausgelassenem Überschwang. René spürt die Hitze in seinen Kopf steigen, seine Ohren glühen.

„Ich bitte um Verzeihung", flüstert er, den Kopf zu Boden gesenkt. „Ich weiß nicht, wie es mich so hat mitreißen können."

„Aber nicht doch, nein! Du musst dich nicht entschuldigen!" Frère Antoine berührt ihn sanft am Arm. „Das war wundervoll!"

Im Augenwinkel des Frère glitzert eine Träne, die er mit dem Ärmel seiner Kutte abtupft. Er räuspert sich. „Lasst uns nun mit dem Mahl fortfahren."

Valentin greift sogleich zu und stopft sich das nächste Stück Brot in den Mund, während die Marienglocke munter weiter schlägt. René jedoch glaubt, nie wieder etwas essen zu können. Sein Körper fühlt sich an, als würde er schweben. In seinen Adern prickeln tausend Ameisenbisse. Ihm ist, als habe Gott ihm ans Herz gegriffen, als müsse er leuchten in der Dunkelheit dieser Klosterküche.

Als der Vater wenig später zurückkehrt, um die Jungen abzuholen, nimmt Frère Antoine ihn zur Seite. Obwohl Valentin und René die Ohren spitzen, verstehen sie kein Wort. Erst auf dem Heimweg, als sie das Dach ihres Häuschens bereits hinter der alten Buche durchschimmern sehen, rückt der Vater mit der Neuigkeit heraus.

„Ihr werdet von nun an jeden Morgen mitkommen", sagt er. „Frère Antoine will euch unterrichten, alle beide."

„Jeden Morgen Brot und Milch?" Valentin macht kleine Luftsprünge vor Freude. Der Vater lacht.

„Jeden Morgen Brot und Milch", sagt er und wuschelt seinem Jüngsten durch die Haare, „und Gelehrsamkeit!" Dann dreht er sich zu René um, der vor Überraschung stehengeblieben ist. „Und du wirst der jüngste Chorsänger unserer Abtei! Kannst du dir vorstellen, was das für eine Ehre ist?"

René Just Haüy hat sich auf einer der hölzernen Bänke niedergelassen, die die Wände des Kreuzgangs flankieren. Im Erwachen ist ihm, als spüre er noch immer die feste Hand des Vaters auf seiner Schulter ruhen. So eindringlich hat dieser Traum die Erinnerung an jenen längst vergangenen Tag seiner Kindheit zu ihm zurückgebracht. Diesen denkwürdigen Tag, der sein weiteres Leben prägen sollte – und das seines Bruders.

Frère Antoine hatte ihnen täglich Privatstunden gegeben. Ausschlaggebend für diese besondere Behandlung war zweifelsohne Renés Gesangsstimme gewesen, die den Chor der Abbaye bereicherte. Doch auch die Wissbegierde und Aufgewecktheit der beiden Jungen waren bestechend, sodass sich nach kurzer Zeit alle Angehörigen des Klosters an der Bildung der Kinder beteiligten, sie an ihrem Wissen, ihren Forschungen, ihrer Gedankenwelt teilhaben ließen. Nach wenigen Wochen hatte sich herauskristallisiert, dass René im hohen Maß für die Theologie und die Natur zu begeistern war, Valentin stattdessen eine besondere Begabung für das Erlernen von Sprachen zeigte. Während René mit Frère Antoine

Herbarien zusammenstellte und seine Beobachtungen über die Botanik notierte, deklinierte Valentin altgriechische Vokabeln mit Frère Nikolaides oder übte sich in der gepflegten englischsprachigen Konversation mit Frère Barry. So ging das einige Jahre lang, bis die Priester beschlossen, dass es nun an der Zeit sei, die wissbegierigen Brüder nach Paris zu senden, wo sie als Stipendiaten am Collège Navarre Aufnahme fanden.

René Just erhebt sich, um die Schlaftrunkenheit abzuschütteln. Ihr erster Morgen im Kloster Laach hatte in aller Frühe begonnen, bereits um fünf Uhr waren die Mönche in der Krypta zum Gebet versammelt. Obgleich er es in Paris immer mit dem frühen Aufstehen hält und sich stets vor der Sonne erhebt, ist es ihm an diesem Morgen nicht leichtgefallen. Die Mühen der Reise haben seine Knochen schwer wie Blei gemacht. Valentin hat die frühe Messe natürlich ausfallen lassen, für René selbst kommt das nicht infrage. Hier nun hat ihn die Müdigkeit also doch noch eingeholt. René Just reibt sich die Augen und hofft, dass ihn niemand beim Schlafen beobachtet hat.

Der Kreuzgang gehört zur Vorhalle der Abteikirche. Doppelsäulige Arkaden umschließen ein kleines Karree, in dem sich ein Garten befindet. Haüy lässt seinen Blick über die Rabatten schweifen. In der Mitte der Grünfläche prangt ein Brunnen, eine von vier Steinlöwen getragene Wasserschale. Die majestätische Ruhe, die von diesem Ensemble ausgeht, findet sich auch in den Arkadengängen mit ihren harmonischen Bögen wieder.

Nun dringt Gesang an die Ohren des Abbés, ein tiefer, aus vielen Männerkehlen zusammengesetzter Klang, der aus der Abteikirche zu ihm herüberweht und den er aus seinem Traum wiederzuerkennen meint. Das also war es, was ihn in seine Kindheit zurückversetzt hat, der Gesang der Mönche, wie er ihn so viele Male in der Abbaye Saint-Just gehört hat. Die Choräle und diese besondere, den Klöstern vorbehaltene Atmosphäre, die zuhause in Saint-Just-en-Chaussee ebenso spürbar war wie jetzt hier.

René Just findet seinen Bruder, wie vermutet, in der Bibliothek. Er lässt seinen Blick durch den abgedunkelten Saal schweifen, über die deckenhohen Regale hinweg, angefüllt mit dem Wissen der Welt. Buchrücken an Buchrücken warten die Folianten darauf, in die Hand genommen, aufgeschlagen, gelesen zu werden. Die großen, in derbes Leder gebundenen Exemplare, die man mit beiden Händen fassen muss und erst aufschlagen kann, nachdem man sie auf dem Tisch abgelegt hat, haben ihren Platz in den untersten Reihen. Darüber kommen die kleineren Duodez- und Sedezformate. Das Wissen der Jahrhunderte, auf Papier gebannt. René weiß, wie sehr Valentin es liebt, Stunde um Stunde mit Lektüre zu verbringen, die hölzernen Sprossen der Bibliotheksleiter bis nach oben zu steigen, um auch an das dort gelagerte Gedankengut zu gelangen. Wenn es nach Valentin ginge, würde er sich Tag und Nacht in der Bibliothek aufhalten, damit ihm nicht eine Seite, nicht ein Wort dieses immensen Schatzes entgeht.

Auch der Abbé empfindet eine helle Freude beim Gedanken daran, sich nun bis zum Abendbrot der Lektüre zu widmen. Der dichte gelbe Nebel, der schon in der Frühe über dem See lag und den ganzen Tag über nicht gewichen ist, lässt auch für den nächsten Tag keine Wetterbesserung erwarten. Die Vorbereitungen der Weiterreise nach Steffeln eilen daher nicht.

4 Auffällig waren die Augen. Sie schienen den Betrachter zu fixieren. Ein eindringlicher, wacher Blick. Nicht die Augen einer Blinden.

Auf alten Schwarz-Weiß-Fotos von Hannas Oma Gerda war das blinde Auge retuschiert worden, sodass statt des gräulich-weißen Schleiers auf dem Augapfel eine klar konturierte, dunkle Iris zu sehen war. Ein gemaltes Auge.

Die Künstlerin, die das Bildnis von Maria Theresia Paradis angefertigt hatte, wollte offensichtlich ebenfalls die Blindheit zugunsten der Ästhetik wegidealisieren.

Hanna hatte das Gemälde im Musée Valentin Haüy mit ihrem Handy fotografiert. Nun saß sie im Aufenthaltsraum des Hostels, in dem sie ein Bett für die Nacht gebucht hatte, und betrachtete das Porträt auf dem Computerbildschirm. Nebenan hatte sich eine Gruppe Spanier auf dem abgewetzten Sofa breit gemacht. Doch Hanna blendete das laute Gelächter, die Musik und Gespräche aus. Sie scrollte über das vergrößerte Abbild der längst verstorbenen Pianistin. Maria Theresia Paradis, geboren 1759 in Wien, gestorben 1824 ebenda. Pianistin, Sängerin, Komponistin, Musikpädagogin. Seit frühester Kindheit blind. Das und einiges mehr konnte man im Internet nachlesen. 1784 war sie in Paris gewesen, im Zuge einer mehrjährigen Tournee durch Europa.

Das Gemälde zeigte eine Frau in stolzer Haltung, wie eine Adelige. Eine aufwändig gestaltete Haarpracht umrahmte das freundliche Gesicht mit hoher Stirn, gerader Nase und diesem intensiven, wenn auch gewiss von der Malerin frei erfundenen Blick. Der Mund war schön geformt, ein sinnlicher Schwung der Lippen. Am Übergang zum Hals deutete sich ein Ansatz zum Doppelkinn an, was der Komponistin Weichheit verlieh. Der großzügige Ausschnitt des Dekolletés bildete einen Rahmen für den Kristall, der auf der weißen Haut deutlich hervorstach. Hanna schien es, als sei er der eigentliche Mittelpunkt des Gemäldes. Der intensive Blauton des Edelsteins war auch über die Jahrhunderte nicht verblasst. An einer zierlichen Kette hängend zog er die Aufmerksamkeit des Betrachters auf sich.

Wenn Hanna den Angaben im Internet vertrauen konnte, war die Mappe mit den *Zwölf Liedern*, denen das Bildnis von Maria Theresia Paradis im Museum zur Seite gestellt worden war, 1786 gedruckt worden. Die Druckkosten hatte Herzogin Louise Eleonore zu Hohenlohe-Langenburg spendiert, daher die Widmung. Das Porträt stammte dagegen aus einem anderen Jahr. Auf dem Schild, das man dem Medaillon in der Ausstellung zugeordnet hatte, war *Faustine Labille-Lebrun* als Malerin angegeben, sowie der Zusatz *Paris 1784*.

Mendig – Laach, 1783

Sie haben sich in aller Frühe versammelt, in tiefer Dunkelheit. Der unheilschwangere Nebel mit dem Geruch von Fäulnis und dem Geschmack von Verderben hat den Menschen in Mendig keine Ruhe gelassen. Ein Dutzend Tage, an denen die Sonne nur noch als Schimmer an einem gelb verfärbten Himmel wahrnehmbar ist. Die Arbeit auf den Feldern muss ruhen, die Saat verdirbt, das Vieh verreckt. Die Menschen fühlen sich elend, geschwächt von der verpesteten Luft, krank vor Sorge. Die Angst geht um, im Nebel hielten sich Teufel versteckt, die nur darauf warteten, Tod und Elend über die Gemeinde zu bringen. Bei Sonnenaufgang und Sonnenuntergang ist der Himmel blutrot gefärbt.

Selbst der Klang der Glocken scheint an diesem frühen Morgen vom Nebel gedämpft. Vor dem Portal der Kirche stehen die Fackelträger Spalier. Der Thuriferar, das Rauchfass schwenkend, tritt als Erster aus dem Gotteshaus, begleitet vom Navikular, der das Weihrauchschiffchen in Händen hält. Ein dritter Messdiener folgt den beiden, der Crucifer, das Vortragekreuz am mannshohen Stab tragend. Ihm zur Seite zwei Ceroferare. Im Nebeldunst, der durch den Qualm des verbrennenden Weihrauchharzes noch verstärkt wird, will es ihnen kaum gelingen, mit dem Schein der Kerzen das Kruzifix zu erhellen. Als Nächstes kommen der Bannerträger, dann die jüngeren Akolythen. Der Kantor stimmt als Vorsänger die Große Litanei an: „Herr erbarme dich", die versammelte Gemeinde geht in die Knie und antwortet im Wechselgesang: „Herr, erbarme dich", während die Konzelebranten durch das Spalier der Fackelträger schreiten, gefolgt vom Diakon mit dem Evangeliar.

„Christus, erbarme dich", singt der Liturg, und die Gemeinde intoniert das Echo.

Der Priester, der in seinem weiten violettfarbenen Gewand fast zu ertrinken scheint, trägt auf einem Kissen aus Samt den Stein des

Anstoßes wie eine Reliquie vor sich her. Das Licht der Fackeln lässt das Blau kurz aufleuchten, dann wird auch dieser Anblick wieder von der Dunkelheit verschluckt. Die Gemeinde, die angesichts des Kristalls den Atem angehalten hat, fährt mit dem Gebet fort: „Gott Vater im Himmel, erbarme dich unser."

Einer nach dem anderen erhebt sich aus der knieenden Haltung und schließt sich der Prozession an. Schleppend setzt sich der lange Tross in Gang.

„Gott Sohn, Erlöser der Welt, erbarme dich unser."

Der Bürgermeister, den Kopf gesenkt, singt nicht mit, sondern schimpft leise vor sich hin: „Blödhammel! Ännfallsbinsel!", womit er niemand anderen als den jungen Priester meint. Seine Frau, die mit den Kindern hinter ihm geht, stößt ihn schmerzhaft in die Seite.

„Gott Heiliger Geist, erbarme dich unser!", singt der Kantor, während die Wohlhabenden des Dorfes aufrücken, die Mühlsteinhändler, die Grubenbesitzer.

„Heiliger dreifaltiger Gott, erbarme dich unser!"

Es folgen der Doktor, der Apotheker, die Herren vom Gemeinderat. „Heilige Maria Mutter Gottes, bitte für uns", die Handwerker reihen sich ein, schließlich die Ackerer, „Heilige Jungfrau über allen Jungfrauen – bitte für uns, heilige Engel Gottes – bittet für uns", danach die Steinbrecher, Leyer genannt. Unter ihnen Peter Klopp der Jüngere, und Peter Klopp der Ältere. Während der langen Liste der Heiligen, die in der Fürbitte angerufen werden, folgen das Gesinde, die Kinder, zuletzt die Alten. Alles, was nicht bettlägerig ist, ist an diesem frühen Sonntag auf den müden Beinen. Ein langer Zug, nur notdürftig von den Fackelträgern beleuchtet, die die Prozession seitlich flankieren.

„Alle Heiligen Gottes, bittet für uns!"

Keine halbe Meile entfernt, im Kloster Laach, sind die Mönche derweil in der Krypta der Abteikirche zur Frühmesse versammelt. Die Gebrüder Haüy, nun seit mehr als einer Woche zu Gast im Kloster, nehmen wie jeden Morgen daran teil. Geborgen von den schützenden alten Mauern erfreuen sie sich an der Pracht der Kerzen und am wohlklingenden Gesang. Der Schwefelgeruch, der draußen herrscht, scheint nicht bis hierher vorzudringen, oder er wird vom Duft des Weihrauchs und des Kerzentalgs verdeckt. Alles wirkt friedlich an diesem Sonntagmorgen.

> Jesus, sei uns gnädig – Herr, befreie uns.
> Von allem Bösen – Herr, befreie uns.
> Von aller Sünde – Herr, befreie uns.
> Von der ewigen Verdammnis – Herr, befreie uns.

Während der Tross über die gepflasterten Straßen zieht, hallt der Gesang von den Wänden der Fachwerkhäuser wider. Doch kurze Zeit später, nach dem Passieren der Dorfgrenze, wo nur noch vereinzelte Holzhütten stehen, schluckt der Nebel den Klang, kaum dass er die Kehlen verlassen hat, und dämpft das vielstimmige Klagelied, bis es nur noch wie Gemurmel klingt.

„Wir armen Sünder!", schreit der Vorsänger mehr, als dass er singt. Sein Hals schmerzt, doch Strophe um Strophe kämpft er gegen den Nebel an, und die Gemeinde antwortet: „Wir bitten dich, erhöre uns!" wie aus weiter Ferne.

In Laach betreten die Mönche und ihre Gäste derweil das Refektorium, wo der Tischdiener das Frühstück eingedeckt hat. Während der Abt, Josef II., das Tischgebet spricht, bleiben alle vor ihren Plätzen stehen. Erst nachdem der Klostervorsitzende geendet hat, werden die Stühle gerückt. Zwei Mönche verteilen das Brot. Der Tischleser beginnt mit der Lesung. Außer ihm sind alle still, die Augen auf den Abt am Kopf des Refektoriums gerichtet. Wenn dieser zu essen beginnt, fangen auch alle anderen damit an.

> „Lamm Gottes, du nimmst hinweg die Sünde der Welt."
> „Herr, verschone uns."

Es hat zu regnen begonnen. Große, pralle Tropfen, die in Strömen vom Himmel fallen, aus der Dunkelheit in die Gesichter der Menschen klatschen, in ihren Mündern einen bitteren Geschmack hinterlassen, in den Augen brennen. Ein schwefelgesättigter Niederschlag, der Haare und Kleidung tränkt, der den Boden aufschwemmt, Rinnsale bildet, Schuhsohlen durchdringt.
Anderthalb Jahrhunderte zuvor lebte ein wohlhabender Mühlsteinhändler namens Bernhard Keib in Mendig. Er sei immer spät zu Bett gegangen, erzählt man sich, und wenn er nach dem Grund gefragt wurde, habe er geantwortet: „Ich zähle nachts mein Geld, und der Teufel hilft mir dabei!" Und geprahlt habe er, er sei so reich, dass er den Weg von Mendig nach Laach mit Glas überdachen lassen könnte. Hätte er das tatsächlich wahr gemacht, so wäre die Prozession trockenen Fußes zum Kloster gelangt. Doch wurde er von den Mendigern der Hexerei beschuldigt und hingerichtet.

„Lamm Gottes, du nimmst hinweg die Sünde der Welt."
„Herr, erhöre uns."

Das Frühstück im Kloster nimmt seinen Gang, der Tischleser blättert Seite um Seite um, lässt seine sonore Stimme in dem großen Raum erklingen, übertönt das zurückhaltende Klappern des Bestecks und der Wasserkrüge ebenso wie das Rascheln der Stoffservietten, das Rücken der Stühle, die gelegentlichen Schmatzer.

Allmählich lässt der Regen nach, und während sich die Prozession dem Kloster nähert, geht blutrot die Sonne auf. Die Mendiger blicken von einer Anhöhe auf den Laacher See und den ihn umgebenden Wald hinab. Die Bäume sind nur schemenhaft zu erkennen, der See ein dunkler Fleck im Grau, das allmählich eine karmesinrote Färbung annimmt. Die aufgehende Sonne ist eine halbrunde Scheibe im Dunst, das erhabene Klostergebäude am Ufer des Sees nur zu erahnen.

„Christus, erhöre uns!"

Hinter den Nebelmassen, im Refektorium des Klosters, haben die Mönche zwischenzeitlich ihr Mahl beendet. Sie erheben sich von den Stühlen und verlassen den Raum ebenso leise, wie sie ihn zuvor betreten haben. Der Tischleser schlägt das Buch zu und begibt sich an seinen Platz neben dem Tischdiener, der ihnen beiden Wasser aus einer Karaffe in die Krüge gießt.

Als sie das Kloster erreichen, nehmen die Mendiger vor der Abteikirche Aufstellung. Die Ministranten und Geistlichen verharren in der Formation, die sie während der gesamten Prozession beibehalten haben. Die Bürger hingegen verteilen sich kreuz und quer auf dem Platz vor der Kirche. Jetzt, wo die Helligkeit des anbrechenden Tages ihre Ängste mildert, geraten sie in Volksfeststimmung. Die Kinder flitzen umher, die Erwachsenen halten Schwätzchen, ein großes Hallo für jedes bekannte Gesicht, das im Nebeldunst erkennbar wird. Rufe und Gelächter werden laut, wo kurz zuvor noch fromme Fürbitten gemurmelt wurden. Es dauert nicht lang, da werden die Mönche auf den Menschenauflauf aufmerksam, wenig später klopft es an der Tür zur Gästekammer.

„Entrez!", ruft Valentin, der sich nach dem Frühstück gemeinsam mit seinem Bruder zur stillen Einkehr zurückgezogen hat. Er hebt den Blick vom Buch und schaut den Klosterdiener, der scheu an der Schwelle stehengeblieben ist, erwartungsvoll an.

„Ich bitte vielmals um Entschuldigung für die Störung, der Herr Abbé wird draußen erwartet, und es scheint, es handele sich um eine Sache von großer Wichtigkeit."

Erst jetzt hebt auch René Just Haüy den Kopf. Verwundert sieht er den Diener an, dessen Anwesenheit er zuvor nicht registriert zu haben scheint. Zu versunken war er in die Betrachtung einiger Minerale, die er in den vergangenen Tagen gesammelt hat, und die ihm nun unter dem Wilsonschen Schraub-Rohrmikroskop ihre überirdische Schönheit offenbaren. Es fällt ihm schwer, sich von dem Anblick loszureißen. *„Un moment, s'il vous plaît!"*

Als die beiden Brüder kurz darauf aus einer Seitentür des Klosters treten, werden sie wie in den vergangenen Tagen von dichtem Dunst empfangen.

Wie aus der Ferne vernehmen sie Stimmen, eine gewisse Aufregung und Gelächter, das zu ihnen dringt. Während sie das Gebäude umrunden und sich der Abteikirche nähern, werden nach und nach Umrisse im Nebel erkennbar. Ein Menschenauflauf – jetzt sind auch die Stimmen deutlicher zu vernehmen –, der sich vor dem Eingang der Kirche gebildet hat.

Valentin spürt, wie ihm angesichts der Menschenmenge das Herz aufgeht. Die ruhigen Tage im Kloster sind ihm nun schon zu lang geworden, und auch wenn ihn die Lektüre und der Austausch mit den Ordensbrüdern bei Laune hält, hat er doch den Eindruck, dass ihm nicht nur der Nebel, sondern auch die Einsamkeit aufs Gemüt schlägt. Er nimmt Männer, Frauen, Kinder ins Visier. Sie haben sich herausgeputzt, wie ihm scheint, und erinnern ihn in ihrer lebendigen Aufregung an die Menschen in den Straßen von Paris an Feiertagen.

René Just hingegen scheint der Anblick des Pulks eher einzuschüchtern. Er fasst den Arm seines Bruders, als müsse er sich stützen, und hält Valentin somit an seiner Seite fest, ehe dieser sich ins Getümmel stürzen kann. Kaum haben sie den Vorplatz erreicht, werden die ersten Rufe laut, „Da ist er!", „Dort, seht doch!", und die Menge, die eben noch gebannt auf das Portal der Kirche geblickt hat, wendet sich den Brüdern zu. René Just Haüy weiß kaum, wie ihm geschieht. Schon ist er von wildfremden Menschen umringt, die ihn bedrängen, die mit hundert Händen nach seiner Kutte fassen, vor ihm auf die Knie fallen. Jemand versucht, seine Hand zu küssen, ein anderer umfasst seine Füße. Der Abbé erstarrt und krallt sich schmerzhaft in den Arm seines Bruders. Noch während Valentin versucht, die Bewunderer abzuwehren, baut sich ein stämmiger, teuer gekleideter Herr vor ihnen auf und deutet eine Verbeugung an.

„Monsieur Haüy!", er brüllt es beinahe, um sich Gehör zu verschaffen. „Es ist uns eine große Ehre, Sie im Namen der Gemeinde Mendig begrüßen zu dürfen!"

Beim Anblick des Bürgermeisters haben die Bewunderer von René Just abgelassen und einen Kreis um die drei Männer gebildet. Valentin beeilt sich, die Ansprache für seinen Bruder zu übersetzen. Währenddessen gerät die Prozession vor dem Portal der Kirche in Unruhe. Die Ministranten werden von hinten angerempelt und treten ungeschickt zur Seite, um ein Spalier zu öffnen, durch das sich der Priester kämpft. Die abgesprochene und sorgfältig eingeübte Choreografie, die beim Heraustreten Haüys aus dem Haupttor der Kirche hätte einsetzen sollen, ist durch das überraschende Erscheinen der Brüder in Unordnung geraten. Der Priester hat Mühe, sich seinen Weg zu bahnen, ohne dabei über sein Messgewand zu stolpern. Das Kissen mit dem Stein, den er über Stunden hinweg feierlich vor sich hergetragen hat, gerät ins Wanken, und so nimmt er den Kristall schließlich in die Hand und steckt das Samtkissen dem nächststehenden Ministranten zu. Als er endlich bei den Brüdern ankommt, stellt er sich demonstrativ vor den Bürgermeister, auch wenn er dabei schon fast mit dem Mineralogen zusammenstößt.

„Monsieur Haüy", raunt er atemlos, „wenn ich Sie bitten dürfte, mich nach vorne zu begleiten?"

Wie ein geheimes Zeichen hebt er dabei den Kristall in seinen Händen ein wenig an. Ein ungeschliffener, dennoch strahlender Kristall von tiefblauer Farbe, wie René Just ihn noch nie zuvor gesehen hat. Wie gebannt folgt der Mineraloge dem Priester und lässt den Bürgermeister dabei grußlos stehen.

Als die beiden Brüder mit dem Geistlichen vor dem Kirchenportal ankommen, verstummt die Menge. In den vorderen Reihen fallen die Menschen auf die Knie. Der Liturg stimmt ein Lied an, und René Just senkt bescheiden den Kopf, ohne dabei den Kristall, den der Priester nur wenige Ellen neben ihm in Händen hält, aus den Augen zu lassen.

„Verehrtester Abbé Haüy", erhebt nun der Geistliche seine Stimme, „wir sind hierhergekommen, um Ihnen als Zeichen unserer Hochachtung dieses bescheidene Geschenk zu überreichen!" Noch ehe Valentin mit der simultanen Übersetzung fertig ist, hat René Just den Kristall bereits ergriffen.

„Lasst uns beten!", ruft der Priester, sichtlich erleichtert, diese Bürde los zu sein. Er bekreuzigt sich, „im Namen des Vaters, des Sohnes und des Heiligen Geistes", und die Menge tut es ihm gleich.

Es ist Valentin, der das Wort ergreift und im Namen seines Bruders der Gemeinde Dank ausspricht, kaum dass das letzte „Amen" verklungen ist. René Just hat es offensichtlich die Sprache verschlagen, wie mesmerisiert scheint er vom Anblick des blauen Steins.

„Und außerdem!", ruft da der Bürgermeister und bahnt sich eine Schneise. „Und außerdem, werte Herren Haüy, liebe Gemeinde, ist es uns eine besondere Ehre, den hochverdienten Abbé Haüy zum Namenspatron unserer ‚Blauen' zu ernennen. Vom heutigen Tage an sollen die Kristalle ‚Haüyne' genannt werden!"

Der Jubel, der nun aufbrandet, spült augenblicklich alle andächtige Benommenheit hinweg. Hüte werden in die Luft geworfen, Mädchen um die Taille gefasst und herumgewirbelt. Während die ersten Mendiger sich lauthals singend auf den Heimweg machen, trägt René Just Haüy behutsam sein Geschenk ins Gästezimmer.

5 Ein großes Fenster im Büro des Mineralogen André Forgeron gab den Blick auf das Hauptgebäude des Muséum National d'Histoire Naturelle frei. Hohe, schmale Scheiben, die das Licht streifenförmig ins Innere des Büros scheinen ließen. Das Fensterbrett war bestückt mit Topfpflanzen, Bücherstapeln und Gesteinsproben. Einen großen Teil des Raumes nahm der ausladende Schreibtisch ein. Die helle Platte aus Holzfurnier verschwand beinahe unter Papierstapeln, Zeitschriften, Büchern und Prospekten. Ein großformatiger Computerbildschirm wurde von einem aufgeklappten Laptop flankiert. Überall dazwischen: Stifte, Fotos, USB-Sticks, Briefe, Steine, Muscheln und Korallenstücke.

An diesem Morgen hatte Hanna zum zweiten Mal das Portal der Mineralogischen Sammlung passiert. Forgeron, der für die ehemalige Sammlung René Just Haüys zuständig war, erwartete sie bereits im Foyer. Ein großer Mann mit schulterlangen dunklen Haaren. Unrasiert und mit locker aufgekrempelten Hemdsärmeln sah er nicht so seriös und bürokratisch aus, wie Hanna das von einem wissenschaftlichen Museumsmitarbeiter erwartet hatte. Obwohl er deutlich über vierzig sein musste, wirkte er fast jungenhaft. Sein Lächeln war ebenso herzlich wie sein Händedruck.

Hanna hatte sich ihre Geschichte am Vorabend zurechtgelegt. Sie sei als freie Mitarbeiterin für das Vulkanmuseum in Mendig tätig und wolle in dieser Funktion Recherchen zu dem verschwundenen Kristall Blau-Auge anstellen. Als sie jedoch dem Mineralogen gegenüberstand, fehlten ihr die Worte. In der französischen Sprache schien es ihr immer, als müsste sie sich mühsam von Ast zu Ast hangeln, anstatt entspannt mit dem Redestrom zu schwimmen.

„Hanna Klopp, *enchantée. Parlez-vous anglais?*"

„*Absolutely!*", strahlte Forgeron sie an. „*Please, come to my office and let's see what I can do for you!*"

Durch eine der majestätischen, hohen Türen waren sie auf einen Gang und schließlich in Forgerons Büro gelangt. Hier nahm Hanna auf einem Sesselchen in einer winzigen Sitzecke Platz.

„Can I get you something to drink?"

„Un café, merci!"

Der Mineraloge klappte die Tür eines Wandschranks auf und gab den Blick auf eine Küchenzeile frei. Er betätigte die Espressomaschine, schenkte Wasser ein und servierte alles mit der Souveränität eines geübten Gastgebers.

„So, what brings you here, except for the coffee?"

Hanna entspannte sich. Englisch konnte sie beinahe so schnell sprechen wie denken.

„Ich komme aus Mendig in der Vulkaneifel", sprudelte sie los. „René Just Haüy hat diese Gegend besucht, ich weiß nicht, ob Ihnen das bekannt ist. Genaugenommen war sein Aufenthaltsort nicht direkt Mendig, sondern ein Kloster in der Nähe, Maria Laach."

André Forgeron nickte. „Die Steffeln-Reise."

Das sagte Hanna nichts, doch sie nickte ebenfalls. „Es gibt bei uns die Legende, dass die Bürger von Mendig Haüy damals einen Kristall überreicht haben. Ein Geschenk. Es handelte sich um ein besonders großes Exemplar eines sogenannten Haüyns. Er wird bei uns Blau-Auge genannt, oder auf Französisch ..."

„L'oeil bleu."

„Oui, merci. Haüy soll diesen Edelstein seiner Sammlung hier im Museum zugefügt haben. So um 1783 müsste das gewesen sein."

„Er war Leiter der Sammlung im Cabinet du Roi, drüben im Haupthaus", mit dem Kinn wies der Mineraloge in Richtung Fenster. „Allerdings erst ab 1802. Seine private Sammlung existierte natürlich schon vorher. Er hat sie später dem Museum vermacht."

Hier fiel Hanna das wissende Nicken leicht, das hatte sie im Internet gelesen. „1814 soll der Kristall gestohlen worden sein", fügte sie an, „und gilt seitdem als verschollen."

„Während der Besetzung von Paris", bestätigte Forgeron.

Er nahm einen Löffel voll Zucker und ließ ihn in seinen Kaffee rieseln. Hanna hatte den Eindruck, als dauere dieser Vorgang eine Ewigkeit.

„Es gibt irgendwo noch Unterlagen dazu", fuhr der Mineraloge endlich fort. „Leider wird die Suche danach schwierig sein, weil wir hier mitten in der Renovierung stecken. Aber wenn Sie möchten, können wir schauen, was sich noch finden lässt."

Hanna griff zum Wasserglas. Ihr Mund war schlagartig ausgetrocknet. „Meinen Sie Unterlagen zur Besetzung", fragte sie heiser, „oder speziell zu diesem Kristall?"

Forgeron sah Hanna an, prüfend, wie ihr schien. Während er ausgiebig in seinem Kaffee rührte, dann den Löffel zum Mund führte. Ein intensiver Blick, den sie erwiderte.

„L'oeil bleu", sagte er schließlich gedehnt, „das geheimnisvolle blaue Auge."

Hanna stellte das Glas zurück auf die Tischplatte. Sie spürte ihren Herzschlag im Hals. „Sie wissen also etwas darüber?"

„Nach der Schlacht auf dem Montmartre Ende März 1814 haben preußische und russische Truppen Paris eingenommen. Die Soldaten tobten, es wurde randaliert, wie das eben so ist. Der Hass auf Napoleon, der Triumph des scheinbaren Sieges. Teile der Truppen waren bis zum Jardin des Plantes vorgedrungen, standen also sozusagen vor den Toren des Museums. Wissen Sie, was dann geschah?"

Der Mineraloge blickte Hanna über den Rand der Tasse erwartungsvoll an. Sie schüttelte den Kopf.

„Alexander von Humboldt, der deutsche Naturforscher, war dem preußischen König als Begleiter zur Seite gestellt. Humboldt lebte zu dieser Zeit in Paris, er kannte sich hier aus. Mit Haüy war er freundschaftlich verbunden, die beiden schätzten einander sehr." Forgeron machte eine Pause, die Hannas Geduld auf die Probe stellte.

„Was passierte dann?"

„Um die Sammlung seines Freundes zu schützen, sorgte Humboldt dafür, dass der König die Plünderung des Museums verbieten ließ." Forgeron stellte die nun leere Tasse schwungvoll auf dem Beistelltisch ab. „Lediglich dieser eine Kristall wurde gestohlen. Irgendwie seltsam, nicht wahr?"

Mendig; Laach – Hillesheim, 1783

Als am Morgen nach der Prozession die Sonne hell am azurblauen Himmel erstrahlt, tanzen die Menschen in Mendig vor Glück auf den Straßen. Das spontane Freudenfest dauert drei Tage an, erst dann nehmen die Ackerer, die Handwerker und Steinklopper ihre Arbeit wieder auf. Der junge Priester wird als Held gefeiert. Ein jeder, ob Frau oder Mann, alt oder jung, schüttelt ihm ergriffen die Hände. Selbst der Bürgermeister. Die Kirche leuchtet im Schein unzähliger Kerzen, der Klingelbeutel ist prall gefüllt, und auch manch andere Opfergabe, darunter sogar eine lebendige Sau, wird in der Kirche abgeladen, um Gott zu danken und zu ehren heut' und auf alle Zeit. Es sind gute Tage für den jungen Priester. Wie in der Gegend üblich, stiftet man überdies vier stattliche Basaltkreuze zum Zeichen der Dankbarkeit, sodass auch die Steinhändler Grund zur Freude haben.

Denn sie wissen ja nicht, dass dem Nebel ein Sommer folgen wird, heißer und unbarmherziger als alle, die man je im Dorf erlebt hat.

Als am Morgen nach der Prozession die Sonne hell am azurblauen Himmel erstrahlt, nehmen die Brüder Haüy dies zum Anlass, ihre Reisetaschen zu packen. Am Tag darauf, dem ersten Juli 1783, lassen sie die Frühmesse ausfallen, um im Morgengrauen die Extrapost zu besteigen, die pünktlich vor der Abtei bereitsteht. Der Postillon, ein uniformierter Mann mit wildem Schnurrbart, der auf den Namen Johann Höner getauft ist und die Gegend kennt wie kein Zweiter, lädt das sorgfältig verschnürte Leinenbündel auf, das Valentin ihm reicht, und in dem sich neben einer dem ländlichen Lebensstil entsprechenden Garderobe sein Reisenecessaire sowie Lektüre befinden. Die Mappe mit den wichtigen Unterlagen gibt Valentin nicht aus der Hand. Sodann verstaut Johann unter den wachsamen Blicken von René Just Haüy noch zwei große hölzerne Kisten mit wissenschaftlichen Apparaturen sowie dessen Ledertasche, die Bücher und Schreibzeug enthält. Den Kristall jedoch trägt der Mineraloge in einem Ziegenlederbeutelchen um den Hals, verborgen unter dem derben Stoff der Kutte. Von den Klosterbewohnern haben sich die Brüder bereits am Vorabend auf unbestimmte Zeit verabschiedet. Ihre Gastkammer, in der sich die weiteren Habseligkeiten der beiden Franzosen befinden, soll reserviert bleiben, sodass sie zurückkehren können, wann immer ihre Exkursion beendet ist.

Valentin hat nicht im Innern der Kutsche Platz genommen, sondern sich neben Johann auf den Kutschbock gesetzt. Wortlos treibt der Postillon die Pferde an, den Blick auf die kräftigen Hinterteile der Tiere gerichtet. Valentin stellt fest, dass der Kutschbock weitaus unbequemer ist als die Sitzpolster für die Fahrgäste. Der schmerzende Hintern wird jedoch durch einen atemberaubenden Ausblick wettgemacht. Von einer Anhöhe hat er zum ersten Mal klare Sicht auf den Laacher See. Eine glatte, dunkelblaue Fläche, in der sich die gerade aufgehende Sonne spiegelt, umgeben von dichtem, dunkelgrünem Wald. Zum ersten Mal ohne den Nebelschleier, der seit ihrer Ankunft über der Welt gelegen und den See sowie alles ringsumher in ein undurchdringliches Graugelb gepackt hatte.

Obgleich er das städtische Treiben von Paris vermisst, weckt die Unberührtheit der Landschaft in Valentin eine große Sehnsucht nach ursprünglichem, freiem Leben. Einer spontanen Eingebung folgend entledigt er sich seines Reisemantels und der Weste, bis er hemdsärmelig dasitzt. „Zurück zur Natur", ruft er freudig aus, „wie schon Rousseau zu sagen pflegte!"

Im Schritttempo geht es durch das Dickicht des Waldes, auf Wegen, die von Wagenrädern gefurcht und von Pferdehufen aufgewühlt sind. Über Wurzelwerk hinweg, das die Räder der Kutsche anhebt und Valentins Hosenboden von der hölzernen Bank einige Zoll in die Luft katapultiert, bevor er unsanft wieder aufschlägt. Neben dem gedämpften Klang der Hufe auf dem weichen Waldboden und dem Ächzen der Karosserie sind zahlreiche Vogelstimmen zu vernehmen. Es scheint, als feierten auch die Tiere des Waldes ein Freudenfest, erleichtert darüber, dass die Sonne wieder ihr wärmendes Licht durch die Wipfel der Bäume schickt, wo es bewegte Bilder auf die Blätter, Büsche und den mit altem Laub bedeckten Boden malt. Majestätische Bäume säumen den Weg, aufrecht und stolz wie antike Säulen. Die Erhabenheit der Natur, denkt Valentin. Zu der leider auch die Mücken gehören, die ihn nun umschwirren. Er schlägt sich mit der flachen Hand in den Nacken und zieht mit der anderen ein Taschentuch hervor, um die Überreste des erlegten Insektes abzuwischen.

„Dau kanns en Möck duutschloon oder honnert, nöttze dät ett joornäus", murmelt Johann in seinen Bart.

Valentin dreht sich zu ihm. „Pardon?"

„Dat war en Büüß-Möck", der Mann weist mit dem Kinn auf Valentins Taschentuch.

„Tut mir leid, ich verstehe Sie nicht", sagt Valentin. „Sprechen Sie vielleicht auch Hochdeutsch?"

Der Postillon zieht die buschigen Augenbrauen hoch. „Esch kann ett emool versööschen", sagt er dann mit einem Schulterzucken.

So erfährt Valentin, während sie durch das Nitztal fahren, dass der Kutscher aus Mendig kommt, wo die Menschen auch heute noch „am Fäieren" seien, aber er, Johann Höner, habe sich die Gelegenheit zum Geldverdienen nicht entgehen lassen können. Ja, Höner heiße er, wie die „Bippe", die Hühner. Und elf Kinder habe er zu versorgen, das zwölfte sei unterwegs, sagt er stolz, „batt sööß-der daa doo zoo?"

Während sie Virneburg passieren und weiter durch die Landschaft rumpeln, gelingt es Valentin nach und nach, die Eigenheiten der Mundart zu unterscheiden, in die Johann unwillkürlich immer wieder zurückfällt. Jedes Dorf hat seinen eigenen Dialekt, erfährt er. In einer Mischung aus dem Mennijer Platt und aus einigermaßen als Hochdeutsch erkennbaren Anteilen schwärmt der Postillon nun von dem Stein, der René Just geschenkt worden ist. „Blau-Aach" nennt er ihn, und es klingt beinahe zärtlich. Während die Pferde unermüdlich ihre Fracht über Hügel und durch Täler ziehen, erzählt er von dem Brauch seines Heimatorts, mit den gesammelten „Blauen" um die Hand der Auserwählten anzuhalten.

Sie queren Brück und Kuttelbach, ehe sie schließlich bei Kelberg eine Rast einlegen, um den Pferden eine Verschnaufpause zu gönnen. René Just Haüy, der sich während der Fahrt in der Kutsche häuslich eingerichtet hat und dem es trotz der holprigen Strecke gelungen zu sein scheint, in diesem improvisierten Laboratorium seine Untersuchungen fortzusetzen, ist nur nach gutem Zureden zum Aussteigen zu bewegen. So versunken ist er in seine Arbeit, dass er erst angesichts des Picknicks, das der Kutscher auf einer am Boden ausgebreiteten Leinendecke auftischt, bemerkt, wie hungrig er ist. In der Hitze des Julinachmittags lassen sich die beiden französischen Gelehrten kalten Braten, Pastete und Weizengrütze schmecken. Johann sitzt derweil auf dem Kutschbock und nagt an einem Kanten Brot. Es kostet Valentin einige Überredungskunst, bis er bereit ist, sich zu seinen Fahrgästen zu gesellen und deren Mahl zu teilen. Es scheint ihm vorzüglich zu munden, und er schlägt auch die Bouteille Weißwein nicht aus.

Nach dem Essen entledigt sich Johann der Uniformjacke und hält ein Nickerchen im Schatten, während der Abbé sich die Füße vertritt. Aus dem Inneren der Kutsche nimmt Valentin einige Bögen Papier und borgt sich Tintenfass und Feder seines Bruders. Er nimmt auf einem umgekippten Baumstamm Platz, taucht die Feder ein und beginnt, die gehörten Geschichten niederzuschreiben.

Aufbewahrung, schreibt er, taucht die Feder erneut ein und unterstreicht das soeben geschriebene Wort.

Anfangs hat man die Steinchen, die einem Mädchen überreicht worden waren, wohl unter dem Kopfkissen versteckt. In den wohlhabenderen Häusern entstand alsbald die Sitte, die Blauen in gläsernen Gefäßen zu verwahren. Die Gläschen, Trinkgefäßen ähnlich, waren mit einem abnehmbaren Deckel gegen Staub und Schmutz geschützt. Die jungen Frauen füllten sie mit den ihnen erbrachten Liebesbeweisen und stellten sie dann in einer Vitrine in der guten Stube zur Schau. Ein Glas für jeden Bewerber. Wenn nun ein junger Mann Interesse an einem Mädchen hatte, musste er so viele Kristalle wie möglich zusammentragen und damit die anderen Anwärter übertrumpfen. An dem Wettbewerb nahm das gesamte Dorf Anteil.

Valentin hebt den Kopf, lässt seinen Blick über die sonnenbeschienene Landschaft streifen.

Nachhilfe, schreibt er dann und unterstreicht auch dieses Wort. *Es gab allerdings auch Gläser, die untenrum von vornherein blau eingefärbt waren, damit sie den Eindruck erweckten, gut gefüllt zu sein. Diese wurden von den Vätern jener Mädchen in Auftrag gegeben, die nicht das Glück hatten, von vielen Verehrern beachtet zu werden. Und der Erfolg blieb nicht aus – angestachelt von der vermeintlichen Konkurrenz fand sich immer noch ein Bewerber, der dem bisher vernachlässigten Mädchen die Steine reichte.*

Von der Stelle, an der Johann sich niedergelegt hat, ist lautes Schnarchen zu vernehmen. Auf der Wiese grasen die Pferde. Ab und zu schnauben sie zufrieden. Ein Schmetterlingspaar tanzt über das Gras.

Liebestat, schreibt Valentin. *Gelegentlich kam es auch vor, dass sich ein Mädchen des Nachts zur Vitrine schlich, um heimlich ein paar Steinchen, einige wenige nur, vom Gefäß des einen in das des anderen Bewerbers umzufüllen. Wenn ein solches Vorgehen ans Licht kam, war der Skandal groß – schließlich hielt das gesamte Dorf im Wirtshaus Wetten ab für den einen oder anderen Kandidaten, und einen derartigen Eingriff in das Geschehen konnte man nicht dulden.*

Die ertappten Mädchen wurden mit Schimpf und Schande aus dem Dorf gejagt. In einigen Fällen waren die bevorzugten jungen Männer anständig genug, der vormals Erwählten zu folgen und mit ihr weit fort ein neues Leben zu beginnen. Viele jedoch waren erzürnt über die vermeintliche Bloßstellung – dass sie es nötig hätten, bevorteilt zu werden! – und schenkten ihre Aufmerksamkeit der nächsten Holden.

Valentin hebt den Blick vom Papier. Sein Bruder kommt vom Waldrand her auf ihn zu.

Aus Gründen der Wettbewerbssicherheit, schreibt Valentin, *wurden die Gefäße in der Folgezeit unter den Augen des Bürgermeisters und des Amtmannes durch den Bewerber befüllt und gleich darauf versiegelt.*

René, der mittlerweile an Valentins Baumstamm angekommen ist, räuspert sich. „Ich störe nur ungern, aber ich denke, es ist an der Zeit, die Reise fortzusetzen!"

Valentin blickt zu seinem Bruder auf, der mit gerunzelter Stirn den Himmel betrachtet.

„Wir sollten heute noch möglichst weit kommen!"

„Einen Augenblick", bittet Valentin und hebt dabei die Schreibfeder an, wie ein Erkennungszeichen. „Ich bin gerade mitten in einem Gedanken!"

René nickt. „Gut. Wichtige Gedanken sollte man nicht unterbrechen. Aber ich werde diesen Postillon schon mal aus seinen Träumen wecken, damit er die Weiterfahrt vorbereiten kann." Entschlossenen Schrittes stapft der Abbé auf den im Schatten Schlafenden zu. Valentin tunkt die Feder ein weiteres Mal in die Tinte.

Die Kette, schreibt er. *Es entstand die Sitte, die Blauen nach der Hochzeit in Gold fassen zu lassen und als Kettengehänge um den Hals zu tragen. Ein fahrender Goldschmied, der zweimal im Jahr durch das Dorf reiste, brachte die Idee auf und hatte von diesem Tag an immer genug zu tun. Die Länge der Kette war abhängig von der Anzahl der Steine, die wiederum von der Beliebtheit der Braut abhing. Somit wurde die Kettenlänge zum Symbol der Schönheit und Anmut einer Dame.*

Einem hübschen jungen Mädchen machte man gerne das Kompliment, dass es eines Tages die längste Kette tragen werde. Überliefert ist auch die Geschichte einer wunderschönen Frau, die alle Männer des Dorfes betört hatte. Ihre Kette war am Ende so lang, dass sie sie in mehreren Schlingen um den Hals trug. Das Geschmeide besaß ein enormes Gewicht, sodass die arme Ehefrau nur mehr zu Hause sitzen konnte und zum Gespött der Leute verkam. Daher stammt auch das Sprichwort: Große Schönheit wiegt schwer.

Am Abend erreichen sie Hillesheim, wo sie im schlichten Gasthaus des Posthalters Quartier beziehen. Während in der Küche ein Abendessen für die Reisenden zubereitet wird, nutzen die Brüder Haüy das letzte Licht des Tages, um sich am Ortsrand zwischen Feldern die Beine zu vertreten. Plötzlich bleibt René wie angewurzelt stehen, den Blick auf etwas gerichtet, das er zwischen dem Grün der Rübenpflanzen entdeckt hat. Er hebt seine Kutte an und steigt mit vorsichtigen Schritten zwischen den Blättern umher, bis er niederkniet und etwas vom Boden aufhebt. Valentin, der auf dem Feldweg verblieben ist, kann nicht erkennen, worum es sich handelt. Doch sieht er das Gesicht seines Bruders, in dem ein zunächst ungläubiger Ausdruck freudigem Strahlen weicht.

„Was um alles in der Welt hast du denn jetzt schon wieder entdeckt?," ruft Valentin ungeduldig.

René blickt zu ihm auf. „Das würdest du mir ohnehin nicht glauben", ruft er zurück. Abermals rafft er die Kutte und stakst über Pflanzenreihen hinweg. „Du musst es mit eigenen Augen sehen!"

Als er endlich am Rand des Feldes angekommen ist, streckt Valentin ihm die Hand entgegen. René jedoch birgt seinen Fund zwischen den gefalteten Händen, als würde er beten. Erst als er sich vor dem jüngeren Bruder aufgebaut hat, klappt er feierlich die Hände auseinander. Das Gebilde, das er präsentiert, sieht aus wie etwas Knöchernes, etwas Gewachsenes. Wie das Skelett einer Pflanze, eines Blattes vielleicht. Doch Valentin, der vor Erstaunen große Augen macht, weiß sofort, um was es sich handelt. Das, was sein Bruder hier mitten auf einem Feld in der Eifel gefunden hat, weitab vom Meer, ist eindeutig eine Koralle.

6 Das Fischgrätparkett begleitete jeden Schritt mit verhaltenem Knarzen. Der Saal war beidseitig von Galerien gesäumt. Bodentiefe Rundbogenfenster ließen Sonnenlicht in den Raum strahlen, Staubpartikel tanzten darin wie die Blütenblätter draußen im Frühlingswind. Eine Vielzahl voluminöser Vitrinen aus dunklem Holz stand im Raum verteilt. Hinter den altersfleckigen Glaseinsätzen bewahrten sie ihre Schätze. In den Nischen zwischen den Schränken stapelten sich Umzugskisten, Papprollen, vollgepackte Tüten und undefinierbare Stapel von irgendwas. Hanna folgte Forgeron, der den Mittelgang mit eiligen Schritten durchmaß und ihr keine Zeit ließ, die altertümlichen Ausstellungsstücke zu bewundern. Dann blieb er stehen. *„Voilà, c'est lui!"*

René Just Haüy in Lebensgröße. Der Mineraloge saß in einem Sessel, die Beine locker aufgestellt, den Blick sinnend in die Ferne gerichtet. Die Skulptur ruhte auf einem fast schulterhohen Sockel, so als schwebte Haüy über den Dingen. Der meisterlich behauene Marmor ließ die Haut des steinernen Mannes lebendig wirken. Hanna trat näher und bewunderte den Faltenwurf des Anzugs, den filigranen Kragenaufschlag und die fein ausgearbeiteten Gesichtszüge der Skulptur. Vorsichtig legte sie ihre Finger auf die Hand von Haüy, die sie mit ausgestrecktem Arm gerade so erreichen konnte. Kühl und glatt fühlte sich der Marmor an. Sie ließ ihre Fingerspitzen Haüys Arm entlangstreichen, und aus dem Augenwinkel heraus schien es ihr, als zuckte dabei ein Lächeln in den Mundwinkeln des Denkmals. Doch als sie genauer hinsah, blickte der Mann aus Stein gleichermaßen teilnahmslos wie zuvor über sie hinweg.

„Der Skulpturen wegen ist es ein Jammer, dass dieser Teil des Museums nicht mehr öffentlich zugänglich ist", sagte Forgeron. „Wollen wir jetzt nach den Unterlagen sehen? Die müssten dort vorne sein!"

Es fiel Hanna nicht leicht, sich vom Anblick der Figur zu lösen. Sie folgte Forgeron die wenigen Stufen zur Galerie hinauf. Hier wurden die Wände von Bücherschränken gesäumt. Vor einem altertümlichen Karteischrank mit unzählige Schubladen, bestückt mit Schildchen aus verschiedenen Jahrzehnten, manche handgeschrieben, die neuesten mit Computerdruck versehen, blieb der Mineraloge stehen. Er zog eine Schublade heraus und blätterte flink durch die dort eingeordneten Papiere.

„*Ah, oui!*", rief er plötzlich aus und zog eine Karte hervor. „Das muss es sein!"

Er ging zu einem der Buchschränke und öffnete ihn. Aus dem Inneren schlug ihnen der Geruch von altem Papier, Leder und Leinen entgegen. Aus der hinteren Hosentasche seiner Jeans zog Forgeron ein Paar dünner Stoffhandschuhe und streifte sie über, ehe er nach einem der großformatigen Bände griff. Der Umschlag sah aus, als könnte die eingetrocknete Lederhaut bei der leisesten Berührung aufplatzen. Das Buch war so groß, dass Forgeron es auf seinem linken Unterarm abstützen musste. Behutsam schlug er es auf.

Während er die eng beschrifteten Seiten durchblätterte, blieb Hannas Blick an seinem Unterarm hängen, an dem nackten Stück Haut zwischen dem weißen Stoff des Handschuhs und dem zum Ellbogen hochgeschobenen anthrazitfarbenen Hemdsärmel. Ein muskulöser Unterarm, die leicht gebräunte Haut mit dunklen Härchen überzogen. Beim Umblättern vollführten Adern und Sehnen ein bewegtes Spiel. Hanna wünschte sich, diesen Arm zu berühren, wie sie zuvor den Arm des steinernen Mineralogen berührt hatte.

„Ich hab's gefunden!", frohlockte Forgeron und wandte sich ihr zu. Hanna reckte den Hals. Der Anblick von René Just Haüys Schrift verursachte ihr eine Gänsehaut, doch lesen konnte sie sie nicht.

„*L'oeil bleu,* in der Sammlung unter der Nummer 2723 geführt. Aus *Mendig, Saint-Empire Romain Germanique* – hier steht es!" Mit dem Zeigefinger wies Forgeron auf die Stelle. „Der Kristall wurde der Sammlung 1784 zugeführt, am ersten November. Es sind außerdem noch die genauen Angaben zu Größe, Gewicht und Zusammensetzung vermerkt. Ach ja, und er war facettiert, also geschliffen. Das ist eher ungewöhnlich für Haüys Sammlung."

Mit vor Aufregung zittrigen Händen fischte Hanna aus ihrer Tasche den Umschlag mit den Abzügen hervor, die sie am Morgen auf dem Weg zum Museum in einer Drogerie hatte ausdrucken lassen. Das Foto des Gemäldes aus dem Medaillon. Sie legte das Bildnis der Pianistin Maria Theresia Paradis vorsichtig auf der aufgeschlagenen Buchseite ab. „Könnte der Kristall so ausgesehen haben?"

Steffeln, 1783

Ein bewaldeter Hügel inmitten einer Landschaft, die sich um keinen Deut von der unterscheidet, die sie den gesamten letzten Tag durchfahren haben. Eifellandschaft.

„Das ist es also?", fragt Valentin ungläubig, während er aus der Kutsche steigt.

Der Bursche, der ihnen vom Dorf Steffeln aus den Weg gewiesen hat und dem er dafür den Platz auf dem Kutschbock überlassen hat, nickt eifrig. „Wir nennen ihn den Steffelns-Kopp", sagt er.

Als sie am Morgen in Steffeln angekommen sind und Johann nach dem erloschenen Vulkan gefragt hat, zuckten die Einwohner nur verständnislos mit den Schultern. Erst als Valentin auf die Idee kam, nach dem Geologen Robert de Limbourg zu fragen, erinnerte sich jemand.

„War das nicht dieser verrückte Belgier, der wie besessen von unserem Berg gewesen ist?"

Etwa zehn Jahre sei das her, da habe der die Gegend besucht und tagelang Untersuchungen angestellt. Seither habe man aber nichts mehr von ihm gehört, und so sei die gewohnte Ruhe wieder eingekehrt.

Hinter Valentin steigt nun auch sein Bruder aus dem Wagen. Mit einem selbstgefälligen Lächeln auf den Lippen stellt er sich ihm zur Seite.

„Du musst zugeben, mein Lieber", sagt René und tätschelt Valentin die Schulter, „dass die verrückte Idee der Vulkanisten ein für alle Mal widerlegt ist." Er weist mit der Hand auf den Berg. „Selbst wenn de Limbourg recht haben sollte und es sich hierbei tatsächlich um einen Vulkan handelt, ist es wohl mehr als offensichtlich, dass dieser keinen großen Einfluss auf die Gegend gehabt haben kann." René schüttelt den Kopf. „Korallen in den Feldern, mehr muss ich wohl nicht sagen!"

Valentin fühlt bittere Enttäuschung in sich aufsteigen. Zwar hatten sie ihr Ziel erreicht, aber nichts ist so, wie er gehofft hat. Die atemberaubende Bergwelt der Auvergne hatte ihn an die Kraft der Vulkane glauben lassen, aber dieser Hügel wirkte geradezu einfältig.

„Na los", René stößt ihn aufmunternd in die Seite, „wo wir schon mal hier sind, wollen wir uns den Berg auch aus der Nähe ansehen. Sag dem Kutscher, dass er warten soll. Ich glaube nicht, dass wir allzu lange brauchen werden."

Nachdem Valentin übersetzt und Johann Höner es sich auf dem Kutschbock bequem gemacht hat, stapfen die beiden Brüder los. Die Frage, ob das Gestein der Erde vulkanischer Natur ist oder durch Wasser geformt wurde, ist ein immer wiederkehrendes Streitthema zwischen ihnen. Und nicht nur sie beide, ein großer Teil der Wissenschaft und des gebildeten Bürgertums liefert sich hitzige Debatten im sogenannten „Basaltstreit". Während die Neptunisten sich streng an die Worte der Bibel halten und die Oberfläche der Erde als Ergebnis der Sintflut, also als vom Wasser geformt ansehen, setzen sich die Vulkanisten bewusst von dem religiösen Weltanschauungsmodell ab. Sie hängen der Idee eines flüssigen Erdkerns an, der sich in Vulkanausbrüchen entladen, die Erdoberfläche überschwemmt und ihr somit Form verliehen hat.

Seit der Wirt der Herberge in Hillesheim ihnen am vergangenen Abend ohne jegliches Zeichen von Überraschung bestätigt hat, dass es sich bei dem Fundstück um eine Koralle handele, und mehr noch, dass man von diesem Zeug in der Gegend jede Menge auf den Feldern finden könne, ja, die reinste Plage sei das!, war René Just Haüy überzeugt, den ultimativen Beweis für die neptunische Sicht der Dinge gefunden zu haben. *„Je l'ai trouvé!"*, hatte er den ganzen Abend über vor sich hin gesungen. *„J'ai tout trouvé!"*

Dabei war selbst Buffon, der Direktor des Jardin du Roi in Paris, den René durchaus achtete, zwischenzeitlich vom Neptunier zum Vulkanisten konvertiert. In seiner Schrift *Epochen der Natur* hatte er zwei Jahre zuvor den Basalt als vulkanisch anerkannt und behauptet, dass die *Urgebirge* bereits feurigen Ursprungs, also Erstarrungsgesteine gewesen seien.

„Gott hat die Erde zielgerichtet aufgebaut", doziert der Abbé nun, während die Brüder sich an den Aufstieg machen. „Die Schöpfung ist sinnvoll und durchdacht. Wie könnte man das auch anzweifeln?" Streng blickt er zu seinem Bruder. „Zu glauben, die Welt sei zufällig entstanden, ist purer Frevel!"

Es gibt keinen rechten Weg, der den Berg hinaufführen würde. Mühsam kämpfen sich die beiden Stadtmenschen durch Gestrüpp und Dickicht. René ist außer Atem, aber das hindert ihn nicht daran fortzufahren.

„Nichts Gutes ist jemals durch Chaos und Anarchie entstanden. Die Zufälligkeit eines Vulkanausbruchs kann nie und nimmer unsere schöne Erde geformt haben!"

Valentin fühlt sich heute nicht in der Lage, seinem Bruder zu widersprechen. Der Korallenfund hat sein Weltbild im Innersten erschüttert. Während er einerseits resigniert dazu neigt, seinem Bruder zuzustimmen, spürt er andererseits, wie alles in ihm gegen diese Sichtweise aufbegehrt. Sein eigenes Wesen, seine Leidenschaft gleicht um so vieles mehr der brodelnden Impulsivität eines Vulkanausbruchs als der gleichmütigen Langsamkeit des steten Tropfens. Er glaubt an die Kraft des Aufbegehrens, an revolutionäre Bewegungen und ja, auch an Zufälligkeiten.

„Sobald wir wieder im Kloster sind, werde ich einen Brief aufsetzen und Buffon persönlich von meinem Fund unterrichten", keucht René nun, da sie den Gipfel des Hügels erreicht haben. Valentin blickt zu Boden. Er entdeckt keinerlei Anzeichen dafür, dass hier einstmals Naturgewalten gewirkt haben sollen. Kein Verweis auf unberechenbare Kräfte und das Aufbegehren der Natur. Alles scheint friedlich an diesem Ort, der so unspektakulär ist wie jeder andere Hügel, den sie auf der Fahrt passiert haben. René Just, die Hand an der Stirn, um seine Augen vor dem gleißenden Sonnenlicht zu schützen, blickt in die Ferne.

„Eine hübsche, gleichförmige Landschaft. Diesseits und jenseits der Grenze. Egal, ob man das hier nun Belgien, Luxemburg oder Saint-Empire romain nennt – die Natur schert sich nicht darum."

„Willst du keine Proben sammeln?", fragt Valentin, der sich plötzlich nach dem schattigen Inneren der Kutsche sehnt.

„Doch, doch. Gewiss!", antwortet sein Bruder. „Aber die wichtigste Entdeckung habe ich bereits gemacht."

Der Abbé fängt an, Pflanzen und Steine zusammenzutragen, die sein Bruder in die eigens dafür vorgesehene Holzkiste einsortiert. Zum ersten Mal seit Beginn ihrer Reise hat Valentin Heimweh nach Paris.

Nach nur zwei Stunden ist René Just Haüy zufrieden mit seiner Ausbeute. So steigen die Brüder den Hügel hinab und wecken Johann, der auf dem Kutschbock eingedöst ist.

„Zurück nach Laach", ruft der Abbé und schließt die Tür der Kabine hinter sich, sodass Valentin nichts weiter übrigbleibt, als wieder neben dem Postillon Platz zu nehmen.

7 Das Teehaus gehörte zur großen Moschee auf der anderen Straßenseite des Jardin des Plantes. Sie durchquerten einen Garten, in dem zahlreiche Menschen an kleinen runden Tischen saßen. Feigenbäume breiteten ihre gefingerten Blätter über den Gästen aus und bildeten ein üppiges grünes Dach. Bunter Mohn in erdfarbenen Tontöpfen leuchtete mit den Mustern der orientalischen Fliesen um die Wette. Forgeron berührte Hanna leicht an der Schulter. *„It's too crowded here, let's sit inside"*, sagte er und wies zur Tür, die in einen dunkleren Innenraum führte. Im Eingangsbereich stand eine Glastheke mit orientalischer Patisserie, Mchekek, Baklava, Basboussa, Makroud, kleine Kunstwerke, die nach Zimt, Honig, geröstetem Sesam und Vanille dufteten. Forgeron grüßte den Mann hinter der Theke mit Vornamen, nahm einen Pappteller mit Süßigkeiten entgegen, balancierte die süße Fracht in Händen, während er sich im Saal umsah. Viele Menschen auch hier, in der Mitte des Raumes ein plätschernder Springbrunnen, Pflanzen, Fliesen, die den Boden und Teile der Wände bedeckten, dazu ziseliertes Metall, Kupfer und Silber.

Zwischen den Tischen hüpften Spatzen umher, wichen den schnellen Schritten der Kellner aus, um verlorengegangene Krümel aufzupicken. Die Frechsten flatterten auf die Tische, kaum dass sich die Gäste von ihren Tellern abwandten, und versuchten, ihren Teil zu erbeuten. Erschrockenes Kreischen bei den Touristinnen, belustigtes Gelächter bei den Stammkunden. In einer der hinteren Reihen erhob sich ein Pärchen von den Stühlen. Noch ehe einer der Kellner zum Abräumen zur Stelle war, hatte Forgeron die Süßigkeiten schon auf dem Tisch platziert. Er schob die leeren Teegläser zur Seite und wischte mit einer liegen gebliebenen Serviette über die Tischplatte, die mit einem Mosaik aus leuchtend blauen, orangefarbenen, rostroten und weißen Steinchen verziert war.

Ohne auf eine Bestellung zu warten, stellte ein Kellner zwei würzig duftende Minztees auf den Tisch. Die Gläschen steckten in silbernen Fassungen, aus denen Sterne und Monde ausgestanzt waren.

Forgeron streute braunen Zucker ins Glas, Hanna tat es ihm nach. Der Tee war zugleich süß und herb und unfassbar heiß.

„Kann ich das Foto nochmal sehen?", fragte Forgeron, nachdem er sein Glas abgestellt hatte.

Hanna reichte es ihm. Der Mineraloge hielt es dicht an die Augen, als ob er hindurchschauen wollte.

„Die Größe und der Schliff könnten tatsächlich übereinstimmen", sagte er leise. „Erzähl mir von dem Bild, 'anna", forderte er sie auf. „Woher stammt es, wer war die Frau?"

Hanna gefiel die Art, wie Forgeron das H am Anfang ihres Namens verschluckte. Es klang, als ob sie plötzlich eine andere wäre. Eine, die ein Geheimnis mit einem französischen Mineralogen teilte. Sie erzählte Forgeron vom Museum des Bruders von René Just Haüy. Von dem Medaillon der blinden Pianistin, von den Worten der Museumsmitarbeiterin: *„She inspired Valentin Haüy when they met here in Paris."*

Forgeron blickte von dem Foto auf. „Eine Liebesgeschichte?"

Hanna zuckte mit den Schultern. „Die Paradis war von Mitte März bis Ende Oktober 1784 in Paris, mehr konnte ich nicht herausfinden."

„Und Haüy hat den Kristall am ersten November seiner Sammlung zugefügt", ergänzte Forgeron, „das würde passen. Aber wir müssen zunächst sicherstellen, dass es sich bei dem Schmuckstück tatsächlich um *l'oeil bleu* handelt. Ich werde gleich morgen früh jemanden zum Blindeninstitut schicken und das Medaillon genauer untersuchen lassen."

Damit hatte Hanna nicht gerechnet. Der Gedanke, dass Forgeron ihr Geheimnis an die große Glocke hängen würde, missfiel ihr. Der Mineraloge schien das zu bemerken.

„Wir werden dich natürlich namentlich erwähnen, wenn es um die Entdeckung dieser Verbindung zu Maria Theresia Paradis geht." Er schob ihr den Teller mit den Süßigkeiten zu. „Du musst verstehen, 'anna, das hier ist eine große Sache. Aber nur dann, wenn der

Stein auf dem Bild nachweislich unser Kristall ist. Wir hätten dann zum ersten Mal ein Abbild, außer den Skizzen, die Haüy angefertigt hat. Die Unterlagen dazu werde ich gleich nachher durchsehen."

Er zerteilte ein Stück Gebäck, spießte es auf die Gabel und hielt es ihr hin. „Hier, das musst du probieren. M'hancha, ein Traum!"

Diese vertrauliche Geste versöhnte Hanna. Sie öffnete den Mund und ließ sich füttern. Der Geschmack von Mandeln mit einem Hauch von Orangenblüten, eine Köstlichkeit, die sie für einen Moment die Augen schließen ließ.

„C'est bon, n'est-ce pas?" Forgeron strahlte sie an. „Wenn sich herausstellt, dass es sich tatsächlich um den gestohlenen Kristall handelt, kann ich die Geschichte vielleicht als Aufhänger für eine Haüy-Retrospektive nutzen!", fuhr er fort. „Ich versuche schon seit Jahren, das bei der Direktion durchzukriegen. Stattdessen gerät die Sammlung immer weiter in den Hintergrund."

Das war auch Hannas Eindruck im Museum gewesen.

„Warst du beim Eiffelturm?", fragte der Mineraloge unvermittelt.

„Ich war dort, aber nicht oben."

„Hast du die Inschriften bemerkt?"

Hanna schüttelte den Kopf.

„Du kannst sie von unten sehen. Ein umlaufendes Fries mit goldenen Buchstaben. Die Namen von 72 wichtigen Männern der Zeit, Wissenschaftler und Erfinder. Haüy ist einer von ihnen. Dabei war er zur Zeit der Fertigstellung des Baus bereits seit 67 Jahren tot."

„Mein Vater ist gestorben", sagte Hanna, „vor zwei Wochen und drei Tagen." Sie verstand selbst nicht, woher das plötzlich kam. Und warum es so groß klang. Forgeron legte für einen Augenblick seine Hand auf ihre. *„Je suis desolé"*, sagte er leise, ohne ein Zeichen der Irritation.

Hanna biss sich auf die Unterlippe, um die Tränen zurückzuhalten. Sie räusperte sich. „Und ich frage mich, wie lange es dauert, bis er vergessen sein wird."

Forgeron legte den Kopf schief und sah sie an. „Nicht, solange du lebst. Er wird immer ein Teil von dir sein. Das ist das Schöne daran, Kinder zu haben."

Hanna schien es, als ob er dabei an seine eigenen Kinder dachte. Aber sie ließ die Gelegenheit, nach seinem Privatleben zu fragen, verstreichen.

„Am spannendsten wäre es vermutlich, wenn der Stein selbst wieder auftauchen würde", sagte sie stattdessen.

„Bien sûr, das wäre eine Sensation!" Forgeron unterstrich seine Worte mit großen Gesten, wobei er Gefahr lief, mit der Kuchengabel die Frisur der Frau hinter sich zu touchieren. „Aber wer weiß, vielleicht ist das der erste Schritt zur Wiederentdeckung des Kristalls. Das Abbild, meine ich. Es wäre nicht das erste Mal, dass ein verloren geglaubter Schatz wieder auftaucht, nachdem sein Bild publik gemacht wurde."

Hanna kam es vor, als riefe der Kristall in ihrer Tasche nach ihr. Sie stellte sich Forgerons Gesichtsausdruck vor, wenn sie jetzt in ihre Tasche greifen, das T-Shirt-Bündel herausnehmen und langsam auswickeln würde. Seine Verblüffung, seine Begeisterung. Sie könnte ihn glücklich machen. Er würde diesen Augenblick nie im Leben vergessen. Er würde Hanna nie im Leben vergessen.

„Wie viel ist der Kristall wert?"

Forgeron zog die Augenbrauen hoch. „Das ist schwer zu sagen. Er war nicht das wertvollste Stück der Sammlung. Weshalb es auch verwunderlich ist, dass die Diebe ausgerechnet diesen Stein und nicht einen der königlichen Juwelen gestohlen haben." Er hielt inne, wiegte den Kopf hin und her. „Aber ich schätze mal, dass er mindestens zweihunderttausend Euro wert ist."

Je hunderttausend für Vera und für mich, schoss es Hanna durch den Kopf.

„Aber offiziell gehört er noch immer dem Museum?"

Forgeron nickte. „Als Teil von Haüys Sammlung gehört er zur Erbmasse, die Haüy dem Museum vermacht hat. Sollte jemand den

Stein zum Kauf anbieten, ginge das nur auf dem Schwarzmarkt. Im Zweifelsfall müssten wir das gerichtlich auskämpfen, aber der Kristall gehört uns, das steht fest. Einen Finderlohn, eine symbolische Summe, etwas in der Art würde derjenige, der uns den Kristall zurückbringt, natürlich trotzdem erhalten. Und Ruhm und Ehre!", fügte er an und zwinkerte Hanna über den Rand seiner Teetasse hinweg zu.

Laach, 1783

Die Tage im Kloster reihen sich aneinander wie die Edelsteine einer Halskette. In einem französischen Journal aus dem vergangenen Monat liest Valentin, dass zwei Brüder namens Montgolfier in Annonay ihre neue Erfindung vorgeführt haben. Es handelt sich um eine riesige Blase aus Stoff, die sich, mit heißer Luft gefüllt, vom Erdboden erhebt. Sie nennen es die *Montgolfière*.

Während die Julihitze von Tag zu Tag zunimmt, setzt René Just Haüy Briefe an die Gelehrten von Paris auf. Der Sendung an Buffon legt er einen Teil der auf dem Hillesheimer Feld gefundenen Koralle bei. Die sonstige Zeit verbringt er damit, Haüyne zu untersuchen, die er gegen ein Entgelt erwirbt. Blau-Auge jedoch nimmt er nur zur Hand, um sich an seiner Pracht zu erfreuen.

Die Erscheinungsform des Haüyns ist zumeist in eckigen, größern und kleinern Körnern, notiert der Abbé, *die Farbe schön himmelblau, mitunter tiefblau und leuchtend. Der Bruch ist ungleich und glänzt glasartig.*

Die Nachricht, dass da jemand ist, der die Blauen mit barer Münze bezahlt, hat rasch die Runde gemacht, und so sammeln die Jünglinge aus Mendig nun nicht mehr für ihre Liebsten, sondern nur noch für den französischen Gelehrten.

Valentin vertreibt sich unterdessen die Zeit mit Lektüre. Er liest die *Berlinische Monatsschrift*, deren Ausgaben ihm aus der fernen preußischen Hauptstadt zugesandt werden.

René Just Haüy prüft das Gewicht der Haüyne mit dem Aräometer von Fahrenheit. Er stellt fest, dass der Haüyn sich mit Harzelektrizität auflädt, wenn man ihn isoliert reibt, während er durch Erwärmung nicht elektrisch wird.

Draußen lassen die hohen Temperaturen die Menschen auf den Feldern ebenso wie in den Steingruben zusammenbrechen. Im Schutz der kühlen Klostermauern notiert René Just Haüy: *Härte:*

das Glas ritzend, leicht zersprengbar, und fügt hinzu: *Der Haüyn ritzt selbst den Feldspath merklich, und etwas den Quarz.*

Zur Erbauung der Mönche hält der Abbé einen Vortrag über seine Theorien zum Neptunismus, der ihm großes Lob einbringt. Dies nimmt der Abt zum Anlass, beim abendlichen Tischgebet den englischen Theologen Thomas Burnet zu zitieren, der 1681 schrieb: *Die Berge sind das Ergebnis der Sintflut. Zur Strafe für die menschliche Sündhaftigkeit verhäßlichte Gott die Erdoberfläche durch die Gebirge. Inbegriff dieser Scheußlichkeiten sind die Alpen.*

Brunnen versiegen, Flüsse trocknen aus.

Während am zwanzigsten Juli ein erneuter Ausbruch des Laki Island erschüttert und der Pfarrer Jón Steingrimsson seine Feuerpredigt hält, mit der er vielleicht, vielleicht auch nicht, dafür sorgt, dass die Lava sein Dorf Kirkjubaejarklaustur und die in der weiß gestrichenen Holzkirche versammelte Gemeinde verschont, wendet der Abbé die in *Herrn Gustav von Engestrom's Beschreibung eines mineralogischen Taschen-Laboratoriums und insbesondere des Nutzens des Blaserohrs in der Mineralogie* beschriebene Löthrohrprobierkunst an. Er nimmt das Mundstück zwischen die Lippen und bläst gezielt in die Kerzenflamme, über die er ein in die Pinzette geklemmtes Bröckchen des Minerals hält. Er schreibt in sein Notizbuch:

Vor dem Löthrohre: schmilzt nicht und verändert seine Farbe nicht. Mit Borax schmilzt er zu einem schönen topasgelben Glase.

Die Hitze hält an, während der Juli in den August übergeht. Abwechslung bringen außergewöhnlich starke Unwetter mit sintflutartigen Regenfällen, heftigen Überschwemmungen, riesenhaften Hagelkörnern, die das Vieh töten und die Ernte vernichten. Gewitter mit Blitzen, wie sie die Menschen noch nie gesehen haben. Im nahen Steinhauerort Mendig wird der junge Priester von einem aufgebrachten Mob als Scharlatan verjagt.

Aufgrund der Witterung ziehen es die Brüder Haüy weiterhin vor, die Tage drinnen zu verbringen – René Just in der Gästekammer, die er längst zum Laboratorium umfunktioniert hat, und Valentin in der Bibliothek. Aus Paris ist noch keine Reaktion auf René Justs Schreiben eingegangen, und den Abbé beschleicht die Sorge, seine Briefe könnten womöglich auf dem Postwege verlorengegangen sein. Valentin liest Kants *Critic der reinen Vernunft* in der Hartknoch'schen Ausgabe. Dieses Buch hat er nicht in der Bibliothek vorgefunden, sondern anliefern lassen, ebenso wie *Die Leiden des jungen Werther* und *Die Räuber*, zwei vielbesprochene Werke der zeitgenössischen deutschsprachigen *belles lettres*.

Während in Paris der Naturforscher Daubenton, *garde-démonstrateur* am Naturhistorischen Kabinett im Jardin du Roi, René Just Haüys Arbeiten und Schriften dem bedeutenden Mathematiker, Physiker und Astronomen Laplace vorlegt, beträufelt der Abbé in Laach die Haüyn-Proben mit verschiedenartigen Säuren, was zur Folge hat, dass die Gästekammer für mehrere Tage von einem scharfen Geruch belastet ist, der die Augen zum Tränen bringt. Valentin zieht es daher vor, auch die Nächte in der Bibliothek zu verbringen, wo er in einem Ohrensessel sitzend schläft.

Mit der Salpetersäure, Salzsäure und Schwefelsäure bildet der Haüyn eine vollkommene Gallerte, notiert René Just Haüy.

Mit Salzsäure, die zur Hälfte mit Wasser verdünnt war, übergossen, gerieth der zu Pulver zerriebene Haüyn sogleich in Thätigkeit, entwickelte Wärme, und der Stein löste sich vollkommen auf.

Da er während der Auflösung des Pulvers einen Geruch von Schwefel festgestellt hat, bedeckt der Abbé die Öffnung des Glasgefäßes mit einem in essigsaures Blei getränkten Papierstück, welches sich sogleich schwarz verfärbt.

Gehalt von geschwefeltem Wasserstoffgas eindeutig erwiesen, notiert René Just, ehe er zum Fenster stürzt, es sperrangelweit aufreißt und tief die heiße Mittagsluft inhaliert.

Am siebenundzwanzigsten Tag des Monats August steigt auf dem Pariser Marsfeld der erste mit Wasserstoffgas gefüllte Ballon des

Erbauers Jacques Alexandre César Charles auf. Das unbemannte Gebilde erregt bei der Landung das Misstrauen der Bauern, die das *Teufelsgerät* mit Mistgabeln zerstechen.

Der Abbé verdünnt derweil die Gallerte mit Wasser, lässt die Flüssigkeit bei mäßiger Hitze abrauchen, weicht den Rückstand wiederum auf und filtriert ihn. Die Überbleibsel identifiziert er als Kieselerde.

Der September bricht an, und noch immer ist keine Abkühlung spürbar. Während in Paris die Unabhängigkeit der Vereinigten Staaten von Amerika vom Königreich Großbritannien anerkannt wird, notiert René Just Haüy: *Der Stein enthält also in hundert Theilen: Kieselerde dreißig, Alaunerde fünfzehn, schwefelsauren Kalk zwanzig-Komma-fünf, Kalk fünf, Kali elf, Eisenoxyd eins, eine unbestimmte Menge Schwefelwasserstoff, Verlust siebzehn-Komma-fünf.*

Valentin ist dazu übergegangen, in der Bibliothek abendliche Treffen mit den Mönchen abzuhalten, die der gemeinsamen Lektüre, dem Gespräch über Literatur und Philosophie sowie der allgemeinen Unterhaltung dienen.

In Paris empfiehlt Laplace René Just Haüy zwischenzeitlich an die im Louvre angesiedelte Académie des Sciences de l'Institut de France. Diese der Forschung verschriebene Gesellschaft, deren Ziel es ist, die herausragendsten französischen Wissenschaftler zu versammeln, akzeptiert Haüy in Abwesenheit als neues Mitglied. Ein Schreiben nach Laach wird aufgesetzt, um ihn davon zu unterrichten.

Der Abbé zerbricht sich derweil den Kopf darüber, aus welchem Stoff die ermittelten 17,5 Teile Verlust sein mögen.

Am neunzehnten September startet in Paris vor strahlend blauem Himmel die erste mit Lebewesen besetzte Montgolfière. Dieses Spektakel lassen sich auch König Louis und seine Gattin Marie-Antoinette nicht entgehen. Die Passagiere, die in einem geflochtenen Korb unter dem Ballon hängend in die Lüfte gehoben werden, sind ein Hahn, eine Ente und ein Hammel. Ihr aufgeregtes Geschnatter und Geblöke geht im Jubelgeschrei der Zuschauer unter. Der Flug dauert zwölf Minuten, und alle Tiere werden wohlbehalten auf den Erdboden zurückgeholt.

Es ist sehr wahrscheinlich, notiert der Abbé an diesem Tag in Laach, *dass der Verlust hauptsächlich auf Rechnung des Wassers kommt, denn alle Steine, die mit den Säuren Gallerten bilden, enthalten eine größere oder geringere Menge davon.*

Valentin beginnt, mit den Mönchen szenische Lesungen aktueller Theaterstücke zu proben. Besonderen Gefallen findet er dabei an *Nathan der Weise* von Gotthold Ephraim Lessing.

In Hannover entdeckt die Astronomin Caroline Herschel am dreiundzwanzigsten September die Sculptor-Galaxie im Sternbild Bildhauer. Einen Tag später trifft der Brief der Pariser Akademie in Laach ein, der René Just Haüy über seine erlangte Mitgliedschaft in Kenntnis setzt. Der Abbé fällt ob dieser Überraschung aus allen Wolken. Er beschließt, sich alsbald vom Collège Cardinal Lemoine, wo er noch immer eine Lehrerstelle innehat, pensionieren zu lassen, um sich fortan ganz der Wissenschaft widmen zu können. Zuvor jedoch beschäftigt ihn die Frage, ob es sich beim Haüyn tatsächlich zweifelsfrei um ein neues, bisher nicht bekanntes und somit noch nicht anderweitig benanntes Mineral handelt.

Es wird Oktober, und ein zweiter Brief aus Paris fordert René Just Haüy dringend auf, persönlich zu erscheinen, um seine Ernennung als Mitglied der Académie anzunehmen.

Das Mineral, mit welchem der Haüyn die größte Aehnlichkeit zu haben scheint, ist der Lasurstein (Lapis Lazuli), schreibt der Abbé in sein Buch. *Er enthält wie dieser Alaunerde, Kieselerde, Kalk, schwefelsauren Kalk, Schwefelwasserstoff, Alkali und Wasser; allein es findet sich in beiden nicht dasselbe Alkali; auch sind die Verhältnisse, in welchen sich Kieselerde, schwefelsaurer Kalk und Kalk in diesen beiden Steinen finden, sehr verschieden.*

Am Fünfzehnten des Monats begibt sich in Paris ein abenteuerlustiger Mann namens Jean-Francois Pilâtre de Rozier mit königlicher Erlaubnis an Bord einer durch ein Seil gesicherten Montgolfière. Der Waghalsige steigt unbeschadet mehr als drei *perches* hoch in die Luft und landet sicher wieder auf dem Boden. Als die Brüder Haüy in Laach mit mehrtägiger Verspätung von diesem Unterfangen Wind kriegen, scherzen sie, dass sie nurmehr ein wenig abwarten müssten, um die Rückreise nach Paris bequem im Ballon unternehmen zu können.

Während der Abt die Treffen der Mönche in der Bibliothek entdeckt und mit sofortiger Wirkung unterbindet, verfasst René Just sein Fazit.

Ich glaube, schreibt er, *nachgewiesen zu haben, dass es sich bei dem Haüyn um ein eigenständiges Mineral handelt, das in naher Verwandtschaft zum Lasursteine steht. Sie werden von nun an Glieder einer Familie ausmachen.*

Er legt die Feder zur Seite, verschließt das Tintenfass und begibt sich auf die Suche nach seinem Bruder.

„Lass uns aufbrechen", sagt er, als handelte es sich um einen kleinen Spaziergang. „Es wird Zeit, nach Paris zurückzukehren."

Einige Jahre später wird der Reiseschriftsteller Joseph Gregor Lang, ein Vertreter der radikalen Aufklärung, bei seinem Besuch in Laach von dem freien Ton im Konvent, der Aufgeklärtheit der Mönche und der Reichhaltigkeit ihrer Privatbibliothek auch an philosophischen Schriften und an Werken der neueren deutschen Literatur angetan sein. Noch etwas später wird der Botaniker André Thouin, Sohn des Gärtners des Jardin des Plantes, das Kloster Laach besuchen und sich sehr erfreut über die Ungezwungenheit und das vielfältige musische Interesse der Mönche äußern.

8 Ein leichter Frühlingsregen strich wie ein wehender Vorhang über die Straßen. Der nasse Asphalt glänzte in tiefem Grau. Hanna durchschritt das Tor zum Friedhof Père Lachaise.

Nach einer guten Stunde im Teehaus hatte Forgeron auf die Uhr geschaut: *„Merde! I have to go back to work, 'anna."* Dabei hatte er wie zufällig eine Hand auf ihren Arm gelegt, als sei sie dort gelandet wie die frechen Spatzen ringsum auf den Tischen.

„But how about tonight?", hatte er gefragt. *„Shall we meet about sevenish and I'll show you around?"*

Hanna hatte abgelehnt. *„I'm sorry, I'll have to catch the train."* Es tat ihr wirklich leid. Die Berührung seiner Hand hatte sie bis in die Zehenspitzen gespürt.

Eine Holztafel am Wegesrand listete die populärsten Toten und ihre Liegeplätze auf. Die Liste der Namen war alphabetisch geordnet, von Haüy keine Spur. Hanna folgte dem breiten asphaltierten Weg. Er war gesäumt von Bäumen, bronzenen Statuen und kleinen steinernen Häuschen, den Gruften. Zwischen dem frischgrünen Laub der Rosskastanien erhaschte sie den Blick auf ein mehrstöckiges Gebäude, das ob seiner Größe als Haus der Lebenden zu erkennen war. Hanna umkreiste den klassizistischen Bau, bis sie einen Eingang fand. Das Büro im Inneren wirkte nüchtern wie eine städtische Meldehalle – nur dass man hier nicht den Wohnsitz, sondern die Grabstätte beantragen konnte. Hanna griff sich einen der ausliegenden Friedhofspläne. Ein weitläufiges Geflecht von Wegen, in siebenundneunzig Abschnitte unterteilt. Auf der Rückseite eine lange Liste mit Namen, umfangreicher als die auf dem Holzschild. Hahnemann, Haussmann, Hedayat – kein Haüy.

Hanna wartete am Tresen, der den Besucherbereich vom Großraumbüro abtrennte, bis sie Blickkontakt mit einem Angestellten herstellte. Der Mann trug eine dunkelblaue Uniform, das Abzeichen auf seiner Brust wies ihn als Angestellten der Stadt Paris aus.

„Bonjour Madame, que puis-je faire pour vous?"

H-A-Ü-Y, Hanna schrieb den Namen und das Todesjahr auf den Plan, dazu *René Just* und *Valentin*. Der Mann zuckte mit den Schultern, nie gehört, und schreibt man das tatsächlich so? Er tippte die Namen in seinen Computer, ohne Ergebnis. Ob sie sicher sei, dass die beiden hier lägen? Hanna bestätigte dies. Insgeheim überlegte sie, ob sie der Internetquelle vielleicht zu blauäugig vertraut hatte.

Der Angestellte entschuldigte sich und suchte einen Kollegen auf. Nach mehrfachen Rücksprachen kam er mit einem triumphierenden Lächeln auf den Lippen und einem Prospekt in den Händen zurück. In den vorgedruckten Feldern des Faltblattes hatte er den Abschnitt, die Reihe, die Grabnummer eingetragen und erklärte ihr anhand des Plans, wie das Wegenetz aufgebaut war.

Als Hanna aus dem Gebäude trat, hatte der Regen aufgehört. Sie schlug einen Weg mit nass glänzendem Kopfsteinpflaster ein. Zwischen den Gruften und den vereinzelten Erdgrabstätten wuchsen Grasbüschel hervor. An jeder Abzweigung standen grün lackierte Straßenschilder, mit Namen und Zahlen versehen. Die großen Wege hießen *avenue*, die kleineren *chemin*, dazwischen durchnummerierte Pfade. An einer Weggabelung fiel Hanna ein zusammengewürfeltes Ensemble von Bronzeskulpturen ins Auge. Der zwischen Türkis und Mintgrün changierende Farbton der Patina leuchtete so intensiv, dass die Skulpturen nachts bestimmt fluoreszierten. Auf einem Sockel reckte ein Kämpfer in altmodischer Kleidung sein Schwert empor, das leider im Lauf der Jahrhunderte seine Klinge eingebüßt hatte. In seiner eleganten, gespannten Körperhaltung schien es Hanna, als sei der Mann im Tanz erstarrt.

Sie zog an verfallenen Grabstätten und windschiefen Gruften vorbei. Manche dieser Totenhäuser hatten keine Türen mehr, da klafften nur noch dunkle Löcher im Gemäuer. Drinnen rostiges Eisen, Schutt und zerborstenes Glas. Moos und Unkraut wucherten zwischen den Steinen, auf den unebenen Wegen und den Treppchen mit ihren krummgetretenen Stufen. Dieser Teil des Friedhofs erinnerte an die Kulisse eines altmodischen Gruselfilms. Zu Hannas Erleichterung durchbrach die Sonne wieder die Wolkendecke, tauchte alles in goldenes Licht und ließ selbst die vertrockneten Reste alter Blumengestecke hübsch aussehen.

Je näher sie der im Plan verzeichneten Stelle kam, desto dichter wurde die Bebauung. Die Ruhestätten waren in Viererreihen so eng hintereinandergebaut, dass man sich auf schmalen Pfaden hindurchquetschen musste.

So viele Gewesene, dachte Hanna. So viele Vergessene.

Sie musste an das Grab ihres Vaters denken. Einige Tage nach der Beerdigung hatte sie mit Vera die verwelkten Kränze eingesammelt und Vergissmeinnicht gepflanzt. *Peter Klopp* stand auf der schlichten Basaltplatte mit dem eingemeißelten Elefanten, dazu sein Geburts- und Todesjahr.

Der Friedhof, auf dem ihr Papa lag, war winzig im Vergleich zu dieser Stadt der Toten. Als Hanna ein kleines Mädchen gewesen war, hatte Oma Gerda sie häufig zum Grab des Großvaters mitgenommen. Auf dem Friedhof waren auch die Gräber der bereits gestorbenen Geschwister der Oma gewesen. Hanna hatte ihr dabei geholfen, die alten Blumengestecke und Grablichter auszutauschen. Sie begossen die Grabsteine aus Granit mit der Gießkanne und wischten sie sauber. Während die Großmutter leise Gebete sprach, zählte Hanna die Ameisen, die geschäftig auf der steinernen Einfassung herummarschierten oder in den Fluten des Wischwassers ums Überleben kämpften.

Einige Male war auch die Schwester des Großvaters dabei gewesen, Tante Käthe aus Köln, die gelegentlich zu Besuch kam. Sie war schon damals eigenartig gewesen, und einmal hatte Hanna die alte Dame dabei erwischt, wie sie „Komm, Herr Jesu, sei unser Gast und segne, was du bescheret hast" am Grab ihres Bruders murmelte.

Als Hanna aus ihren Erinnerungen auftauchte, stellte sie fest, dass sie zu weit gelaufen war. Sie folgte dem Weg zurück, bis sie das Schild entdeckte, das zur gesuchten Grabreihe gehörte. Ein leichter Schauder ergriff Hanna. Sie war an ihrem Ziel angekommen.

Koblenz, 30. Oktober 1783

Die Fliegende Brücke erinnert an eine auf dem Wasser schwebende Bühne. Die großzügige Tragfläche aus Holzplanken wird von zwei parallel im Fluss schwimmenden Kähnen getragen, sodass sie Fuhrwerken, Pferden und Fußvolk Platz bietet. An diesem frühen Mittwochabend sind außer der Kutsche der Brüder Haüy nur ein paar müde Bauersfrauen mit Kiepen auf dem Rücken mit der Seilfähre unterwegs auf die andere Rheinseite.

Am Vortag haben die Brüder Haüy Abschied vom Kloster Laach genommen. Überschwänglich hat Valentin die Mönche umarmt, während René Just ihnen mild lächelnd zunickte. Der Postillon aus Mendig, Johann Höner, hat sie nach Koblenz gebracht, eine gute Tagesreise entfernt. Von dort aus wollen sie in den folgenden Tagen auf der Mosel flussaufwärts ihren Heimweg antreten. Kaum in der Stadt eingetroffen, haben sie jedoch erfahren, dass der Wasserstand der Mosel weder das Segeln noch das Treideln erlaubt. Die Hitze des vergangenen Sommers hat das Wasser versiegen lassen, man kann den Fluss stellenweise zu Fuß durchqueren, ohne dass das Wasser auch nur am Kniebund leckt.

Die Brüder mussten sich mit einer schlichten Pension begnügen, da ihnen nach den vielen Monaten auf Reisen das Geld knapp geworden war. Valentin hätte ein wenig mehr städtischer Luxus behagt, aber René Just reichen das harte Bett und die einfache Kost vollkommen aus. Allein der Gedanke, dass sie sich für die Rückfahrt keinen gut gefederten Wagen, sondern allenfalls die gemeine Postkutsche leisten können, missfällt ihm. Nicht, weil er für sich selbst die Strapazen fürchtet, sondern weil er Angst um seine Geräte und Apparaturen hat.

Der Wirt ihrer Pension hat ihnen empfohlen, bei dem in Koblenz ansässigen Kurfürsten von Trier, Clemens Wenzeslaus zu Sachsen, vorstellig zu werden. Als Onkel des französischen Königs hege der eine Vorliebe für das Französische und würde die beiden Gelehrten aus Paris gewiss gerne empfangen.

Valentin hatte sofort ein Schreiben an Clemens Wenzeslaus verfasst, mit besonderer Erwähnung der Mitgliedschaft seines Bruders in der Académie Française. Der Bote, den er am nächsten Morgen zur Festung Ehrenbreitstein geschickt hatte, brachte ihm wenige Stunden später die Einladung des Kurfürsten zum Salonkonzert am selbigen Abend. Für René Just stand seine Garderobenwahl sogleich fest – er würde die gute Kutte tragen, im Farbton etwas heller als die Alltagskutte und weniger verschlissen. Dieses Kleidungsstück ist den Sonntagen, Feiertagen und anderen wichtigen Gelegenheiten vorbehalten. Valentin hingegen ist ins Schwitzen geraten. Die lange Zeit im Kloster hat ihn nachlässig werden lassen. Er hatte allerhand damit zu tun, seine Perücke zu pudern, die seidenen Strümpfe und die Krawatte aus dem Reisegepäck hervorzukramen, die zitronengelben Kniehosen aufzuputzen, die Weste aus rotem Moiré mit breiten violetten Streifen zu lüften und den guten Überrock mit den Perlmuttknöpfen auszuklopfen. Sein bestes Hemd mit dem Jabot aus Leinenbatist gab er der Wirtin zum Glätten. Er hat Schuhwichse gekauft, die Sohlen seiner Schnallenschuhe vom groben Schmutz des Laacher Waldes befreit und sich gefreut, als die rote Lackfarbe der Holzabsätze wieder leuchtend zum Vorschein kam. In letzter Minute eilte er zu der Kutsche, in der sein wartender Bruder zwischenzeitlich eingenickt ist.

Auf der anderen Rheinseite, im Ort Ehrenbreitstein, thront hoch oben auf dem Felsen die Burg gleichen Namens. Die Fähre hält auf das Ufer unterhalb der Festung zu, wo nah am Wasser ein weiteres stattliches Gebäude prunkt.

„Philippsburg", knurrt der Fährmann mit der windgegerbten Haut, als Valentin ihn nach dem Bauwerk fragt.

„Schön aussehen tut sie noch, kracht dem Kurfürsten aber unterm Arsch zusammen!"

Die Marktfrauen sind gesprächiger als der Schiffer. Das untere Stockwerk sei von Feuchtigkeit zerfressen und unbewohnbar, erklären sie eifrig. Moos wachse dort an den Wänden, und Frösche hausten in den Schubladen und Fächern des kurfürstlichen Mobiliars. Angeblich habe sich beim letzten Rheinhochwasser gar ein mannsgroßer Wels ins Bett der Fürstäbtissin Maria Kunigunde, der Schwester von Clemens Wenzeslaus, verirrt, aber ob das wahr sei oder nicht, wisse man nicht genau. Jedenfalls sei die Feuchtigkeit nicht einmal während der Dürrezeit dieses Sommers aus dem Gemäuer gewichen, das stelle sich mal einer vor!, wo doch jeder Grashalm weit und breit vertrocknet sei, von der Ernte ganz zu schweigen.

Der Kurfürst und die Äbtissin würden darum in der Trutzburg Ehrenbreitstein logieren, oben auf dem Berg, so weit weg vom Wasser wie möglich, bis der Bau des kurfürstlichen Schlosses zu Koblenz abgeschlossen sei.

Derweil ist die Fliegende Brücke auf der anderen Seite angekommen. Der Fährmann wirft einem hemdsärmeligen Jungen am Ufer ein Seil zu, damit dieser die Fähre vertäut. Valentin nimmt in der offenen Kutsche Platz, wo sein Bruder noch immer schläft. Der Kutscher treibt das Pferd an, das im Schritttempo über die Holzplanken klappert. Sie umrunden die stattliche Philippsburg, und Valentin scheint es, als würde er in den Fenstern des Erdgeschosses tatsächlich einen moosgrünen Schimmer wahrnehmen.

Hinter der Burg biegt die Kutsche in einen befestigten Weg ein, der steil den Berg hinaufführt. Eine Mauer aus grob behauenen Felsbrocken versperrt beidseits des Weges den Blick in die Landschaft. Der Gaul, der die Kutsche bergan ziehen muss, wird immer langsamer. Als Valentin schon denkt, dass das Tier bald ganz zum Stehen kommen wird, macht der Weg eine Kurve, und das gewaltige Gemäuer der Festung Ehrenbreitstein ragt vor ihnen empor. Die Kutsche passiert das erste Burgtor, bald darauf ein weiteres, und durchfährt eine Reihe von Höfen und Portalen, an denen Soldaten mit Fackeln in Händen stehen, um den Gästen in der anbrechenden Dunkelheit den Weg zu weisen.

Vor einem Gebäude mit gelbem Anstrich bringt der Kutscher das Pferd zum Stehen. Das Burgschloss wirkt überraschend einladend inmitten der rohen Festungsmauern.

Valentin rüttelt seinen Bruder an der Schulter. Mit einem schläfrigen Grunzen wird der Abbé Haüy wach und schaut sich verwundert um: „Sind wir schon da?"

Ein Diener empfängt die Brüder und führt sie in den Schlosssaal. Trotz der goldverzierten Stuckelemente an der hohen weißen Decke strahlt der Raum eine vornehme Zurückhaltung aus. Während die Außenmauern der Festung derbe Rauheit und Urgewalt verheißen, ist das Herz der Burg eine friedliche Oase.

„Das ist ja fast wie in Paris!" Valentin kann seinen Blick kaum losreißen von dem weiß lackierten Mobiliar, den zierlichen Tischchen, Stühlchen und Vitrinen, den Sesseln mit ihrer Bespannung aus Seidenstoff mit floralen Mustern, den Kristallleuchtern, Spiegeln und Blumengestecken, die dem Interieur eine feminine Note verleihen.

Eine anschauliche Schar Gäste tummelt sich im Saal und in den angrenzenden Räumen. Es wird angeregt geschwatzt, gelacht und dem Champagner zugesprochen. Die Heiterkeit springt sogleich auf Valentin über. Er nimmt das ihm von einem Diener gereichte Glas entgegen und leert es in einem Zug.

Mon Dieu, wie ich das vermisst habe!"

Doch ehe er sich ins Getümmel stürzen kann, greift René Just nach seinem Arm und hält ihn zurück: „Wollen wir uns nicht lieber setzen?" Er weist auf eine Sitzbank im abgelegensten Winkel des Saals.

Valentin zieht amüsiert eine Augenbraue hoch. „Du wirst deine Schüchternheit schon überwinden müssen, mein lieber René", sagt er, „es geht doch nicht an, dass wir es uns hier bequem machen, ehe wir unseren Gastgeber begrüßt haben!"

Die beiden Brüder schieben sich an Reifröcken und Satinanzügen vorbei, weichen den überbordenden Frisuren und den eifrig geschwungenen Fächern der Damen ebenso aus wie den Dreispitzen und den Degen der Herren. Sie streifen flohfarbene Jacken und graugepuderte Perücken. Mit leichten Verbeugungen spricht Valentin nach links und rechts Entschuldigungen aus, während er seinen zurückhaltenden Bruder hinter sich herzieht. Am anderen Ende des Saals nehmen der Kurfürst und seine Schwester die Aufwartungen entgegen. Die Brüder reihen sich in die Schlange ein, bis sie endlich ihren Gastgebern gegenüberstehen.

Kurfürst Clemens Wenzeslaus, Erzbischof von Trier, Prinz von Polen und Herzog von Sachsen, ist schlicht in einen dunklen Anzug gekleidet, eine priesterliche Halsbinde sowie ein großes Kreuz an einer Kette sind der einzige Schmuck. Sein längliches Gesicht mit der hohen Stirn ruht auf einer wuchtigen Kinnpartie. Ja, es scheint Valentin beinahe, als sei das Fleisch dieses Gesichtes geschmolzen und habe sich im Doppelkinn gesammelt. Der milde, freundliche Ausdruck des Kurfürsten lässt ihn dieses Bild jedoch rasch wieder vergessen. Neben dem Gastgeber steht dessen Schwester, Maria Kunigunde von Sachsen. Da ihr Antlitz schmaler als das ihres Bruders ist, sticht die derbe Nase, die beiden Geschwistern gemeinsam ist, bei ihr hervor und verleiht ihr ein etwas grobschlächtiges Aussehen, dem auch der Mund mit den schmalen Lippen über dem großen Kinn nicht zuträglich ist. Wie um von diesem Gesicht abzulenken, trägt sie eine pompös gestaltete, hoch aufgetürmte Perücke, gekrönt von einem Flechtwerk aus Haar, Satinband und golddurchwirkter Spitze. Ihr ebenfalls spitzenverziertes Kleid lässt erahnen, dass sie eine Anhängerin der *mode à la française* ist. Wie Marie-Antoinette, die französische Königin, ist auch die Fürstäbtissin von kleinen Hunden umringt. Einen hält sie im Arm, drei weitere drängen sich um den Saum ihres Kleides und haben Mühe, den zahlreichen Absätzen ringsumher auszuweichen.

„Königliche Hoheit, es ist uns eine außerordentliche Ehre, von Ihnen empfangen zu werden!" Valentin verbeugt sich tief, René Just senkt ein wenig den Kopf. Der Kurfürst lächelt milde.

„Die Messieurs Haüy, nehme ich an? Enchanté und herzlich willkommen! Ich bin hocherfreut, die beiden Brüder endlich kennenzulernen, von denen mir der Abt von Laach ausführlich berichtet hat."

„Nichts allzu Schlechtes", rutscht es Valentin heraus, „hoffe ich?"

„Sei Er unbesorgt!" Der Kurfürst tätschelt ihm die Schulter. „Mag der Abt die Lektüre von modischen Piècen zur Nachtzeit noch so sehr beklagen, bin ich den neuen Ideen gegenüber doch stets aufgeschlossen. Hat Er davon gehört, dass ich soeben ein Toleranzedikt erlassen habe, das die Ansiedlung von Protestanten im Kurfürstentum Trier erlaubt?"

Valentin zieht anerkennend die Augenbrauen hoch, doch ehe er etwas erwidern kann, fährt der Kurfürst fort: „Er sieht also, dass sich nicht allein im großen Paris Änderungen vollziehen können."

Clemens Wenzeslaus nickt zu seinen eigenen Worten. Dann wendet er sich René Just zu, als erinnere er sich gerade erst seiner Anwesenheit. „Doch nun zu Ihm, Abbé Haüy!" Er verleiht seiner Stimme einen feierlichen Unterton. „Er muss mir später alles über Seine Forschung berichten! Und weiß Er eigentlich, dass wir hier den Heiligen Rock beherbergen?"

„Erst einmal wollen wir das Concerto genießen", wirft die Fürstäbtissin ein.

„Gewiss, meine Liebe", der Kurfürst schenkt seiner Schwester ein Lächeln. „Die Theaterkunst und die Musik, was wären wir ohne diese Wunderwerke?!"

Er klatscht zweimal kräftig in die Hände, dann nickt er seinen Dienern zu, die die Gäste zu ihren Plätzen führen. Den Brüdern Haüy werden zwei Sesselchen in der ersten Reihe zugewiesen. Das aufgeregte Wispern ringsumher, das Rascheln der Kleider, das Hüsteln und Stühlerücken kommen zur Ruhe. Alle Augen sind auf den Kurfürsten gerichtet, der sich vor dem Pianoforte positioniert hat, während seine Schwester ebenfalls in der ersten Reihe sitzt und das Hündchen auf ihrem Schoß krault.

„Werte Gäste, es ist mir eine Freude, Ihnen heute eine ganz besondere junge Dame vorzustellen. Seit drei Monaten ist sie auf Musikreise, und wer bereits von ihr gehört hat, wird wissen, dass sie überall, wo sie aufspielt, die Herzen des Publikums erobert. Es handelt sich um Maria Theresia Paradis aus dem fernen Wien, die blinde Zauberin, wie sie in den Journalen genannt wird, und sie wird uns heute mit einem Konzert ihres Lehrers, des berühmten Herrn Leopold Kozeluh, beglücken. Accompagniert wird das Fräulein Paradis dabei von den Hofsängerinnen Franziska Sales, Clara Capuzzi und dem Hofsänger Jakob Lindpaintner sowie von Christian Danner an der Violine."

Der Kurfürst nimmt den Applaus, der seinen Worten folgt, mit gütiger Miene entgegen, bevor er neben seiner Schwester und dem Hund Platz nimmt.

Eine seitliche Tür wird geöffnet. Die beiden Sängerinnen, der Sänger sowie der Violinist betreten die Bühne und nehmen ihre Positionen ein. Zuletzt schreitet eine junge Frau von mittelgroßer Statur durch die Tür, in sehr aufrechter Haltung. Sie trägt ein blassblaues, schlichtes Seidenkleid. Ihr Haar ist aufgebauscht, ohne jedoch mit überflüssigem Zierrat geschmückt zu sein. Kein einziges Schönheitspflästerchen findet sich in ihrem Gesicht, während die modebewussten Damen im Publikum die *mouches* oder Muschen nach Art der Französinnen am Kinn, am Mund und sogar in den Augenwinkeln tragen. Valentin gefällt die Einfachheit, beinahe schon Natürlichkeit der Pianistin. Unter einer hohen, freien Stirn sticht ihre längliche, ein wenig zu spitze Nase hervor. Der Mund hingegen ist sinnlich, mit ausgeprägten Wölbungen, was die Wirkung der Nase sogleich wettmacht. Die Unvollkommenheit, die durch dieses Zusammenspiel entsteht, verleiht der jungen Frau einen besonderen Reiz. Das großzügige Dekolleté lässt eine üppig geformte Büste erahnen, der Körper wird vom Seidenkleid umspielt. Der Anblick löst einen Appetit in Valentin aus, den er in den Monaten des Klosterlebens vergessen zu haben glaubte.

„Selbst wenn sie nicht im eigentlichen Sinne schön ist, wird sie es doch durch ihre Anmut", murmelt er.

„Pardon?" René Just beugt sich zu Valentin vor.

Dieser winkt ab. „Nichts, ich habe nur Bachaumont zitiert."

Mit ganzer Hingabe beobachtet Valentin die energischen Schritte der Pianistin, die auf ihr Instrument zugeht, dieses sanft berührt, mit geübter Geste ihr Kleid glattstreicht, bevor sie sich auf dem Klavierhocker niederlässt. Kein einziges Mal hat sie ins Publikum geschaut, keinen kokettierenden oder um Beifall heischenden Blick in die Reihen der Besucher gerichtet. Stolz und selbstbewusst nimmt sie sich alle Zeit, sich zu sammeln, in sich zu gehen, ohne die Notenblätter zu ordnen, ohne sich umzublicken, ohne dem Gastgeber und seiner Schwester Aufmerksamkeit zu widmen. Sie atmet einmal hörbar durch, dann hebt sie die Hände über die Tasten.

9 Das Grab wirkte wie ein aus Stein gegossenes Häuschen ohne Fenster und Türen. Unscheinbares graues Gestein, vom Zahn der Zeit angenagt. Der Regen hatte der Grabplatte eine dunkle Färbung verliehen. Sie schien sehr alt zu sein. Auf der Vorderseite war die Inschrift *Les Familles Haüy – Vuillemot – Rougeron* eingemeißelt. Hanna bewunderte die fein gearbeiteten Buchstaben, die die Jahrhunderte fast unbeschadet überstanden hatten. So ordentlich würde sie niemals in Stein hauen können.

Helle und dunkle Flechten sprenkelten die Platte, dazwischen bräunliche Flecken von altem Moos. Auf der Vorderseite prangte eine Marmorplatte:

VALENTIN HAÜY
PREMIER INSTITUTEUR DES AVEUGLES
1745 – 1822

ABBÉ RENÉ-JUST HAÜY
SAVANT MINERALOGISTE
1743 – 1822

Seitlich eine Bronzeplatte mit reliefartiger Inschrift:

À
VALENTIN HAÜY
LES AVEUGLES RECONNAISSANTS

Die dankbaren Blinden ... Hanna schaute sich um. Kein Mensch war zwischen den Gräberreihen zu sehen. Sie ließ ihre Hand in die Umhängetasche gleiten, nahm das Bündel hervor und legte es auf dem steinernen Dach ab. Vorsichtig zog sie die Stoffschichten auseinander, in die ihr Schatz eingewickelt war. Der Kristall funkelte in der Nachmittagssonne und warf leuchtend blaue Reflexe auf die Grabplatte. Mit dem Zeigefinger malte Hanna Kreise um die Lichtspiegelungen auf der rauen Steinoberfläche, dachte dabei an die Brüder Haüy, dachte an ihren Vater und schließlich an den Basaltriesen, der zu Hause im Garten auf sie wartete.

„Ich hoffe, du verzeihst", flüsterte sie. Sie war sich nicht sicher, ob sie ihre Worte an den verstorbenen René Just Haüy richtete oder an André Forgeron, seinen umso lebendigeren Kollegen. „Ich kann ihn nicht hierlassen!"

Sie schlug den Stoff so behutsam um den Kristall, als wollte sie einen Säugling einpacken, und steckte ihn in die Tasche zurück. Am Ende des schmalen Pfades drehte sie sich noch einmal um, um einen letzten Blick auf das Grab zu erhaschen.

Auf dem Stein, dort, wo sie vorhin den Kristall ausgepackt hatte, saßen zwei Männer, der eine auf altmodische Art elegant gekleidet, der andere in einer Mönchskutte, und ließen die Beine baumeln. Haut, Haare und Kleidung schimmerten türkisgrün, im Farbton von oxidierter Bronze.

Hanna starrte die beiden an, sie schauten ausdruckslos zurück. René Just schmiegte seinen Kopf an die Schulter seines Bruders. Die Locken von Valentins Perücke bewegten sich sacht im Wind. Wie in Zeitlupe hob er die Hand und winkte. Hanna kniff die Augen zu. Als sie sie einen Moment später wieder öffnete, waren die beiden Gestalten verschwunden.

Koblenz, noch immer der 30. Oktober 1783

Nachdem die letzte Note verklungen ist, tritt ein Augenblick der Stille ein. Valentin reißt es aus seinem Sitz. Er applaudiert so heftig, dass ihm die Hände schmerzen. Die Hundchen der Fürstäbtissin kläffen verschreckt, doch die anderen Gäste eifern ihm nach und ehren die Musiker mit stehenden Ovationen. Der Sänger und die Sängerinnen verneigen sich, der Violinist tut es ihnen gleich. Nur Maria Theresia Paradis bleibt völlig versunken an ihrem Platz sitzen, so als horche sie in ihrem Inneren der Melodie nach. Schließlich erhebt auch sie sich und wendet sich zum ersten Mal dem Publikum zu. Valentin hält im Klatschen inne. Das Antlitz der jungen Frau, die einen so ungewohnt starken Reiz auf ihn ausübt, wird von einem Paar hellbrauner Augen beherrscht, deren Blick vollkommen starr ist. Wie Glasaugen, denkt Valentin, im Gesicht einer Puppe.

„Sie ist ja blind!", entfährt es ihm.

„Aber gewiss doch", pflichtet ihm sein Bruder bei. „Hattest du das etwa nicht bemerkt? Ein Wunder, dass das Kindchen trotzdem so artig zu spielen vermag, nicht wahr?"

Die blinde Zauberin, schießt es Valentin durch den Kopf. Er hat über die Bedeutung dieser Worte des Kurfürsten nicht wirklich nachgedacht.

Mademoiselle Paradis vollführt einen anmutigen Knicks und schenkt ihrem Publikum ein Lächeln, das Valentin durch und durch geht – Puppenaugen hin oder her.

Mit erstaunlich leichtfüßigen Schritten und ohne jede Unsicherheit verlässt sie das Sichtfeld des Publikums. Während die anderen Gäste sich plaudernd in kleinen Grüppchen versammeln, bleibt Valentin wie versteinert stehen.

„Hat's Ihm gefallen?" Clemens Wenzeslaus ist zu Valentin getreten. „Ein erstaunliches Fräulein, nicht wahr? Hat im Alter von drei

Jahren sein Augenlicht verloren, das arme Ding, und beglückt die Welt dennoch mit ihrem Spiel."

Valentin nickt nur stumm.

„Doch nun, werter Abbé", wendet sich der Kurfürst René Just zu, „möchte Er gewiss den Heiligen Rock in Augenschein nehmen, hab ich recht?"

Valentin findet seine Sprache wieder und übersetzt für seinen Bruder. Ein seliges Lächeln breitet sich auf Renés Gesicht aus.

„Von oben her ganz durchgewebt und ohne Naht", zitiert er versonnen das Johannesevangelium.

Auch als Valentin erklärt, dass er selbst es vorziehe, im Saal zu verbleiben, und René daher alleine mit dem Kurfürsten gehen müsse, um die Reliquie aufzusuchen, tut dies der Begeisterung des Abbés keinen Abbruch. Doch nachdem er Clemens Wenzeslaus bereits einige Meter gefolgt ist, bleibt René Just Haüy abrupt stehen.

„Un moment, s'il vous plaît!", ruft er aus, dreht sich um und ist mit wenigen behänden Schritten zurück bei Valentin. Er nestelt am Kragen seiner Kutte herum und zieht ein Lederband hervor, das er über den Kopf streift. „Valentin, sei so gut, dies für mich zu bewahren", sagt er und streckt seinem Bruder das Band mit dem daran hängenden Ziegenlederbeutel entgegen. „Ich möchte keine irdischen Besitztümer mit mir führen, wenn ich dem Gewand des Herrn gegenübertrete."

Kaum hat er den Satz beendet, ist René schon verschwunden. Valentin schüttelt das Beutelchen, das gewichtig in seiner Hand liegt. Doch es ist nicht das erwartete Klirren von Silbermünzen zu hören. Gar nichts ist zu hören. Neugierig stößt er mit Zeige- und Mittelfinger in die Öffnung der Ledertasche. Was er fühlt, ist kalt und kantig. Valentin lockert die Öffnung ein wenig und findet seine Vermutung bestätigt – sein Bruder hat ihm Blau-Auge anvertraut, seinen größten Schatz.

„Natürlich", murmelt Valentin, obwohl René ihn schon längst nicht mehr hören kann. „Ich werde gut drauf achtgeben."

Er schaut sich im Saal nach Maria Theresia Paradis um und findet sie von einem Dutzend Bewunderern umgeben. Gerade wirft die Pianistin ihren Kopf in den Nacken und lacht frei und ungekünstelt. Überrascht stellt Valentin fest, dass sein Herz schneller schlägt mit jedem Schritt, den er sich der jungen Frau nähert. Mit vor Aufregung trockenem Mund gesellt er sich zu der Gruppe. Maria Theresia Paradis erzählt von ihrer Reise, die sie seit August zusammen mit ihrer Mutter unternimmt, von den Begegnungen mit diversen Persönlichkeiten, und alle lauschen gebannt. Ein Herr, der sich als Schreiber des „Gnädigst privilegierten Coblenzer Intelligenzblatts" zu erkennen gibt, stellt Fragen, die sie freundlich und geistreich zu beantworten weiß. Nach etwa einer Viertelstunde tritt eine Dame der Pianistin zur Seite.

„Verzeihen'S", sagt sie mit so viel Autorität in der Stimme, dass tatsächlich alle Gespräche verstummen, „aber die Resi muss sich jetzt ein wenig ausruhen. Da haben'S gewiss Verständnis für." Sogleich zerstreut sich die Gruppe. Allein Valentin bleibt stehen.

„Was ist denn noch, junger Mann?", fragt die Mutter Paradis.

Valentin räuspert sich. „Gestatten Sie mir, mich vorzustellen? Mein Name ist Valentin Haüy, ich komme aus Paris."

„Ah, Paris!", ruft Maria Theresia Paradis aus und wendet sich zu ihm um, „wie wundervoll! Dort werden wir im nächsten Frühjahr gastieren!"

„Ich komme aus Paris", fährt Valentin fort, „und ich versichere Ihnen, dass ich noch niemals, nie!, weder dort noch irgendwo sonst, einem derart beeindruckenden Konzert habe beiwohnen dürfen!"

Die Pianistin lächelt. „Hat's Ihnen so gefallen? Das freut mich!"

„Gefallen?" Valentin schüttelt energisch den Kopf, auch wenn die junge Frau das nicht sehen kann. „Ich glaube nicht, dass dieses bescheidene Wort ausreicht für die Empfindung, die Ihr Spiel in mir entfacht hat!"

Ohne darüber nachzudenken, was er tut, ergreift Valentin ihre Hände. „Hingerissen bin ich, überwältigt!"

„Danke." Die Pianistin senkt den Kopf in bescheidener Manier. „Der Monsieur ist sehr gütig!"

„Ich bitte Sie", stößt Valentin hervor, „nennen Sie mich Valentin."

„Therese", erwidert sie, „hoch erfreut!"

Erst jetzt wird Valentin bewusst, dass er noch immer die Hände der Dame in unangemessener Weise hält. Verlegen lässt er ihre Linke los, während er ihre rechte Hand anhebt, um einen Handkuss anzudeuten, und sie daraufhin aus seinem Griff entlässt. Seine Ohren glühen vor Scham über sein ungehöriges Verhalten. Doch nun hebt Therese ihrerseits beide Hände an und lässt sie sanft auf seinem Gesicht niedersinken.

„Darf ich?", fragt sie, während sie mit weichen Fingerspitzen über seine Stirn fährt, die Schläfen, die Wangenknochen, die heißen Ohren und das Kinn betastet.

Valentin schließt die Augen. Noch nie im Leben hat er etwas Derartiges gefühlt. Es ist zugleich beglückend und entblößend. Unwillkürlich legt er seine Hände auf ihre und drückt sie einen Moment lang fest auf sein Gesicht.

„Thérèse. Sie wissen gar nicht, wie glücklich Sie mich heute Abend gemacht haben", flüstert er.

Sie zieht ihre Hände zurück. „Ah geh, es war doch nur ein kleines Concerto."

Valentin schlägt die Augen auf. Er nimmt die Umgebung wieder wahr, die Menschen und Geräusche ringsumher, nicht zuletzt Theresens Mutter, die neben der Tochter steht und das Geschehen argwöhnisch beobachtet.

„Nein, es war viel mehr als das", sagt er entschieden. „Sie haben mir etwas bewiesen, was seit Jahren in mir schlummerte. Eine Erkenntnis, von der ich nicht einmal mehr wusste. Eine Ahnung ..."

„Entschuldigen'S, aber wir müssen jetzt wirklich los!" Maria Rosalia Paradis greift demonstrativ nach dem Arm ihrer Tochter.

„Augenblick, Mutter!" Therese macht sich mit einer eleganten Bewegung vom Griff frei. „Gleich komm ich eh, versprochen!"

Sie dreht sich wieder zu Valentin um. „Hören Sie, Valentin? Es wird zum Tanz aufgespielt!"

„Tanzen Sie denn?", fragt er verwundert.

Maria Theresia Paradis lacht auf. „Aber ja, ich bin ganz verrückt danach!" Sie zieht ihn mit sich in Richtung der Kapelle, die einen langsamen Walzer spielt. „Das hab ich von meinem Onkel Leopold geerbt, obwohl ich den nie kennengelernt hab. Er war Tänzer am Kärntnertortheater."

Sie erreichen die Tanzfläche, nehmen Stellung auf und walzen los.

„Onkel Leopold ist auch mal in Paris gewesen", fährt Therese fort, „schon vor meiner Geburt. Heuer ist er Leiter der Ballettschule des Moskauer Waisenhauses. Das Tanzen und das Reisen liegen also in der Familie!"

„Sie tanzen ganz vortrefflich!", stellt Valentin überrascht fest. „Ich habe nicht gewusst, dass das möglich ist."

Therese lacht. „Sie meinen, für eine Viersinnige? Aber es ist doch Musik, die höre ich mit den Ohren, und glauben'S mir, mein Gehör ist ziemlich richtig!"

Valentin kommt mit seinem Mund ganz nah an ihr Ohr: „Mir scheint, es ist so manches ziemlich richtig an Ihnen, Thérèse."

Zur Antwort schmiegt sie einen kurzen Augenblick lang ihre Wange an seine.

Das nächste Stück ist ein Menuett. Sie verbeugen sich voreinander und fassen sich bei den Händen.

„Aber wie ist es bloß möglich", fragt Valentin, „dass Sie allein nach Gehör das Klavierspiel erlernt haben?"

„Ich habe zwei vortreffliche Flügel", erzählt die Pianistin munter. „Man spielt mir die Stücke vor, und ich versuche es gleich nachzuspielen. Man verbessert etwas den Fingersatz, und ich lerne in einer Lektion oft anderthalb Soli, ohne viele Mühe."

„Erstaunlich!"

Sie müssen ihr Gespräch kurz unterbrechen, um eine Schrittfolge mit anderen Partnern auszuführen. Als sie einander wieder an den

Händen halten, will sich Valentin zu erkennen geben, doch Therese greift sogleich wieder das Gespräch auf.

„Ich kann mich auf mein Gehör mehr verlassen als auf die Taktierung mit der Hand."

„Woher wussten Sie, dass ich es bin?", fragt Valentin verwundert.

„Nicht allein mein Gehör ist gut, auch mein Gespür und mein Gedächtnis!" Therese lacht. „Ich spiele Konzerte von Bach, Reichardt, Wolf, Müthel, Richter, Benda, Schobert. Den guten Kozeluh nicht zu vergessen. Und meinen Freund Mozart. Mein Gedächtnis ist dabei die einzige Hilfe, um die mancherlei Stücke nicht zu verwirren."

„Sie sind ein erstaunlicher Mensch!" Valentin dreht sich mit Therese um die eigene Achse. „Und dennoch, einmal muss der Tag da gewesen sein, als Sie zum ersten Mal in die Tasten gegriffen haben. Wie wird das gewesen sein? Wie erschließt sich Ihnen die Welt, Thérèse, die ich nur sehend kenne?"

Die junge Frau legt ihm sacht ihre Hände auf die Augen: „Versuchen Sie's, Valentin!"

Glühende Hitze schießt durch Valentins Körper, wie Elektrizität aus der Leidener Flasche. Ihm scheint, als dringe die Musik mit einem Mal deutlicher an sein Ohr, als nehme er die Geräusche um sich herum genauer wahr. Auch sein Geruchssinn scheint erweckt zu sein, ganz deutlich nimmt er den Duft von Maria Theresias Haut wahr, eine verführerische Mischung aus Orangenöl und Talkumpuder, wie ihm scheint. Er weitet seine Nüstern, um mehr von ihr zu erhaschen. Bei der nächsten Drehung jedoch, noch immer mit verdeckten Augen, kommt Valentin ins Schleudern und stolpert über seine eigenen Füße. Therese lacht fröhlich und hilft ihm auf.

„Ich hatte einen Hauslehrer, dem ich vieles verdanke. Den Herrn von Kempelen, haben Sie schon von ihm gehört?"

„Der den Schachtürken erfunden hat?" Valentin versucht, den peinlichen Sturz zu überspielen, und nimmt den Tanz wieder auf. „Ein vortrefflicher Mann, scheint mir!"

„Er ersetzt mir die Augen mit allerlei durchdachtem Gerät." Ohne weiter auf sein Missgeschick einzugehen, lässt Therese sich wieder vertrauensvoll von ihm führen. „So hat er mir einen Setzkasten gebaut, mit dem ich Schreiben kann."

„Schreiben?" Valentin bleibt vor Überraschung stehen. „Aber das ist doch nicht möglich!"

„Und ob!", insistiert Therese. „Ich korrespondiere mit allerhand Freunden! Was ist nun, tanzen wir weiter?"

„Verzeihung", versetzt Valentin und steigt beim nächsten Takt wieder in den Tanz ein. „Wissen Sie, bei uns in Paris, da werden die Gesichtslosen zum Betteln auf die Straße geschickt."

Therese senkt den Kopf. „Ich weiß", sagt sie leise, „ich bin privilegiert."

„Sie sind zweifelsohne das wundervollste Geschöpf, dass ich je kennenlernen durfte", flüstert Valentin ihr zu. „Ich bin es, der hier privilegiert ist – durfte ich doch Ihrem Konzert beiwohnen und Ihre bezaubernde Bekanntschaft machen!"

„Resi, wir müssen!" Plötzlich steht die Mutter Paradis neben ihnen. „Morgen geht's in aller Früh gen Bonn, da musst du parat sein!"

Therese hält im Tanzen inne, Valentin lässt sie los.

„Ich muss", sagt sie, „sei mir nicht gram!"

Valentin fühlt sich, als würde er aus einem wunderschönen Traum erwachen, den er nicht loslassen mag.

„Thérèse, darf ich Sie wiedersehen?"

„Aber gewiss!", antwortet Maria Rosalia an Stelle ihrer Tochter. „Nächstes Frühjahr in Paris!"

„Ich gebe Ihnen meine Adresse", sagt Valentin atemlos, „und Sie schreiben mir, ja? Bitte vergessen Sie mich nicht! Schreiben Sie mir, wann Sie in Paris ankommen, und ich werde da sein."

„Das ist sehr lieb von Ihnen." Die starren, undurchdringlichen Augen der jungen Frau scheinen durch ihn hindurchzusehen, in weite Ferne.

„Thérèse, ich meine es ernst!" Valentin ergreift ihre Hände. Es ist ihm einerlei, was die Mutter denken mag. „Ich ertrage den Gedanken nicht, dass dies ein Abschied für immer sein könnte!"

Maria Theresia Paradis zieht vorsichtig ihre Hände zurück. „Ich werde Ihnen schreiben", sagt sie sanft, „versprochen!"

Valentin fühlt pure Verzweiflung in sich aufsteigen. Er möchte die Zeit anhalten, möchte irgendetwas tun, damit ihm dieser Moment nicht verloren geht.

„Bitte, Thérèse", sagt er und nimmt das Lederband ab, das um seinen Hals hängt, „nehmen Sie dies hier, als Zeichen meiner Bewunderung und als Unterpfand für ein Wiedersehen!"

„Was ist es?", fragt die Blinde verwundert. „Es fühlt sich schwer an!"

Die Mutter Paradis reckt den Hals, um einen Blick zu erhaschen. „Es ist ein Stein", stellt sie nüchtern fest.

„Er fühlt sich kalt an", sagt Therese, „und kantig."

„Ein Edelstein", beeilt Valentin sich, zu sagen. „Er erstrahlt in tiefstem Blau!"

„Blau?" Die junge Frau seufzt. „Das ist für mich nur ein Wort. Aber ich mag den Klang."

„Dort, wo dieser Stein herkommt", fügt Valentin an, „wird er Blau-Auge genannt."

„Ein steinernes Auge?"

Thereses Lachen versetzt ihm einen Stich.

„Dann muss es wohl blind sein!"

„Dort, wo dieser Stein herkommt", stößt Valentin flehentlich hervor, „wird er als Zeichen der Liebe verschenkt!"

Endlich scheint Maria Theresia Paradis zu verstehen. Eine leichte Röte breitet sich vom Hals her über ihrem Gesicht aus. „Ich danke Ihnen, Valentin", sagt sie leise. „Ich werde gut darauf achtgeben."

„Haben Sie denn vielleicht auch etwas für mich?", fragt Valentin hoffnungsvoll.

Die Pianistin schüttelt den Kopf. „Tut mir leid, ich weiß nicht, was das sein könnte."

Der Gedanke, in wenigen Augenblicken ohne sie zu sein, und ohne irgendetwas, woran er sich halten könnte, lässt Valentin erschaudern. „Etwas von Ihnen, Thérèse, das ich behalten kann?", bittet er. „Einen Scherenschnitt à la Silhouette vielleicht, oder ein Taschentüchlein?"

Die junge Frau überlegt einen Moment, dann lässt sie sich von ihrer Mutter eine perlenbestickte Tasche aushändigen. Sie tastet darin herum und zieht eine winzige Schere hervor. Ehe die Mutter sie daran hindern kann, hat Maria Theresia Paradis eine ihrer Haarlocken abgeschnitten.

„Bitte", sagt sie, als sie Valentin die Strähne entgegenstreckt.

„Das ist mehr, als ich zu hoffen gewagt hätte." Valentin birgt die Locke in seiner hohlen Hand wie etwas Lebendiges. Er spürt Tränen der Rührung in seinen Augen aufsteigen. „Ich danke Ihnen, Thérèse."

Auf der Rückfahrt nach Paris, die elf Tage dauert, spricht René Just kein einziges Wort mit seinem Bruder. Es folgt ein Winter, der so kalt ist, dass die Pferde bis zum Bauch im Schnee versinken. Ein Winter, der Flüsse zum Vereisen und Steine zum Platzen bringt. Eisige Kälte auch zwischen René Just und Valentin. Der Abbé lässt sich pensionieren und schreibt seine *Theorie über die Struktur der Kristalle*.

Nur in Valentins Herzen brennt weiterhin eine heiße Flamme, die ihn wärmt. Mit jedem Artikel über die Konzertreise der blinden Zauberin, die er in internationalen Journalen liest, wird das Feuer neu entfacht. Und so zählt er die Tage, die Wochen, die Monate. Und manchmal schließt er mitten am Tag die Augen, um sich Therese nahe zu fühlen.

10

Auf der Rückreise von Paris hatte Hanna die Nacht bei einer früheren Schulfreundin in Köln verbracht. Ihr hatte sie ebenso wie Vera erzählt, dass sie in Berlin gewesen sei. Ein paar dringende Sachen erledigen. Dabei war ihre Anwesenheit dort nicht nötig. Ihren Job im *Twenty-Something* hatte sie gekündigt. Der Lohn vom letzten Monat würde ihr überwiesen werden.

Mit ihrer WG hatte sie vereinbart, dass ihre Mitbewohner ihr Zimmer über eine Internetplattform für Wochenend- und Feriengäste anbieten sollten und alles, was dabei über die Zimmermiete hinaus eingenommen werden würde, untereinander aufteilten. Von daher war sie frei, so lange zu bleiben, wie nötig. Den Frühling, den Sommer. Vielleicht bis zum Herbst ...

Die Freundin war frühmorgens zur Arbeit aufgebrochen, als Hanna noch schlief. Hanna hatte sich am Bahnhof ein belegtes Brötchen und einen Kaffee gekauft, bevor sie den Regionalzug in Richtung Eifel bestieg. Zwei Stunden von Tür zu Tür, mit zahlreichen Haltestellen zwischendrin und Wartezeit in Andernach. Es war fast Mittag, als sie Mendig erreichte. Hanna lief den von frischgrünen Baumkronen überdachten Fußweg entlang, über Kopfsteinpflaster, das einstmals in mühevoller Arbeit in den Mendiger Steinbrüchen gehauen worden war, passierte das Kriegerdenkmal von 1870/71, dessen Bedeutung sie noch nie verstanden hatte, und folgte dann der Hauptstraße, bergan ihrem Elternhaus zu. Das alte Backsteingebäude beherbergte im Erdgeschoss Veras Geschäft, einen Antiquitätenladen, der ausschließlich auf Glaswaren spezialisiert war und von den meisten Bewohnern der Stadt belächelt wurde. Vera hatte lange Zeit zu kämpfen gehabt, bis sie ihren Kundenstamm, den sie hauptsächlich über den Internethandel versorgte, aufgebaut hatte. Mittlerweile erzielte sie ein geringes Einkommen, das aber immerhin ihre Arbeit und die damit einhergehenden Reisen nach Tschechien rechtfertigte. Das Schaufenster hatte Vera mit einer Schicht Basaltschotter dekoriert, auf der sie die fein ausgearbeiteten Glasobjekte präsentierte. Die Gläschen irisierten im einfallenden Sonnenlicht wie Perlmutt, und erst beim genaueren Hinsehen fiel Hanna auf, dass sich zwischen den Basaltstückchen und den Glaswaren Spinnfäden ausgebreitet hatten.

Sie schloss die Haustür auf und stieg die Treppe zur Wohnung ihrer Eltern hoch. Zur Wohnung ihrer Mutter, korrigierte sie sich im Stillen. Wie würde das fortan sein, wenn sie Vera besuchte? „Ich fahre zu meinen Eltern", galt auf einmal nicht mehr. „Ich fahre zu meiner Mutter", klang nach Trennung. Sie würde sich daran gewöhnen müssen.

In der Küche legte Hanna Tasche und Jacke ab. Sie griff sich einen Apfel vom Obstteller. Vielleicht war Vera mit Lajosch unterwegs. Den silbergrauen Weimaraner hatte sie von einer ihrer Reisen aus der Slowakei mitgebracht, wenige Monate nachdem Hanna ausgezogen war. Er hatte die plötzliche Stille im Haus vertreiben sollen. Jetzt sorgte der Hund wenigstens für ein Minimum an Alltag. Er forderte seine Spaziergänge ein, auch wenn sein Frauchen gerade in Wehmut versank.

Als Hanna die Tür zum Hof öffnete, kam Lajosch ihr fröhlich wedelnd entgegen, drehte dann abrupt um und lief zur Werkstatt. Hanna folgte ihm. Ein Torflügel stand offen.

„Mama?"

Vera war nicht zu entdecken, aber die Stalltür war ebenfalls geöffnet und gab den Weg in das Refugium von Hannas Vater frei. Hanna zögerte. Seit Peters Tod hatte sie seine Räume nicht mehr betreten. Als hielte sie etwas zurück. Lajosch stürmte an ihr vorbei und verschwand im Anbau. Hanna straffte die Schultern und folgte ihm.

Jedes Mal, wenn sie den Anbau betrat, wunderte sie sich über die Helligkeit. Drei quadratisch gleichförmige Räume, die fensterlos, aber mit einem Glasdach versehen waren. Das verlieh den Räumen eine Atelieratmosphäre. Sie wirkten kühl – und waren tatsächlich im Winter nur schwer zu beheizen –, zugleich gab ihnen das Licht eine freundliche Note. Hierher hatte Peter sich zurückgezogen, wenn er Abstand zur Familie brauchte. Oder wenn es nach einer langen Nacht in der Werkstatt viel zu spät geworden war und er nur noch ins Bett fallen konnte. Hanna stand im Küchenraum und blickte nach oben in den blauen Maihimmel. Reste von schwarz gewordenem Laub hatten sich auf dem Glasdach abgesetzt. Sie sah sich um. Selten hatte sie die Küche so ordentlich vorgefunden. Die aufgebockte Duschwanne rechts neben der Tür, die sowohl als Spülbecken als auch zum Auswaschen von Arbeitsmaterial diente, war leer. Links der Tür befand sich eine Arbeitsfläche, Wasserkocher, eine Herdplatte, Töpfe und Geschirr. Auch hier war aufgeräumt worden, kein verschüttetes Kaffeepulver, keine aufgerissenen Verpackungen. Der kleine runde Gartentisch, das Pendant zum großen runden Basalttisch der Werkstatt, war nicht wie üblich von Tabakbeuteln, Zeitungen und Zeichenutensilien bedeckt. Der Aschenbecher, der auf der metallenen Tischplatte stand, war leer und ausgewaschen. Hanna hätte nie gedacht, dass der Anblick von Ordnung an einem Platz, an dem sie Unordnung gewöhnt war, so schmerzhaft sein konnte. Die Wand hinter dem Tisch war bis auf Schulterhöhe mit hölzernen Regalbrettern bestückt. Wenigstens hier fand Hanna das altbekannte Chaos vor. Von der Küche aus führte eine Tür ins Bad, eine ins Schlafzimmer. Letztere war nur angelehnt, und Lajosch schob sie mit der Schnauze auf.

Auch im Schlafzimmer die Regalwand – hier mit Büchern, Kunstzeitschriften und Ausstellungskatalogen bestückt. Das Bett bestand aus einer einfachen Matratze, die auf übereinandermontierten Paletten lag. Hanna konnte sich ein Grinsen nicht verkneifen, als ihr die Parallele zu Monsieur Mais-Non auffiel – auch er ruhte auf einem Bett aus Paletten und blickte in den Himmel hinauf, wie Peter das in sternklaren Nächten getan hatte. Auf dem Bett ein Deckenwulst, an dem sich Lajosch nun zu schaffen machte.

„Lass mich!", ertönte eine raue Stimme aus dem Deckenberg. Dann kamen zwei Arme hervor, die kraftlos versuchten, den Hund zur Seite zu schieben.

„Mama?", fragte Hanna überrascht.

Sie hatte Veras Stimme kaum erkannt, und auch ihr Anblick war irritierend, wie sie sich nun mühsam aus den Kissen erhob. Die Haare wirr, die sonst so akkurate Schminke verschmiert. Derangiert, dachte Hanna.

„Lass mich!", krähte Vera zum zweiten Mal, und Hanna war nicht sicher, ob sie damit noch immer den Hund oder vielmehr sie selbst meinte. Um ihrer Mutter Zeit zu geben, zu sich zu kommen, blickte Hanna sich im Zimmer um. Peter hatte eine Reihe von Bildern aufgehängt. Kopien altmodischer Stiche, die weißhaarige Männer zeigten. Einzelporträts, nur auf einem Bild waren zwei Männer gemeinsam abgebildet, der Kopf des Älteren auf der Schulter des Jüngeren ruhend. Bei genauerem Hinsehen stellte Hanna fest, dass die Bilder immer denselben Mann darstellten, der Schwung des Nasenrückens und die Wölbung des Kinns glichen einander. Auf einem der Stiche hielt er ein Goniometer in Händen, und erst daran erkannte sie René Just Haüy.

Paris 1784

Am 20. März 1784 trifft die Kutsche mit Maria Theresia Paradis, ihrer Mutter und einigen Musikern endlich in Paris ein. Valentin Haüy erwartet sie wie versprochen. Er hat den Winter damit zugebracht, Pläne zu schmieden. Seit der Begegnung mit der Pianistin davon überzeugt, dass Blinde in der Lage sind zu lernen und somit einen würdigen Platz in der Gesellschaft einzunehmen, will er nun für die Gesichtslosen das tun, was Abbé de L'Epée schon 1771 für die Gehörlosen getan hat: eine Schule errichten und ein Lehrsystem entwickeln, das den fehlenden Sinn wettmacht. Er träumt davon, Blinden das Lesen und Schreiben als Grundlage allen Lernens zu ermöglichen.

Noch mehr jedoch träumt er davon, Maria Theresia Paradis zu seiner Frau zu machen. Er fühlt sich nun, im neununddreißigsten Lebensjahr, endlich reif genug, den Bund der Ehe zu schließen und eine Familie zu gründen. Vom ersten Teil des Plans, dem mit der Lehranstalt, erzählt er ihr gleich am Tag ihres Wiedersehens. Den zweiten Teil spart er sich für später auf.

Maria Theresia Paradis hat den Winter trotz der eisigen Kälte gut verlebt. Ihre Konzerte waren erfolgreich, die vielfältigen neuen Begegnungen und Erlebnisse bereichernd und erhebend. Als sie sich endlich wieder gegenüberstehen, springt Valentin der Kristall ins Auge, den sie an einer Kette um den Hals trägt: ein strahlend blauer, geschliffener Edelstein.

„Mutter hat darauf bestanden, dass wir ihn facettieren lassen", beeilt sich Therese zu erklären – als habe sie seinen Blick gespürt. „In Idar-Oberstein, der Edelsteinstadt."

„Noch bezaubernder als zuvor", erwidert Valentin und meint damit weniger den Kristall als vielmehr die Trägerin.

In den folgenden Monaten versäumt Valentin Haüy keine Gelegenheit, Therese nah zu sein. Allein ihr Konzert in Versailles vor dem Königspaar muss ohne ihn stattfinden, da ihm der Zutritt verwehrt wird. Auch zwischen den Konzerten verbringen die beiden viel Zeit miteinander. Valentin zeigt der Wienerin seine Stadt. Sie lustwandeln im Jardin des Tuileries, flanieren an den Ufern der Seine und verbringen ganze Nachmittage damit, den Vogelkonzerten im Jardin du Roi zu lauschen. Bei aller Bewunderung für die Selbständigkeit der Blinden genießt Valentin es, wenn Therese bei diesen Ausflügen seinen Arm ergreift und sich von ihm führen lässt.

Im Gegenzug weist sie ihn in ihre Hilfsmittel ein. Den tastbaren Letternsatz auf Papptäfelchen, den ihr Hauslehrer, der Erfinder Wolfgang von Kempelen, entwickelt hat, um der damals Neunzehnjährigen Lesen und Schreiben beizubringen. Landkarten mit aufgestickten Landesgrenzen, tastbaren Flussläufen und durch Nagelköpfe markierten Städten zum Begreifen der Geografie. Spielkarten, die mit einer Anordnung von Nadelstichen für die Blinde erkennbar gemacht wurden und mit denen sie im Spiel gegen Valentin jedes Mal haushoch gewinnt.

Und schließlich die Handdruckpresse, die von Kempelen ihr gebaut hat, mit beweglichem Letternsatz und einem Setzkasten, der es ihr ermöglicht, eigene Schriftstücke zu erstellen.

Valentin Haüy kommt aus dem Staunen nicht heraus. Zu Hause in seiner Pension tüftelt er an eigenen Abwandlungen der gesehenen Arbeitsgeräte.

Als er Ende Mai vor der Kirche Saint-Germain-des-Prés einem jungen blinden Bettler mit rascher Auffassungsgabe begegnet, nimmt er ihn unter seine Fittiche. Der Junge heißt Francois Le Sueur und wird zunächst in Haüys guter Stube unterrichtet.

Die Monate vergehen und Valentin kann sich kein anderes Leben mehr vorstellen. Dass er einstmals die Einsamkeit vorgezogen hat, erscheint ihm nun, da er die Gesellschaft Theresens genießt, unvorstellbar.

Aus dem Frühjahr wird Sommer, aus dem Sommer wird Herbst. Die Weiterreise der Pianistin nach England rückt immer näher.

Am Jahrestag ihrer ersten Begegnung, dem 30. Oktober 1784, fasst Valentin sich ein Herz und bittet Therese, seine Frau zu werden.

„Es ist lieb von dir, dass du fragst", sagt sie, „und ich fühle mich geehrt, aber – nein."

Dass sie ihre Musik und ihre Freiheit nicht aufgeben wolle, sagt sie außerdem, weder für ihn noch für einen anderen, aber das hört Valentin schon nicht mehr. Therese gibt ihm Blau-Auge zurück und schenkt ihm obendrein noch ein Medaillon mit ihrem Bildnis. Am nächsten Morgen reist sie in aller Frühe ab.

Valentin Haüy lässt den Kristall durch einen Boten zu seinem Bruder schicken, mit dem er seit dem Konzert in Koblenz zerstritten ist, und widmet sein Leben fortan den Blinden.

11 In Peters Küche machte Hanna Kaffee. Während sie kochendes Wasser in die Kaffeekanne füllte, kam Vera aus dem Schlafzimmer. Sie hatte in ihren Kleidern geschlafen. Das schwarze Leinenkostüm wies zu viele Knitterfalten auf, um noch als edel durchzugehen.

„Wie spät ist es?", fragte Vera mit ungewohnt rauer Stimme. Hanna konnte ihre Fahne riechen, Wodka, vermutete sie.

„Kurz nach eins. Ich bin eben zurückgekommen." Sie vermied es, ihre Mutter anzusehen. „Hier, trink erst mal einen Kaffee!"

Im Badezimmer fand Hanna eine halbvolle Schachtel mit Kopfschmerztabletten. Sie löste eine davon in Wasser auf und schob das Glas ihrer Mutter zu.

„Wie stellst du dir das eigentlich vor?" Vera leerte das Glas, verzog das Gesicht. „Einfach so abzuhauen, wo hier so viel zu tun ist!"

„Ich hab dir doch gesagt, dass ich nach Berlin muss."

„Du warst viel zu lange weg!"

„Das waren zweieinhalb Tage, Mama!"

Augenblicklich fühlte Hanna sich zurückversetzt in die alten Machtkämpfe, als sie noch zu Hause gelebt hatte. Empfindlichkeiten auf beiden Seiten, Verteidigungshaltung, niemals klein beigeben. Hatten die drei Jahre seit ihrem Auszug denn nichts verändert?

Doch jetzt weinte Vera, und das war neu. Hanna stand auf, trat hinter den Stuhl ihrer Mutter und legte ihre Arme um die so zerbrechlich wirkende Frau.

„Ich kann das einfach nicht", stieß Vera zwischen Schluchzern hervor. „Alle wollen irgendwas von mir. Wie soll ich das schaffen?"

Hanna wiegte ihre Mutter sanft hin und her. „Schhh, ist ja gut."

„Und dann hat auch noch dieser Wolf angerufen, und du warst nicht da! Was soll ich dem denn sagen? Wie willst du das schaffen, wenn du ständig unterwegs bist?!"

Abrupt ließ Hanna ihre Mutter los. „Ständig unterwegs? Du spinnst wohl!" Die plötzlich aufwallende Wut ließ ihren Hals eng werden. „Ich bin seit Wochen hier, und jetzt, wo ich grade mal zwei

Tage … Außerdem bist du diejenige, die mich an Dr. Wolf verkauft hat!" Das klang natürlich viel zu pathetisch. Trotzdem, es musste mal gesagt werden.

Vera lachte spitz auf. „Verkauft, du meine Güte!" Sie wischte sich mit dem Ärmel ihrer Kostümjacke die Tränen aus dem Gesicht, wobei sie die Reste ihrer Wimperntusche verschmierte. „Sei mal nicht so theatralisch!"

Vera stand auf und ging zur Tür, Lajosch im Schlepptau. Den Kaffee hatte sie nicht einmal angerührt.

„Übrigens frage ich mich, was du in Berlin gemacht hast. Bei dir zu Hause warst du offensichtlich nicht, sonst hätte Lisa dir wohl keine Pakete geschickt." Mit einem triumphierenden Lächeln wies Vera auf drei große Umzugskisten, die neben der Tür standen. „Ich hab sie hierher gebracht, in der Wohnung ist kein Platz." Sprach's, und weg war sie.

Hanna starrte fassungslos auf die Kisten. Sie hatte ihre Mitbewohnerin Lisa gebeten, ihr ein paar Sommersachen zu schicken. Aber das hier sah so aus, als sei sie aus der WG ausgezogen – worden. Mit einem Brotmesser schlitzte sie die Klebebänder auf. Ihr kompletter Schrankinhalt, inklusive Badezimmerutensilien. In einem der Kartons noch Bücher, Fotos, Briefe – der Inhalt ihrer Schreibtischschubladen.

Wir dachten, vielleicht brauchst du was davon, hatte Lisa auf eine Karte geschrieben. Und dass es ganz praktisch sei, weil sie so den zahlenden Übernachtungsgästen mehr Stauraum bieten könnten. Von wegen, „noch einen Koffer in Berlin". Ein paar alte Möbel, ohnehin vom Sperrmüll, waren alles, was sie noch in Berlin hatte. Drei Jahre ihres Lebens. In drei Kartons verpackt. Die Stadt schien ihr mit einem Mal unerreichbar weit weg.

Als Hanna den Garten betrat, hatte sie den Eindruck, als sei sie wirklich lange fort gewesen. In der strahlenden Mittagssonne schien es ihr, als sei die Natur während ihrer Abwesenheit explodiert und habe überall sattes, tiefes Grün verspritzt. Das Gras wucherte, büschelweise ragte es wie ein wilder Haarschnitt heraus. Gänseblümchen nahmen sich darin wie verspielte weiße Pünktchen aus. Die kraftvollen, prallgelben Löwenzahnblüten knallten aus dem Wiesengrün hervor, dass es fast in den Augen schmerzte. Die Blätter der Bäume waren so frisch grün, dass Hanna regelrecht hätte reinbeißen können. Die großzügige Pracht bereitete ihr ein sinnliches Vergnügen und ließ den Ärger von zuvor verrauchen.

Der Garten war schon immer verwildert gewesen, verwunschen, und damit einer von Hannas liebsten Plätze. Als Kind ragten ihr die Brennnesseln, ihre natürlichen Feinde, bis zu den Schultern. Zwischendrin standen knorrige Apfelbäume, deren winzige Puppenäpfel so sauer waren, dass schon ein Bissen genügte, um tagelang Probleme mit dem Zahnschmelz zu bekommen. Die einstmals vom Großvater angepflanzten und später sich selbst überlassenen Stachelbeer- und Johannisbeersträucher trugen im Sommer pralle Früchte, mit denen sie sich den Bauch vollgeschlagen hatte. Ihre langen Haare hatten sich im Brombeergestrüpp verfangen, und Abend für Abend war es Veras Aufgabe gewesen, die Kletten und Knoten aus den Haarnestern ihrer Tochter zu kämmen. Noch heute erinnerte sich Hanna an das schmerzhafte Ziehen und Ziepen. Vielleicht war das der Grund, weshalb sie ihr Haar seit Jahren höchstens kinnlang trug.

Das Ende des Gartens markierte eine halb verfallene Mauer. Auf der Mauerkrone sitzend hatte Hanna auf die Kuhwiesen geschaut, die sich damals hinter dem Gelände erstreckten. Hier war ihre Welt zu Ende gewesen, ihre Abenteuerwelt, ihre Spielwelt, ihr Zuhause. Hanna hatte schon lange nicht mehr an diesen Ort ihrer Kindheit gedacht, an den Zauber, der ihm früher innegewohnt hatte. Als Kind hatte sie nur fest genug an Dinge glauben müssen, schon wurden sie wahr.

„Ihre Tochter verfügt über eine außergewöhnliche Fantasie", hatte die Lehrerin den Eltern kurz nach der Einschulung mitgeteilt.

Peter und Vera hatten das als Kompliment aufgefasst, aber Hanna war der sorgenvolle Gesichtsausdruck der Lehrerin aufgefallen. Sie hatte es von da an unterlassen, von den Dingen zu erzählen, die nur sie sah. Und irgendwann, im Verlauf der Jahre, waren sie dann verschwunden, die Feen und Gnome, die Trolle und Zwergwesen, die den Garten ihrer Kindheit bevölkert hatten. Jetzt wünschte sie sich, wie damals mit den magischen Wesen sprechen zu können, sie um Hilfe bei der Arbeit an Monsieur Mais-Non bitten zu können.

Hanna kippte den Inhalt ihrer Tasche auf der liegenden Skulptur aus. Arbeitshandschuhe, zwei Bandagen für die Handgelenke, ein gepolsterter Fahrradhandschuh, schon reichlich abgewetzt. Eine Packung Taschentücher, eine Rolle Heftpflaster. Zuletzt noch eine Schutzbrille und einen gelben Kapsel-Gehörschutz. Sie zog sich den Fahrradhandschuh über die linke Hand, riss ein Taschentuch in Streifen, wickelte den Zellstoff eng um den linken Daumen, packte dabei vor allem die Wölbung des Grundgelenks gründlich ein und fixierte den Verband mit Heftpflaster. Sie stieß die geballte Faust mehrfach in die rechte Hand, um den Sitz des Polsters zu überprüfen. Dann legte sie sich eine lederne Bandage ums Handgelenk und verschloss sie mit zwei Riemen. Sie streifte das Gummiband der Schutzbrille über den Kopf. Die Brille war aus Plastik, das Sichtfenster von früheren Steinarbeiten zerkratzt. Den Gehörschutz hängte sie sich locker um den Hals, wie Kopfhörer, die auf ihren Einsatz warteten. Dann schlüpfte sie in die staubigen Lederhandschuhe, atmete tief durch und griff zum Fäustel.

In der Werkstatt hatte sie sich wie früher das Werkzeug zusammengesucht. Meißel in verschiedenen Größen und Ausführungen, manche spitz zulaufend, manche keilförmig. Einige sahen so alt aus, als habe ihr Vater sie von seinem Vater übernommen, und der sie vielleicht schon von seinem. Andere wirkten, als seien sie kaum je benutzt worden. Jeder Bildhauer hatte seine Lieblinge unter den Werkzeugen, manche Eisen lagen einfach besser in der Hand als andere, und Hanna musste nun herausfinden, welches in ihre Hände passte. Mit dem Hammer war das ebenso, die Ausgewogenheit zwischen Gewicht und Größe des Fäustelkopfs, die Länge und Dicke des Stiels waren entscheidend. Das Werkzeug musste sich nicht nur während der ersten dreißig Schläge passend anfühlen, sondern auch in den nächsten Stunden gut in der Hand liegen. Im besten Fall verschmolz es mit der Hand, war nichts Fremdes mehr, sondern wurde Teil der Person, die es führte. Hanna hatte diverse Fäustel locker hin und her geschwungen, auf der Suche nach dem einen, nach ihrem Hammer. Nach ihrem Geschirr, dem Fäustel und Eisen, das sie stärker machen sollte – ihre Talismane.

Seit Mertens ihr die Zeichnungen gegeben hatte, konnte sie erahnen, welche Form ihr Vater aus dem Basaltbrocken herausarbeiten wollte. Mit dem Kopf von Monsieur Mais-Non hatte er angefangen. Der Schädel war bereits aus der ihn umgebenden Steinmasse herausgeschält, hob sich plastisch vom felsigen Untergrund ab. Leicht vorgebeugt, ja, jetzt sah sie es. Das Gesicht war angedeutet, der Sitz von Augen, Ohren, Nase und Mund definiert, die Züge noch flach. Seitlich der Nase war eine Bosse, ein Steinüberstand, Arbeitsspur des Meißels, den Peter Klopp geführt hatte. Vorsichtig setzte Hanna das Spitzeisen an, versetzte ihm einen leichten Hammerschlag, und die Bosse brach glatt weg. Hanna entfernte noch weitere Überstände, Kanten und steinerne Pickel, die offensichtlich nicht in dieses Gesicht gehörten. Nachdem sie sich mit dem Werkzeugs in ihren Händen vertraut gemacht hatte und das klirrende Geräusch, wenn Eisen auf Eisen traf, sie nicht mehr erschreckte, wurde sie mutiger. Sie nahm ein Zahneisen zur Hand, dessen Schneide spitze Zacken aufwies wie das Gebiss junger Katzen, und zog damit eine geriffelte Spur über die Wange des Mineralogen.

Peter hätte die Skulptur mit dem Drucklufthammer in Form gebracht. Für die allerfeinsten Details hätte auch er zu Hammer und Meißel gegriffen, aber alles Grobe war ein Fall für die Maschine. Und es war noch viel Grobes zu tun, musste Hanna sich eingestehen. Doch nach dem, was vor drei Jahren geschehen war, bevor sie alles hingeschmissen hatte und nach Berlin gegangen war, hatte sie sich geschworen, nie wieder einen Drucklufthammer in die Hand zu nehmen. Also musste sie dem Stein mit dem althergebrachten Werkzeug zu Leibe rücken, auch wenn das eine Knochenarbeit werden würde. So hatten Menschen über Jahrhunderte, Jahrtausende auf Stein gehauen. Steter Tropfen höhlt den Stein, steter Schlag macht ihn klein. Sie musste nur geduldig sein.

Hanna würde dieses Ungetüm mit Tausenden und Abertausenden von kleinen Hammerschlägen in Form bringen, würde mit dem Meißel den Stein bezwingen, auch wenn es sie den ganzen Sommer, ja wenn es sie ein ganzes Jahr oder mehr kosten würde.

Ihre Entschlossenheit machte sie wagemutig. Sie setzte dem Basalt zu, hinterließ ihre Spuren auf Haüys hoher Stirn, auf seinem Nasenrücken. Arbeitete sich über Wangen und Kinn zum Unterkiefer vor und trug schließlich eine steinerne Wucherung am Hals ab. Fiebrig schlug sie auf das Eisen ein, vor dessen Spitze winzige Basaltpartikel wegspritzten, Schlag um Schlag um Schlag, millimeterweise die raue Oberfläche abtragend. Das metallische KLING-KLING-KLING dröhnte in ihren Ohren. Wieder und wieder rutschte der stählerne Kopf des Fäustels ab und prallte ungebremst auf ihren Daumen. Unter der Polsterung breitete sich Schmerz aus, den Hanna jedoch ignorierte. Ihre rechte Hand verkrampfte, doch auch das hielt sie nicht von weiteren Schlägen ab. Erst als der Hals allmählich Form annahm, seine Proportionen sich denen des Schädels annäherten, ließ die Frequenz ihrer Schläge nach. Mit einem Mal spürte Hanna die Schwere des Schlagarms, das Brennen im Daumengelenk. Es bereitete ihr Mühe, den Griff um den Meißel zu lösen. Wie eingerostet fühlten sich ihre Finger an, erstarrt in der Haltung. Sie legte das Geschirr ab und trat einen Schritt zurück, um ihr Werk zu betrachten. Auf den ersten Blick war nicht viel Veränderung festzustellen, doch bei genauerem Hinsehen lag nun mehr Feinheit im Ausdruck, mehr Klarheit im Gesicht des Mannes. Hanna schüttelte die Hände aus, streckte sich, ließ die Schultern kreisen. Sie spürte jeden einzelnen Muskel in den Armen. Ihr Rücken, den sie während der Arbeit gebeugt hatte, fand nur unter Schmerzen in seine gewohnte Haltung zurück, der Nacken brannte. Trotzdem durchströmte sie ein rauschhaftes Glücksgefühl. Sie trat noch einmal an die Skulptur heran, griff nach einem schmalen Flachmeißel – dem Beizeisen – und skizzierte den Rundkragen der Kutte, in die Haüy den Entwürfen ihres Vaters gemäß gekleidet sein sollte. Die Linie gelang ihr auf Anhieb so, wie sie es vor ihrem inneren Auge gesehen hatte. Zufrieden legte sie das Werkzeug nieder.

Als sie die Werkstatt betrat, lag ein Hauch von Essensduft in der Luft, der ihren Magen sofort in Aufruhr versetzte. Erst jetzt spürte sie ihren Hunger, ihre Erschöpfung. In Peters Küche fand sie einen gedeckten Tisch vor, das Essen auf dem Teller noch lauwarm. Kartoffelpüree, Bratwurst und Möhrengemüse, ein Lieblingsgericht aus ihrer Kindheit. Ein Friedensangebot von Vera.

Hanna aß mit Heißhunger, gierig und zu schnell. Nach dem Essen hatte sie das Gefühl, sich nicht einen Zentimeter mehr vom Tisch bewegen zu können. Sie angelte aus dem Regal Peters altes Telefon und ein zerfleddertes Telefonbuch, in dem sie die Nummer von Walter Newel fand, dem selbst ernannten Chronisten von Mendig. Beim Wählen knirschte der Steinstaub unter der Wählscheibe. Es dauerte nur wenige Sekunden, dann meldete er sich mit dem ihr schon bekannten Nuscheln.

„Guten Abend, Herr Newel, hier ist Hanna. Die Tochter von Peter Klopp. Sie erinnern sich …"

„Sicher doch! Wie geht es denn, kommen Sie gut voran?"

„Mit dem Denkmal? Ja, alles bestens!" Heute hatte Hanna nicht das Gefühl, zu lügen. „Ich rufe wegen etwas anderem an. Ich hätte da mal eine geschichtliche Frage."

„Schießen Sie los, ich bin ganz Ohr!"

„1814, der Befreiungskrieg gegen Napoleon. Gibt es Verzeichnisse der Männer, die aus Mendig eingezogen wurden?"

Walter Newel überlegte nicht eine Sekunde lang. „Keine!"

„Keine Verzeichnisse?"

„Keine eingezogenen Männer! Das waren preußische Truppen. Dazu Schlesier. Und die Russen nicht zu vergessen. Die sind nach dem großen Sieg in Leipzig, der Völkerschlacht, den fliehenden Truppen Napoleons bis nach Paris gefolgt. Blüchers Rheinüberquerung bei Kaub in der Silvesternacht 1813, 1814 – davon haben Sie bestimmt schon gehört. Eine Meisterleistung! Bei Nacht und Nebel mit fünfzigtausend Soldaten, Pferden und Geschützen über den Rhein, eine Pontonbrücke war dafür heimlich gebaut worden. General Vorwärts, so wurde er ab da genannt."

Hanna hatte keine Ahnung, wovon Newel sprach.

„Und Sie sind sicher, dass da keine Mendiger ..."

„Die linke Rheinseite war damals Frankreich zugeschlagen worden. Franzosenzeit! Preußisch wurden das Rheinland, und damit auch wir Mendiger, erst 1815."

Schade, dachte Hanna, nachdem sie sich für die Auskunft bedankt und aufgelegt hatte, ehe Newel weiter dozieren konnte. Es wäre so einfach gewesen, wenn es ein Verzeichnis mit Namen und somit eine Verbindung zu dem Diebstahl in Paris gegeben hätte. Sie nahm den Kristall aus ihrer Tasche und wickelte ihn aus. Im goldenen Abendlicht, das durch das Glasdach fiel, erstrahlte der Stein im tiefsten Blau. Blau wie das Meer, dachte Hanna. Blau wie die Sehnsucht und die Melancholie. Sie streichelte über die glatte Oberfläche, und ihre Fingerspitzen kribbelten wie elektrisiert.

In Peters Schlafzimmer fand sie einen alten Karteikasten aus Holz, in dem einige seiner Notizbücher lagen. Hanna nahm die abgegriffenen Bücher heraus und legte sie zur Seite. Sie faltete ihr T-Shirt, in dem der Kristall eingerollt gewesen war, klein zusammen, polsterte damit den nun leeren Kasten und bettete ihren Schatz darauf.

„Blau-Auge", flüsterte sie, ehe sie den Deckel schloss.

Ihr Blick fiel auf den Deckenwulst im Bett, unter dem sich Vera in der Nacht zuvor vergraben hatte. Ob sie seit Peters Tod schon öfter die Nacht hier verbracht hatte? Hanna trat ans Bett, hob mit beiden Armen die Decke an und tauchte ihr Gesicht in den Stoff. Sie roch Veras Parfüm, dazu einen Hauch von ihrem Wodkamief und darunter, ganz zart, einen Geruch, den sie nicht hätte benennen können, der ihr aber augenblicklich die Tränen in die Augen trieb. Sie roch ihren Vater.

Behutsam legte sie die Decke zusammen, packte Peters Kissen obenauf und schlug das Laken um das Bettzeug. Mit dem weichen Paket im Arm ging sie ins Haus.

Vera war auf dem Sofa eingeschlafen. Lajosch, der sich auf dem Boden zusammengerollt hatte, hob träge den Kopf. Vorsichtig, um sie nicht zu wecken, breitete Hanna Peters Decke über ihre Mutter.

Danke für das Essen, war sehr lecker, schrieb sie auf einen Zettel, den sie auf dem Wohnzimmertisch hinterließ. *Ich schlafe im Anbau. Bis Morgen. Kuss. H.*

Mit ihrem eigenen Bettzeug unterm Arm kehrte Hanna in die Werkstatt zurück. Sie duschte ausgiebig, benutzte dabei Peters Duschgel, dessen Duft sie als tröstlich empfand, obwohl er sie zugleich wehmütig machte. Es ging auf neun Uhr zu, als sie sich in das Bett ihres Vaters legte. Der Himmel über dem Glasdach war noch hell.

Mit hinter dem Kopf verschränkten Armen lag Hanna da und wartete darauf, die ersten Sterne zu erblicken. Kurze Zeit später schlief sie ein.

Als sie erwachte, war es stockdunkel. Ihr Herz schlug so heftig, dass es ihr im Hals wehtat. Sie war schweißgebadet. Im Traum war sie wieder mit Vera im Vulkanmuseum gewesen. Wieder hatten sie an dem großen ovalen Tisch mit der Kunststoffoberfläche gesessen, die beiden Frauen auf der einen Seite, Walter Newel, der Altbürgermeister Mertens und der hibbelige Dr. Wolf auf der anderen Seite. Sie hatten wie bei ihrem ersten Besuch über die Versetzung der Skulptur gesprochen, und Hanna hatte dabei fortwährend auf den Museumsleiter starren müssen. Mitte fünfzig, sehnig, von Unruhe getrieben, sodass Hanna den Eindruck nicht loswurde, dass er unter dem Tisch fortwährend nervös mit den Knien wippen müsste. Ohne jede Vorwarnung war Dr. Wolf mit einem Satz auf den Tisch gesprungen, auf allen Vieren, und hatte ein riesenhaftes Maul aufgerissen, um Hanna zu verschlingen.

Der Wolf, natürlich. Es war Hanna beinahe peinlich, dass ihre Fantasie auf solch kindliche Bilder zurückgriff. Ihr Herzschlag fand allmählich wieder in seinen gewohnten Takt zurück, ihr Atem beruhigte sich. Sie rieb sich übers Gesicht. Ihre Augen hatten sich an die Dunkelheit gewöhnt, nun sah sie die Sterne am Himmel hell und deutlich, und auch ihre Hände konnte sie in der Dunkelheit erkennen. Als sie ihren Blick durchs Zimmer schweifen ließ, schien es ihr, als säßen zwei fluoreszierende Gestalten auf den beiden Stühlen neben der Tür. Hanna ertastete die Leselampe neben dem Bett und schaltete sie an. Die Stühle waren leer.

II Die Befreiung

Mendig – Koblenz, im Dezember 1813

Zuerst behauptete es der Messerschleifer, kurz darauf der fahrende Händler. Bald sprach ein jeder davon. Getuschelt hinter vorgehaltener Hand, verbreitete sich die Nachricht. Die Schlesische Armee sei bald da, die Preußen, die Russen.

Das Gerede war von einem Rheinufer zum anderen geschwappt, obwohl kein Boot übersetzen durfte. Die Gerüchte flogen über das Wasser, sprangen über Gräben, durchdrangen alle Hindernisse. Nachdem sie Napoleon bei Leipzig geschlagen und zurück nach Frankreich getrieben hatten, hätten sich die siegreichen Truppen auf der anderen Rheinseite versammelt. Angeblich wollten sie dort den Winter verbringen, die Verletzten pflegen, Waffen und Uniformen reparieren, die Pferde aufpäppeln und selbst neue Kräfte sammeln. Andere behaupteten, es sei jederzeit damit zu rechnen, dass sie den Fluss überquerten, französische Besatzungsmacht hin oder her. Jederzeit! – Allein das Wort verursachte ein aufgeregtes Geraune. Eine Unruhe, die auf das Blut der Männer übergriff wie ein Fieber. Dass man unter der französischen Herrschaft nicht schlechter gelebt hatte als zuvor, hatte keine Bedeutung mehr. Etwas Neues bahnte sich an, und diejenigen Männer, die für das Abenteuer geschaffen waren oder zumindest dachten, es zu sein, steckten sich an wie mit der Influenza.

In Mendig erwischte es zwei Freunde besonders stark. Adam Höner, jüngster Spross einer vielköpfigen Familie, Postillon wie sein seliger Vater, und Peter Klopp, ein Steinhauer, dessen erster Sohn namens Peter vor wenigen Monaten zur Welt gekommen war. Sie waren seit frühester Kindheit befreundet.

Peter hatte Adam vor der Schule immer geholfen, die Pferde zu versorgen, und Adam hatte mit Peter das Mittagessen für die Steinhauer in die Gruben geschleppt. Gemeinsam hatten sie die Schulstunden durchgestanden, Läuse und Kinderkrankheiten ausgetauscht, den Alkohol für sich entdeckt und die Mädchen.

Obwohl die beiden Männer bereits in ihrem dreißigsten Lebensjahr standen, infizierten sie sich nicht weniger gründlich mit der allgemeinen Unruhe als die ganz jungen Burschen.

Sie saßen mit den anderen Männern beisammen, in den Küchen, den guten Stuben, den Wirtshäusern. Sie saßen an offenen Feuern und vor Kaminen und schwangen große Reden.

Die Befreiungskrieger würden die Franzosen verjagen, sie verfolgen bis ins Herz ihres Landes, bis nach Paris! Ah – Paris!

Allein dieses Wort brachte das Blut in Wallung. Bald wurde es Adam und Peter unerträglich, zu Hause zu sitzen und sich um die alltäglichen Dinge zu kümmern.

Der letzte Tag des Jahres 1813 bringt eisige Kälte. Nach einem kargen Frühstück im Morgengrauen hält es die Freunde nicht länger im Haus. Sie wollen nur mal schauen, sagen sie, am Neujahrstage kämen sie zurück. Und so feilscht Adam mit dem Posthalter um den Tagespreis für zwei Pferde, die an diesem Tag für die Postkutsche nicht eingesetzt sind, und so küsst Peter seine Frau auf die Stirn und seinen kleinen Sohn auf den kahlen Schädel. So legen sie sich Felle auf die Sättel und wollene Decken um die Mäntel, rufen „Ho!" und reiten davon durch eine weiß verschneite Landschaft, der Hauptstadt des Départements de Rhin-et-Moselle entgegen. Peter ist erst wenige Male dort gewesen, doch Adam kennt den Weg. Ein Schneesturm bei Bassenheim zwingt sie zum Rasten, die Freunde teilen Brot, Speck und Schnaps. Sie fühlen sich so aufgeräumt wie vor vielen Jahren als Kinder vor dem Weihnachtstag, wie vor nicht ganz so vielen Jahren als Jünglinge vor dem Maitanz. Etwas Großes bahnt sich an, das spüren beide in den Knochen, in allen Gliedern, im Blut, das durch ihre Adern pulsiert. Es ist bereits dunkel, als sie Koblenz erreichen. Nachdem sie die Pferde bei der Relaisstation abgegeben haben, treibt sie eine kitzelige Unruhe dem Rheinufer zu. Am Deutschen Eck, wo der Rhein und die Mosel aufeinanderstoßen, stehen sie beisammen und spähen auf die gegenüberliegende Seite. Einst habe dort eine Burg gestanden, heißt es. Weiter oben auf der Anhöhe soll die Festung Ehrenbreitstein gethront haben. Im Sommer weiden die Fleischer das Vieh auf den Wiesen zwischen den Ruinen. Jetzt, im Winter, liegen Weideland und Trümmer gleichermaßen von einer weißen Schneeschicht bedeckt. Das gegenüberliegende Ufer scheint ruhig, kein Anzeichen dafür, dass sich dort tatsächlich eine Armee versammelt hat. So sehr Adam und Peter auch starren, in der Dunkelheit ist nichts zu erkennen. Der Laternenanzünder zieht seine Runden. Wie Diamanten funkeln im Lichtschein die Eiskristalle in der festgestampften Schneeschicht, die den Boden bedeckt. Die beiden Mendiger trotten durch die Gassen der Stadt. Enttäuschung überschattet ihren Übermut, doch nicht für lange. Schon im ersten Wirtshaus gibt es neue Gerüchte, wird ihre Abenteuerlust aufs Neue befeuert. Und sollte sich tatsächlich nichts weiter ereignen, so trösten sich die Freunde, werden sie das neue Jahr zumindest mit Tanz und Musik willkommen heißen und ihr erhitztes Blut mit Bier herunterkühlen.

12 Ein grautrüber Tag empfing Hanna am nächsten Morgen. Es schien ihr, als drückten die Wolken auf ihren Kopf. Das tiefgrüne Gras im Garten war schwer vom Regen. Die Blumen ließen ihre nassen Blüten hängen.

Der Regen hatte den Steinstaub abgewaschen, der von Hannas Arbeit auf der Skulptur liegengeblieben war. Der Basalt war vor Nässe dunkelblau, fast schwarz, sodass Hanna Mühe hatte, die Konturen im Gesicht des Mineralogen zu erkennen. Ihre Euphorie vom Vortag war ihr heute vollkommen unverständlich. Jetzt schien es, als sei sie mit der Arbeit kein bisschen weitergekommen.

Obwohl sie dieselben Werkzeuge wie am Vortag benutzte, fühlte sich der Fäustel in ihrer Hand heute falsch an. Hanna setzte den Meißel an Haüys Schulter. Die Konturen hatte Peter in den Basalt gesägt, auch den Faltenwurf der Kutte dabei skizziert. Hannas Aufgabe war es nun, die Rundungen der Schultern und Arme herauszuarbeiten. Schlag für Schlag trieb sie die Meißelschneide über den Stein und ließ den Stahl dabei eine millimeterdünne Schicht der Oberfläche abtragen. Sie strich mit dem Handschuh über die Steinoberfläche, um den feuchten Basaltstaub zu entfernen, der schmierig am Leder haften blieb. Der Stiel des Hammers rutschte in ihrer Hand und ließ sie den nächsten Schlag verpatzen. Ungebremst prallte der Fäustelkopf auf ihr Daumengelenk und rief dort den Schmerz wach, der von den Prellungen des Vortags rührte. Hanna ließ das Werkzeug fallen und zog sich den Handschuh von der linken Hand. Der Schlag hatte das Polster weggerissen und die Haut auf dem ohnehin schon angeschwollenen Gelenk abgeschürft. Instinktiv hob Hanna die Hand an den Mund und schloss ihre Lippen um die Wunde, schmeckte Blut, Staub und Leder. Tränen traten ihr in die Augen, die sie vergeblich wegzuwinkern versuchte. Sie rannen ihr in Strömen übers Gesicht, tropften vom Kinn, platschten auf den Basalt. Ein Beben wuchs tief in Hannas Innerem heran, breitete sich vom Bauch her aus. Es stieg ihr in den Hals, wo es sich in heiseren Tönen niederschlug. Hanna biss auf den

Daumenknöchel, um die Laute zurückzuhalten, doch das Beben in ihr war stärker. Das Wehklagen brach hervor wie ein Hustenanfall. Die Hand rutschte ihr vom Mund, fiel kraftlos herab. Der ganze Körper war mit einem Mal aller Energie beraubt. Die Knie knickten ein, sie sackte zusammen. Kippte aus der Hocke wie in Zeitlupe um, fiel ins nasse Gras. Lag da und weinte, weinte, weinte. Rotz und Tränen nässten Hannas Gesicht. Ihr schien es, als ob die Laute, die aus ihr hervorbrachen, nicht von ihr selbst stammen könnten. Irgendetwas hatte von ihr Besitz ergriffen und füllte sie aus mit diesem Wehklagen, diesen unartikulierten, kehligen Lauten. Wie eine Kreatur fühlte sie sich. Hanna krümmte sich zusammen, zog die Knie eng an den Oberkörper. Das Beben ebbte etwas ab, doch noch immer schüttelte es sie durch, ließ ihr Gesicht hart gegen die Kniegelenke stoßen. Ein Erdbeben, ein Hannabeben. Sie wusste nicht, wie lange es andauerte, wenige Minuten oder eine halbe Stunde, doch irgendwann ließ es nach, irgendwann kam Ruhe in ihren Körper. Die Tränen versiegten. Von einer tiefen Mattigkeit erfasst blieb Hanna noch einen Moment lang liegen, dann lockerte sie den Griff um ihre Knie, entspannte sich. Erst jetzt spürte sie die Kälte, die vom Boden in ihre Knochen kroch. Das feuchte Gras hatte ihre Arbeitskleidung durchnässt. Sie stützte sich mühsam auf, jedes Körperglied tonnenschwer, und schleppte sich zur Werkstatt wie ein waidwundes Tier. Es gelang ihr gerade noch, die Schuhe von den Füßen zu streifen, ehe sie sich aufs Bett fallen ließ und in einen bodenlos tiefen, schwarzen Schlaf fiel.

Koblenz, 1. Januar 1814

Als Peter Klopp erwacht, ist es noch stockfinster. Sein Schädel pocht. Die Nacht ist lang geworden in den Wirtsstuben der Stadt. Noch nicht ganz wach, rechnet er sich aus, wie viele Tages-, nein, Wochenlöhne sie vertrunken haben. Eben will er sich auf dem Strohsack umdrehen und die raue Wolldecke wieder fester um die Schulter ziehen, da bemerkt er Unruhe auf der Straße. Absatzeisen, die auf Kopfsteinpflaster knallen. Das Geklapper von beschlagenen Pferdehufen und das Gemurmel zahlreicher Stimmen. Er schlägt die Decke zurück und gibt seinen schlafwarmen Körper der Kälte preis, steht auf und tritt an das kleine Fenster. Die Scheibe ist mit Eisblumen bedeckt, er muss eine Weile dagegen hauchen, bis in der silbergrauen Fläche ein Guckloch schmilzt. Unter ihm ziehen im Schein der Fackeln Soldaten vorbei. Die Erkenntnis, dass es sich nicht um Franzosen handelt, sickert nur träge in sein umnebeltes Hirn. Dann ist er mit einem Schlag hellwach.

„Adam!", ruft er, „Komm und sieh dir das an!"

Der Freund, tief in die Decke eingerollt, lässt nur ein gedämpftes Grunzen hören. Mit zwei Schritten ist Peter bei ihm und rüttelt an seiner Schulter. „So werd doch wach – sie sind tatsächlich hier!"

Auf der Straße laufen die Freunde den Soldaten entgegen, aufgeregt wie Kinder. Sie ziehen an den Reihen der Marschierenden entlang wie an einem Fluss, gegen den Strom, der Quelle entgegen, bis sie das Rheinufer nahe dem Deutschen Eck erreichen. Flache Boote liegen am Ufer, vereinzelte sind noch auf dem Wasser, mit Soldaten und Waffen beladen. Pferde ziehen die Boote an dicken Tauen durch den eiskalten Fluss, Männer stehen bis zum Oberschenkel im Rhein, um die Tiere zu lenken. Am diesseitigen Ufer angelangt werden die erschöpften Tiere mit Decken abgerieben. Der Befehlshaber des Korps thront auf einem prächtigen fuchsfarbenen Hengst.

Es ist ein noch junger Mann, von adeliger Haltung, die Uniform goldbeschlagen. Mit wachem Blick begleitet er die Ankommenden, ruft hie und da Befehle in einer kehligen, dunklen Sprache, die den Freunden vollkommen unbekannt ist. Adam und Peter reihen sich zwischen die anderen Maulaffen ein und betrachten das Schauspiel. Vereinzelt sind Schüsse zu vernehmen, schon in der Ferne. Der Befehlshaber auf seinem Ross wartet, bis die letzten seiner Männer das Ufer erreichen, sich formieren und im Gleichschritt durch die Gassen ziehen. Dann wendet er sein Pferd, nickt den versammelten Zuschauern knapp zu und schließt sich dem Strom seiner Männer an.

Wie benommen starren die Freunde auf den Rhein, das Ufer ist verlassen, der Fluss fließt wie eh und je. Erst jetzt bemerkt Peter, dass er vor Kälte schlottert. Seine Füße fühlen sich taub an. Er erinnert sich, wie er einst als Kind den Auszug geflügelter Ameisen beobachtet hat. Die Insekten krochen aus einem Loch in der Küchenwand, zogen in einer langen schwarzen Straße über die weiß gekalkte Mauer zum geöffneten Fenster. Peter stürzte aus dem Haus. Auf der sonnenwarmen Hauswand wimmelte es nur so vor schwarzen Körpern und glänzenden Flügeln. Plötzlich, wie auf ein geheimes Kommando hin, erhob sich der Schwarm in die Lüfte und flog davon. Weder an Haus- noch an Küchenwand war auch nur die kleinste Spur zurückgeblieben, sodass Peter kurz glaubte, den ganzen Spuk nur geträumt zu haben. Doch von jenem Tag an musste er immer wieder zu dem kleinen Loch in der Wand schauen.

Hier nun, am Rheinufer, zeugen zumindest die zurückgelassenen Boote davon, dass die Landung der Soldaten tatsächlich stattgefunden hat. Im ersten grauen Morgenlicht liegen sie da wie abgeworfene Hüllen, Teile riesenhafter Insektenkokons.

Adam rüttelt Peter an der Schulter und reißt ihn aus seinen Betrachtungen. „Komm, ihnen nach! Worauf wartest du?"

Unweit der Stelle, wo Rhein und Mosel ineinanderfließen, steht vor der St.-Kastor-Kirche ein Brunnen aus Mendiger Basalt.

Anderthalb Jahre zuvor hat Peter dabei geholfen, die Steinquader zu behauen, bevor sie nach Koblenz transportiert und zum Brunnensockel formiert wurden. Muschelförmige Wasserbecken aus hellem Marmor sind eingefügt worden. Obenauf thronen zwei Figuren aus Kalkstein, ein stattlicher Mann mit langem Bart und eine Frau mit üppiger Haarpracht. Beide sind nackt, der Arm des Mannes um die Hüfte der Schönen geschlungen, ihr Gesicht dem seinen zugewandt. Doch stellt das Ensemble kein Liebespaar dar, sondern die Personifizierung von Vater Rhein und Mutter Mosel, die sich hier in den Armen liegen. Der helle Stein lässt bereits Verwitterungsspuren erkennen, die glatte Haut der Liebenden weist Löcher auf wie Pockennarben.

„Kalkstein", stößt Peter verächtlich hervor. „Hätte man mich gefragt, ich hätte Basalt empfohlen!"

Unzerstörbar steht der Sockel da, als sei er erst gestern errichtet worden. Eine in den Stein geschlagene Inschrift prangt auf dem Basalt, mit weißer Farbe hervorgehoben:

An MDCCCXII
MEMORABLE PAR LA CAMPAGNE
CONTRE LES RUSSES
SOUS LE PREFECTURA DE JULES DOAZAN.

Mit dem Denkmal wollte Doazan an den erfolgreichen Russlandfeldzug Napoleons erinnern und sich zugleich als Präfekt des Départements de Rhin-et-Moselle verewigen.

Ausgerechnet vor diesem Brunnen ist der Befehlshaber der fremden Armee stehengeblieben. Sein Hengst tänzelt ein wenig auf der Stelle, als könnte er es kaum erwarten, endlich richtig loslaufen zu dürfen. Der General hat den Blick auf die Inschrift geheftet. Dass es sich bei den fremden Soldaten um Russen handelt, haben die beiden Freunde von einem gescheit aussehenden Herrn erfahren, der ebenso wie sie die Ankunft der Soldaten beobachtet hat.

Peter folgt dem Blick des Anführers und fragt sich, ob der General den Affront, den diese Inschrift bedeutet, versteht.

Plötzlich erhellt ein Lächeln das Gesicht des Russen.

„Est-ce qu'il y a un sculpteur ici?", fragt er mit volltönender Stimme. Sein Französisch lässt keinen Akzent erkennen.

Ob ein Bildhauer anwesend ist? Ehe er sich über den Sinn der Frage richtig klar wird, tritt Peter Klopp vor. *„Moi, Monsieur!"*

Der Mann bedenkt ihn mit einem langen Blick. Adam ist neben Peter getreten und zieht ihn am Arm. „Was hast du vor?!", raunt er ihm ins Ohr.

„Et mon copin aussi!", ruft Peter aus.

„Bist du verrückt geworden?" Adams Stimme überschlägt sich fast. „Ich habe nicht die geringste Ahnung vom Steinhauen!"

Mit einer Handbewegung bringt Peter ihn zum Schweigen. Der General auf seinem Pferd winkt einen seiner Männer zu sich und wechselt mit ihm ein paar unverständliche Worte. Peters Herz springt in seiner Brust. Der andere Russe tritt auf die Freunde zu.

„Der Generalleutnant Saint-Priest hat eine Aufgabe für Sie", sagt er in gebrochenem Französisch mit kehligem Unterton.

Dann beugt er sich vor und flüstert Peter Klopp den Auftrag ins Ohr.

13

Hanna erwachte davon, dass Vera ihren Namen rief. Einen Augenblick später trat die Mutter ins Schlafzimmer.

„Hier steckst du, ich hab dich schon überall gesucht!" Der vorwurfsvolle Ton schwand, als sie Hannas Hand erblickte. „Was hast du denn gemacht? Bist du verletzt?!"

Hanna richtete sich im Bett auf und sah an sich herunter. Rote Flecken auf der Hand, auf ihrem Arbeitshemd, dazu graue Schmierflecken von feuchtem Steinstaub und abgerissene Grashalme, die an ihr klebten. Sie schüttelte den Kopf, „nichts Schlimmes", aber Vera kniete bereits neben ihr und untersuchte ihre Hand und ihr Gesicht.

„Du solltest die Wunde sauber machen. Am besten gehst du ins Bad und wäschst dich, ich koche uns in der Zeit einen Tee."

Im halbtrüben Badezimmerspiegel blickte Hanna ein Gesicht entgegen, das tatsächlich zum Fürchten aussah. Die Augen verquollen und noch immer gerötet, die Haut mit Steinstaub, Rotz, Blut und Tränen verschmiert. Sie ließ die schmutzigen Klamotten auf den Boden fallen und stellte sich unter die Dusche. Als sie zu Vera in die Küche kam, fühlte sie sich etwas besser.

„Hanna, ich wünschte, es wäre nicht so, aber ich muss dich bitten, das hier durchzuziehen!" Aus Veras Stimme sprach eher Sorge als Vorwurf. „Ich weiß, dass das nicht leicht für dich ist. Aber ..."

„Ich schaff das schon, Mama", sagte Hanna. Sie konnte ihrer Mutter dabei nicht in die Augen sehen.

Vera legte ihre Hand auf Hannas Arm. „Ich brauche das Geld, Hanna. Da sind noch so viele Rechnungen offen. Allein die Beerdigung ..."

Hanna spürte, wie sich das Zittern von Veras Hand auf ihren Arm übertrug. Sie legte ihre Hand auf die ihrer Mutter. „Ist schon gut", sagte sie, „morgen bin ich wieder fit, okay?"

Sie sah die Tränen in Veras Augen glitzern, stand auf und nahm ihre Mutter, die ihr klein und zerbrechlich vorkam, in den Arm. „Hast du eigentlich schon was gegessen?"

Vera schüttelte den Kopf.

„Komm, lass uns ins Haus rübergehen", sagte Hanna und legte ihrer Mutter einen Arm um die Taille. „Ich koch uns was."

Später am Abend sammelte Hanna ihre Arbeitswerkzeuge ein, die auf der Skulptur liegengeblieben waren. Es war ein lauer Abend, ein paar Vögel zwitscherten im letzten Abendlicht. Monsieur Mais-Non ruhte friedlich auf seinem Palettenbett. Hanna dachte an Berlin. Das wäre der perfekte Abend, um aus ihrem Fenster aufs Dach zu klettern und einen Joint zu rauchen, während die Stadt zu ihren Füßen vom Tages- in den Nachtmodus wechselte. Danach durch die Kneipen ziehen, immer im Pulk, auf der Straße sitzen und Bier trinken. Sich schließlich drinnen aufwärmen, ein paar Kurze kippen, weiterziehen. Lachen, Spaß haben. Irgendwas erzählen, woran sich einen Augenblick später niemand mehr erinnerte. Leichtigkeit, alles abstreifen, alle Schwere, alle Sorgen, allen Ballast. Durch die Straßen schweben bis zum Morgengrauen.

Zurück in der Werkstatt schaltete Hanna das Radio ein, um die Einsamkeit zu vertreiben. Ihr Vater hatte einen Kultursender eingestellt. Ein Klavierkonzert erfüllte die Küche. Tröstliche Klänge. Seine Abende hatte Peter häufig damit verbracht, in dieser Küche zu sitzen, Radio zu hören und Miniaturen aus Sandstein zu schnitzen. Unter seinen Händen lösten sich die Steinbrocken in staubiges Pulver auf, das sich in sandgelben Dünen auf dem Tisch anhäufte. Was vom Stein übrigblieb, waren Menschen, Tiere und Fabelwesen, nicht größer als Hannas Handfläche. Eine Vielzahl dieser Abendkreaturen tummelte sich auf den Regalbrettern. Hier hatte ihr Vater gesessen, hatte geschnitzt, gezeichnet, geschrieben. Hatte sich dabei in einen Schwebezustand geraucht und war so unverschämt zufrieden gewesen, dass er Vera damit zur Weißglut brachte. Sie, die im Wohnhaus saß und ihr Alleinsein nicht frei gewählt hatte.

Hanna goss sich ein Glas von dem Rotwein ein, den sie von Veras Vorrat abgezweigt hatte, und setzte sich an den runden Tisch. Es war schön, auf diese Weise an ihren Vater zu denken. Beinahe fühlte es sich so an, als wäre er jetzt bei ihr. Kurz überlegte sie, ob sie sich auch einen Brocken Sandstein aus der Werkstatt holen sollte. Doch dann hatte sie eine andere Idee. Im Schlafzimmerregal fand sie ein paar Bögen weißen Papiers und Bleistifte in verschiedenen Stärken. Vorsichtig nahm sie den blauen Kristall aus der Holzkiste und legte ihn zu den Zeichenutensilien auf den Tisch. Sie betrachtete den Stein ausgiebig, drehte ihn im Schein der Deckenlampe mal in diese, mal in jene Richtung. Fuhr mit den Augen die Linien entlang, die Kanten und Flächen. Versuchte, den Haüyn in seiner ganzen Schönheit zu erfassen, um ihn auf das Papier bannen zu können. Schließlich nahm sie einen der Bleistifte zur Hand und zog eine vorsichtige erste Linie. Nahm Maß, setzte weitere Linien. Verband sie zu Flächen. Das perspektivische Zeichnen hatte sie in der Berufsschule gelernt. Doch so sehr sie sich bemühte, es gelang ihr einfach nicht, die Schönheit des Edelsteins auf das Papier zu übertragen. Hanna knüllte die Zeichnung zusammen. Noch einmal betrachtete sie den Stein, der vielleicht, vielleicht auch nicht das sagenumwobene Blau-Auge war. Tief in ihrem Inneren war Hanna überzeugt davon, dass er es war. Oder wollte sie es einfach nur so sehr? Sie nahm noch einmal den Stift zur Hand, legte ein neues Blatt Papier zurecht und schrieb die Geschichte auf, die jeder in der Gegend hier schon so oft gehört hatte.

Blau-Auge

Einst kam ein Fremder ins Dorf. Ein Wandergeselle von der Zunft der Steinhauer, der aus dem Herzogtum Lothringen stammte. Er befand sich auf dem Weg nach Köln, um dort beim Bau der großen Kathedrale mitzuwirken. In Mendig machte er Halt. Ein heimischer Steinhauerbursche freundete sich mit ihm an. Die beiden, die sich kaum verständigen konnten, verstanden sich prächtig. Der Steinhauer weihte den Fremden in das Geheimnis der blauen Steine ein. Dass es galt, die meisten Blauen zu finden und damit um das Mädchen des Herzens zu buhlen. Der Steinhauer hatte ein Mädchen ins Auge gefasst. Sie war im ganzen Dorf begehrt, und er wusste, dass er, mittellos wie er war, kaum den Hauch einer Chance hatte. So suchte er die Steine beim Schein der Kerze bis tief in die Nacht. Sein neuer Freund begleitete ihn, gemeinsam stiegen sie nach Ende des Tagwerks in die Gruben hinab, zerstückelten vorsichtig die herumliegenden Gesteinsbrocken auf der Suche nach dem blauen Glitzern.

Schließlich war es der Franzose, der ihn entdeckte – einen Kristall, groß wie ein Augapfel, ungelogen. Niemand hatte je geahnt, dass es die Blauen in solch stattlicher Größe gab. Der Steinhauer war sich gewiss – mit diesem Prachtexemplar konnte er seine Liebste für sich gewinnen. Doch sein Freund dachte nicht daran, ihm den Stein zu überlassen. Er triumphierte, rechnete sich aus, wie viele Rheinische Gulden der Edelstein wert sei, und ließ alles Bitten und Flehen an sich abprallen. Da sah der Steinhauer rot, und mit dem Hammer, den er noch in Händen hielt, schlug er so feste zu, dass des Franzosen Kopf zerbarst. Den Leichnam des Freundes zerrte er in einen aufgelassenen Teil der Höhlen und bedeckte ihn mit Geröll. Den Kristall trug er am nächsten Tag zum Hause des Mädchens, und bald darauf fand die Trauung statt. Doch das Glück währte nicht lang. Es geschah kurz nach der Geburt des ersten Sohnes, dass die Überreste des Fremden entdeckt wurden. Man verurteilte den Steinhauer, dessen plötzliches Ansehen ihm manch einer geneidet hatte, und hängte ihn am selben Tag auf. Der Kristall wurde in die Kirche gebracht, der Pfarrer und die Dorfältesten hatten so entschieden. Sie hatten zudem entschieden, den Fall geheimzuhalten, um den Kristall behalten zu können. So hinterließen Verurteilung und Hinrichtung keine Einträge in den Pfarrbüchern, und nur die Familie des Steinhauers dachte noch daran. Der Wandergeselle, oder was von ihm übrig war, wurde verscharrt, und das Dorf schwieg. Aus Angst, den Zorn Gottes auf sich geladen zu haben, stiftete man vier Wegkreuze aus Basalt, wie es in der Gegend zum Zeichen der Buße die Regel war. Die Furcht jedoch, dass dem Kristall ein Fluch anhinge, blieb über die Jahrhunderte hinweg im Dorfglauben haften.

14

"Frè-re Jac-ques, frè-re Jac-ques ..." Es war eine melodiöse Männerstimme, deren Gesang Hanna am nächsten Morgen weckte. *"Dor-mez-vous, dor-mez-vous?"*

Sie blinzelte. Im frühen Morgengrau erkannte sie eine Gestalt, die am Fußende des Bettes auf der Matratze saß. Ein Mann, ältlich, die Haare gelichtet, sodass der halbe Schädel als Stirn durchgehen konnte. Die übrigen Haare weiß, bis über die Ohrläppchen hängend und in ihrer Strähnigkeit an Schnittlauch erinnernd.

"Son-nez les ma-ti-nes, son-nez les ma-ti-nes", fuhr er fort.

Hanna richtete sich auf. Der Mann lächelte, was ihm trotz der auffälligen Höckernase und des wuchtigen Kinns eine sympathische Ausstrahlung verlieh. Er war in dunklen, derben Stoff gekleidet, der kratzig aussah. Ein schlichtes, an etlichen Stellen geflicktes Gewand.

„Ding, ding, dong, ding, ding, dong!"

„Nun lass Mademoiselle doch in Frieden, siehst du nicht, wie müde sie ist?"

Eine andere Stimme. Hanna wandte den Kopf und sah einen zweiten Mann auf einem Stuhl neben der Tür sitzen. Er hatte die Beine übereinandergeschlagen, wippte dabei locker mit dem Fuß. Er war jünger, elegant gekleidet in altmodische Kniebundhosen und ein Hemd mit Rüschenvolant, der aus der gutsitzenden Samtjacke hervorquoll. Die nach außen gedrehten Locken erkannte Hanna von ihrer ersten Begegnung auf dem Friedhof Père Lachaise wieder, jedoch war jeglicher Türkiston von oxidierter Bronze verschwunden. Vollkommen lebendig zwinkerte Valentin Haüy ihr zu.

„Mademoiselle hat viel zu tun", entgegnete René Just Haüy seinem Bruder, „und frühes Aufstehen hat noch keinem geschadet!"

Im nächsten Augenblick waren die beiden spurlos verschwunden. Hanna war hellwach, ihr Herz galoppierte. Die beiden Stimmen klangen in ihrem Kopf nach. Sie schüttelte sich, rieb sich die Augen. Sie musste geträumt haben. Oder wurde sie allmählich verrückt?

Ein Blick auf die Uhr, es war gerade erst sechs. Aber an Schlaf war nun nicht mehr zu denken. Hanna duschte ausgiebig, das

Wasser vertrieb den letzten Rest Schlaf und das Lied, das sich als Ohrwurm in ihrem Gehirn festgesetzt hatte. Als sie wenig später mit einer Tasse Kaffee am Frühstückstisch saß, war sie überzeugt, halluziniert zu haben.

Ihre Arbeitsklamotten hatte sie am Vortag in Veras Waschmaschine gesteckt, nun musste sie sich eine neue Kluft zusammensuchen. In Peters Schlafzimmer lagen Overalls im Regal, sogenannte Blaumänner, auch wenn sie verschiedene Farben hatten. Hanna entschied sich für Olivgrün. Der Anzug war etwas zu groß, doch nachdem sie ihn an Armen und Beinen umgekrempelt hatte, ging es. Neben dem Regal entdeckte Hanna ein Paar alter Motorradstiefel. Das Motorrad hatte Peter verkaufen müssen, als die Restaurierungsaufträge ausgeblieben waren. Das hatte ihm das Herz gebrochen. Hanna nahm einen der Stiefel zur Hand. Das Leder sah schon recht mitgenommen aus, die Gummisohle war am Absatz abgelaufen. Als Hanna den Reißverschluss an ihrer Wade schloss, hatte sie das Gefühl, eine Rüstung anzulegen. Die Stiefel waren um zwei oder drei Nummern zu groß, Hanna geriet darin ins Rutschen. Sie zog dicke Wollsocken über die Füße, damit passten sie besser. Obwohl die Stiefel schwer an ihren Beinen hingen, fühlte sie sich wohl darin. Geerdet.

In der Nacht hatte es wieder geregnet. Die Steinplatten vor der Werkstatt waren noch feucht. Mit einer Hand stützte Hanna sich an der Zypresse ab, die der Großvater zu Peters Geburt gepflanzt hatte. Sie blickte an dem rötlichen Stamm hinauf in das herabhängende Nadellaub, das aussah, als trage der Baum zu schwer daran. Mit seiner abblätternden Rinde, den Stümpfen, wo im Laufe der Jahre Äste abgesägt worden waren, sah Peters Lebensbaum aus, als hätte er ein ganzes Weltalter durchlebt. Peter dagegen war Hanna auch mit Mitte sechzig noch jung erschienen. Hanna sah sich um. Die Bodenplatten waren unregelmäßige, aus Naturstein gesägte Scheiben, die den Hof bedeckten und Hanna seit jeher an Kontinente auf einer Landkarte denken ließen. Lose verteilt, mit zentimeterbreiten Grasfugen dazwischen. Die Erde war eine Scheibe, sie war der Hof ihres Vaters, und die Erdteile ruhten darauf, durch Flüsse getrennt, auf die man nicht treten durfte. Von einem Erdteil zum nächsten zu hüpfen war früher ein Kinderspiel gewesen. Damals, als die Sommertage aus Mückenstichen, Brombeeren und aufgeschürften Knien bestanden hatten. Damals, als Hanna und alle, die sie liebte, noch unsterblich gewesen waren.

Den Garten durchzog an diesem frühen Morgen ein Nebelschleier, der aus dem Gras aufstieg. Das Leder der Stiefel schützte Hanna vor der Nässe, die Wollsocken hielten ihre Füße warm, obwohl der Boden eine feuchte Kühle abstrahlte. Wieder einmal fragte sich Hanna, als sie vor Monsieur Mais-Non stand, ob sie an dem Denkmal überhaupt schon sichtbare Spuren hinterlassen hatte. So viele Stunden Arbeit, und noch immer hatte sich kaum etwas verändert. Grob und unfertig, ein Steinklotz, ein Stück Fels – so lag die Basaltsäule da. Eine Skizze in Stein, an der sie heute wieder einmal herumpicken würde wie ein Vögelchen. Hanna fühlte, wie sie der Mut verlassen wollte. Da hörte sie plötzlich die Stimme aus ihrem Traum wieder: „An die Arbeit, Mademoiselle!", rief René Just Haüy frohgemut, und Hanna wunderte sich nicht einmal darüber, dass er Deutsch sprach.

„Na los, an die Arbeit!", sagte sie nun halblaut zu sich selbst und versuchte, dabei ebenso zuversichtlich zu klingen wie die Stimme in ihrem Kopf. Sie bandagierte ihre Hand, schob die Schutzbrille auf die Nase und griff zum Werkzeug. Die ersten Schläge hallten so laut in der morgendlichen Stille wider, dass die Vögel in den Bäumen ringsumher vor Schreck verstummten. Hanna war es unangenehm, solchen Krach zu verbreiten. Unwillkürlich sah sie sich um, obwohl sie wusste, dass kein Haus in der Nähe stand. Niemand, den sie mit ihren Hammerschlägen aus dem Schlaf hätte reißen können an diesem frühen Samstagmorgen.

Gegen Mittag kam Vera in den Garten. Zwischenzeitlich war es aufgeklart, die Sonne hatte die Reste des nächtlichen Regens aufgesogen, das Gras und den Basalt erwärmt. Nach Stunden der Arbeit gönnte Hanna sich eine Pause. Sie hatte die Stiefel ausgezogen, saß barfuß auf dem Stein, inmitten des Staubs und der basaltenen Bröckchen, die vor der Spitze ihres Meißels davongestoben waren. Sie hatte die Schutzbrille in die Haare geschoben und reckte ihr Gesicht der Sonne entgegen.

Ihre Mutter lachte auf. „Dein Gesicht ist dunkelgrau, nur wo die Brille war, bist du weiß!"

Hanna erinnerte sich, dass ihr Vater auch häufig so ausgesehen hatte. Wer mit Stein arbeitet, bekommt eine Steinhaut. Man isst Stein, atmet Stein.

Vera wies mit dem Kinn zur Skulptur. „Wie kommst du voran?"

Hanna ließ sich vom Stein gleiten. Das Gras kitzelte und piekste unter den nackten Fußsohlen. Sie stellte sich neben ihre Mutter und betrachtete den Steinriesen. Hier und da waren durchaus Fortschritte zu erkennen. Das Gesicht des Mineralogen hatte an Charakter gewonnen, nachdem Hanna seine Nase und die Kinnpartie überarbeitet hatte, dem Bild entsprechend, das sie von ihrem Wachtraum her in Erinnerung behalten hatte. Anstelle der mönchischen Tonsur, die der Mineraloge nach Peters Entwurf tragen sollte, hatte Hanna seinen Haaransatz auf die Mitte des Schädels verlagert und ihm somit eine hohe Denkerstirn verliehen. Haüys Schultern waren gerundet, der Faltenwurf der Kutte zu den Armen hin angelegt.

Doch als Hanna ihre Mutter ansah, entdeckte sie eine tiefe Falte zwischen deren Augenbrauen.

„Das schaffst du doch niemals bis August", stellte Vera nüchtern fest. „Willst du es nicht doch mal mit dem Kompressor versuchen?"

Vera hatte recht. Ein Drucklufthammer war das richtige Werkzeug, um es mit dem Basalt aufzunehmen. Der Kompressor sorgte dafür, dass der Meißel mit einer Wucht auf die Steinoberfläche prallte, die größere Stücke zum Abplatzen bringen konnte. In einer geübten Hand wurde das Gerät zum Zauberwerkzeug, da sah die Arbeit aus wie im Zeitraffer, wurden Konturen und Gliedmaßen der Skulptur schon nach kürzester Zeit im Stein sichtbar, während sich der Basalt in einer Staubwolke auflöste. Das Eisen arbeitete sich in die tiefer gelegenen Schichten vor, ebnete, glättete, durchdrang das Material.

Als Kind hatte Hanna ihren Vater manchmal gebeten, den Presslufthammer ausprobieren zu dürfen. Die Halterung sah ein bisschen aus wie eine klobige Pistole, nur dass anstelle eines Abzugs ein runder Knopf gedrückt werden musste. Sie hatte das schwere Gerät mit beiden Händen halten müssen. Wenn sie auf den Knopf drückte, schoss fauchend Luft hervor, was ein Ächzen des Kompressors nach sich zog. Auf die Pistole hatte Peter einen der zahlreichen Druckluftmeißel aufgesetzt. Per Knopfdruck brachte die Luft den Meißel zum Vibrieren, und Hanna ließ das Gerät vor Schreck in den Steinstaub fallen, wobei das Eisen heraussprang und einige Zentimeter entfernt ebenfalls auf dem Steinboden aufschlug.

Sie hatte ihren Vater dafür bewundert, dass er mit dieser Maschine arbeiten konnte, dass es ihm gelang, dieses laute, fauchende, tobende Ding zu bändigen, das für das Mädchen Hanna zum Drachen wurde, den er zähmte, den er führte und für sich arbeiten ließ.

„Übrigens hat dieses beigefarbene Männlein für dich angerufen." Veras Stimme holte Hanna in den Garten zurück. „Walter Newel. Der hat irgendwas entdeckt, was er mit dir besprechen möchte. Mehr hat er dazu nicht gesagt. Du sollst ihn zurückrufen."

Koblenz, 1. Januar 1814, später am Tag

Der Wirt stellt ihnen gegen ein Entgelt Papierbögen und einen Grafitstift zur Verfügung. Adam kann es kaum mitansehen, wie sein Freund in aller Ruhe Linien auf dem Papier zieht, Buchstabenkombinationen aufzeichnet, sie zerschneidet und neu gruppiert, um die passende Größe und Anordnung herauszufinden. Schließlich schickt Peter ihn fort. Das Werkzeug zu besorgen ist nicht leicht, am Tag des Herrn werden keine Geschäfte gemacht, doch schließlich findet Adam einen Steinmetz, der bereit ist, einen Holzklöppel und einen Satz Meißel herauszurücken und auch etwas Zeichenkohle dazuzulegen.

Der Küster der St.-Kastor-Kirche bietet ihnen bereitwillig eine Leiter an und etwas Kalktünche, die vom Anstrich des Pfarrhauses übriggeblieben ist.

Es geht schon auf die Mittagszeit zu. Peter steht auf der Leiter und hat die Buchstaben mit einem Stück Kohle auf den Basalt übertragen. Schwarz auf dunkelgrau sind sie nur aus nächster Nähe lesbar. Es sind 69 Zeichen, davon 64 Buchstaben und 5 Ziffern. Die Kälte lässt Peters Finger starr werden, wie eingefroren fühlen sich die Gelenke an.

„In nicht einmal fünf Stunden wird es stockdunkel!", sagt Adam, der unten neben dem Brunnen steht und zu seinem Freund aufschaut. „Da bleiben dir nicht mehr als vier Minuten für jeden Buchstaben, das schaffst du doch nie!"

Peter schüttelt die Handgelenke aus, dann setzt er den Meißel an der ersten Linie an. Ein V, gut für den Anfang, schnell gehauen, wenn man die geraden Linien nicht verpatzt.

„So sehr ich deine Rechenkunst zu schätzen weiß", sagt er, ohne den Blick vom Meißel zu nehmen, „wäre ich dir sehr verbunden, wenn du jetzt einfach mal die Klappe halten würdest!"

Der Stein ist gut, der Stein ist zäh. Mendiger Basalt, ebenso stur wie die Bewohner des Dorfes. Doch Peter hat gelernt, sowohl mit dem einen als auch mit den anderen umzugehen.

Dem V folgt ein U, auch das geht ihm leicht von der Hand, wenngleich der Schwung des unteren Halbrunds seine volle Aufmerksamkeit beansprucht. Dann ein E, ein T. Von der Kälte spürt Peter nichts mehr, im Gegenteil – es ist, als habe ihn fiebrige Hitze ergriffen. Das nächste Wort beginnt mit einem A, gefolgt von einem gedoppelten P.

„Wie liegen wir in der Zeit?", fragt Peter zwischen den Hammerschlägen.

„Ein Zehntel hast du bereits geschafft, lass nur nicht nach!" Adams Stimme klingt kläglich, ein Krächzen nur.

Peter wirft einen Blick über die Schulter. „Tu uns beiden einen Gefallen", sagt er zu seinem schlotternden Freund, „und treib etwas Warmes zu trinken auf!"

Er setzt zum nächsten Buchstaben an, ein R, dessen vorderes Beinchen er in einem eleganten Schwung auslaufen lässt. O, U, V. Adam kehrt zurück, zwei Steinkrüge in den Händen. Peter schlägt das E zu Ende, setzt den Akzent darüber, dann legt er sein Geschirr nieder.

„Zwei Minuten", sagt er mit Blick auf Adams besorgte Miene. „Ich mach ja gleich weiter!" Peter nimmt einen großen Schluck Biersuppe, die bereits zur Lauheit abgekühlt ist.

Während Adam die geleerten Humpen zurück ins Wirtshaus trägt, schlägt Peter die beiden nächsten Worte. PAR NOUS. Er lässt das Werkzeug für einen Augenblick sinken, der fremde Fäustel liegt noch immer ungewohnt in seiner Hand.

Beim nächsten Buchstaben, einem großen C, rutscht ihm der Meißel aus und schlägt klirrend auf dem steinernen Plateau am Fuß des Denkmals auf. Ein erschrockener Schrei erinnert Peter an Adams Anwesenheit. Sogleich ist der Freund zur Stelle und reicht das Eisen hoch. „Sei nur ja vorsichtig!"

Der obere Bogen des Buchstabens ragt nun etwas zu weit nach rechts, da kann man nichts machen. Peter stellt dem missratenen C ein O zur Seite, begleitet von zwei M, wie eine Berglandschaft. Es folgen noch mehr Geraden und Spitzen, ein A, ein N, bevor das D wieder eine sanfte Rundung einfordert. Trotz der Kälte rinnt Peter der Schweiß über die Stirn. Ein weiteres A, ein N, ein T.

„Ich muss pausieren!", sagt er und kippt beim Abstieg von der Leiter beinahe hintenüber.

Sogleich ist Adam ihm zur Seite. Er legt ihm die wollene Decke um die Schultern, in die er sich zuvor selbst eingehüllt hatte, und reibt ihm den Rücken.

„Du schaffst das", redet er Peter zu. „Zweieinhalb Stunden bleiben uns noch!"

Peter nickt, streckt den Rücken durch, der ein hörbares Knacken von sich gibt, und erklimmt, entschlossen wie ein Ringkämpfer, die Sprossen der Leiter ein weiteres Mal.

Die erste Zeile ist vollbracht. Peter setzt eine Handbreit darunter ein R, ein U. Das erste S gelingt ihm mit vollendetem Schwung, beim zweiten patzt er in der unteren Rundung.

„Gottverdammich!"

Innehalten. Durchatmen. Das folgende E gelingt wieder einwandfrei. Ein D, ein E. Adam kehrt mit einem weiteren dampfenden Humpen zurück. Peter hat seine Abwesenheit nicht einmal wahrgenommen. Seine Hände sind so fest um das Werkzeug geklammert, dass es ihm kaum gelingt, den warmen Krug entgegenzunehmen.

Ein L, das zu knapp vor der Stelle ansetzt, an der zwei Basaltquader miteinander verbunden sind. Die untere Linie wird von dem Spalt zwischen den Steinblöcken verkürzt. Peter hält inne.

„Das verspielt sich!", ruft Adam. „Mach weiter!"

Peter flucht, Peter schlägt. Ein A, ein V, ein I, zwei L. Er hebt den Blick zum Himmel. Schiefergrau und schwer hängen die Wolken dicht über dem Denkmal.

„Wenn's zu schneien anfängt, sind wir geliefert!"

Ein E, ein D, ein weiteres E. Die Kohlezeichnung auf dem Basalt lässt sich auch aus nächster Nähe nur noch mühsam erkennen.

„Meinst du, du kannst irgendwo ein Licht auftreiben?", ruft Peter seinem Freund zu, während er zum C ansetzt, diesmal peinlich bemüht, den Schwung nicht zu verhunzen.

Die Dunkelheit bricht schlagartig herein. Peter hat jegliches Zeitgefühl eingebüßt. Es gibt nur noch ihn und den Basalt, eine Anordnung von Buchstaben, die ihm vor den Augen verschwimmen. Ein O, ein B. Er muss die Finger zu Hilfe nehmen, um die Form der gemeißelten Buchstaben zu überprüfen. Tastet in den Vertiefungen des Steins, versucht, den Abstand zum nächsten Buchstaben zu schätzen. Kommt an dieser Stelle ein L, oder schon das E? Noch einmal lässt er die Fingerkuppen über die Vertiefungen streifen. Der eben noch dunkelgraue Himmel wird zunehmend schwärzer.

Es wird nicht glücken, denkt Peter und fühlt, wie Mattigkeit von seinem Körper Besitz ergreift.

Die breiten Schultern sacken zusammen, die schweren Arme sinken herab. Peter stützt seine schweißbenetzte Stirn am Basalt ab, fühlt, wie die Kälte des Steins sogleich den Kopf durchdringt. In den Ohren dröhnt das Klirren des Eisens nach. Die Müdigkeit ist abgrundtief. Er weiß nicht, wie er von der Leiter herabsteigen soll. Kein Glied kann er mehr rühren. Soll der General ihn doch so vorfinden. Ändern lässt es sich ohnehin nicht mehr.

„Peter?" Adams Stimme hallt durch die Dunkelheit, bald darauf sind seine Schritte auf dem hart gefrorenen Boden zu vernehmen. Peter hebt den Kopf, öffnet die Augen. Ein goldfarbener Lichtschein wirft flackernde Muster auf das Denkmal. Peter dreht sich langsam um. Da steht sein Freund, zwei lodernde Fackeln in den Händen. Die Eiskristalle auf dem Boden funkeln im Feuerschein wie Sterne. „Warte, ich komme hinauf zu dir!"

Da er keine Hand frei hat, um sich festzuhalten, balanciert Adam auf den unteren Holmen der Leiter, macht von dort aus einen seitlichen Schritt, sodass er auf dem Rand der marmornen Brunnenschale zum Stehen kommt. Die Hitze, die das Feuer abstrahlt, ist überwältigend. Die Fackeln erwärmen Peters Rücken, seine Schultern, seine Arme. Die Starre löst sich. Im Flackern der Flammen ist auch die Kohlezeichnung auf dem Basalt wieder sichtbar. Peter atmet auf, setzt den Meißel an, hebt den Hammer. Ein N, ein T, ein Z gehen ihm mit neuer Kraft von der Hand. Die zweite Zeile ist vollbracht. Er klettert ebenfalls auf das Muschelbecken herab, stößt die Leiter dabei von sich, die krachend auf dem Boden aufschlägt. Er geht auf dem Brunnenbecken in die Hocke, um die unterste Zeile zu erreichen. Adam hält die Fackeln tiefer, vorsichtig darauf bedacht, den Mantel seines Freundes nicht in Brand zu stecken. Ein L, ein E, eine Eins. E und R in kleineren Buchstaben direkt dahinter.

Peter schaut zu Adam auf. „Wie liegen wir in der Zeit?"

„Keine Ahnung." Das Feuer wirft von unten Schatten auf Adams Antlitz und verleiht ihm eine dämonische Visage. „Aber ich denke, er kommt bald."

Peter schlägt ein J, das ihm trotz der Eile besonders gut gelingt. Doch plötzlich lässt er das Werkzeug sinken.

„Ich brauche eine Verschnaufpause. Lass uns die Farbe anrühren!"

Jetzt ist es an Peter, die Fackeln zu halten, während er mit Adam zum Haus des Küsters hinübereilt, um den Topf mit der Kalkpaste zu holen. Eine der Fackeln stecken sie am Wasserspeier des Brunnens fest, die andere hält Adam in der Linken, während er mit der rechten Hand die weiße Farbe mit einem Pinsel in die Vertiefungen aufträgt, sorgsam darauf bedacht, nicht zu kleckern. Peter schlägt derweil ein A, ein N, ein V – bald ist es vollbracht – ein I, ein E, ein R. Das Flackern des Feuers dicht neben seinem Kopf lässt seine Augen tränen. Jetzt nur noch Zahlen, 1, 8, 1. Zuletzt die 4, die er über die anderen Ziffern hinausragen lässt. Ungläubig hält er vor der behauenen Basaltwand inne.

„Wir haben es geschafft", flüstert er.

Er streicht mit den Fingern über die in Stein gehauene Inschrift, dann setzt er den Meißel noch einmal an, zieht zwei kurze Linien unter das kleine E und R, dann eine lange unter das Wort JANVIER. Unterdessen ist Adam mit dem Einfärben ebenfalls bei der letzten Zeile angelangt. Hell leuchtend heben sich die Buchstaben vom schwarzen Untergrund ab.

VU ET APPROUVÉ PAR NOUS – gesehen und genehmigt von uns – steht da,
COMMANDANT RUSSE DE LA VILLE DE COBLENTZ – der russische Kommandant der Stadt Koblenz,
LE 1ER JANVIER 1814.

So vertieft sind die beiden Freunde in ihre Arbeit, dass sie das herannahende Hufgeklapper nicht hören. Die Stimme des russischen Generals lässt sie jäh zusammenfahren.

„Bravo!", ruft Guillaume de St. Priest aus. Er lässt sein Pferd im Schritt so nah an den Brunnen herantreten, dass er mit den beiden auf dem Marmorbecken stehenden Männern auf einer Höhe ist. „Sie haben sehr gute Arbeit geleistet, meine Herren."

Das Feuer reflektiert in seinen braunen Augen und lässt sie schelmisch funkeln. „Wie kann ich mich erkenntlich zeigen?"

15 Das Häuschen des Chronisten war ein trutziges, geducktes Bauwerk aus dunklem Basalt, hinter einem windschiefen Holzzaun verborgen, dessen Tor beim Öffnen in den Angeln quietschte. Vermutlich sein Elternhaus, das er als Junggeselle nie verlassen hatte. Schon an der Eingangstür schlug Hanna eine Geruchsmischung von Nikotin und abgestandener Luft entgegen. Walter Newel stand im Türrahmen und machte eine einladende Geste. „Herzlich Willkommen in meiner bescheidenen Hütte."

Im Eingangsbereich führte eine Wendeltreppe ins obere Stockwerk. Die Holzstufen nutzte Newel als Ablagefläche für Bücher, nur ein schmaler Pfad war begehbar.

„Kann ich Ihnen einen Kaffee anbieten?", fragte Newel durch die geöffnete Tür aus der kleinen Küche heraus.

Mit wenigen Schritten durchquerte Hanna die Diele und stand ebenfalls in dem Raum, der nach verkochtem Blumenkohl roch. Sie beobachtete, wie Newel sich an den Oberschränken einer Einbauküche zu schaffen machte, die vermutlich schon seiner Mutter gehört hatte. Auf den Ablageflächen standen verpackte Lebensmittel herum, Brot in der Plastiktüte, Konservendosen, ein Vorrat an Milchkartons. Dazwischen willkürlich abgestelltes Geschirr.

„Bitte, Fräulein Klopp, setzen Sie sich doch." Newel, der gerade den Filter einer altmodischen Kaffeemaschine befüllte, wies auf den kleinen Tisch mit blümchenverzierter Wachstuchdecke, der von einer Eckbank flankiert wurde.

Die Bank war zur Hälfte unter Zeitungsstapeln begraben, die andere Hälfte zierte ein durchgesessenes Sitzpolster mit fleckigem Zwiebelmuster. Hanna zog es vor, sich auf den Stuhl zu setzen, der das Ensemble vervollständigte. Sie schob den Drehaschenbecher, der offensichtlich viel benutzt wurde, an den äußersten Tischrand. Im Hintergrund ächzte und gurgelte die Kaffeemaschine.

Der Chronist stellte ein Paket Würfelzucker und eine Packung Milch auf den Tisch, zuletzt die Kaffeekanne, die er auf einen gehäkelten Untersetzer platzierte.

„Sie klangen recht geheimnisvoll am Telefon", eröffnete Hanna das Gespräch, nachdem ihr Gastgeber auf der Eckbank Platz genommen hatte. Unter Newels gelblichem Vollbart zuckte ein Lächeln auf. Er griff zur Kaffeekanne und füllte erst ihre, dann seine Tasse.

„Oh, die Löffel", nuschelte er, sprang von seinem Platz auf und machte sich an einer Schrankschublade zu schaffen, die ein müdes Quietschen von sich gab. „Möchten Sie Milch? Zucker?"

„Nur Milch, danke. Was ist es denn nun genau, was Sie in den Unterlagen entdeckt haben?"

Newel rührte umständlich in seiner Tasse. Es schien ihm schwer zu fallen, Hanna beim Sprechen anzusehen.

„Wo soll ich anfangen? Die Französische Revolution, das wissen Sie natürlich, brach 1789 aus. Liberté, égalité, fraternité." Über den Rand seiner Hornbrille hinweg warf er Hanna mit seinen wässerig blauen Augen einen schnellen Blick zu. „Sie tobte in drei Phasen bis 1799. Zum Ende der zweiten Phase, in den besonders blutigen Jahren, wurde die linke Rheinseite französisch besetzt. 1794 war das." Newel setzte die Tasse an den Mund, der sich im dichten Gestrüpp seines Bartes versteckte. „1799 begann die große Zeit Napoleons. Er war der starke Mann, auf den die Franzosen setzten, ungeachtet seiner Körpergröße."

Das musste dem Chronisten gefallen, dachte Hanna, denn der Mann reichte ihr nur knapp bis zum Kinn.

„Seine Siegeszüge sind natürlich legendär, das haben Sie gewiss in der Schule gelernt. Vierzehn erfolgreiche Jahre. In der sogenannten Franzosenzeit wurde das linksrheinische Gebiet in drei rheinische Départements aufgeteilt, Mendig gehörte zum Rhein-Mosel-Département, Arrondissement Koblenz."

Walter Newel genoss es sichtlich, sie an seinem Wissen teilhaben zu lassen. Hanna wurde allmählich ungeduldig. „Und was haben Sie nun herausgefunden?"

Ihr Gegenüber setzte die Tasse ab und hob die Hand, um ihr Einhalt zu gebieten. „Vierzehn Jahre, wie gesagt, kämpfte Napoleon erfolgreich, vergrößerte sein Reich. Die hiesige Bevölkerung lebte mit der Besatzung, wie sie zuvor auch mit den verschiedenen Herrschern und adligen Grundbesitzern gelebt hatte – mal schlecht, mal recht, ohne viel Murren. Doch in anderen Gebieten braute sich der Widerstand gegen Napoleon zusammen. Der Korse hatte viele Feinde, auch wenn er sie nicht ernst nahm. Im Oktober 1813 schlossen sie sich dann zusammen, die Preußen und Russen, Österreicher und Schweden. Vom 16. bis zum 19. Oktober tobte die Völkerschlacht bei Leipzig. Sind Sie mal dort gewesen, beim Völkerschlachtdenkmal?"

Hanna schüttelte den Kopf. Militärische Geschichten hatten sie noch nie interessiert.

„Das war der entscheidende Sieg, der das Blatt wendete. Napoleons Truppen wurden vernichtend geschlagen, sie zogen sich zurück, Richtung Frankreich. Und die siegreichen Befreiungsarmeen hinterher."

„Die Rheinüberquerung!", fiel Hanna dem Chronisten ins Wort, erleichtert, dass sein Monolog sich allmählich der Zeit zu nähern schien, für die sie sich interessierte.

„Richtig", nickte Newel. „In der Silvesternacht von 1813 auf 1814. Ein meisterhafter Zug. Die Überquerung musste natürlich heimlich vonstattengehen, da die linksrheinischen Gebiete noch immer in französischer Hand waren. Dort hat es gewiss auch schon Auflösungserscheinungen gegeben, Deserteure, die den fliehenden Truppen folgten. Chaos. Trotzdem: Die Schlesische Armee, ein Zusammenschluss von Preußen und Russen unter Blüchers Führung, sammelte sich auf der rechtsrheinischen Seite auf dem Gebiet von Mannheim bis Neuwied. Der Rheinübergang von Blücher bei Kaub mit der Pontonbrücke war spektakulär, davon habe ich Ihnen ja bereits vorgeschwärmt. Aber auch an anderen Stellen setzten Truppen über, mit Booten im Schutz der Nacht. Sie überrumpelten die französischen Besatzer, sammelten sich und zogen weiter gen Paris."

„Die Besetzung von Paris im März 1814", sagte Hanna, und ihr Herzschlag beschleunigte sich. Der Diebstahl von Blau-Auge aus dem Muséum National d'Histoire Naturelle, fügte sie im Stillen hinzu.

„Genau. Die Schlacht bei Paris am 30. März, die Besetzung der Stadt am 31. März 1814." Newel nahm einen weiteren Schluck Kaffee, dann sah er Hanna einige Sekunden lang prüfend ins Gesicht. „Sie haben mich gefragt, ob sich Männer aus Mendig den Truppen angeschlossen haben. Warum?"

Hanna schoss das Blut in den Kopf. „Einfach so", stammelte sie. „Weil Koblenz und Kaub nicht so weit weg waren von Mendig, da dachte ich, es seien auch Männer aus dem Umland eingezogen worden."

„Ein Tagesritt, das stimmt. Es gab aber, wie ich bereits am Telefon gesagt habe, keine Einberufung der hiesigen Bevölkerung. Ich habe mich trotzdem noch mal umgesehen, bei sowas juckt es mich in den Fingern."

„Und?", fragte Hanna, zu schnell, wie sie sofort bemerkte.

Newel schaute sie argwöhnisch an. „Wissen Sie etwas darüber?", hakte er nach.

„Worüber?", fragte Hanna, nun sichtlich aufgeregt.

Newel schüttelte leicht den Kopf, als müsste er einen Gedanken loswerden, der sich festgesetzt hatte. „Egal", sagte er. „Ich erzähle es Ihnen jetzt einfach." Er lehnte sich zurück und verschränkte die Hände ineinander. „Ich habe mir die Kirchenbucheinträge der ersten Monate des Jahres 1814 angesehen. Das Sterberegister, um genau zu sein. Weil ich dachte, falls da was dran sein sollte, und es gab tatsächlich Männer aus Mendig, die sich den Truppen angeschlossen haben – wie und warum auch immer –, dann könnten sie dabei gestorben sein."

Hanna umfasste die Tischkante mit beiden Händen, presste die Fingerspitzen gegen die glatte kühle Wachstuchtischdecke.

„Was haben Sie gefunden?"

„Es gibt da tatsächlich einen Eintrag – ausgerechnet für einen Steinhauer namens Peter Klopp, vermutlich einem frühen Vorfahren Ihrer Familie", sagte Newel. „Gestorben am 31. März in Paris, begraben ebendort. Bezeugt wurde der Todesfall von einem Post-Reiter, der ihn anscheinend nach Paris begleitet hatte. Sein Name war Adam Höner. Sagt Ihnen das etwas?"

30. März 1814

Die Freunde haben sich den Soldaten angeschlossen, ein zwei Mann starkes Freikorps, das von den Truppen Saint-Priests zwar belächelt, doch geduldet wird. Sie durchqueren das Département de Rhin-et-Moselle. Marschierend und im Schritttempo reitend zieht der Tross gemächlich dahin, doch mit jedem Meter kommen die Freunde ihrem Ziel ein wenig näher. Sie rechnen sich aus, in wie vielen Tagen sie die Hauptstadt des französischen Kaiserreichs erreichen werden. Doch dann holt ein Bote die Truppen ein und berichtet von der Belagerung der Festung Mayence. Saint-Priest gibt den Befehl zur Umkehr. Noch nie im Leben haben Adam Höner und Peter Klopp so viele Menschen auf einem Haufen gesehen wie in Mainz, wo mehrere Zehntausend russische Soldaten zusammentreffen, um die von einer standhaften französischen Garnison verteidigte Stadt zu belagern. Beinahe vier Wochen lang hängen sie dort fest, und ihre fremden Kameraden bringen den Mendigern neben dem Schießen und dem Nahkampf auch einige Brocken Russisch bei. Als sie Mainz nach der Kapitulation der Franzosen endlich verlassen, ist die Mosellandschaft, die sie nun zum zweiten Mal passieren, vom Eis befreit. Sie queren das Département Sarre, die Stadt Trèves – die, wenn es nach den Befehlshabern geht, bald wieder Trier heißen soll. Die Luft wird allmählich milder, die Schritte entschlossener. Saint-Priest, der Generalleutnant, den die beiden Freunde bewundern, spricht sie gelegentlich mit aufmunternden Worten an. Sie ziehen durch Kälte, Matsch, Schnee und Regen. Durch das Département Moselle, vorbei an Metz, ins Département Meurthe. Abends, im Schein der Lagerfeuer, erzählen sich Adam und Peter Geschichten, die gegen die Kälte, gegen die Fremde und gegen das Ungewisse helfen sollen, was nicht immer gelingt. Ihre Lieblingsgeschichte handelt von einem französischen Grafen, dessen Familie in den Zeiten der Revolution nach Russland flieht, wo er die Militärlaufbahn einschlägt, um Jahre später gegen Frankreich in den Kampf zu ziehen, und von zwei Freunden, die mutig und frech genug sind, den adligen General zu bitten, sich ihm anschließen zu dürfen – Auf nach Paris! – und daraufhin zahlreiche Abenteuer erleben. Immer findet diese Geschichte ein gutes Ende, und die Helden kehren zurück in ihr Heimatdorf, wohlbehalten, geehrt und umjubelt.

Sie erreichen Nancy, eine Stadt so schön wie ein Traum. Von den goldenen Verzierungen am prunkvollen Place Stanislas würden sie eines fernen Tages noch ihren Enkelkindern erzählen. Weiter ziehen die Truppen, marschieren tagelang durch das Département Meuse, bis sie in der Stadt Châlons-sur-Marne eintreffen. Der März bringt mildes Frühjahrswetter. Nur noch wenige Tagesmärsche trennt die Freunde nun von ihrem Ziel. Doch wieder gibt es anderslautende Befehle. Um die von napoleonischen Truppen besetzte Stadt Reims zu erobern, lässt Saint-Priest sein Korps die Richtung wechseln. Preußische Regimenter stoßen zu den Russen, und Adam und Peter können sich nach langer Zeit wieder in ihrer Muttersprache verständigen. Am zwölften März besetzt Saint-Priest mit den russisch-preußischen Truppen die Stadt Reims. Doch am nächsten Tag schlagen die Franzosen zurück. Angeführt von ihrem Kaiser, Napoleon Bonaparte persönlich, gewinnen die Franzosen bald die Oberhand. Die innerhalb der Stadtmauern eingepferchten Truppen von Saint-Priest geraten in Unordnung. Adam und Peter sehen, wie ihre Kameraden, ihre *Sputniki*, einer nach dem anderen niedergemetzelt werden, wie Männer und Pferde blutend zusammenbrechen, wie schließlich selbst ihr Gönner, Saint-Priest, den sie längst zur Unsterblichkeit verklärt haben, von einer Granate getroffen vom Pferd stürzt. Als der verwundete General den Befehl zum Rückzug gibt, werden zahlreiche Soldaten beim Versuch, sich durch das einzige passierbare Stadttor zu retten, zu Tode gequetscht. Das gehört nicht zu den Dingen, die Peter und Adam einmal ihren Enkelkindern erzählen wollen. Die Freunde entledigen sich ihrer Waffen und

Fellmützen und entkommen dem Gefecht im allgemeinen Chaos. Tagelang irren sie umher, schlafen am Tag im Schutz der Wälder, wandern in der Dunkelheit in westliche Richtung, mit den Sternen als einzige Wegweiser. Sie essen, was sie den Bauern stehlen können, ohne erwischt zu werden -- mal ein Huhn, mal ein Ei, mal ein Stück Speck aus der Räucherkammer. Mal nichts. Sie wissen nicht, ob sie ihr Ziel je erreichen werden, geschweige denn, wie es dort weitergehen soll – aber zur Umkehr ist es längst zu spät.

Nach und nach werden die Wege breiter, mehr und mehr Häuser tauchen in der Dunkelheit auf. Kutschen rauschen auf den Straßen vorbei. Peter und Adam werfen sich bei jedem Reiter und jedem Gefährt, das sich ihnen nähert, in den Graben, um nicht entdeckt zu werden. Schließlich gewahren die Freunde in der Ferne den hellen Lichterschein der Stadt. Sie verstecken sich im Wald, wo sie bis in den späten Vormittag hinein schlafen. Es sind bekannte Klänge, die sie aus dem Schlaf reißen. Schüsse, Geschrei und Kanonendonner. Von ihrem Beobachtungsposten in den höchsten Ästen eines Kastanienbaums aus verfolgen Adam und Peter das Geschehen. Es ist der 30. März 1814, und die Schlacht auf dem Montmartre ist in vollem Gange.

16 Der nächste Tag war ein Sonntag. Als Hanna in der Frühe erwachte, fühlte sie sich völlig zerschlagen. Sie hatte am Abend lange gebraucht, um einzuschlafen. Höner, immer wieder hatten sich ihre Gedanken um diesen Namen gedreht. Er war in Mendig früher recht verbreitet gewesen, das hatte auch Walter Newel festgestellt. Vielleicht war das der Grund, weshalb sie ihn zu kennen glaubte. Aber irgendetwas in ihrem Kopf schien nach ihr zu rufen, irgendeine Einsicht, eine Gewissheit, an die sie nicht herankam. Erschöpft und verwirrt war sie schließlich doch noch eingeschlafen, doch beim Erwachen war der Name sofort wieder da gewesen.

Obwohl der Garten, in dem Monsieur Mais-Non lag, weit genug von den nächsten Nachbarn entfernt lag, hatte Vera ihr die Arbeit am Sonntag untersagt. Die Gegend war noch immer katholisch geprägt, am Sonntag musste die Arbeit ruhen. Hanna gefiel die Aussicht, sich einen Tag lang ausruhen zu können. Ihre müden Muskeln drückten sie tonnenschwer in die Matratze. Doch gerade, als sie wieder wegdämmern wollte, hörte sie deutlich eine der Stimmen im Kopf, die sie an ihren Wachtraum von den Brüdern Haüy erinnerte.

„Richtig so, am Tag des Herren sollst du ruhen." Es war Valentin, der sie in ihrer Trägheit unterstützte.

„Aber Müßiggang ist aller Laster Anfang!", meldete sich prompt sein Bruder zu Wort. „Wer sich gehen lässt, der wird niemals mit der Arbeit fertig!"

Hanna presste das Kopfkissen auf ihre Ohren, doch die Stimmen stritten weiter. „Ihr könnt mich alle beide mal!", knurrte sie.

Schließlich war es der Hunger, der Hanna aus dem Bett trieb.

Nach dem Frühstück holte sie Lajosch aus Veras Wohnung ab. Ihre Mutter schlief noch. Freudig und ungestüm sprang der Hund an ihr hoch. Sie leinte ihn an, und gemeinsam traten sie auf die menschenleere, sonnenbeschienene Straße. Hanna folgte dem Hund, der sie, immer der schnuppernden Nase nach, mal hierhin, mal dorthin zog. Als sie ein Kind gewesen war, hatte es hier nur Felder gegeben, so weit das Auge reichte, dazwischen Gebüsch und Brachland. Mittlerweile hatte das Neubaugebiet die Felder gefressen. Die Straße war noch nicht fertig ausgebaut. Sie hörte plötzlich auf, Straße zu sein, wurde zum unbefestigten Schotterweg. Hanna folgte dem Weg, vorbei an den von Baustellen übriggebliebenen Sandhaufen, die der Hund eifrig markierte. Geistesabwesend ließ sie ihn gewähren. Der Schotter wurde sandiger, lief schließlich in einen Feldweg aus. Hier war sie also doch noch zu finden, die Landwirtschaft, die früher das Leben in der Eifel geprägt hatte. Hanna erinnerte sich an diesen Weg. Als Kind war sie sonntags mit Oma Gerda hier entlangspaziert, wobei sie Mühe gehabt hatte, sich nicht ihre weißen Schuhe und die Spitzensöckchen zu verschmutzen, die Oma Gerda ihr extra für diese Sonntage gekauft hatte, „für gut", weil das Kind so etwas nicht besaß. Der Weg führte unter einer Eisenbahnbrücke hindurch. Bis hierher hatte Hanna früher vorlaufen dürfen. „Bei der Brücke wartest du aber!", hatten die alten Damen gesagt, Oma Gerda und Tante Maria, als sie noch lebte, oder Tante Käthe, wenn sie zu Besuch war. Und so wartete das Mädchen Hanna ungeduldig, bis sie in ihren Daisy-Duck-Schuhen angetrippelt kamen.

Hinter der Eisenbahnbrücke gabelte sich der Weg. Linkerhand wurde er beinahe unpassierbar, ein schmaler Pfad nur, von Brombeergestrüpp und niedrigen Bäumen flankiert. Auf der anderen Seite öffnete sich der tiefe Schlund eines verlassenen Steinbruchs. Hanna ließ den Hund von der Leine, der den steilen Hang hinab und durch die karge Mondlandschaft der Grube stob. Die ausgefahrenen Wege der Bagger und Lastwagen waren noch zu erahnen, ein altes Baustellenfahrzeug war vergessen worden, verrottete seit Jahren unbewegt, die Scheiben eingeschlagen, der Lack abgeplatzt. Steinbrüche wie diesen gab es viele in der Gegend. Manche noch in Betrieb, viele stillgelegt, nach und nach von der Natur zurückerobert. Die Vulkaneifel war steinreich im wahrsten Sinne des Wortes. Hanna ging in die Knie, um den Schnürsenkel ihres Sneakers zu binden, der sich gelöst hatte. Dabei nahm sie neben ihrem Fuß ein blaues Funkeln im Staub wahr. Behutsam strich sie über die Stelle, um den winzigen blauen Kristall freizulegen, der sich zwischen anderen Gesteinspartikeln versteckte. Der Haüyn hatte die Größe eines Sandkorns und sah aus wie ein blauer Glassplitter. Mit der angefeuchteten Zeigefingerspitze las Hanna ihn auf und legte ihn auf ihre linke Handfläche. Sofort kam Lajosch angestürmt, um seine neugierige Nase in ihre Hand zu stoßen, doch Hanna schloss sie schnell zur Faust.

„Das sind Edelsteine", hatte Peter erklärt, als die kleine Hanna zum ersten Mal das blaue Glitzern entdeckt hatte. In den Tagen danach hatte sie stundenlang im Steinstaub gesucht, denn sie hatte geglaubt, wenn sie richtig große, richtig wertvolle Edelsteine finden würde, dann wäre ihre Familie reich, und alles wäre gut. Sie klemmte ihr Fundstück im Pinzettengriff zwischen Daumen und Zeigefinger und hielt den Haüyn gegen das Sonnenlicht. Das aufblitzende Blau ließ sie an Sommerhimmel und Meereswogen denken.

Der Traum ihrer Kindheit war wahr geworden. Sie hatte einen Schatz entdeckt, einen richtig wertvollen Edelstein: Blau-Auge. Und nichts war gut – der Kristall brachte ihr weder Reichtum, noch brachte er ihren Vater zurück. Hanna schnipste den Haüyn in den Staub zurück, richtete sich auf und pfiff nach dem Hund.

Sie ließ den Steinbruch hinter sich und folgte dem Weg, der zum Friedhof führte, während der Hund aufgeregt dem Frühling nachspürte und sie mal hierhin, mal dorthin riss. Der Friedhof hatte sich seit ihrer Kindheit nicht verändert, die Buchsbaumhecke trug noch immer das gleiche Grün, der Schnitt war noch immer akkurat, noch immer lagen vertrocknete Friedhofskränze hinter der Hecke. Auch der Duft war gleich, Tannennadeln und verblühte Chrysanthemen, Erde und Staub. Wenn Hanna nur diese Hecke betrachtete, schien es, als sei nichts verändert in all den Jahren, als könne sie noch immer die Hand der Oma ergreifen und hier entlangspazieren. Wenn sie den Blick umwandte, sah sie statt der Weite, statt der schier unendlichen Felder die Neubauten in verschiedenen Stadien zwischen Baustelle und Fertigputz, sie sah die Leine in ihrer Hand, sah Lajosch, den es damals noch nicht gegeben hatte, und wusste, dass die Zeit vergangen war, dass es so vieles nicht mehr gab. Die Großmutter nicht, die Sonntagsspaziergänge nicht, und nun auch nicht mehr ihren Vater.

Hanna machte die Hundeleine am Tor fest, das den Hintereingang des Friedhofs verschloss. Beim Öffnen quietschten die Scharniere. Auf dem Weg zum Grab ihres Vaters füllte Hanna eine der bei den Wasserhähnen herumstehenden dunkelgrünen Gießkannen, wie sie es früher gemeinsam mit ihrer Oma getan hatte. Die hellblauen Blüten der Vergissmeinnicht, die sie mit Vera auf das Grab gepflanzt hatte, strahlten in der Sonne. Vorsichtig begoss Hanna die dunkle Friedhofserde, ohne die Blüten zu nässen. Sie hockte sich vor das Grab, legte beide Hände auf die von der Sonne gewärmte Basaltplatte, fuhr mit den Fingerspitzen die Konturlinie des Elefanten nach. Sie dachte an die Beerdigung, die vor wenigen Wochen und einer gefühlten Ewigkeit stattgefunden hatte. An die vielen Menschen, die gekommen waren, um sich von Peter Klopp, dem Bildhauer, zu verabschieden. Dachte daran, wie sie die Urne zum Grab getragen hatte, ohne dabei zu stolpern, und wie diese dann in der Erde versenkt worden war. Wie betäubt hatte sie sich an diesem Tag gefühlt, hatte alles gemacht, ohne richtig anwesend zu sein. Hatte sich gewundert, dass sie nicht weinen musste, während das doch alle von ihr zu erwarten schienen. Die Trauer kam nicht dann, wenn man sie erwartete. Sie schlich sich an wie ein Tier und überraschte hinterrücks mit ihrem Angriff, wenn man am wenigsten darauf gefasst war.

Hanna räusperte sich. Sie hätte ihrem Vater gerne etwas gesagt, aber es kam kein Wort über ihre Lippen. Dieses Grab, das war ihr zu abstrakt. Sie fühlte sich Peter näher, wenn sie in seiner Werkstatt, in seiner Wohnung war. Sie richtete sich auf. Vom Zaun her hörte sie Lajosch jammern. Er hasste es, angeleint zu sein. Doch bevor sie ihn befreite, wollte Hanna noch kurz ihrer Oma Gerda einen Besuch abstatten, nachdem sie auf dem Hinweg so viel an die alte Dame gedacht hatte.

Das Grab war von einer dunklen Granitplatte bedeckt. In aufgesetzten Bronze-Buchstaben standen die Namen ihrer Vorfahren darauf:

Peter Klopp sen., nebst den Geburts- und Sterbedaten.
Und darunter:
Gerda Klopp, geb. Höner

Paris, 31. März 1814

Adam und Peter schieben sich zwischen voluminösen Holzkästen hindurch, in denen fremdländische Pflanzen wuchern. Hoch aufragende kahle Stämme, die von grünen Blätterfächern gekrönt werden. Üppige Büsche, deren fedriges Grün in der warmen Frühlingsluft einen Moschusdunst verströmt. Laub, das den Anschein erweckt, lebendig zu sein. Wie haarige Schlangen baumeln die Blätter an den Ästen. Dazwischen mannshohe Gebilde aus festem, grünem Fleisch, über und über mit nadelspitzen Stacheln besetzt. Ein schriller, langanhaltender Schrei lässt die beiden Männer jäh zusammenfahren. Ein unbekanntes Tier, ein Vogel vielleicht, ebenso aus Übersee eingeschifft wie die Bäume und Sträucher ringsumher. Sie kämpfen sich weiter durch die Reihen der Pflanzkästen und Kübel und drängen auf das Muséum National d'Histoire Naturelle zu, dessen helles Gemäuer zwischen dem Grün hindurchschimmert.

Nachdem sie tags zuvor im Schutz der Rosskastanie beobachtet haben, wie sich unter Kanonendonner und Pulverqualm der Kampf um die Stadt Paris zugunsten der russischen und preußischen Angreifer zu entscheiden schien, krochen sie am späten Nachmittag aus ihrem Versteck und schlossen sich im allgemeinen Tumult den russischen Truppen an, um mit diesen neuen Gefährten den Montmartre zu erstürmen. Während sie mithalfen, die Verwundeten zu versorgen, erzählten sie ihre Geschichte – wie sie nach der Schlacht von Reims den Anschluss an die versprengten Truppen verloren, sich jedoch auf eigene Faust bis vor die Tore von Paris durchgeschlagen hätten. Sie erfuhren vom Tod St. Priests und von den großen Verlusten in den Reihen seiner Einheit. Ihre Geschichte machte schnell die Runde, und als ehrenwerte Kämpfer bekamen sie Suppe und einen Schlafplatz für die Nacht. Am Morgen, als die Generäle der siegreichen Armeen stolz in die nun besetzte Stadt einritten, schlossen sich die Freunde den einfachen Soldaten an. Sie zogen durch die Straßen und plünderten die Geschäfte. Mit vollem Bauch sind sie daraufhin zum Jardin des Plantes aufgebrochen. Den Mendigern haben sich etwa zwei Dutzend Soldaten angeschlossen. Grölend und johlend schiebt sich die Meute nun durch die exotischen Baumreihen, die Soldaten zerren mit ungläubigen Blicken an den Blättern und Pflanzenwedeln, bis sie schließlich bei dem stattlichen Gebäude aus hellem Stein anlangen. Groß wie ein Schloss steht es da, mit hohen Sprossenfenstern, die in wunderbarer Harmonie zweireihig untereinander angebracht sind. Fein ausgearbeitete Reliefs verzieren die Fassade, Gesichter im Profil sind darauf zu sehen, florale Muster und fremdländisch anmutende Tiere. Einen Augenblick lang stehen Adam und Peter wie erstarrt, dann spurten sie beinahe im selben Moment los, die steinernen Stufen einer ausladenden Treppe empor zum Eingangstor, das gewaltiger ist als das ihrer heimatlichen Kirche. Sie zerren und rütteln an der massiven Holztür. Vergeblich. Am Fuße der Treppe stehen die Soldaten und schauen erwartungsvoll zu den Freunden hinauf. Mehr und mehr Männer finden sich ein, anscheinend hat die Nachricht, dass hier etwas zu holen sei, wie ein Lauffeuer die Runde gemacht. Ein Kampfschrei in den vorderen Reihen treibt die Männer an und wie eine Horde wild gewordener Stiere stürmen sie die Treppe hinauf. Adam und Peter bringen sich mit einem Sprung auf die steinerne Balustrade in Sicherheit, der eine links, der andere rechts des Tores, ehe die ersten Männer mit voller Wucht gegen das Holz schmettern. Der Aufprall erzeugt einen dumpfen Nachhall, doch die Türflügel geben nicht nach. Das Gebrüll schwillt an, wütend und kehlig. Abermals stürzen sie sich gegen die Tür, doch wieder ist nicht mehr als das Ächzen des Holzes und das Knacken einiger Rippen vernehmbar. Adam und Peter sehen zu, wie sich die Menge auf den Stufen teilt. Eine Handvoll Männer hat einen Pflanzkübel samt Baum hochgestemmt und trampelt unter archaischem Gebrüll die Stufen hoch, wo sie den Kübel gegen die Tür schmettern. Holz splittert und kracht – doch allein der Kasten geht entzwei. Gerade als sich ein weiterer Trupp formiert, es dem ersten nachzutun, zerreißt ein Schuss das Geschrei. Ein Hauptmann reitet mit in die Höhe gereckter Pistole zum Fuße der Treppe. Sofort nehmen die Soldaten Haltung an.

„Im Namen des Königs von Preußen, Friedrich Wilhelm III.", brüllt der Hauptmann, „ist die Plünderung des Museums mit sofortiger Wirkung untersagt!" Er lässt seinen Blick über die Reihen der verstummten Soldaten schweifen. „Zuwiderhandlungen werden militärgerichtlich geahndet!"

Der kleine Stoßtrupp lässt den Pflanzkasten fallen. Erde verteilt sich auf dem sandigen Boden. Der Hauptmann macht kehrt und trabt davon. Ein Murren und Fluchen geht durch die Reihen der Männer. Sie wenden sich vom Museum ab. Ihrem Ärger Luft machend hauen sie mit Fäusten und Säbeln auf die Bäume und Sträucher ein, reißen Äste ab, bringen ganze Reihen von bepflanzten Kübeln zu Fall.

Wie versteinert bleiben Peter und Adam auf der Balustrade zurück. Sie schauen der abrückenden Meute nach, die eine Schneise der Verwüstung im exotischen Park hinterlässt. Behände springen sie von ihren Podesten herab und laufen die Treppe hinunter.

„Hinters Haus!", ruft Peter seinem Freund zu.

Die hintere Wand des Gebäudes ist großflächig mit Efeu bewachsen. Die beiden Männer blicken sich um, doch da ist niemand mehr. Sie greifen mit beiden Händen zwischen die dunkelgrünen Efeuranken und ziehen sie auseinander, auf der Suche nach einer versteckten Einstiegsmöglichkeit. Der unheimliche Schrei eines Vogels lässt sie erneut zusammenschrecken.

„Hier!", zischt Adam nur wenige Atemzüge später.

Er biegt das störrische Geäst zur Seite. Auf Bodenhöhe wird ein Gitter im Gemäuer sichtbar. Die dahinterliegende Kellerluke ist gerade groß genug, dass sich ein ausgewachsener Mann hindurchzwängen kann. Adams kräftigen Tritten hält das rostzerfressene

Metallschloss nicht lange stand. Mit den Füßen voran lässt sich Peter ins Innere gleiten. In drei Ellen Tiefe findet er Halt.

„Da steht ein Kasten oder etwas Ähnliches", sagt er, bevor er mit lautem Gepolter in der Dunkelheit verschwindet.

„Peter?", ruft Adam in die Schwärze hinab. „Hast du dir etwas getan?"

„Nicht der Rede wert." Adam kann hören, wie sein Freund sich vom Boden aufrappelt. „Komm schon, es ist nicht tief!"

Allmählich gewöhnen sich die Augen der Freunde an das karge Licht, das durch das Efeulaub hereindringt. Der Raum ist mit Holzkisten unterschiedlicher Größe bestückt. Auf allen Vieren tasten die Freunde sich darüber hinweg. Sie erreichen eine Tür, zu ihrer Freude unverschlossen, stolpern einen dunklen Gang entlang, der sie zu einer Treppe führt. Von oben fällt Tageslicht auf die schmalen Stufen.

Den Fuß auf der Stiege hält Adam inne. „Bist du eigentlich je in einem Museum gewesen?", fragt er.

Peter schüttelt den Kopf.

Lange Zeit ist die Kirche in Mendig das größte ihnen bekannte Gebäude gewesen. Seit ihrem Aufbruch haben die Freunde weitere imposante Gebäude gesehen, Kathedralen und Festungen. Doch was sich vor ihnen auftut, als sie die obersten Stufen der Treppe erreichen, übertrifft alles bisher Gesehene.

„Du meine Güte!"

Adam, den Kopf in den Nacken gelegt, starrt zu einem gewölbten Glasdach empor. Der helle Märzhimmel leuchtet durch das bleigefasste Glas. Es ist beinahe so, als wäre man draußen und drinnen zugleich. Die Halle ist drei Stockwerke hoch, jedes gesäumt von einer Galerie mit kunstvoll verzierten schmiedeeisernen Geländern. Adam senkt den Blick. Vis-à-vis ist eine Herde wild zusammengewürfelter Tiere im Lauf erstarrt. Manche davon ausgestopft, als ob sie lebendig wären, andere nichts als das nackte Knochengerüst.

Wäre da nicht das Licht, das die Szenerie so freundlich und sanft bescheint, könnte es den Freunden angst und bange werden bei dem Anblick.

„Du meine Güte!", wiederholt Adam.

„Leck mich am Arsch!", fügt Peter hinzu.

Ehrfurchtsvoll streifen die beiden zwischen den Kadavern umher, darauf bedacht, kein Geräusch zu machen, als könnten sie die Bestien andernfalls zum Leben erwecken. Seltsame Wesen sind dort versammelt, Katzen, die den Männern fast bis zur Brust reichen, skelettierte Vögel mit leuchtend bunten Schnäbeln. Wenn die beiden gedacht haben, sie hätten in den vergangenen Monaten alles gesehen von der Welt, so werden sie nun eines Besseren belehrt. Ein ausgestopftes Vieh, groß wie ein Rind, auf dessen gigantischem Schädel ein überdimensionaler Dorn prangt, wie eine aus der Haut gewachsene Felsenspitze. Knochengerüste, groß genug, um eine Zelthaut darüber zu spannen.

Von manchen der Tiere hat Peter immerhin schon gehört. Von dem aberwitzigen Wesen mit basaltgrauer Haut hat er einmal eine Abbildung in einem Buch gesehen. Es ist ein Elefant.

Der Saal scheint kein Ende nehmen zu wollen. Tier an Tier, Knochengerüst an Knochengerüst reihen sich aneinander und versetzen die beiden Mendiger in Staunen. Vögel mit prachtvollem Gefieder, als hätten sich die Farben des Regenbogens darauf verewigt. Pferde mit Streifenmuster, schwarz und weiß, über und über. Hier Zähne, spitz wie Dolche, da Hufe, massiv wie Steinbrocken. Am Ende der Reihe angekommen, müssen sich die Freunde zwingen, ihre Blicke abzuwenden und den Bestien den Rücken zu kehren.

„Wir sollten uns aufteilen", schlägt Peter angesichts der Gänge vor, die sich nun vor ihnen auftun.

„Ich gehe links, du gehst rechts. Wer ihn zuerst findet, macht den Käuzchenruf. Einverstanden?"

In Glasgefäßen eingelegte Embryonen – von Tieren, von Menschen? – vor denen Adam sich bekreuzigt. Konservierte Blätter und

Blüten von Pflanzen, so fein eingefärbt, als seien sie von Künstlerhand gemalt. Insekten, handtellergroße Schmetterlinge und Hirschhornkäfer, akkurat auf Nadeln aufgespießt, Reihe um Reihe, die schillernden Farben noch im Tod bewahrt. Bilder wie aus einem Traum, wie aus einer anderen Welt. Ebene für Ebene durchkämmen die Freunde die Gänge. Wieder und wieder bleiben sie stehen, in den Bann gezogen von wundersamen Erscheinungen. Als Adam den Käuzchenruf vernimmt, befindet er sich gerade einer Sammlung ausgestopfter Fledermäuse gegenüber, die ihre winzigen, spitzen Zähne blecken. Er fährt vor Schreck zusammen, dann folgt er dem langanhaltenden, dunklen Ton. Schnellen Schrittes eilt er den Gang entlang, steigt eine Wendeltreppe hinauf. Oben wird er von Peter erwartet.

„Auf dieser Ebene verwahren sie die Steine. Hier muss er irgendwo sein!"

Sie müssen nicht lange suchen. Am Ende des Ganges steht auf einem Tischchen ein exponierter Kasten aus Glas. Darin, mit schwarzer Paste auf einen kleinen Holzsockel geklebt, ein ungewöhnlich großer geschliffener Edelstein, der im einfallenden Licht tiefblau erstrahlt.

L'oeil bleu, steht auf einem Schild, das am Sockel angebracht ist, *No. 2723, Location: Mendig, Saint-Empire Romain Germanique.*

17 „Adam Höner, sagt dir der Name was?", fragte Hanna, nachdem sie mit Lajosch vom Spaziergang zurückgekehrt war. Sie hatte unterwegs Brötchen besorgt und saß nun mit Vera beim zweiten Frühstück. Bäcker durften auch sonntags arbeiten, selbst in der katholischen Eifel.

Vera hielt kurz im Kauen inne, ließ sich den Namen durch den Kopf gehen. „Nicht, dass ich wüsste", stellte sie schließlich fest. „Wer soll das sein?"

„Nur jemand, den dieser Newel erwähnt hat."

„Es ist jedenfalls keiner aus Oma Gerdas Familie, falls du das meinst."

Vera tunkte ihr Croissant in die Kaffeetasse. Insgeheim freute sich Hanna, zu sehen, dass ihre Mutter wieder Appetit zu haben schien. In den Wochen seit Peters Tod war sie erschreckend abgemagert. Wenn Vera mit dem Hund an der Leine durch die Straßen lief, konnte man fast fürchten, dass sie sich wie ein Drachen an der Schnur in die Luft erheben würde, sobald Lajosch etwas kräftiger zöge.

„Ihr Bruder hieß Jakob, der Vater Matthias."

Zu Zeiten von Hannas Urgroßvater war das Haus, in dem sie aufgewachsen war, ein Gasthof mit Hotel gewesen, hinter dem sich ein riesiges Grundstück erstreckte. Außerdem hatte Gerdas Vater ein Fuhrkutschenunternehmen betrieben, Kutschentaxis sozusagen. In den Ruinen der Pferdeställe und der Unterstände für die Kutschen hatten Hanna und die Nachbarskinder noch gespielt, irgendwann später waren sie dann gänzlich abgerissen worden.

Der Höner Mattes, ihr Urgroßvater, hatte zwei Töchter und zu seinem Leidwesen nur einen strammen Sohn gezeugt. In der Wohnung von Oma Gerda hatte eine gerahmte Fotografie an der Wand gehangen, auf der die Familie posierte, der Junge im Matrosenanzug, die Mädchen in Matrosenkleidchen.

„Dieser Adam war älter", griff Hanna den Faden wieder auf, „der hat 1814 schon gelebt."

Vera schüttelte den Kopf, dass die schwarzgefärbten Fransen ihres Bubikopfs wippten. „So weit zurück kenne ich mich in der Familiengeschichte nicht aus", sagte sie, und leiser dann: „Peter hätte das vielleicht gewusst."

Schon glitzerten wieder Tränen in ihren Augen. Sie stand auf, „entschuldige bitte", und verschwand im Schlafzimmer. Das Croissant blieb angebissen auf dem Teller liegen.

In der Zwischenzeit hatte sich der Himmel bewölkt, vom schönen Wetter des frühen Morgens war nichts mehr übrig. Eine grautrübe Stimmung lag über dem Hof. Ein Glück, dass Monsieur Mais-Non heute warten konnte. Hanna wollte sich wieder ins Bett legen, den Rest des Sonntags vertrödeln. Doch als sie durch das Flügeltor der Werkstatt trat, fiel ihr Blick auf die zerstörte Gipsbüste, deren Bruchstücke sie auf dem Mühlsteintisch abgelegt hatte. Nofretete starrte sie mit ihrem einen Auge an. Anklagend, fand Hanna. Sie nahm Peters Arbeitsschürze, schüttelte sie kurz aus, wobei sie eine Wolke von Gipspulver und Steinstaub freisetzte, und band sie um ihre Taille. Den verkrusteten Gummibecher zum Anrühren der Spachtelmasse reinigte sie in der Küche unterm Wasserhahn, suchte sich einen Spatel, von dem sie ebenfalls zunächst die alten Reste entfernte, und ließ schließlich eine Handvoll Gipspulver, das in einem großen braunen Papiersack lagerte, in den mit Wasser gefüllten Becher rieseln. Sie liebte die Weichheit des Pulvers, wie Mehl oder Puder fühlte sich das in der Hand an. Später würde die Haut ihrer Hände spannen und jucken, weil sie bei der Arbeit keine Handschuhe trug. Aber das sinnliche Erlebnis, wenn das weiche Pulver durch die Finger glitt, fast so als sei es flüssig, wollte Hanna sich nicht nehmen lassen. Der Gips sammelte sich im Becher zu einer Anhöhe, bis die Spitze die Wasseroberfläche durchbrach. Eine Insel im Ozean. Schon als Kind hatte Hanna es geliebt, die Gipsmasse vorzubereiten. Zuzusehen, wie sich das weiße Pulver allmählich grau färbte, dunkler wurde, je mehr Wasser es aufsog. Den passenden Moment abzuwarten, um den Spatel in die Masse einzutauchen und umzurühren. Wenn sie zu ungeduldig war, nicht genug Gips einrieseln ließ, war die Masse zu dünn, „Milchsuppe" sagte ihr Vater dazu. Wenn sie zu viel Pulver nahm, wurde der Gips hart und bröckelig. Es war jedes Mal eine Herausforderung, das richtige Maß und den richtigen Zeitpunkt zu treffen. Wenn es Hanna gelungen war, die Masse geschmeidig und streichfest hinzubekommen wie Schokoladencreme im Glas, war ihr Vater stolz auf sie gewesen.

„Perfekt," lobte er sie dann, „du hast den Dreh raus. Aus dir wird mal eine richtige Bildhauerin!"

Bei dem Gedanken musste Hanna schlucken. Was immer aus ihr geworden war, eine Bildhauerin bestimmt nicht. Niemals würde sie so souverän mit Stein und Holz arbeiten können, wie ihr Vater das getan hatte. Bei jedem Schlag, so schien ihr bei der Arbeit an Monsieur Mais-Non, war sie immer wieder aufs Neue auf ihr Glück angewiesen.

Mit Nofretetes Kopf auf dem Schoß nahm sie auf dem Hocker Platz, auf dem sie auch gesessen hatte, als sie den Kristall im Schlund der Ägypterin entdeckt hatte. An der Stelle, wo der Stein festgesessen hatte, klaffte ein Hohlraum, den Hanna nun mit Gips füllte. Die Masse floss zäh wie Lava. Hanna nahm die abgebrochene Nase der Pharaonengattin, bestrich die Rückseite mit Gips und presste sie ins Gesicht der Büste. Grauweiße Paste trat an allen Seiten unter der Nase hervor. Hanna wischte die Reste mit der Hand weg, doch Nofretete blieb blass um die Nase. Die Füllung im Hohlraum war nun fest genug, damit Hanna eine Stütze einbauen konnte. Sie steckte ein Stück einer Gewindestange in die Masse, um der Verbindung vom Kopf zum Hals mehr Festigkeit zu verleihen. Als sie mit dem Gummibecher in die Küche trat, um Wasser für eine zweite Ladung Gips zu holen, saßen die Brüder Haüy am Tisch. René Just schien mit gebeugtem Kopf etwas in seinen Händen zu betrachten, Valentin dagegen lächelte sie an. Hanna schloss die Augen, atmete tief durch. Als sie die Augen wieder öffnete, waren die beiden verschwunden. Aber auf der Tischplatte, dort, wo René Just gesessen hatte, lag ein kleines Stück bemalten Gipses – ein Placken, der in Nofretetes Gesicht gehörte. Hanna konnte sich nicht erinnern, das Bruchstück hier abgelegt zu haben. Ihre Hände zitterten, als sie es nahm und in die Tasche der Schürze steckte. Sie schaltete das Radio ein, um das plötzlich aufkeimende Angstgefühl zu vertreiben. Sie drehte am Suchknopf, bis sie einen Sender fand, der schnelle, fröhliche Popmusik spielte – Hauptsache, es brachte sie auf andere Gedanken. Sie ließ die Tür zwischen Küchenraum und Werkstatt weit geöffnet, damit sie den Tisch im Blick behalten konnte. Zwar redete sie sich ein, dass es bestimmt eine einfache Erklärung für alles gab – Vera hatte das Gipsstück auf den Tisch gelegt, Hanna hatte es zuvor nur übersehen; das waren die Nerven, sie war überfordert, hatte Halluzinationen. Dennoch gelang es ihr nicht, konzentriert weiterzuarbeiten. Um den angerührten Gips nicht zu vergeuden, wollte sie zumindest noch den Hals reparieren, der beim Sturz abgebrochen und in zwei Hälften zerfallen war. Mit einer Feile raspelte sie eine Schneise in die beiden Bruchstücke, gerade tief genug, um der Gewindestange Platz zu bieten. Sie trug Gipsmasse auf das aus dem Kopf ragende Stück der Gewindestange auf, bestrich die Bruchkanten der Halsstücke ebenfalls mit der weichen Masse und presste alles zusammen. Aus einem angestaubten Verbandskasten nahm sie ein Verbandspäckchen und wickelte das gazeartige Stoffband eng um den schlanken Hals der Büste, damit der Gips trocknen konnte, ohne dass sich etwas verschob. Nofretete sah nun aus, als müsste sie von einem schweren Unfall genesen. Noch immer fehlte ihr ein Teil des Unterkiefers. Mit dem letzten Rest Gips kittete Hanna das herausgebrochene Stück ins Gesicht der schönen Ägypterin. Gerade als sie damit fertig war, schrillte nebenan das Telefon. Vor Schreck hätte Hanna die Büste beinahe fallenlassen. Sie legte die lädierte Nofretete auf dem Tisch ab, strich sich die gipsverschmierten Hände an der Schürze sauber und eilte zum Telefon.

„Hallo Fräulein Klopp. Newel hier."

Sie hatte dem Chronisten am Vorabend erzählt, dass sie über Peters Nummer am besten erreichbar war. Ihre Mobilnummer wollte sie ihm nicht geben. Er hatte etwas Lauerndes an sich gehabt, als er von seiner Entdeckung sprach. Dass es ausgerechnet einer ihrer Vorfahren gewesen war, der in Paris gestorben war, hatte Hanna natürlich überrascht – aber es passte. Wenn Peter Klopp 1814 in Paris war, musste er es gewesen sein, der Blau-Auge aus dem Museum gestohlen hatte. Ob er den Diebstahl mit diesem Adam Höner gemeinsam begangen hatte? Und ob noch mehr Männer aus Mendig in Paris gewesen waren?

„Ich muss zugeben, dass mir diese Sache keine Ruhe lässt." Der Mann am Telefon räusperte sich. „Das kann ja schließlich alles kein Zufall sein. Also lassen Sie uns doch bitte mit offenen Karten spielen. Sie sagen mir, was Sie wissen, und ich lasse Sie an den Ergebnissen meiner Recherchen teilhaben."

Hanna wurde es schlagartig heiß. „Was ich weiß?", fragte sie, um Zeit zu gewinnen. „Wie meinen Sie das?"

„Am 31. März 1814 wurde Blau-Auge in Paris aus dem Muséum National d'Histoire Naturelle gestohlen. Am selben Tag ist ein Mann aus Mendig, der eigentlich keinen Grund gehabt hätte, dort zu sein, in Paris gestorben. Und dieser Mann ist ausgerechnet ein Vorfahre von Ihnen!"

Hanna suchte fieberhaft nach einer unverfänglichen Spur, die sie legen konnte, um den Chronisten zu beruhigen. Nur, es wollte ihr nichts einfallen.

„Sind Sie noch dran, Fräulein Klopp?" Die Stimme klang fordernd, schneidend. Sie hatte nichts mehr gemein mit der nuscheligen Gemütlichkeit, mit der Newel sonst sprach. Sie hatte ihn unterschätzt.

„Tut mir leid, wenn ich Sie enttäuschen muss", sagte Hanna schließlich. „Ich weiß wirklich nichts weiter über die Sache. Es war einfach eine Vermutung. Und dass Sie dazu tatsächlich etwas gefunden haben, ist purer Zufall."

Walter Newel atmete hörbar durch. „Entschuldigen Sie bitte", setzte er kleinlaut nach. „Aber ich kann nicht glauben, dass mir das bisher nie aufgefallen ist. Paris! Die Mendiger sind damals nicht viel weiter als bis Koblenz gereist, wenn überhaupt. Viele sind ihr ganzes Leben lang nicht aus der Pellenz rausgekommen. Da stirbt jemand in Paris, und ich entdecke das nicht! Das wurmt mich, ich geb's zu. Ich meine", er lachte auf, „wie viele Stunden meines Lebens habe ich damit zugebracht, diese Unterlagen zu wälzen? Ich werde von Menschen weltweit angerufen, die im Rahmen ihrer Ahnenforschung irgendwann unseren Flecken Erde hier entdeckt haben. Ich gelte in diesen Kreisen durchaus als Koryphäe! Und da übersehe ich etwas so Offensichtliches!"

„Manchmal ist es gerade das Offensichtliche, was man übersieht", wandte Hanna ein.

„Zum Beispiel gestern, als wir über Adam Höner gesprochen haben. Ich wusste, dass mir der Name was sagt, aber ich hatte völlig vergessen, dass Höner der Familienname meiner Großmutter war."

„Was mir durchaus bewusst war", gab der Chronist zu. „Daher frage ich mich ja auch, welche Rolle Sie hier spielen, Fräulein Klopp. Entschuldigen Sie bitte meine Offenheit, aber ich kann nicht anders als zu glauben, dass Sie mir etwas verschweigen."

31. März 1814

Der Glaskasten im Museum ist nicht das Einzige, was an jenem Tag zu Bruch geht. In der Stadt wird geplündert, die Soldaten marodieren durch die Straßen von Paris. Nicht alle Anhänger Napoleons geben sich geschlagen. Während die Freunde das Museum durch die Kellerluke verlassen und durch abgelegene Straßen streifen, schließen sich die Kämpfer zusammen. In den Gassen, den Hinterhöfen, den Unterschlüpfen. Während Adam den Kristall in der Brusttasche trägt, während sich die Dämmerung über die Stadt legt, während sich die Menschen in ihre Häuser zurückziehen, schließen sich die Kaisertreuen zusammen. *„Vive l'empereur!"*

Adam, den Kristall nahe am Herzen, sieht das Aufglühen einer Zigarre, das den Mann verrät, der sich hinter einem umgestürzten Marktwagen verborgen hält. Adam sieht es, und er ahnt, was es zu bedeuten hat. Er trägt den Kristall seinem Herzen nah, näher als irgendetwas oder irgendwen sonst. Und er sagt zu Peter, dieser solle ruhig vorausgehen, er wolle nur eben austreten, hinter jenen Baum. Und Peter, beschwingt vom Abenteuer und dem Hochgefühl, den Traum seiner Kindheit erfüllt zu haben – Blau-Auge zu befreien und nach Mendig zurückzubringen –, Peter geht weiter, dem umgestürzten Wagen entgegen.

18 Einige Tage später stand plötzlich Karl Mertens im Garten. Hanna war gerade dabei, Monsieur Mais-Nons linke Ohrmuschel zu bearbeiten, als sie zwischen den Fäustelschlägen seine tiefe Bass-Stimme vernahm. „Ah, die Künstlerin bei der Arbeit, großartig!"

Hanna legte das Werkzeug ab und schob die Brille auf die Stirn. Mit einem schnellen Blick auf ihre Arbeit versuchte sie zu erfassen, was der Altbürgermeister sah – den Basaltbrocken, an dem eindeutig die Körperform von René Just Haüy erkennbar war, der aber noch mehr der Natur als der Kultur zuzugehören schien.

„Guten Tag, Herr Mertens", sagte sie und zog den Handschuh von der rechten Hand, um sie dem hühnenhaften Mann zu reichen, der sie in seiner Pranke drückte.

„Ich war gerade in der Nähe, und da dachte ich, schau ich doch mal, wie die Arbeit so vorangeht!"

Während Mertens sprach, umrundete er Monsieur Mais-Non mit bedächtigen Schritten, die Hände hinter dem Rücken, den Kennerblick im Gesicht.

„Schön", murmelte er und nickte kräftig, blieb dann stehen, legte den Kopf schief und die Stirn in Falten. „Sie haben ja noch ein paar Wochen, das wird schon noch."

Sein kritischer Blick verursachte Hanna Bauchschmerzen. Sie musste ihn so schnell wie möglich von der Skulptur weglotsen.

„Kann ich Ihnen etwas zu trinken anbieten, einen Kaffee?"

„Ein Glas Wasser, gerne", sagte Mertens und blickte in den blauen Himmel. „Ist ja schon recht warm heute!"

„Dann kommen Sie doch mit ins Haus, meine Mutter wird sich auch freuen, Sie zu sehen!"

Mit einer einladenden Geste wies Hanna aus dem Garten hinaus und setzte sich sogleich selbst in Bewegung. Mertens folgte ihr, aber als sie das Flügeltor zur Werkstatt passierten, blieb er abrupt stehen.

„Dürfte ich vielleicht mal?", fragte er schüchtern. „Ich habe schon lange keinen Blick mehr in die Werkstatt ihres Vaters geworfen."

Hanna öffnete die Tür und ließ ihn hinein. Beim Eintreten schien es ihr, als sei da ein Huschen gewesen, eine flüchtige, schnelle Bewegung wie ein Hauch, ein Windstoß. Vielleicht nur ein Schatten.

Karl Mertens stand in der Werkstatt und ließ seine Blicke schweifen. „Wunderbar", tönte er, „diese Vielfalt, diese Ideen!"

Er trat an eines der Regale heran und betrachtete die Skulpturen aus direkter Nähe. „Wir sollten unbedingt eine Ausstellung machen. Noch in diesem Jahr. Das Lebenswerk ihres Vaters." Er wandte sich ihr zu, strich mit den Händen durch die Luft, als wollte er das Ausstellungsplakat an einer unsichtbaren Wand festkleben: „Peter Klopp, der Mendiger Bildhauer – was halten Sie davon?"

Hanna nagte auf ihrer Unterlippe. Wer würde die Ausstellung vorbereiten? Könnte Vera das alleine leisten oder würde diese Arbeit auch an ihr hängenbleiben? Sie zwang sich zu einem Lächeln. „Das klingt toll", sagte sie. „Das sollten Sie gleich mit meiner Mutter besprechen!"

Hanna hatte schon die Türklinke in der Hand, um das Werkstatt-Tor zu öffnen, da blieb Mertens noch mal stehen.

„Jesses, die hat's aber ganz schön erwischt!" Mit einem fleischigen Finger deutete er auf die verarztete Nofretete. „Machen Sie auch Restaurierungen?"

Hanna schüttelte den Kopf. „Nein, da ist mir ein Missgeschick passiert. Ich versuche nur, zu retten, was zu retten ist."

Ihr Vater hatte Restaurierungsaufträge angenommen, meist sakrale Objekt. Vom Zahn der Zeit angenagte Skulpturen, die um verlorengegangene Körperteile ergänzt werden mussten. Peter hatte das handwerkliche Können besessen, die alten Stücke so geschickt zu kopieren, dass die Reparatur hinterher nicht mehr zu erkennen war. Die neuen Teile fügten sich nahtlos in die Skulpturen ein, und er färbte die Stellen mit einer Patina, die sich gänzlich an die alte Oberfläche anpasste. Mit solchen Aufträgen hatte ihr Vater mehr verdient als mit seiner eigenen künstlerischen Arbeit. Bis zu jenem Tag, als Hanna mit ihrem Wutanfall alles zerstört hatte.

„Das ist schade", riss Mertens sie aus den Gedanken, „eine gute Restaurateurin kann man immer mal brauchen!"

Hanna nickte, lächelte, und schließlich gelang es ihr doch noch, den Altbürgermeister aus ihrem Wirkungskreis zu komplimentieren und bei Vera abzugeben. Auf dem Rückweg in den Garten hörte sie das Telefon in der Werkstatt klingeln. Gerade, als sie den Küchenraum betrat, verstummte der Apparat. Ärgerlich wandte Hanna sich zum Gehen, da schrillte die Telefonklingel wieder.

„Fräulein Klopp? Newel hier. Können Sie herkommen? Ich habe da was entdeckt, das könnte Sie interessieren!"

Beim ersten Besuch war Hanna nur bis in die Küche des Chronisten vorgestoßen, diesmal wies er ihr direkt den Weg in sein Arbeitszimmer. Ein kleiner Raum, durch die schießschartengroßen Fensterchen nur spärlich erhellt, jeder Quadratzentimeter mit Büchern bestückt. Bücher in den Regalen, in Zweierreihen hintereinandergestellt, weitere Exemplare quer darübergelegt. Bücher auf dem Boden, zu instabil wirkenden Türmen gestapelt. Dazwischen Zettel, flüchtige Notizen, Zeitungsausschnitte. An den Wänden beziehungsweise den wenigen Stellen, die nicht von Regalen bedeckt waren, hingen Fotos, weitere Zettelchen, an Pinnwände geheftet oder mit Klebeband an der Wand befestigt. In der hintersten Ecke ein Schreibtisch mit einem großformatigen Computerbildschirm, neben dem sich Briefumschläge stapelten, prall bestückte Hefter und Zeitungen.

„Sehen Sie, dort ist es", nuschelte Newel aufgeregt und war mit wenigen geübten Schritten am Computer, während Hanna ihre Füße mit Bedacht setzen musste, um nicht einen der Bücherstapel umzutreten. Beim Näherkommen konnte sie auf dem Bildschirm Flächen, Linien und alte Schriftzeichen ausmachen, weiß auf dunklem Grund, wie ein Negativbild.

„Das ist ein Ding, oder?" Newel deutete auf ein paar Wörter.

„Was steht da?", fragte Hanna. „Ich kann leider überhaupt nichts davon lesen."

„Kurrentschrift", murmelte Newel. „Was wir hier vor uns sehen, ist ein Auszug aus den Katasterkarten von 1815 der Mairie St. Jean. Ich habe mir Zugriff auf die Mikrofiche-Kopien verschafft."

Die Linien waren demnach Umrisse von Grundstücken, begrenzten Wege und Straßen. Jedes Grundstück war mit einer Nummer und einem Namen versehen. Hanna starrte die beiden Worte an, auf die der Chronist zeigte.

„Adam Höner?", riet sie.

„Exakt!", rief Newel. „Und jetzt schauen Sie sich das mal an!"

Sofort machte er sich am Computer zu schaffen, scrollte mit der Maus auf dem Bildschirm herum. Die Bilder flackerten so schnell über den Monitor, dass Hanna vom Zusehen schwindelig wurde. Schließlich ließ Newel das Bild erstarren. Es schien genau dasselbe zu sein wie zuvor.

„Da, sehen Sie's?", fragte Newel triumphierend und deutete auf dieselbe Parzelle.

Hanna sah genau hin. Jetzt stand da ein anderer Name, den sie jedoch wieder nicht entziffern konnte.

„Der gleiche Abschnitt, ein Jahr früher." Hanna meinte, Triumph in Newels Stimme zu vernehmen. „Wie Sie erkennen können, ist 1814 ein anderer Eigentümer eingetragen, ein Mann namens Gustav Keib."

„Dann ist das Grundstück zwischen 1814 und 1815 von diesem Herrn Keib an Adam Höner verkauft worden", stellte Hanna fest. Ihr war noch immer nicht klar, warum diese Entdeckung Newel so wichtig zu sein schien. „Ist das der Adam Höner, der in Paris gewesen ist? Was wollte der in, wo sagten Sie noch, ist das – St. Jean?"

„Der Kanton Mayen, als einer der zwölf Verwaltungseinheiten des Arrondissements Koblenz, war in 15 Gemeinden mit 36 Ortschaften aufgegliedert", dozierte der Chronist nun. „Diese wiederum wurden von zwei Mairien, also Bürgermeistereien verwaltet – der Mairie Mayen und der Mairie St. Jean. St. Jean, das war der französische Name für St. Johann – das ist Ihnen bestimmt bekannt?"

Ein Eifeldorf in der Nähe von Mayen, Hanna kannte den Namen, konnte sich aber nicht erinnern, dort einmal gewesen zu sein. „Sicher", nickte sie.

„Zur Mairie St. Jean gehörten neben dem Dorf St. Johann selbst noch die Orte Waldesch, Kirchesch, Bell, Ettringen, Thür – und Mendig!"

„Dann ist das also eine Karte von Mendig?" Hanna wies auf den Bildschirm. Die Heimlichtuerei von Newel ging ihr allmählich auf die Nerven.

„Exakt. Ein Grundstück in Mendig, das zwischen 1814 und 1815 den Besitzer wechselte."

„Und der hier genannte Adam Höner ist derselbe, der in Paris war?"

Newel ging auf Hannas Frage nicht ein. Er hob den Zeigefinger. „Ein großes Grundstück, das den Besitzer wechselte. Und mit dem Grundstück auch das darauf befindliche Gebäude!"

„Worauf wollen Sie hinaus?", fragte Hanna ungeduldig.

„Ein besonderes Gebäude!" Newel grinste hinter seinem Bart. „Schauen Sie doch noch mal genau hin!"

Hanna besah sich die Umrisslinien. Das Grundstück schien an einer großen Straße zu liegen. Den Namen konnte sie nicht entziffern. Sie zeigte mit dem Finger darauf. „Was steht da?"

„Poststraße!"

Hanna zuckte mit den Schultern.

„Das Gebäude, das Adam Höner erwarb, war die damalige Poststation", raunte Newel nun verschwörerisch. „Der Postreiter kauft die Poststation, verstehen Sie?"

Hanna schüttelte ratlos den Kopf.

„Man fragt sich natürlich, woher er plötzlich das Geld dazu hatte!"

„Sie meinen, das könnte mit Paris zusammenhängen?"

Newel machte eine vage Handbewegung, „Vermutungen", murmelte er. „Aber noch etwas anderes, und das ist eine Tatsache: Die Poststationen waren zu dieser Zeit meist Gasthäuser, in denen die

Reisenden nächtigen konnten. Der Postreiter Adam Höner avancierte zum Gastwirt. Und zum Posthalter, also Kutschenunternehmer. Das Grundstück beherbergte auch Ställe, Scheunen, Kutschenunterstände. Na?" Er sah Hanna auffordernd an.

„1878, nach Einweihung der Eisenbahnstrecke, wurde dieser Straßenabschnitt übrigens in Bahnhofstraße umbenannt", fügte Newel hinzu, und da erst fiel bei Hanna der Groschen.

„Das ist unser Haus?", rief sie.

„Wie sie schon so treffend sagten", der Chronist lächelte, „ist es oft das Offensichtliche, das man nicht sieht."

„Also ist Adam Höner tatsächlich ein Vorfahre meiner Großmutter gewesen." Hanna schüttelt den Kopf. „Und ausgerechnet der war mit Klopp, dem Vorfahren meines Großvaters, in Paris!"

„Wie ich schon sagte, Fräulein Klopp." Newel richtete seine blassen Augen direkt auf sie. „Das kann doch alles kein Zufall sein, oder?"

1815 und danach

Am Abend des Zehnten im Monat April bricht der Vulkan Tambora auf der Insel Bima im Ostindischen Archipel aus und bringt nicht nur Tod und Verwüstung für Hunderttausende von Menschen, sondern löst außerdem mit den ausgespienen Aschepartikeln einen dreijährigen vulkanischen Winter in Europa aus. Die Ernten bleiben aus, das nachfolgende Jahr ohne Sommer, „Achtzehnhundert-und-erfroren" bringt Hungersnöte, Flüchtlingsströme und Aufstände mit sich.

In Mendig fürchtet Adam Höner, dass er mit dem Kristall den Fluch ins Dorf zurückgebracht hat.

Im Juli befinden sich Johann Wolfgang von Goethe und der Reichsfreiherr vom und zum Stein auf einer Rheinfahrt. In Andernach verlassen sie ihr Schiff, um sich die Gegend anzusehen, die verödete Abtei Laach und den Bruch der Rheinischen Mühlsteine in Mendig.

„So muss es mir mit Gewalt abgenötigt werden, wenn ich etwas für vulkanisch halten soll, ich kann nicht aus meinem Neptunismus heraus", sagt Goethe einige Wochen später im Gespräch mit dem Kunstsammler Sulpiz Boiserée. „Das ist mir am auffallendsten gewesen am Laacher See und zu Mennig. Da ist mir nun alles so allmählich erschienen, das Loch mit seinen gelinden Hügeln und Buchenhainen, und warum soll denn das Wasser nicht auch löcheriche Steine machen können wie die Bimssteine und die Menniger Steine?"

Im selben Jahr, 1815, entwickelt der französische Offizier Charles Barbier de la Serre eine aus tastbaren Zeichen bestehende Schrift, die er „Nachtschrift" nennt. Dieses System soll im nächsten Krieg die Kommunikation der Truppen untereinander auch bei völliger

Dunkelheit ermöglichen. Doch als er seine Erfindung dem Militär vorstellt, schicken ihn die zuständigen Behörden fort. Er könne wiederkommen, wenn er etwas wirklich Nützliches erfunden habe, sagen sie, ein neues Gewehr beispielsweise. Barbier zieht sich gekränkt zurück. Wieso können sie nicht sehen, was ich da geschaffen habe?, fragt er sich. Und wie er so mit den Fingerspitzen über die erhabenen Reihen seiner Nachtschrift fährt, kommt ihm die Erkenntnis: Sie verstehen es nicht, weil sie es allein mit den Augen betrachten.

In der Hoffnung, dass seine Schrift doch noch einen Nutzen haben könnte, wendet er sich an die Institution Nationale des Jeunes Aveugles in Paris. Doch der Gründer der Blindenschule, Valentin Haüy, weilt im fernen Russland, und der amtierende Direktor des Instituts interessiert sich nicht für Barbiers Erfindung.

Ein, zwei Jahre ziehen ins Land. Ein neuer Direktor erlaubt Barbier, das Institut zu besuchen, um den Schülern seine Nachtschrift vorzustellen. Ein elf Jahre alter Junge, Sohn eines Sattelmachers, der sich im Alter von drei Jahren in der Werkstatt seines Vaters beim Spiel mit einer Ahle das Auge verletzt hat und über die daraus resultierende Entzündung beidseitig erblindet ist, fängt sofort Feuer für die Idee. Noch am gleichen Tag beginnt er, Barbiers System, das ihm zu kompliziert erscheint, zu überarbeiten. Vier Jahre später hat er eine Schrift entwickelt, die aus einer Anordnung von nur sechs Punkten besteht. Der Name des Jungen ist Louis Braille, und die nach ihm benannte Schrift revolutioniert das Leben der Blinden weltweit.

III *Basaltsommer*

19 Hanna erwachte früh, wie mittlerweile jeden Morgen. Das Licht, das durch das Glasdach fiel, ließ sich nicht ausblenden, selbst wenn sie sich die Decke über den Kopf zog. Frühes Vogelgezwitscher war von draußen zu vernehmen und ein frischer Lufthauch strich durch das Zimmer. Hanna trat die Bettdecke zur Seite und zog einen von Peters dicken Wollpullovern über den Overall. Mit den schweren Motorradstiefeln an den Füßen schlurfte sie in die Küche. René Just und Valentin, die dort am Tisch saßen, hoben die Köpfe und nickten ihr zu. Hanna erschrak jetzt nicht mehr, wenn sie die beiden sah. Sie würden wieder verschwinden, wie jedes Mal. Während einer Trauerphase seien vorübergehende Halluzinationen nicht ungewöhnlich, hatte sie im Internet gelesen. Erzählt hatte sie niemandem davon, und das würde sie auch schön bleiben lassen.

Hanna löffelte Kaffeepulver in die Espressokanne. „Möchtet ihr auch einen?", fragte sie in Richtung der Brüder.

„*Non, merci*", antwortete René Just.

„Das ist nicht möglich, *désolé*", fügte Valentin an.

Als sie sich zu den beiden umdrehte, waren sie nicht mehr zu sehen.

Mit der Kaffeetasse in der Hand ging Hanna ins Schlafzimmer und griff eines der Notizbücher ihres Vaters aus dem Regal. Sie hatte sich vorgenommen, alle Bücher, die sie finden konnte, durchzulesen. In kleinen Einheiten, immer nur so viel, wie sie gerade vertragen konnte. Das Buch war eine Chinakladde, eines der typischen Notizbücher ihres Vaters. Der schwarze Umschlag mit den charakteristischen roten Ecken war über und über mit kleinen weißen Spritzern überzogen, Farbe oder stark verdünnter Gips, die Hanna an einen Sternenhimmel denken ließen. Sie nahm das Buch mit an den Küchentisch, schlug es auf. Die Seiten lösten sich aus dem Einband. Ihr früheres Weiß war vergilbt, vor allem zu den Rändern hin. Die erste Seite war mit *Hannas Geschichte* überschrieben. In unregelmäßiger Kinderschrift war die ganze Seite gefüllt, danach aber bis zur Unleserlichkeit mit Kuli überkrakelt worden. Die erwachsene Hanna am Küchentisch erinnerte sich sofort. Es war ihr Buch gewesen, das sie sich vom Taschengeld gekauft hatte. Weil sie auch so schreiben und zeichnen wollte wie ihr Vater. Sie hob das Buch nah an ihre Augen, aber sie hatte damals ganze Arbeit geleistet – von der Geschichte waren nur noch einzelne Buchstaben zu entziffern. Das Papier roch muffig. Auf der nächsten Seite folgte ein weiterer Versuch. Wieder mit derselben Überschrift, doch diesmal nur eine halbe Seite lang. Ebenfalls übermalt.

Sie musste damals ungefähr acht oder neun Jahre alt gewesen sein. Sie hatte sich viel vorgenommen, war aber ihren eigenen Ansprüchen nicht gerecht geworden und hatte aufgegeben. Ihr Vater hatte einige Seiten frei gelassen, für den Fall, dass sie doch noch weiterschreiben würde. Ab der Stelle, an der seine Schrift einsetzte, gehörte das Buch ihm.

Peter hatte ihre Ungeduld gekannt und ihre Unfähigkeit, an Dingen dranzubleiben. Umso unverständlicher war es Hanna gewesen, dass er im Krankenhaus ausgerechnet sie darum gebeten hatte, die Arbeit an Monsieur Mais-Non für ihn zu Ende zu führen. Doch vielleicht hatte er ihr damit eine Chance geben wollen, den Schaden auszugleichen, den sie drei Jahre zuvor angerichtet hatte.

Sie klappte das Buch zu und schob es an den Rand des Tisches.

„Mit Fleiß und redlicher Arbeit kommt man stets ans Ziel."

René Just hatte manchmal einen Tonfall an sich, den Hanna zum Kotzen fand. Sie hob den Kopf und blickte dem alten Mineralogen direkt ins Gesicht. „Und was, wenn nicht?", fragte sie scharf. „Was, wenn all meine Bemühungen umsonst sind?"

Ihr Gegenüber lächelte milde.

„Gibt es denn eine andere Möglichkeit, als es zu versuchen?", mischte sich Valentin ins Gespräch ein. Er hatte sich zu seinem Bruder gesellt. Sie kamen und gingen, wie es ihnen gefiel.

„Ich verkaufe den Kristall", sagte Hanna. „Dann ist Vera ihre Schulden los, und ich kann zurück nach Berlin."

„L'oeil bleu", stieß René-Just hervor. Es klang kläglich. Valentin wiegte den Kopf, dass sein Lockenkranz ins Schaukeln geriet.

„Zunächst einmal steht noch die Frage offen, ob es sich tatsächlich um Blau-Auge handelt." Hanna stieß hörbar Luft durch die Nase aus. „Adam Höner war in Paris, als der Stein gestohlen wurde", sagte sie eindringlich. Es war der Tonfall, den sie häufig hinter der Theke angeschlagen hatte, wenn ihr die angetrunkene Kundschaft allzu begriffsstutzig erschienen war. „Soll das etwa Zufall sein?" Sie lehnte sich auf dem Stuhl zurück, verschränkte ihre Arme vor der Brust. „Ich habe ihn in der Nofretete-Büste entdeckt, die meiner Oma gehörte. Der Ur- oder Ururenkelin von Adam. Der Kristall muss demnach in der Familie weitergegeben worden sein. Und jetzt", Hanna schürzte die Lippen, „gehört er mir."

„Mais non!", brauste René Just auf. Hanna hatte nicht gewusst, dass er so laut werden konnte. „Er gehört mir!"

„Du bist tot", fuhr Hanna ihn an. „Eine Illusion. Nichts als Luft und überspannte Fantasie!"

„Bitte, Mademoiselle 'anna", beschwichtigte Valentin. Zum ersten Mal schien sich ein Akzent in seine Rede einzuschleichen, der Hanna sofort an Forgeron denken ließ. „Es ist nicht hilfreich, ausfällig zu werden." Er streichelte seinem Bruder beruhigend über die Hand, die auf der Tischplatte ruhte. „Außerdem sollten wir nicht vergessen, dass der Kristall Eigentum des Museums ist."

„Schon mal was von Schwarzmarkt gehört?", blaffte Hanna. Die Brüder Haüy machten große Augen, dann lösten sie sich in Luft auf.

Im Haus war noch alles still. Hanna öffnete die Tür, die vom Treppenhaus in Veras Laden führte. Die kleinen Schaufenster ließen kein Tageslicht in den Verkaufsraum dringen, die Regalreihen mit den gläsernen Kostbarkeiten darin lagen im Dunkeln. Ohne das Licht anzuschalten, durchquerte Hanna den Raum, wich geschickt den Vitrinen aus, bis sie in den hinteren Bereich des Ladens gelangte – Veras Büro. Hanna nahm am Sekretär der Mutter Platz und klappte deren Laptop auf. Sie gab den Namen eines Berliner Juweliergeschäfts in die Suchmaske ein, das antiken Schmuck führte und nur wenige Straßen von Hannas WG entfernt war. Sie notierte sich die Telefonnummer und fuhr den Rechner runter.

„Hanna Klopp? Natürlich erinnere ich mich!"
Ludmilla Zemanova, die Juwelierin, stammte aus einer Kleinstadt in Tschechien. Bei einem der wenigen Male, die Vera Hanna in Berlin besucht hatte, waren sie gemeinsam in ihrem Laden gewesen. Die rundliche Frau mit blondierten Haaren, die Hanna auf Anfang sechzig schätzte, stand mit diversen Händlern antiker Waren aus ihrem Heimatland in Kontakt, die Vera ebenfalls kannte. Zwei Stunden lang hatten die beiden über „Bizness" geplaudert, wie Ludmilla es nannte. Seither hatte die Tschechin immer freundlich ihr fleischiges, goldberingtes Händchen zum Gruß gehoben, wenn Hanna an ihrem Laden vorbeigekommen war.

„Wie geht's deiner Mutter?"
„Leider nicht so gut. Mein Vater ist gestorben."
„Bože na nebesích! Mein herzliches Beileid!"
„Vielen Dank. Ich werde es ausrichten. Jedenfalls bin ich gerade bei ihr in der Eifel, und ich hätte eine Frage."
„Um was geht es denn?"
„Ich habe hier einen Stein gefunden."
„Dein Vater war Bildhauer, nicht wahr?"
„Ja, das stimmt. Aber ich meine einen Edelstein."
„Aha."
„Und ich wüsste gerne, ob der was wert ist."
„Da kann doch deine Mutter bestimmt ..."

„Ich würde Vera gerne aus der Sache raushalten. Sie braucht ein bisschen Ruhe."

„Die Ärmste!"

„Und daher wollte ich Sie fragen, ob Sie vielleicht einen Tipp für mich haben, wo ich mich erkundigen kann."

„Hmmm. Du kannst doch einfach bei mir vorbeikommen, wenn du wieder in Berlin bist."

„Das wird noch dauern, bis ich wieder in Berlin bin. Ich muss hier noch was erledigen. Und ich kann Vera auch nicht allein lassen."

„Gut, dass du dich kümmerst. Ojeoje."

„Also, hätten Sie vielleicht einen Tipp für mich? In der Eifel, Koblenz, Köln? Irgendwo im Umkreis vielleicht?"

„Es gibt gewiss auch Juweliere bei euch, oder?"

„Ja, aber ..."

„Du könntest einfach mal bei einem nachfragen."

„Es ... ist ein bisschen heikel. Ich habe ihn bei den Sachen meines Vaters gefunden."

„Eine Erbschaftsgeschichte?"

„Sozusagen."

„Du willst den Schmuckstein schätzen lassen, bevor jemand anderes auf die Idee kommt?"

„Es könnte unter Umständen sein, dass es da ein Museum gibt, das ... vielleicht der Ansicht ist, ein Anrecht zu haben, weil ... Na ja, es ist kompliziert."

„Ja, so klingt es auch."

„Nur, im Museum, da verschwindet der Kristall nachher bloß in einer Schublade im Archiv. Und dafür wäre er wirklich zu schade."

„Aha."

„Schmuck sollte doch gesehen werden, oder? Wenn man sich an der Schönheit erfreuen kann, ist das doch viel besser."

„Oder wenn man ein bisschen was daran verdienen kann, nicht wahr?"

„Ja, oder das. Natürlich auch."

„Was würde denn deine Mutter davon halten, wenn sie davon wüsste?"

„Ich denke, sie würde auch ein bisschen was verdienen wollen."

„Ihr braucht also Geld."

„Ich weiß nicht. Wahrscheinlich schon."

„Und darum willst du den Kristall verkaufen."

„Also, zumindest schätzen lassen. Dann kann man sehen, ob ..."

„Ich nehme an, niemand soll von der Geschichte was erfahren."

„Genau."

„Weder deine Mutter noch sonst wer."

„Das wäre am besten, ja."

Die Juwelierin pfiff durch die Zähne.

„In Ordnung. Ich werde dir eine Adresse geben. Düsseldorf, ist das erreichbar für dich?"

„Ja, Düsseldorf wäre prima."

„Ich sende dir eine SMS."

Hanna war mit Veras Saab nach Düsseldorf gefahren. Das erste Mal seit Jahren, dass sie wieder hinter dem Steuer saß. Vor Anspannung verkrampfte ihr Nacken. Sie stellte den Wagen in einer Tiefgarage ab und fand den Laden in einer Seitenstraße. Eine Pfandleihe, im Schaufenster eine bunte Mischung von Gegenständen, die von ihren Besitzern nicht mehr ausgelöst worden waren und nun zum Verkauf standen. Als sie eintrat, bimmelte ein Glöckchen. Hanna sah sich um. Sie hatte erwartet, eine Art Trödelladen vorzufinden. Stattdessen stand sie in einem hellen Raum mit weißer Wandtäfelung, leer bis auf das teuer wirkende Sitzmöbel aus Leder und Chrom sowie einen Tresen, dessen gläserne Präsentationsfläche Schmuckstücke zur Schau stellte. Hanna ließ ihren Blick über goldene Ringe und Kettchen streifen, als ein Mann aus dem Hinterzimmer trat. Hanna schätzte ihn auf Mitte dreißig. Mit seinem Anzug und der strengen Miene hätte er in einer Bank arbeiten können.

„Sie wünschen?"

„Hanna Klopp. Ich hatte angerufen."

Der Mann bedeutete ihr mit einer knappen Kopfbewegung, ihm zu folgen.

In dem Raum, den sie nun betraten, stand ein steril wirkender Arbeitstisch, auf dem neben einem Computer diverse Geräte bereit lagen. Hanna erkannte Lupen, Zangen und mehrere Leuchten, dazu einige Werkzeuge, die sie nicht identifizieren konnte. Alles akribisch angeordnet, wie das Arbeitsgerät beim Zahnarzt.

„Dann zeigen Sie mal, was Sie haben!"

Der Mann streckte die Hand aus, und Hanna reichte ihm Blau-Auge. Seiner Miene war dabei keinerlei Reaktion abzulesen. Er schaltete eine Lampe an, klemmte sich ein futuristisch wirkendes Vergrößerungsglas vor das rechte Auge und betrachtete schweigend den Kristall. Nach kurzer Zeit legte er ihn auf der Arbeitsfläche ab, griff nach einer Art Zange und vermaß damit den Umfang des Steins. Während er den Kristall mit einer Hand auf einer Digitalwaage wog, tippte er mit der anderen etwas in den Rechner. Schließlich schaltete er eine weitere kaltweiße Lampe an, sodass Blau-Auge von mehreren Seiten angestrahlt wurde und in tiefstem Blau leuchtete. Der Mann öffnete eine Schublade, die sich unter dem Tisch befand, entnahm ihr eine Kamera und fotografierte den Kristall aus verschiedenen Blickwinkeln. Hanna, die schon während der Untersuchung ein mulmiges Gefühl gehabt hatte, wollte protestieren, doch irgendwas hielt sie davon ab. Die Souveränität, die der Schätzer ausstrahlte, schien keinen Widerspruch zu dulden. Fast kam es Hanna vor, als ob der Kristall schon nicht mehr ihr gehören würde. Ein seltsam schmerzliches Gefühl.

Schließlich ließ der Mann von dem Stein ab, trat einen Schritt zurück und nickte Hanna zu. „Sie können ihn jetzt wieder mitnehmen."

Vorsichtig ließ Hanna Blau-Auge in ihrer Tasche verschwinden. „Können Sie mir denn sagen, wie viel er wert ist?"

„Ich melde mich bei Ihnen", antwortete der Schätzer, während er auf sein Handy schaute. Dann hob er noch einmal den Blick. „Passen Sie gut darauf auf!"

Nicht einmal zehn Minuten hatte die Prozedur gedauert. Als Hanna auf die Straße trat, war ihr schwindelig. Sie fühlte sich, als habe sie einen schweren Fehler begangen. Auf der Rückfahrt drehte sie das Autoradio laut, aber die Bedrückung blieb. Als sie nach fast zweistündiger Fahrt endlich in Mendig ankam, war sie völlig zerschlagen. In der Küche fiel ihr Blick auf das Notizbuch, das sie am Morgen auf dem Tisch hatte liegen lassen. Sie nahm es mit ins Schlafzimmer, wo sie Blau-Auge in die Holzkiste im Regal bettete. Hanna trat ihre Sneaker von den Füßen, ließ sich aufs Bett fallen und schlug das Notizbuch ihres Vaters auf. Sie fand darin eine komplizierte Anleitung zur Herstellung von künstlichem Stein. Wie ein mittelalterlicher Alchimist hatte Peter lange experimentiert, bis es ihm gelungen war, aus Steinstaub und chemischen Mitteln eine Paste zu mischen, die nach dem Trocknen wetterfest war und fast naturgetreu aussah. Damit ließen sich Makel an den Skulpturen ausbessern. Manchmal mischte er zerriebene Styroporflocken unter die Masse. Wenn er den künstlichen Stein später mit Benzin behandelte, lösten sich diese Flocken auf, wodurch die für Basalt typische löchrige Oberfläche entstand.

Es folgten noch Angaben zum Färben von Basalt, das erprobte Mischverhältnis von Farbpigmenten, Steinhärter und anderen Substanzen. Schließlich fand Hanna eine Geschichte, die sie schlagartig hellwach werden ließ:

Die Wette

Einst lebte in Mendig ein begabter junger Steinhauer namens Peter Klopp. Nach Beendigung des Tagwerks blieb er oft im Steinbruch und arbeitete an den übriggebliebenen Brocken, schuf Pferde, Hunde, Menschen in Basalt. Allein der Grubenbesitzer, ein feister Kerl namens Keib, der vielleicht, vielleicht auch nicht von dem sagenumwobenen Mühlsteinhändler gleichen Namens abstammte, sah Klopps Tun mit Widerwillen. Der Junge verschwende seine Arbeitskraft mit diesem Unsinn, wetterte Keib. Nun hätte der begabte und arbeitsame junge Mann auch in einer anderen Grube eine Anstellung finden können, aber er wollte dortbleiben. Gab es doch in seiner Familie das Gerücht, dieser Keib besäße etwas, eine besondere Kostbarkeit. Als Peter Klopp sein zweiundzwanzigstes Lebensjahr erreichte, hatte er den Grubenbesitzer lange genug studiert, um dessen Vorlieben und Schwächen zu kennen: seine Geltungssucht und seine Leidenschaft für Wetten. Von nun an bearbeitete Peter Klopp ihn mit der gleichen Ausdauer und demselben Fingerspitzengefühl, mit dem er sonst den Stein bearbeitete. Er machte geschickt dosierte Andeutungen, strich dem Vorgesetzten um den Bart. Schließlich hatte er Keib so weit, dass dieser ihn zu sich rufen ließ, um ihm in der Abgeschiedenheit seines Büros den Schatz zu zeigen, den er selbst von seinem Vater geerbt hatte. Der Anblick übertraf alles, was Peter bis dahin gesehen hatte. Von dem Tag an war er einzig und allein von dem Wunsch getrieben, diese Kostbarkeit in seinen Besitz zu bringen. So kam es, dass er eines Abends im Wirtshaus, nachdem das Bier reichlich geflossen war, an Keibs Tisch trat und ihm lauthals eine Wette vorschlug. Er würde, sprach Peter Klopp, einen Durchbruch in die größte Basaltsäule schlagen. In einer einzigen Nacht, allein in den Tiefen der Steingrube. Und das Ganze in absoluter Dunkelheit. Einen Durchbruch, der groß genug sei, dass man sich dort hindurch die Hände reichen könne. Wenn ihm dies Kunststück gelänge, so fordere er den Schatz. Wenn es nicht gelänge, sei er bereit, einen von Keib frei gewählten Wetteinsatz zu erbringen. Der Grubenbesitzer lachte, als er dies hörte. Wenn Klopp schon in vollkommener Dunkelheit arbeiten könne, so sei es wohl kein Verlust für ihn, sein Augenlicht einzubüßen. Er solle dieses als Wetteinsatz anbieten – wenn er verlöre, werde der Schmied ihn blenden. Das ganze Wirtshaus verstummte, als es diese Worte hörte, doch Peter Klopp, beflügelt vom Bier und vom jugendlichen Glauben an seine eigene Unverwüstlichkeit, nahm die Bedingung an.

20

Am nächsten Morgen ließen sich die Brüder Haüy nicht blicken. Die Sonne schickte ihre Strahlen durch das Glasdach der Küche und ließ die im Licht tanzenden Staubpartikel glitzern. Frühstücken wollte Hanna nicht, die Küche kam ihr verlassener vor als sonst. Auf dem Weg nach draußen fiel ihr Blick abermals auf die bandagierte Nofretete. Sie wickelte den Verbandstoff vom Hals der alten Ägypterin. Der Gips war längst getrocknet, Hals und Kieferpartie saßen fest an ihrem Platz. Gipsschmiere hatte einen weißlichen Schleier über die Bemalung der Büste gelegt, die gekitteten Stellen leuchteten strahlend weiß daraus hervor wie Narben im Gewebe. In der Wange der schönen Pharaonin klaffte noch eine Lücke, aber immerhin konnte man die Büste wieder aufstellen. Hanna ließ sie auf dem Tisch zurück und trat in den Garten. Die frühe Sonne hatte das Gras erwärmt und den Morgentau verdunsten lassen. Eine feuchte Wärme schlug Hanna entgegen, als sie durch das üppige Grün stiefelte, die Luft schwer vom Blütenduft. In der Ferne lärmte ein Rasenmäher.

Es waren zwei Tage vergangen, seit sie zuletzt bei Monsieur Mais-Non gewesen war. Unschuldig lag er vor ihr, und doch verspürte Hanna bei seinem Anblick Widerwillen. Wie sollte sie bis zum vorgegeben Datum oder überhaupt jemals mit dieser Arbeit fertig werden? Sie dachte an jenen Peter Klopp, von dem die Geschichte im Buch ihres Vaters handelte. Diesen Vorfahren, der freiwillig nachts gearbeitet hatte, aus purer Lust am Bildhauen. Wenn die Geschichte denn stimmte. Dann wäre er der Erste in der Familie gewesen, der sich vom Steinhauer zum Bildhauer entwickelt hatte. Der erste Künstler.

„Mein Vater war jedenfalls der letzte Künstler in der Familie", sagte Hanna laut in Richtung des Denkmals. „Das steht immerhin fest."

Ein tadelndes Schnalzen in ihrem Rücken ließ sie herumfahren. Dort stand René Just Haüy und schüttelte den Kopf. „Glauben Sie nicht, Mademoiselle, dass es an der Zeit ist, das Selbstmitleid zu begraben und sich stattdessen an die Arbeit zu begeben?"

Beim Anblick des alten Herrn verspürte Hanna die Erleichterung eines Kindes, dem die Eltern nach einem Streit wieder zugewandt waren. „Das war nicht ernst gemeint gestern", beeilte sie sich, zu sagen. „Ich werde ihn nicht verkaufen."

Haüy nickte. „Aber das weiß ich doch, Kindchen", sagte er milde. Dann schritt er an ihr vorbei und nahm die Skulptur in Augenschein. „Glauben Sie, dass es möglich ist, eine solche Säule von Hand zu durchschlagen?", fragte er, ohne sich nach ihr umzusehen. „In nur einer Nacht?"

„Und das in völliger Dunkelheit?" Valentin war auf der anderen Seite der Basaltsäule aufgetaucht. Auch er betrachtete die unfertige Skulptur eingehend.

„Ich könnte es nicht", sagte Hanna. „Das ist alles, was ich weiß."

„Und wenn Ihr Vorfahr es geschafft hat?" René Just blickte von seinem steinernen Abbild auf, um Hanna anzusehen. „Steckt es dann nicht auch Ihnen im Blut?"

„Wenn er es geschafft hat", Hanna trat nun ebenfalls auf die Steinsäule zu, „und wenn er überhaupt existiert hat und nicht bloß der Fantasie meines Vaters entsprungen ist. Abgesehen davon glaube ich nicht an die Vererbung von solchen Dingen."

Der alte Mineraloge lehnte seinen Oberkörper vor und krümmte lockend seinen Zeigefinger. Hanna reckte sich ihm über die Skulptur hinweg entgegen, so dass sein Gesicht nah an ihres herankam. Sie spürte weder seine Körperwärme, noch ging ein Geruch von ihm aus. Aber ganz deutlich hörte sie seine geflüsterten Worte: „Sie sollten aber glauben. Sie sollten an sich selbst glauben!"

Dann waren die beiden wieder verschwunden. Ein Schauer lief durch Hannas Körper.

Wie benommen packte sie ihre Arbeitswerkzeuge aus der Tasche, bandagierte ihre Hand, griff zu Fäustel und Eisen.

Das Handyklingeln riss Hanna aus einem Arbeitsrausch, wie sie ihn schon seit Langem nicht mehr erlebt hatte. Sie trat einen Schritt zurück, taumelte. Auf dem Basaltriesen hatte sich eine Schicht aus Steinstaub und abgeschlagenen Bröckchen angehäuft. Es sah aus, als habe sie an allen Stellen zugleich gearbeitet. Irgendwo in den Tiefen der Overall-Taschen dudelte weiterhin der Klingelton. Hanna zog sich die staubigen Handschuhe von den Händen und klopfte den Anzug ab, bis sie die richtige Tasche gefunden hatte. Als sie den Namen auf dem Display entdeckte, schlug ihr das Herz bis zum Hals.

„André?"

„*Salut 'anna! Ça va?*"

„*Oui, ça va bien, merci. Can we switch to English, please?*"

„Kein Problem. Stör ich dich gerade?"

„Nein, überhaupt nicht. Ich freue mich." Ich freue mich? Hatte sie das gerade wirklich gesagt? „Was kann ich für dich tun?"

„Nun ja, ich habe mit dem Vulkanmuseum telefoniert, und dort wusste niemand etwas von einer Mitarbeiterin namens Klopp."

Mist, dachte Hanna, während ihr das Blut in die Ohren schoss. Mist, Mist, Mist.

„Dann hat man mir von einem Bildhauer erzählt", fuhr Forgeron fort, „dessen Tochter 'anna Klopp heißt."

Hanna biss sich auf die Lippen. Ihr fiel nichts ein, was sie hätte sagen können.

„Bist du noch dran, 'anna?", fragte Forgeron.

„Sorry", brachte sie schließlich hervor. „Ich weiß auch nicht, warum ..."

Forgeron brach in Lachen aus. „Du klingst ja richtig erschrocken! Hey, es ist doch nichts passiert. Bildhauerin also?"

„Tochter eines Bildhauers."

„Aber du arbeitest doch selbst an was. Ich habe nicht alles verstanden, was mir die Dame vom Vulkanmuseum erzählen wollte. Aber der Name Haüy ist dabei gefallen."

„Eine Skulptur. Ein Denkmal für René Just Haüy. Mein Vater hat es begonnen, jetzt arbeite ich daran."

„Also doch Bildhauerin. Cool!"

„Na ja, ich versuche es zumindest."

„Deswegen warst du so fasziniert von der Marmorskulptur?"

„Ja, aber das, was ich mache, ist kein Vergleich zu ..."

„Du musst mir unbedingt ein Foto davon schicken."

„Es gibt überhaupt noch nicht viel zu sehen."

„Ach komm, jetzt bin ich wirklich neugierig! Außerdem schuldest du mir was, dafür, dass du mich angelogen hast."

„Entsch..."

„Also, ich warte auf das Foto. Und apropos Foto, weshalb ich eigentlich anrufe – meine Leute haben das Bildnis analysiert, das du fotografiert hattest. Wir sind ziemlich sicher, dass es sich bei dem abgebildeten Kristall um *l'oeil bleu* handelt!"

„Wirklich?!"

„Es war uns immer ein Rätsel, was mit diesem Stein passiert ist, nachdem er Haüy geschenkt worden war. In den Aufzeichnungen seiner Reise wird der Kristall als ungeschliffen beschrieben, in den späteren Vermerken ist von einem facettierten Stein die Rede. Aber, und das ist untypisch für Haüy, nirgends sind Angaben zum Schleifvorgang zu finden. Und dieses Rätsel scheinen wir nun zumindest zum Teil lösen zu können – denn offensichtlich hatte Haüy den Kristall zwischenzeitlich aus der Hand gegeben. Wie und warum er am Hals der Paradis gelandet ist, werden wir vielleicht nie erfahren. Aber immerhin kam er zurück in die Sammlung."

„Bis zum Diebstahl im März 1814."

„Ja, das weitaus größere Rätsel bleibt weiterhin ungelöst. Trotzdem, 'anna, diese Entdeckung ist nicht zu verachten. Und die verdanken wir allein dir!"

Und dass der Stein weiterhin verschwunden bleibt, verdankt ihr ebenfalls allein mir, dachte Hanna nicht ohne Gewissensbisse.

„Jedenfalls wollte ich mich bedanken", fuhr Forgeron fort, „und ich möchte dir gerne etwas schicken. Dafür brauche ich deine Adresse. Denn es ans Museum zu schicken, hat wohl keinen Sinn, oder?"

„Ich schicke sie dir per SMS, okay?", fragte Hanna.

„Prima", erwiderte Forgeron. „Und vergiss nicht, ein Foto der Skulptur anzuhängen!"

Nach dem Telefonat fühlte Hanna sich unendlich müde. Etwas abseits von Monsieur Mais-Non streckte sie sich auf dem sonnenbeschienenen Gras aus und blickte in den Wipfel des alten Kirschbaums, der sein Laub wogen ließ. Zwischen den Blättern waren die prallen Fruchtknoten sichtbar, die allmählich zu Kirschen heranreiften.

Wieder musste Hanna an die Geschichte denken, die ihr Vater aufgeschrieben hatte. Sie hatte am Abend zuvor das ganze Buch durchsucht, vor und zurück geblättert, aber eine Fortsetzung war nicht zu finden gewesen.

Dass Adam Höner die Poststation 1814 von jemandem namens Keib übernahm, hatte Walter Newel anhand der Katasterkarten belegt. Hatte Höner tatsächlich mit dem in Paris gestohlenen Kristall bezahlt?, fragte Hanna sich. Oder war das nur eine Schlussfolgerung, auf die sich ihr Vater ebenso eingeschossen hatte, wie sie selbst? Hatte er sich die Geschichte um die Wette nur ausgedacht, oder war sie innerhalb der Familie über Generationen hinweg weitergegeben worden? Warum hatte er ihr dann nie davon erzählt? Jetzt war niemand mehr übrig aus diesem Zweig ihrer Familie. Hannas Vater war der einzige Spross gewesen, ein spätes Kind einer Generation, die zwei Weltkriege erlitten und darüber verpasst hatte, sich fortzupflanzen. Die Geschwister des Großvaters Klopp waren bis auf Tante Käthe, die Kölner Großtante, schon seit vielen Jahren tot. Und Tante Käthe war schon lange nicht mehr richtig im Kopf.

Einer spontanen Idee folgend rappelte Hanna sich auf. Sie musste duschen und etwas Sauberes anziehen.

Lange Flure, beige, braun, helles Gelb. Teppichboden, um die Krankenhausatmosphäre zu überdecken. Der Geruch von zerkochtem Gemüse und laschem Tee, von Urin, Desinfektionsmitteln,

Haarspray und dem durchdringenden Eau de Toilette alter Leute. Hanna hätte gedacht, dass dieser Duft, den sie aus der Kindheit erinnerte, irgendwann aus der Mode gekommen wäre. Aber der Geruch war gleichgeblieben, dunkel, schwer und alles durchdringend. Vielleicht lag der eigentliche Sinn dieses Parfüms darin, andere Gerüche zu übertünchen. Körperausdünstungen, die nicht anders zu bewältigen waren, offene Wunden, medizinische Salben, Mottenkugeln und ranzige Pomade.

Als Tante Käthes Verwirrung so stark geworden war, dass sie nicht mehr alleine leben konnte, hatten Hannas Eltern sie nach Mendig geholt und dort im Pflegeheim untergebracht. Da sie schon lange niemanden mehr zu erkennen schien und auch nicht den Anschein erweckte, sich über Besuch zu freuen, hatten sie irgendwann aufgehört, zu ihr zu gehen. Für Hanna war sie daher längst gestorben. Doch jetzt stand sie im Zimmer der alten Dame. Ein Dreibettzimmer, eines der Betten offensichtlich gerade frei geworden, der frische Bettbezug mit einer dünnen Plastikplane bedeckt, die im Luftzug leise knisterte.

Hinten im Raum ein weiteres Bett, in dem eine eingefallene Gestalt lag und schlief. Jedenfalls vermutete Hanna dies aufgrund der Schnarchlaute. Vielleicht waren das aber auch nur die normalen Atemzüge des alten Menschen.

Tante Käthe saß neben dem Bett in einem Rollstuhl, dem Fenster zugewandt. Die Nachmittagssonne schien durch die weißen Vorhänge. Die Tante hatte sich nicht gerührt, als Hanna eingetreten war. Vielleicht schlief auch sie. Hanna durchquerte den Raum und stellte sich neben den Rollstuhl, der größer wirkte als die alte Frau darin.

„Hallo, Tante Käthe!", sagte Hanna, nachdem sie sich vergewissert hatte, dass die Augen der Alten geöffnet waren. Keine Reaktion. Die Großtante schlief nicht, aber sie schien sehr weit weg zu sein. Eine zusammengeschrumpfte Gestalt in einem zu großen Wollpullover, hellblau mit Lochstrickmuster. Früher war Tante Käthe eine stattliche Erscheinung gewesen, mindestens eins achtzig groß, mit einem ausladenden Busen, auf den ihr bei den Familienfeiern die Kuchenkrümel fielen. Jetzt sah sie aus wie eine vertrocknete Kartoffel, klein, verschrumpelt und kraftlos. Um ihre Schultern war eine dunkle Wolldecke drapiert, sodass sie ein wenig an eine alte Indianer-Squaw erinnerte. Ihre kurzgeschnittenen Haare standen wie ein Heiligenschein ringsum vom Schädel ab. Von oben konnte Hanna zwischen den weißen Strähnen die Kopfhaut schimmern sehen. Sie zog sich einen Stuhl heran und nahm neben der Tante am Fenster Platz.

„Hallo, Tante Käthe", versuchte Hanna es noch einmal, „weißt du noch, wer ich bin?"

Wie eine alte Schildkröte drehte die Großtante ihr den Kopf zu. Ein Gesicht, das in der zu groß gewordenen Haut zu versinken schien. Tief in die Furchen und Klüfte eingesunken lagen die Augen, die Hanna musterten, zurückgezogen hinter hängenden Schlupflidern. Das Weiß des Augapfels war getrübt, die Iris jedoch schimmerte lebhaft, beinahe schelmisch.

An Tante Käthe sei ein Bildhauer verloren gegangen, hatte es früher geheißen. Groß und stark wie ein Mann sei sie gewesen, ungewöhnlich für eine Frau ihrer Generation. Nicht heiratsfähig, weshalb ihr die Eltern erlaubt hatten, eine Ausbildung zur Näherin zu absolvieren. Bis ins Rentenalter hatte sie in einer Schneiderei gearbeitet und sich dabei den Rücken krumm gemacht.

Die alte Frau starrte Hanna an und sagte noch immer kein Wort. Schon in Hannas Kindheit war Käthe wunderlich. Manchmal war das lustig gewesen, manchmal hätte Hanna in solchen Momenten im Boden versinken können vor Scham. Wenn die Großtante fremde Menschen auf der Straße mit „Heil Hitler!" begrüßte. Gelegentlich sagte sie auch „Heil du ihn."

Mit den Jahren waren die Situationen, in denen sich die Großtante nicht normal benahm, zur neuen Normalität geworden. Sinnvolle Gespräche waren nicht mehr möglich gewesen.

„Hörst du mich, Tante Käthe?", fragte Hanna laut.

Die Rücksicht auf das schlafende Menschenbündel im Nachbarbett hatte sie aufgegeben. Das Schnarchen ging unbeirrt weiter. Noch immer keine Antwort, aber es schien Hanna, als sei der Blick der Tante aufmerksamer geworden, so als versuche sie, herauszufinden, was ihr Gegenüber von ihr wollte.

„Ich möchte dir was zeigen, Käthe!"

Hanna nahm den Kristall aus ihrer Tasche, wie immer in ihr T-Shirt eingeschlagen. Sie wickelte ihn aus und hielt ihn der alten Dame vors Gesicht. Keine Reaktion.

„Hast du den vielleicht früher schon mal gesehen?"

Die Tante starrte den Stein an, aber ob sie ihn wirklich sah, konnte Hanna nicht feststellen. Sie ließ ihn sinken. Wie in Zeitlupe drehte die Großtante ihren Kopf wieder in Richtung Fenster und blickte auf den weißen Vorhangstoff, auf den das Sonnenlicht leuchtende Muster warf. Saß da, unbewegt wie eine Statue, in ihrem Wolldeckenkostüm. Diese Frau hatte über hundert Jahre gelebt, und nun gab sie nichts mehr davon preis. Hanna hätte sie schütteln mögen. Vorsichtig griff sie nach den Händen der Alten, die diese im Schoß übereinandergelegt hatte. Die Haut überzogen von Flecken, wie altes Pergamentpapier. Knochen und Adern deutlich hervortretend, die Finger verkrümmt. Mit sanftem Griff drehte Hanna die Handflächen der Tante nach oben. Die Haut auf den Innenseiten war unglaublich weich. Als Hanna ihr den Kristall in die Handflächen legte, zuckte die Großtante zusammen. Anscheinend ließ die Kühle sie frösteln. Käthe senkte den Kopf und blickte auf den blauen Stein in ihren Händen.

„Der Vatter wüürd büüß", sagte sie.

„Wie bitte?" Hanna neigte sich ihr zu, um besser zu verstehen.

„Der Vatter!", krähte Käthe jetzt aufgebracht. „Er wüürd büüß! Datt jifft Säng!"

„Dein Vater?", fragte Hanna nun, so sanft sie nur konnte. „Dein Vater wird böse, Käthe?"

„Wenn der Vatter hääm kümmt, dann rummßt ett!", schrie die Tante, wobei sie ihre rechte Hand unerwartet rasch emporschnellen ließ, um Hanna drohend den knotigen Zeigefinger vors Gesicht zu recken. Hanna, die vor Schreck zurückgewichen war, griff vorsichtig nach dem Kristall, der der Tante aus der Handfläche gerutscht und auf dem groben Stoff ihres Rocks liegengeblieben war.

„Soll ich ihn wieder wegtun, Käthe?", fragte sie zögerlich.

„Joo, joo datt!", herrschte die Großtante sie an.

Hanna wickelte den Stein ein und steckte ihn zurück in die Tasche. Die Tante hatte den erhobenen Arm sinken lassen. Ihr Blick war wieder auf den Vorhang gerichtet. Kraftlos lag ihre Hand im Schoß.

„Warum wird der Vater denn böse?", versuchte Hanna es noch einmal.

Doch die Tante reagierte nicht mehr auf sie. Ihre Augen hatten allen Glanz verloren. Sie schien durch den Vorhang hindurch in weite Ferne zu starren. Hanna hätte zu gerne gewusst, was sie dort sah.

1917, ein Frühjahrsabend

Käthchen ist traurig. Sitzt in der Kammer, mit dem Rücken zur Tür, und hört noch immer das Geschrei. Die Regentropfen am Fenster laufen in langen Streifen die Scheibe herab. Mutter hat ganz laut geschimpft. Und als Vater von der Arbeit kam, gab's was mit dem Gürtelriemen. Vater war sehr böse. Nein, sie war böse. War ein böses Mädchen. Dabei ist doch nichts geschehen. Sie hat bloß mal schauen wollen. Ganz vorsichtig hat sie ihn in die Hand genommen, wie eines der Küken im Stall. Käthchen hat Mühe gehabt, die Tür zum Schlafzimmer aufzubekommen. Die Mutter war im Garten, und niemand hat nach ihr geschaut. Auf die Zehenspitzen, die Arme hochgereckt, die Klinke mit beiden Händen umfasst. Mit aller Kraft hat sie sich daran gehängt und dann die Tür aufgeschoben. Das hat ein Geräusch gemacht, aber es war ja niemand im Haus. Die Großen alle in der Schule, Vater in den Gruben. Mutter im Garten, Käthchen allein. Musst schön artig sein, Käthchen! Das Zimmer hat ihr Furcht eingejagt, weil sie doch weiß, dass sie nicht hineindarf. Das große Bett mit dem Kreuz darüber. Und auf der anderen Seite der dunkle Schrank. Leise hat Käthchen einen Stuhl zum Schrank geschoben und ist draufgeklettert. Da hat sie ganz hinten aus dem Fach mit der Tischwäsche das Kästchen genommen. Das hatte die Mutter ihr einmal gezeigt, als Käthchen ihr geholfen hatte, die Servietten zu falten. Sie musste sich weit in den Schrank beugen, und beinahe wäre der Stuhl umgekippt dabei. In dem Kästchen ist ein Schatz versteckt. Sie hat das Kästchen aufgemacht und den Stein herausgenommen, der so schön blau im Sonnenlicht funkelt. Er ist so groß, dass sie beinahe nicht die Hand darum schließen kann. Aber Käthchen hat gut achtgegeben und ihn nicht fallen lassen. Doch da sind plötzlich Schreie gewesen. Die Mutter hat in der Tür gestanden und im nächsten Moment den Stein aus Käthchens Hand gerissen. Da wäre er fast doch noch gefallen. Eine Backpfeife hat die Mutter ihr gegeben, und „Warte bluuß, bis datt der Vatter hääm kümmt!"

Den Schatz hat die Mutter fortgetan, an einen anderen Ort. Käthchen musste ohne Abendessen in die Kammer. Die Regentropfen kullern die Scheiben herunter. Sie war ein böses Mädchen.

21

Als Hanna am Sonntag das Zimmer zum zweiten Mal betrat, schien alles genauso zu sein wie beim letzten Besuch. Die Großtante im Rollstuhl am Fenster, die schnarchende Gestalt im hinteren Bett. Offenbar glich hier ein Nachmittag dem anderen. Allein die Tatsache, dass das dritte Bett zwischenzeitlich wieder vergeben worden war, störte den Eindruck eines Déja-vu. Die zurückgeschlagene Decke deutete auf eine neue Mitbewohnerin hin, ebenso wie die fein säuberlich aufgereihten Medikamentenschachteln auf dem Nachttisch.

Hanna hatte sich wieder auf einen Stuhl neben Tante Käthe gesetzt. Doch diesmal war die alte Dame stumm geblieben, hatte weder auf Hannas Ansprache reagiert noch auf den Kristall, den sie in den Händen gehalten hatte, ohne ihn überhaupt anzusehen. Als Hanna nach einer halben Stunde auf den Flur hinaustrat und die Zimmertür hinter sich schloss, fühlte sie sich erschöpft und leer. Sie trottete im Schneckentempo hinter zwei alten Frauen her, die sich gegenseitig stützend den Gang entlangschlurften, und wich einem elektrischen Rollstuhl aus. Während es im oberen Stockwerk sehr still gewesen war, schlug Hanna im Erdgeschoss schon beim Öffnen der Fahrstuhltür eine Geräuschwelle entgegen. Laute Stimmen, das Quietschen von Gummireifen auf Linoleumboden. Aus dem Gemeinschaftsraum drangen Gemurmel und das Klappern von Löffeln am Tassenrand. Stühle, die gerückt wurden, etwas, das umfiel und zerbrach. Im Hintergrund dudelte ein Fernseher. Dazu die muffige Luft, dieses Eingefangene, Stehengebliebene. Hanna ging ein paar Schritte und stolperte über ihre eigenen Füße, fing sich mit einer Hand an der Wand ab. Einen Moment lang war ihr schwarz vor Augen.

„Kann ich Ihnen helfen?" Eine Männerstimme, angenehm und irgendwie bekannt, dazu ein fester Griff um Hannas Ellbogen.

„Es geht schon, danke", murmelte Hanna und hob den Kopf.

Die dunklen Wolken vor ihrem Blick lichteten sich, sie sah weiße Hosen, ein weißes T-Shirt, ein erstauntes Gesicht.

„Hanna?" Der junge Mann hatte ihren Arm losgelassen und war einen Schritt zurückgewichen. Benommen musterte Hanna ein vertrautes Gesicht. Die etwas zu weit auseinanderstehenden Augen, das Grübchen im Kinn. Hellbraune Haare, die in widerspenstigen Strähnen in die Stirn hingen. Das Namensschild am T-Shirt wies ihn als *T. Feldmann* aus.

„Tobbe? Was machst du denn hier?"

Sie schlang ihre Arme um den schlaksigen Mann. Er klopfte ihr leicht auf die Schulter und machte sich dabei aus ihrer Umarmung los.

„Das sollte ich eher dich fragen." Kurz blitzte ein Lächeln in Tobbes Gesicht auf und entblößte einen abgebrochenen Schneidezahn im Oberkiefer. Ein Souvenir aus seiner Skateboard-Jugend. „Ich arbeite hier, das sieht man wohl."

Hanna mustere ihren alten Kumpel. Vielleicht hatte sie ihn nicht gleich erkannt, weil er Weiß trug. Selbst Tobbes Unterhosen waren früher immer schwarz gewesen.

„FSJ?"

„Examinierter Altenpfleger. Hab die Ausbildung hier gemacht und bin übernommen worden."

Das klang so erwachsen.

„Als ich dich das letzte Mal gesehen habe, warst du auf dem Weg nach Thailand." Hanna erinnerte sich, wie er mit einem prall gefüllten Rucksack auf den Schultern zum Schalter gegangen war. Wie sie das Flughafengebäude alleine verlassen und auf der Rückfahrt Rotz und Wasser geheult hatte.

Tobbe seufzte. „Du bist lange weg gewesen, Hanna." Er rieb sich mit dem Handrücken über die Stirn, auch das eine vertraute Geste. „Hör mal, ich muss jetzt weitermachen. Wir könnten uns später treffen, meine Schicht geht bis sechs."

„Heute Abend, gerne!" Hanna griff nach Tobbes Hand, drückte sie. Er ließ es geschehen.

„Ruf mich an", sagte er, „ich habe deine Nummer nicht mehr."

Als Hanna die Haustür aufschloss, sah sie, dass in Veras Laden Licht brannte. Sie öffnete die Verbindungstür. Laut tönte die Stimme von Billie Holiday ins Treppenhaus. Lajosch kam Hanna schwanzwedelnd entgegen und leckte ihr die Hand, mit der sie ihm über den Kopf streicheln wollte. Wie so oft wunderte sich Hanna, dass sich der große, ungestüme Hund zwischen den Glaswaren bewegte, ohne alles zu Fall zu bringen.

„Gut, dass du kommst", rief Vera ihr von weiter hinten zu, „du kannst mir ein bisschen zur Hand gehen!"

Hanna fand ihre Mutter auf einer hölzernen Klappleiter. Vera hatte sich ein Kopftuch um die Haare geschlungen. In der Hand hielt sie einen altmodischen Staubwedel aus dunklen Straußenfedern, von dem graue Spinnwebfäden herabhingen.

„Wie war's bei Käthe?"

Vera hatte sich zunächst über Hannas plötzliches Interesse an der alten Tante gewundert, es dann der Trauer zugeschrieben. Mitkommen wollte sie nicht – alles, was mit Krankheit und Tod zu tun hatte, schob sie weit von sich. Hanna war das natürlich recht gewesen.

„Ich habe Tobbe getroffen." Beim Gedanken an das unerwartete Wiedersehen fühlte Hanna sich noch immer aufgewühlt. „Wusstest du, dass er Altenpfleger geworden ist?"

Vera bearbeitete die Decke systematisch mit dem Staubwedel, Strich für Strich. „Ich glaube, seine Mutter hat mal was in der Art erwähnt", sagte sie, mehr zur Decke als an Hanna gerichtet. „Ich seh sie manchmal beim Einkaufen."

Sie ließ den Wedel sinken und wies damit auf die Vitrinenreihe hinter Hanna. „Du könntest schon mal damit anfangen. Staubtücher sind im Sekretär, in der zweiten Schublade links."

Während Vera von der Leiter stieg, um sie ein Stück vorzurücken, sang sie mit Billie Holiday im Duett. Es war eine Ewigkeit her, dass Hanna ihre Mutter hatte singen hören.

Mit dem Staubtuch in der Hand öffnete Hanna die Glastür der ersten Vitrine und nahm vorsichtig alle Objekte heraus.

„Und Käthe?", fragte Vera, als die letzten Takte des Songs verklungen waren. „Wie geht es ihr?"

Hanna zuckte mit den Schultern. „Sitzt da und schaut aus dem Fenster. Oder schaut das Fenster an, keine Ahnung. Nicht ansprechbar." Sie wischte die Glasplatten im Vitrinenschrank sauber. „Aber gesundheitlich scheint es ihr gut zu gehen."

„Hundertdrei Jahre!" Vera pfiff durch die Zähne. „Wer hätte gedacht, dass sie so zäh ist!"

Hanna nahm eines der Glasobjekte zur Hand, rieb es vorsichtig blank und stellte es zurück in die Vitrine.

„Newel hat übrigens nach dir gefragt." Vera schob die Leiter quietschend ein paar Schritte weiter. „Ich habe ihn auf der Straße getroffen, als ich mit Lajosch draußen war."

Hanna ließ von den Gläsern ab. „Hat er was gesagt?"

„Na, er wollte wissen, wie du so vorankommst." Vera schaute von der Leiter aus auf Hanna herab. „Das fragen sich schließlich alle."

Hanna biss sich auf die Lippen, um sich eine Bemerkung zu verkneifen. „Und was hast du geantwortet?", fragte sie so gleichgültig wie möglich.

„Dass es vorwärts geht", sagte Vera wieder in Richtung Decke. „Dann habe ich ihm erzählt, dass du deine Großtante im Altenheim besuchst, um vom Thema abzulenken. Er konnte sich sogar noch an Käthe erinnern. Unglaublich, was dieser Kerl für ein Gedächtnis hat, oder?"

„Hmm", machte Hanna. Sie drehte das Gefäß in ihren Händen. Die Gläschen waren etwa zehn Zentimeter hoch und erinnerten an Reagenzgläser, nur dass sie ungleichmäßiger geformt waren. Mundgeblasen, wie alles in Veras Sortiment. Einige waren schlicht, andere wiesen aufwändige Verzierungen auf, in denen sich der Staub festgesetzt hatte. Manche besaßen gläserne Deckel. Ein paar waren darunter, bei denen der Boden und der untere Rand dunkelblau eingefärbt waren.

Als Lajosch unruhig wurde, nutzte Hanna die Gelegenheit, dem Staubwischen zu entkommen und ging mit dem Hund in den Garten. Die Sonne strahlte noch immer warm am blauen Abendhimmel. Ein leichter Wind trieb unzählige Löwenzahnsamen wie Schneeflocken durch die Luft. Sie blieben auf dem Stoff von Hannas T-Shirt haften, in ihrem Haar, auf Lajoschs silbrigem Fell. Der Hund schnappte nach einigen der schwebenden Schirmchen, verfehlte sie jedoch und spurtete los, dem hinteren Teil des Gartens zu.

Auch auf Monsieur Mais-Non hatten sich die Samen gesammelt, waren an der rauen Oberfläche hängengeblieben, hatten sich zu fedrigen weißen Büscheln verbunden. Es sah aus, als sei dem Basalt stellenweise ein feiner Flaum gewachsen, oder als habe Haüy ein Schaumbad genommen. Hanna pflückte die Büschel vom Gesicht der Skulptur, pustete die letzten Flocken weg.

„Das ist sehr aufmerksam, Mademoiselle. Vielen Dank!" Erschrocken drehte Hanna sich um. Hinter ihr stand René Just und lächelte. „Möchten Sie meinem Bruder und mir ein wenig Gesellschaft leisten?"

Der Mineraloge wies mit der Hand zum Kirschbaum, unter dem Valentin ausgestreckt im Gras lag und auf einem langen Halm kaute. Als Hanna sich neben ihm niederließ, stützte sich Valentin seitlich auf und lächelte ihr zu. Er war so nah, dass Hanna ihre Finger nur um wenige Zentimeter hätte bewegen müssen, um den Samt seiner Jacke zu berühren. Doch irgendetwas hielt sie davon ab, so wie sie es auch in Museen selbst in unbeobachteten Momenten nicht wagen würde, die Ausstellungsstücke anzufassen. Ehrfurcht vielleicht, oder die Angst davor, etwas kaputt zu machen.

Valentin nahm den Halm aus seinem Mund. „Wie war der Besuch bei der alten Dame?"

Hanna schüttelte den Kopf. „Von der werde ich nichts mehr erfahren."

„Immerhin haben Sie einen Weg gefunden, sie einmal zum Sprechen zu bringen." Valentin legte sich mit unter dem Kopf verschränkten Armen ins Gras zurück, den Blick in die Baumkrone gerichtet. „Das ist doch grandios!"

„Grandios?" Hanna lachte bitter auf. „Weitgehend unverständliches Gebrabbel. Keine Ahnung, was sie mir damit sagen wollte."

„Sie hat Blau-Auge wiedererkannt", mischte sich nun René Just ins Gespräch ein. Er ließ sich umständlich auf den Boden herab, um auf Hannas anderer Seite Platz zu nehmen.

„Vielleicht." Hanna zuckte mit den Schultern. „Oder sie hat darin irgendetwas anderes gesehen. Ich werde es nie erfahren." Sie zupfte ebenfalls einen Grashalm aus und drehte ihn zwischen den Fingern. „Ich wünschte, ich könnte in ihren Kopf gucken, dann wüsste ich mehr."

„Aber ganz umsonst ist der Besuch doch trotzdem nicht gewesen, oder?" Valentin hatte den Kopf angehoben und zwinkerte Hanna zu.

Gerade als sie ihn fragen wollte, was er damit meinte, kam Lajosch über die Wiese geschossen. Ausgelassen sprang er auf die Gruppe zu und stieß Hanna mit den Vorderpfoten ins Gras zurück. Im selben Augenblick waren die Brüder verschwunden.

Tobbes Telefonnummer war tatsächlich all die Jahre über gleichgeblieben. Hanna hatte sie in jedes neue Handy eingespeichert, ihn aber kein einziges Mal angerufen. Als sie nun die Nummer wählte, meldete er sich sofort, so als habe er das Telefon bereits in der Hand gehalten. Eine halbe Stunde später trafen sie sich in ihrer früheren Stammkneipe.

„Das mit deinem Vater tut mir leid", sagte Tobbe und nahm einen großen Schluck von seinem Bier. „Ich mochte den verrückten Kerl. Das weißt du, oder?"

Hanna biss sich auf die Lippen. Bilder von Peter und Tobbe tauchten vor ihrem geistigen Auge auf. Gemeinsam in der Werkstatt am Tisch sitzend, ein Pfeifchen rauchend.

„Er dich auch", sagte sie. „Wenn er gekonnt hätte, hätte er dich sicher adoptiert."

„Und einen Bildhauer aus mir gemacht, was?" Da war es wieder, das Tobbe-Grinsen.

„Tja, mit mir hatte er da kein Glück." Hanna fühlte sich schwindelig, obwohl sie erst wenige Schlucke von ihrem Bier getrunken hatte. „Ich glaube, er hätte wirklich gerne einen Sohn gehabt."

„Aber du bildhauerst doch." Tobbe legte den Kopf schief. „Ich habe gehört, du arbeitest an was."

„Dann wusstest du also, dass ich hier bin?" Hanna stellte ihre Flasche unsanft auf die Theke. „Warum hast du dich nicht bei mir gemeldet?"

„Warum hast du dich nicht bei mir gemeldet?", echote Tobbe.

Darauf sagte keiner der beiden etwas. Hanna schaffte es nicht, Tobbe ins Gesicht zu schauen. Stattdessen ließ sie ihre Blicke über die apricotfarbenen Wände schweifen, an denen schlecht gemalte Porträts von Jazz-Ikonen hingen. War die Atmosphäre in diesem Laden schon immer so scheußlich gewesen, oder lag es an ihr, dass sie sich unwohl fühlte?

„Woher wusstest du's?", fragte Hanna schließlich.

„Was?"

„Dass ich hier bin. Dass ich an was arbeite."

Tobbe nahm einen weiteren Schluck Bier. „Meine Mutter hält mich über den Dorfklatsch auf dem Laufenden."

„Wohnst du noch bei ihr?"

Tobbe leerte die Flasche und winkte damit dem Mädchen hinter der Theke zu, das ihm sogleich eine neue brachte.

„Ich hab das Häuschen von meiner Oma übernommen. Sie ist gestorben, kurz nachdem ich von meinem Trip zurückgekommen war. Zum Glück habe ich mich aber noch von ihr verabschieden können."

Hanna hatte Tobbes Reiseblog damals noch einige Monate lang verfolgt. Von Thailand über Kambodscha nach Vietnam, dann auf die Philippinen und nach einem Arbeitsaufenthalt in Australien nach Indien. Ein ganzes Jahr lang war er unterwegs gewesen.

„Als ich wiederkam, warst du nicht mehr da." Tobbe sah Hanna vorwurfsvoll an. „Du hättest mir was sagen können."

„Du warst auf der anderen Seite der Welt." Hanna presste die Lippen zusammen. „Hast du gedacht, hier bleibt die Zeit solange stehen?"

„Du hättest mitkommen können."

„Ich konnte nicht weg. Ich hatte meine Lehre."

„Aber für deinen Typ konntest du sie hinschmeißen, oder was?" Tobbe war laut geworden. Ein älteres Paar an einem der Tische schaute zu ihnen herüber.

„Das war nicht wegen Sander", Hanna schüttelte den Kopf.

„Ich hatte einen fürchterlichen Streit mit Peter. Danach wollte ich nur noch weg hier. Und bei Sander in der WG war grade ein Zimmer frei geworden."

„Seid ihr eigentlich noch zusammen?", fragte Tobbe, ohne sie anzuschauen.

Hanna wischte mit der Hand durch die Luft. „Quatsch, das ging nicht lange gut. Ich hab mir dann was anderes zum Wohnen gesucht." Sie drehte den Kopf zu ihm. „Du hättest mich ruhig mal besuchen können."

„Du hättest mich auf der anderen Seite der Welt auch ruhig mal besuchen können", sagte Tobbe trotzig.

Sein zweites Bier hatte er schon zur Hälfte geleert, während Hanna noch an ihrem ersten nippte.

„War'n bisschen weiter weg als von hier nach Berlin, oder?"

Tobbe rieb sich mit dem Handrücken die Stirn. „Hanna, ich hatte gehofft, du würdest kommen. Stattdessen kam ich dann zurück, und du warst weg. Mit deinem Berliner." Er schnaubte. „Meinst du wirklich, dass ich da Lust hatte, dich zu besuchen?"

Hanna knallte ihre Flasche auf die Theke, dass das Bier darin schwappte. „Hör mal, Tobbe, wir hatten uns nichts versprochen. Der Asientrip war dein Ding. Berlin war mein Ding."

Tobbe legte den Kopf schief und sah sie an. „War?"

Hanna zuckte mit den Schultern. Sie trank die Flasche in zwei großen Schlucken leer. „Keine Ahnung", sagte sie und versuchte, ein Rülpsen zu unterdrücken. „Seit ich hier bin, frage ich mich, was ich eigentlich die ganze Zeit gemacht habe."

Das Thekenmädchen stellte Hanna ungefragt die nächste Flasche hin.

„Und, was hast du gemacht?", fragte Tobbe. Er klang jetzt sanfter als zuvor. „Studierst du?"

„Nee, noch nicht." Hanna drehte die Flasche in der Hand und versuchte, mit dem Fingernagel das Etikett vom Glas zu lösen. „Ich hab gejobbt, meistens in der Kneipe. Hab viel gefeiert." Sie bekam eine Ecke des Papiers zu fassen und riss einen schmalen Streifen ab. „Hab mich noch nicht entschieden, was ich machen will, denk ich."

„Du bist jetzt wie alt – fünfundzwanzig?", fragte Tobbe.

„Vierundzwanzig!"

Tobbe strich sich die Haarsträhnen aus dem Gesicht. „Hanna, ich habe jeden Tag mit alten Leuten zu tun. Mit Leuten, die wissen, dass sie bald sterben werden. Und alle erzählen mir dasselbe." Er nahm einen weiteren Schluck Bier.

Hanna sah ihn auffordernd an. „Nämlich?"

„Dass die Zeit viel zu schnell vergangen ist."

„Und was willst du mir jetzt damit sagen?"

Tobbe legte seine Hand auf Hannas, vielleicht aus dem Impuls heraus, das Trommeln ihrer Finger auf der Theke zu unterbinden. „Willst du irgendwann auf dein Leben zurückschauen und denken, du hast dich noch nicht entschieden?"

Der ist ja moralischer als René Just, dachte Hanna ärgerlich. Wo war nur Tobbes Leichtigkeit geblieben?

„Aber du hast dich entschieden, ja?", fragte sie spitz und zog ihre Hand weg. „Altenpfleger, im Ernst?"

Tobbe ließ sich nicht aus der Ruhe bringen. „Im Moment find' ich das gut so. Vielleicht studiere ich irgendwann was, um darauf aufzubauen. Gerontopsychologie oder was in der Art."

Hanna lachte lauter, als sie beabsichtigt hatte. „Dann ist ja alles klar bei dir." Sie hob ihre Flasche an und hielt sie ihm entgegen. „Auf das ordentliche Leben!"

„Von ordentlich war keine Rede", erwiderte Tobbe und stieß mit seiner Flasche an ihre.

„Was hast du da eigentlich heute gemacht?", fragte Tobbe nach einer kurzen Zeit der Stille zwischen ihnen.

Als er Hannas fragenden Blick sah, ergänzte er: „Im Altenheim, meine ich."

„Ich habe meine Großtante besucht. Käthe Klopp. Kennst du die?"

Tobbe grinste breit. „Na klar, das ist doch unsere Vorzeige-Alte."

„Weil sie die älteste Bewohnerin ist?"

„Weil sie so ein Schätzchen ist", sagte Tobbe. „Aber die Älteste ist sie mittlerweile auch, das stimmt."

„Ein Schätzchen?"

Hanna dachte an die Großtante, die stumm den Vorhang anstarrte. An ihre Schimpftirade angesichts des Kristalls. „Sprechen wir von derselben Käthe Klopp?"

„In meinem ersten Ausbildungsjahr war ich jeden Tag bei ihr und hab mit ihr Fotoalben angesehen." Versonnen spielte Tobbe mit der Flasche in seinen Händen. „Wusstest du, dass dein Großvater und der Bruder deiner Großmutter gemeinsam im Ersten Weltkrieg gekämpft haben?"

Hanna schüttelte den Kopf. „Das kann nicht sein. Das hat mir nie jemand erzählt."

„Mir schon", sagte Tobbe und leerte die Flasche in einem Zug. „Ungefähr siebenundneunzig Mal."

Im Oktober 1917

Es ist ein sonniger Herbstmorgen, an dem sich Peter Klopp und Jakob Höner mit ihren Familien am Mendiger Kaiserbahnhof einfinden. Die dampfende schwarze Lokomotive steht zur Abfahrt bereit. Wenige Tage zuvor haben sie sich gemeinsam fotografieren lassen. Der Fotograf hatte sie vor der Panorama-Leinwand in Positur gestellt. Sie sahen fesch und wagemutig aus wie zwei junge Abenteurer. Jeder von ihnen hat außerdem noch ein Einzelbild anfertigen lassen, auf dem sie Haltung angenommen haben, wie es ihnen im Gymnasium eingebimst worden ist.

„Richtig schneidig", hat Maria, die älteste von Jakobs Schwestern gesagt, als Peter ihr eine der Aufnahmen verehrt hat. *Fräulein Maria Höner als Kriegs-Andenken zu freundlicher Erinnerung zugeeignet,* hat er auf die Rückseite geschrieben. Sie hat ihm zum Dank ein Küsschen auf die Wange gegeben und ein gepresstes Vergissmeinnicht geschenkt, das er seither in seinem Militärpass mit sich trägt.

Vor einigen Jahren, bei Kriegsbeginn, waren die Freunde schon morgens vor der Schule zum Bahnhof gelaufen, um die Soldaten zu verabschieden. Damals hatte am Bahnhof Volksfeststimmung geherrscht. Die Züge waren mit Parolen beschrieben gewesen, strahlend weiße Kreideschrift auf dunklem Grund. *Ausflug nach Paris* hatte darauf gestanden, *Mir juckt die Säbelspitze,* oder auch *Jeder Stoß ein Franzos'.* Sie hatten sich damals ausgemalt, wie es werden würde, wenn sie selbst in den Kampf zögen. Auch wenn zu jener Zeit niemand daran geglaubt hatte, dass der Krieg so lange andauern würde, bis sie alt genug wären. Doch die Berichte von der Front, die verwundeten Heimkehrer, die Krüppel und die unzähligen Gefallenen hatten die Euphorie der ersten Zeit gedämpft. So hatten ihnen die Eltern nicht erlaubt, sich frühzeitig als Freiwillige zu melden. Sie hatten warten müssen, zum Militärdienst einberufen zu werden.

Nun stehen sie am Bahnsteig, ohne dass jemand eine Flagge schwenkt, ohne Blumen, Blasmusik und Hurra-Rufe. Jakob wird von seinen Schwestern umringt. Verstohlen blickt Peter zu Maria hin, die ihm ein Lächeln schenkt. Vielleicht wird er sie schon beim ersten Heimaturlaub bitten, seine Frau zu werden. Jakobs jüngste Schwester, Gerdie, hat Peter so lange angebettelt, bis er auch ihr eine fotografische Aufnahme überlassen hatte. Sie ist das Nesthäkchen der Familie und könnte mit ihren langen Flechtzöpfen ein hübsches Ding sein, wenn sie nicht dieses schlimme Auge hätte.

Peters eigene Geschwister, Heinrich und Mathilde, haben heute schulfrei bekommen, um ihn zu verabschieden. Auch das kleine Käthchen ist dabei und versteckt sich hinter dem Rock der Mutter, deren Hand es nicht einmal loslassen will, um Peter Lebewohl zu sagen.

Der Vater klopft ihm auf die Schulter. „Halt dich tapfer!"

Die Mutter schließt ihn fest in die Arme. In ihren Augen steht das Wasser. Peter hat einen Kloß im Hals, den er nicht hinunterschlucken kann. „Da, nimm", flüstert sie ihm zu und drückt ihm etwas in die Hand. „Er soll dir Glück bringen!"

Der Bahnhofsvorsteher pfeift, und alle jungen Männer, die mit ihren Familien am Gleis stehen, drängen auf die Zugtüren zu. Peter und Jakob gelingt es, zwei Sitzplätze in einem Abteil zu erobern. Sie hängen sich aus dem zur Hälfte heruntergeschobenen Fenster und winken überschwänglich.

„Auf bald!", rufen sie. „Vergesst uns nicht!" Dann lassen sie sich lachend auf die hölzernen Sitzbänke fallen.

Erst am Abend, als er auf der Pritsche in der Kaserne liegt, in der sie in den nächsten Wochen ausgebildet werden sollen, zieht Peter das Geschenk seiner Mutter hervor. Es ist ein fester Ball, mit mehreren Stoffschichten umwickelt, die sie mit engen Stichen zusammengenäht hat. Er liegt schwer in der Hand und hat die Größe eines Augapfels, ungelogen.

22 Ein tiefes Brummen lag über dem Garten. Hanna brauchte einen Augenblick, um zu verstehen, dass das Geräusch nicht allein in ihrem Kopf existierte. Nach dem Bier waren Tobbe und sie am vergangenen Abend wie früher zu Wodka übergegangen. Jetzt sandte ihr Kopf mit jedem Herzschlag einen dumpfen Schmerz aus, wie ein spürbares Echo. Dieses Brummen hatte jedoch nichts mit dem Alkohol in ihrer Blutbahn zu tun. Es drang aus den Brombeerbüschen, deren sonnenbeschienene Blüten warm und holzig dufteten, aus dem weiß blühenden Holunderbaum, aus den zahlreichen Wildblumen ringsumher. Das Geräusch hunderter kleiner Körper, von Bienen, Hummeln und anderen Insekten, das doch so klang, als wäre es ein einziger Klangkörper. Hanna konnte sich nicht erinnern, diesen Sound an den anderen Tagen schon vernommen zu haben. Heute jedenfalls schwoll das Geräusch in ihrem Kopf an, wurde lauter, intensiver, beinahe unerträglich. Das flaue Gefühl im Magen, das Hanna schon beim Aufstehen bemerkt hatte, kehrte so plötzlich und intensiv zurück, dass sie dem nichts entgegensetzen konnte. Mit den Motorradstiefeln trampelte sie eine Schneise in die Brennnesseln, die den Pfad zwischen der Werkstatt und der Basaltskulptur flankierten, und erbrach sich ins Gebüsch.

„*Mon Dieu!*", rief René Just erschrocken aus, der plötzlich neben ihr stand. „Sie sind weiß wie Kalk, Mademoiselle!" Er streckte fürsorglich eine Hand aus, um sie an der Stirn zu berühren. „Sie haben doch nicht etwa Fieber?"

„Ist schon okay, mir geht's gleich besser", entgegnete Hanna unwirsch.

René Just ließ die Hand sinken.

„Ein kleiner Café und ein Stück *Citrone* gegen die Kopfschmerzen", meldete sich nun Valentin zu Wort, der seinem Bruder zur Seite getreten war. „Hafergrütze, um den Magen zu beruhigen, und eine Mütze voll Schlaf. Damit lässt sich diese Art von Malaise am besten kurieren."

„Ich hab eine Tablette genommen, das muss genügen", stieß Hanna hervor, der schon bei dem Wort Hafergrütze erneut die Magensäure hochkam.

„Fürs Ausruhen bleibt Mademoiselle keine Zeit", beschied René Just streng und wies auf die Skulptur. Alle Besorgnis war aus seinem Gesicht gewichen. „Wenn es sich um diese Art von Krankheit handelt, hilft nur Disziplin!"

Eine Ameisenstraße hatte sich auf Monsieur Mais-Non gebildet, die den Mineralogen wie eine schwarzglänzende Schärpe schmückte. Sie entsprang an der linken Schulter, zog sich über den Bereich vor der Brust, der für das Goniometer vorgesehen war, bis hinunter zur rechten Hüfte des Denkmals. Hanna betrachtete das Gewimmel, bis ihr schwindelig wurde. Wohlgeordnet liefen die Ameisen, oft zu zweit oder dritt nebeneinander, um sich an den Resten eines Marmeladenbrotes zu bedienen, das Hanna am Samstag auf dem Stein liegengelassen hatte. Der Gegenverkehr, beladen mit Brotkrumen, die fast die Größe des jeweiligen Trägers hatten, nahm eine leicht abgewandelte Route zurück, die beiden Straßen kamen sich nicht in die Quere.

„Die heilige Ordnung der Natur." René Just beugte sich ebenfalls über den Basalt, um die Tiere in Augenschein zu nehmen. „Ein jegliches Geschöpf nimmt seinen Platz ein und tut, was getan werden muss. Genau wie Sie, Mademoiselle!" Er hob den Kopf und lächelte Hanna zu. „*Allez!* An die Arbeit!"

Um den unermüdlichen Strom der Insekten nicht zu stören, setzte Hanna den Meißel am Fußende an. Die Mönchskutte bedeckte Monsieur Mais-Nons Füße, sodass hier nur der Faltenwurf des Gewandes ausgearbeitet werden musste. Eine Arbeit, die kleine Patzer verzieh.

„Sei ein Arbeitstier", sagte Hanna sich beim ersten Schlag, den auflodernden Schmerz im rechten Unterarm ignorierend. „Emsig wie eine Biene, fleißig wie eine Ameise. Erledige einfach deinen Job."

Als Hanna Stunden später in die Werkstatt zurückkehrte, lag ihr Handy neben Nofretete auf der basaltenen Tischplatte. Am Morgen hatte die Büste sie mit ihrem einen Auge so vorwurfsvoll angeschaut, dass sie im Vorbeigehen innehalten musste. Von der Reparatur waren feine weiße Narben auf Nofretetes makellos koloriertre Haut zu sehen. Hanna fand, dass die Pharaonin dadurch sogar noch schöner wurde. Geheimnisvoller. In der Wange klaffte allerdings eine offene, gipsweiße Wunde. Der fehlende Placken. Der Anblick erinnerte Hanna an Fotografien von verwundeten Soldaten aus dem Ersten Weltkrieg, die sie vor Jahren in einem Buch gesehen hatte. Die Männer hatten überlebt, waren aber auf grausame Weise entstellt. Manchen von ihnen fehlten ebenfalls Teile des Gesichts, man sah das Gebiss zwischen wulstigem Narbengewebe aufleuchten, wo einstmals die Wange gewesen war. Die Fotos hatten Hanna gleichermaßen fasziniert und abgestoßen. Sie hatten sie damals noch einige Nächte lang in ihren Träumen verfolgt.

Das Handy musste sie auf dem Tisch abgelegt und später vergessen haben. Nun zeigte es einen verpassten Anruf sowie eine SMS einer ihr unbekannten Nummer an: *Interessent gefunden. Rufen Sie mich zurück!*

Der Schätzer aus Düsseldorf – Hanna beschloss, sich später bei ihm zu melden, um ihm mitzuteilen, dass sie an einem Verkauf des Kristalls nicht mehr interessiert sei.

Die Kartons aus Berlin standen unausgepackt an der Wand. Nach einer ausgiebigen Dusche, um den grauen Steinstaub loszuwerden, öffnete Hanna den obersten der drei und stapelte den Inhalt auf einem Stuhl. T-Shirts, kurze Hosen, ein Bademantel, Sommerkleider. Sie entschied sich für ein blau-weißes Batikkleid mit Spaghetti-Trägern. Im zweiten Karton fand sie die passenden Sandalen dazu. Da es in Peters Refugium keinen Spiegel gab, ging sie in Veras Laden, um sich in den Glasfronten der Vitrinen zu betrachten. Sie hatte nicht erwartet, ihre Mutter dort anzutreffen. Doch Veras neu erwachter Elan schien anzuhalten, und so hatte sie das Geschäft nach der Putzprozedur tatsächlich zum ersten Mal wieder geöffnet.

„Du bist ja richtig schick heute!", rief die Mutter aus, als sie Hanna zwischen den Vitrinen stehen sah. „Hast du was Besonderes vor?"

„Wenn der Besuch bei einer Hundertdreijährigen in diese Kategorie fällt, ja."

Hanna betrachtete ihr Spiegelbild, mal in dieser, mal in jener Scheibe. Nirgends konnte sie sich komplett sehen, aber was sie sah, genügte, um sie zu überraschen. Ihre Schultern, die schon immer ausladend gewesen waren, schienen noch breiter geworden zu sein. Ihre Oberarme hatten an Umfang zugenommen, deutlich zeichneten sich die Muskeln unter der Haut ab. Sie wirkte insgesamt älter als noch vor Kurzem. Das Mädchenhafte verlor sich, sie schien gereift zu sein in den vergangenen Wochen.

„Ich sehe aus wie eine Preisboxerin!" Sie spannte den Bizeps an, der sich als Hügel auf ihrem Arm erhob. „Schau dir das mal an!"

Vera war neben sie getreten, Hanna konnte ihr Gesicht in der Scheibe sehen. „Du bist eine schöne, starke Frau", sagte sie sanft. „Sieh mal, ich hab hier was für dich!" Sie hielt eine geöffnete Schatulle in der Hand, in der auf einer samtenen Unterlage ein Paar antiker Ohrstecker aus geschliffenem blauen Glas funkelten.

Als Hanna zur verabredeten Zeit am Haupteingang des Altenheims ankam, stand Tobbe mit zwei Kollegen zusammen und rauchte eine Zigarette. Heute war er nicht in weiß gekleidet. Er hatte sich bereiterklärt, Hanna zu ihrer Großtante zu begleiten, obwohl er an diesem Tag keinen Dienst hatte.

„Holla!" Die Überraschung war Tobbes Stimme anzuhören. „Hab ich dich jemals im Kleid gesehen?"

Hanna zuckte die Schultern. „Ist zu warm für was anderes."

Er versenkte seine Kippe im Sand des überdimensionalen Aschenbechers, aus dem die Filter und Zigarettenstummel wie Baumstümpfe eines abgerodeten Waldes emporragten, und umarmte sie zur Begrüßung. „Du hast ja dickere Oberarme als ich!", sagte er dabei anerkennend.

Hanna war nicht sicher, was sie von diesem Kompliment halten sollte.

Auf dem Weg ins obere Stockwerk sprachen sie kein Wort, doch Hanna spürte Tobbes verstohlene Blicke.

„Manchmal hat sie klare Momente", hatte er am Abend zuvor gesagt, als sie über Käthe gesprochen hatten.

Hanna hatte aufgelacht. „Ich kenne Tante Käthe schon mein ganzes Leben. Die hat noch nie klare Momente gehabt!"

Doch Tobbe hatte sich nicht beirren lassen. „Sie ist oft ganz klar", hatte er insistiert. „Nur in einer anderen Zeit als wir!"

Nun öffnete er schwungvoll die Tür mit der Nummer 122.

„Guten Tag, die Damen!"

Hanna ließ ihren Blick durchs Zimmer schweifen. Das Bett der Schnarchenden war leer, die Bettdecke säuberlich strammgezogen. Am Tisch neben den Fenstern, auf dem in einer Vase ein knallgelber Blumenstrauß prangte, saß eine ihr unbekannte Frau, vermutlich der Neuzugang aus dem mittleren Bett. Die Dame mit dem grauen Dutt hob den Kopf von der Illustrierten. In der Hand hielt sie eine Lupe, mit der sie die bunten Bilder aus den europäischen Königshäusern betrachtete.

Tobbe nickte ihr zu. „Na, Frau Meurer, wie geht's Ihnen heute?"

„Muss ja", knurrte die Alte. Als sie sah, dass der junge Mann sich ihrer Mitbewohnerin zuwandte, vertiefte sie sich wieder in ihr Heft.

Tante Käthe saß nicht am Fenster. Die Decke bis zur Nasenspitze gezogen, lag sie im Bett, doch die offenen Augen verrieten, dass sie nicht schlief.

„Sie wollen sich doch nicht etwa vor mir verstecken, Frau Klopp?" Tobbe tat entrüstet. „Sie wissen doch, für mich geht die Sonne auf, wenn ich Sie sehe!"

Unter der Decke hörte man es glucksen. Tante Käthe schlug das Bettzeug zurück und strahlte Tobbe an.

„So ist's besser", sagte Tobbe und setzte sich auf die Bettkante. „Wie geht's Ihnen denn heute?"

„Esch säin poppelustig", kam es aus dem Bett.

„Puppenlustig? Das ist aber schön zu hören, Frau Klopp." Tobbe drückte der alten Frau die Hand, die auf dem Laken lag. „Möchten Sie nicht vielleicht mal aufstehen und ein bisschen herumfahren?"

„Joo, joo datt!", krächzte die Alte.

Hanna, die etwas abseits des Bettes stehengeblieben war, beobachtete die Szene. Wie ausgewechselt schien die Großtante in Tobbes Gesellschaft. Sie ließ sich von ihm in den Rollstuhl bugsieren. Das verknitterte Nachthemd wollte sie anbehalten, Tobbe legte ihr nur ein dünnes Jäckchen um die Schultern. Erst jetzt schien er sich an Hanna zu erinnern. „Sehen Sie mal, wen ich mitgebracht habe, Frau Klopp. Wissen Sie, wer das ist?"

Die Alte betrachtete Hanna mit kurzsichtigen Augen. „Besöösch?", fragte sie.

„Das ist die Tochter vom Peter", verkündete Tobbe laut.

„Tinnef! Der Pitter äess mein Brooder, datt wüsst esch awer, wenn der en Doochter hätt!"

„Ich meine den nächsten Peter Klopp. Das ist Hanna, die Enkeltochter von Ihrem Bruder."

Die Großtante lachte auf. „Jömmesch, nää! Doofür äess mein Brooder doch vill ze jung!"

Während Tobbe die Alte über die asphaltierten Wege des kleinen Parks schob, folgte Hanna den beiden mit einigen Schritten Abstand. Ringsumher auf den Bänken saßen alte Menschen, allein, zu zweit. Einer Frau steckte ein durchsichtiger Schlauch in der Nase, der mit einem Apparat auf ihrem Rollator verbunden war. Ein Mann schob ein Gestell neben sich her, an dem ein durchsichtiger Plastikbeutel mit Flüssigkeit hing, die über Schläuche irgendwo in seinen Körper geleitet wurde – oder aus dem Körper raus, so genau konnte Hanna das nicht erkennen. Die unterschiedlichen Stadien des Verfalls der Heimbewohner standen im krassen

Kontrast zur Natur um sie herum. Dichtes, frisches Grün, wohin man blickte. Ein Sommerflieder am Wegrand hüllte Hanna in eine betörende Duftwolke, Schmetterlinge umtanzten die zart violettfarbenen Blüten. Eine Reihe großgewachsener Kastanienbäume warf bewegte Schattenbilder auf den Weg. Als Hanna den Kopf in den Nacken legte, um in die Baumkronen zu blicken, fielen ihr braune Flecken auf den Blättern auf, wie die Altersflecken auf der Haut der Großtante.

Vielleicht war es ein Glück für Käthe, nicht mehr ganz klar im Kopf zu sein. In der Vergangenheit zu leben, anstatt den eigenen Verfall zu beobachten. Das Elend des Alters war ihrem Vater immerhin erspart geblieben.

Wie Tobbe das ertragen konnte, war Hanna unbegreiflich. Fröhlich plaudernd schob er Käthe nun schon die zweite Runde durch die Anlage, grüßte dabei nach links und rechts – die Alten, die Kolleginnen, die Angehörigen, die ihm mit „Guten Tag, Herr Feldmann" antworteten. Noch zwei Runden, dann hatte Tante Käthe genug. Tobbe schob sie zurück zum Fahrstuhl.

„Soll ich vielleicht Kaffee holen?", bot Hanna an, um sich nicht länger überflüssig zu fühlen.

In der Cafeteria hatte sich eine Schlange an der Kasse gebildet. Als Hanna zehn Minuten später das Tablett mit Kaffee und Marmorkuchen ins Zimmer balancierte, stand der Rollstuhl an seinem Stammplatz am Fenster. Tobbe hatte sich auf einen Stuhl daneben gesetzt, ein aufgeschlagenes Fotoalbum im Schoß. Die Mitbewohnerin war nicht mehr im Zimmer. Hanna stellte das Tablett auf dem Tisch ab und nahm neben Tobbe Platz. Das Album hatte anthrazitfarbene Seiten aus dunklem Karton. Zwischen den Seiten knisterte dünnes Pergamentpapier. Dicht an dicht reihten sich die Fotografien. Kleinformatige Schwarzweiß-Bilder mit gezacktem Rand, größere Sepia-Aufnahmen aus fester Pappe. Tante Käthe als junges Mädchen mit Flechtzöpfen bis zu den Knien, vor einer gemalten Kulisse posierend. Die Familie Klopp vor ihrem Haus, starr in die

Kamera schauend. Dann Aufnahmen von Soldaten, strammstehende junge Männer, kindliche Gesichter in steifen Uniformen.

Tobbe hielt das Album näher an Käthes Gesicht und zeigte auf eine der Fotografien. „Das ist ihr Bruder Peter?"

„Joo, joo datt", krähte Käthe.

„Und der hier?" Tobbe wies mit dem Finger auf die nächste Aufnahme.

Das Gesicht der alten Frau verdunkelte sich. „Dat äess der Jakob, der Stinkert", sagte sie mit einem Grollen in der Stimme.

Tobbe warf Hanna einen Blick zu.

„Der Jakob Höner ist das?"

Die Großtante nickte. „Der Blötschkopp, der fiese!"

Alles Fröhliche war aus dem Blick der Frau verschwunden. Hanna spürte eine Gänsehaut auf den Armen.

„Aber die beiden waren doch Freunde vor dem Krieg, oder?", hakte Tobbe nach.

„Der Kreesch, der Kreesch", sagte Käthe matt.

„Woar der Jakob en Kumpan vum Pitter?", fragte Tobbe.

Hanna zog überrascht die Augenbrauen hoch.

„Vürm Kreesch woar er dat", antwortete die Alte. „Awer doonoo nett mie."

Hanna kannte den abwesenden Ausdruck, den das Gesicht der Tante jetzt angenommen hatte. Sie stierte wieder den Vorhang an, als spiele sich dort alles Wichtige ab, während die Welt um sie herum sie nichts mehr anzugehen schien. Hanna stieß Tobbe an und wies mit dem Kinn in Richtung der Kaffeetassen.

Tobbe klappte das Album zu. „Möchten Sie jetzt eine schöne Tasse Bunnekaffe trinken, Frau Klopp?"

Mechanisch griff sie nach der Tasse und trank mit geräuschvollen Schlucken.

„Jakob und Peter waren die besten Freunde", flüsterte Tobbe Hanna zu. „Das hat sie mir mal erzählt. Nach dem Krieg war das vorbei, warum, weiß ich nicht. Als Jakob kurze Zeit später gestorben ist, hat Peter eine seiner Schwestern geheiratet – deine Oma!" Er nahm einen großen Bissen vom Kuchen. „Hast du das wirklich nicht gewusst?", nuschelte er mit vollem Mund.

Hanna schüttelte den Kopf. „Ich hab meinen Opa nie kennengelernt", wisperte sie zurück. „Hat mir nie jemand erzählt, dass er schon im Ersten Weltkrieg dabei war. Wahrscheinlich hab ich aber auch einfach nie danach gefragt."

Ein Klopfen an der Tür ließ sie zusammenfahren. Eine weiß gekleidete Frau in Veras Alter trat ein. „Tach zusammen", sagte sie laut in die Runde. „Das ist ja nett, Frau Klopp, dass sie heute so viel Besuch haben!" Sie wandte sich der Tante zu. „Der Herr Newel hat uns so schöne Blümchen vorbeigebracht, nicht wahr, Frau Klopp?"

„Newel?", fragte Hanna überrascht.

„Der Heimatforscher, den kennen Sie doch bestimmt." Die Pflegerin drehte sich zu Hanna um. „Normalerweise kommt er nur zu runden Geburtstagen, aber heute hat er uns gleich nach dem Frühstück mit seinem Besuch überrascht."

„War er auch bei anderen Bewohnern, oder nur hier?"

„Er kam extra, um die Frau Klopp zu besuchen. Stimmt's, Frau Klopp? Weil Sie jetzt die Älteste hier sind, unsere Ehrendame." Sie wies auf den gelben Blumenstrauß, der auf dem Tisch stand. „So schöne Chrysanthemen!"

„Wissen Sie vielleicht, was er von Tante Käthe wollte?", fragte Hanna.

Die Pflegerin sah sie missbilligend an. „Ist ja nicht so, dass ich die Zeit hätte, hier bei jedem Plauderstündchen dabei zu sein", sagte sie patzig. Dann wandte sie sich Tobbe zu. „Eigentlich bin ich wegen dir hier. Ich weiß, heute ist dein freier Tag, aber der Herr Schultheiß macht uns wieder Ärger. Meinst du, du könntest vielleicht mal kurz mitkommen?"

Tobbe war schon aufgestanden. „Klar, kein Problem", sagte er und trank den letzten Schluck Kaffee im Stehen aus. Dann wandte er sich Hanna zu: „Ist das okay für dich?"

Hanna nickte.

An der Tür drehte sich Tobbe nochmals zu ihr um. „Das kann länger dauern", sagte er. „Warte nicht auf mich. Lass uns später telefonieren, ja?" Im nächsten Moment war er verschwunden.

„Magst du deinen Kuchen noch?", fragte Hanna in die plötzliche Stille hinein.

Die Großtante reagierte nicht. Hanna stellte Käthes Teller auf den Nachttisch und legte eine der Papierservietten daneben. Ihren eigenen Teller stellte sie auf den Nachttisch der Bettnachbarin. Sie hatte den Appetit auf Kuchen verloren. Als sie das Tablett mit den leeren Tassen greifen wollte, um den Raum zu verlassen, fiel ihr Blick auf das Fotoalbum. Das Buch war in einen hellbraunen Leinenumschlag eingebunden, der mit einem grafischen Muster in Rot und Dunkelblau verziert war. Man konnte dem Stoff die Jahrzehnte ansehen. Die unzähligen Hände, die ihn gehalten hatten.

„Wo kommt denn das Fotoalbum hin?", fragte Hanna.

Keine Antwort.

Sie hielt das Buch der alten Dame vors Gesicht. „Das Fotoalbum, Tante Käthe", sagte sie lauter. „Wo soll ich das hintun?"

Wieder keine Reaktion. Hanna blickte sich um. Der wuchtige alte Wäscheschrank aus dunklem Holz neben Käthes Bett hatte früher in ihrem Schlafzimmer gestanden. Eines der wenigen privaten Möbelstücke, die die Großtante ins Altenheim hatte mitbringen können. Hanna öffnete die Türen, die in den Scharnieren quietschten. Käthes Kleidung hing aufgereiht an der Garderobenstange. Mäntel, ein paar Kleider und Nachthemden. Einige der Sachen hatte sie vermutlich früher selbst genäht. In den Schrankfächern daneben waren die gefalteten Kleidungsstücke einsortiert, Pullover, Blusen, Unterwäsche. Ein Fach in der untersten Reihe enthielt drei Schubladen. Über ihre Schulter hinweg warf Hanna der eingefallenen Gestalt am Fenster einen Blick zu.

Die oberste Schublade enthielt Schnellhefter mit Unterlagen, einen alten Wecker, der Vera gefallen würde sowie ein abgegriffenes

Holzkästchen. In der zweiten Schublade lagen Gürtel, Nähutensilien und ein Stapel vergilbter Schnittmuster. In der dritten und letzten Schublade wurde Hanna fündig – weitere Fotoalben, auch einzelne Bilder, die herausgefallen waren, dazu zusammengebundene Packen mit Postkarten und Briefen. Hanna legte das Album auf den anderen ab. Gerade als sie die Schublade wieder schließen wollte, fiel ihr Blick auf ein Bündel sehr alt aussehender Briefe. *Familie P. Klopp Senior,* stand in geschwungenen schwarzen Buchstaben auf dem vordersten Umschlag, mehr gemalt als geschrieben. Und seitlich neben dem Poststempel, fast schon verblasst, der Vermerk *Feldpost.*

Irgendwo, irgendwann, wahrscheinlich 1918

Tiefste Dunkelheit und doch manchmal ein weißes Blitzen vor Augen wie Granateneinschläge in finsterer Nacht. Ich weiß nicht, wo ich bin. Der Gestank von fauligem Fleisch, von Blut, Wundsekret, Pisse und Scheiße. Der stechende Geruch des Gases, für immer in den Riechkolben eingebrannt. Stöhnen, Schmerzgeschrei. Bin ich es selbst, der schreit? In meinen Ohren das Jaulen der Mörsergranaten, das Donnern der Einschläge. Doch das ist nicht jetzt, das ist gewesen. Mein Kopf ist Schmerz, mein Körper ist Schmerz. Feuerglut, wo meine Augen waren. Jeder Atemzug – Schmerz. Ein Mühlstein liegt auf meiner Brust. Ich komme zu mir. Habe ich geschlafen, oder war ich tot? Der Tod, unser ständiger Begleiter mit den vielen Gesichtern. Zerfetztes Fleisch, Blut und Knochenspäne. Wer kann noch sagen, ob's ein Kamerad war oder ein Feind, dessen Hirn dein Gesicht sprenkelt? Der Geschmack von Eisen auf der Zunge. Ich erwache und mein Mund ist trocken, wie mit Sand gefüllt. Jemand benetzt ihn mit Wasser. Manchmal wache ich auf und bin zu Hause. Mutter schließt mich in die Arme und streicht mir übers Gesicht. Und alles ist gut. Dann erwache ich nochmals und bin wieder im Schützengraben, und es ist nur der nackte Schwanz einer Ratte gewesen, der mich gestreichelt hat. Manchmal komme ich zu mir und habe keine Schmerzen. Es währt nicht lange, dann sind sie wieder da. Füllen mich aus. Ich habe keine Schmerzen – ich bin der Schmerz. Ich will meinen Arm heben, aber es fehlt die Kraft dazu. Ich weiß nicht einmal, ob ich noch Arme habe. Abgetrennte Gliedmaßen, Stiefel, in denen das Bein noch steckt. Eine Hand am Gewehr, kein Körper dazu. Welche Verschwendung! Könnte man die Einzelteile einsammeln und denen annähen, die ihre eigenen verloren haben. Der Anblick von Friedrich, der dicht neben mir einen Schuss ins Gesicht abbekam. Köpfe kann man nicht ersetzen. Ich erwache von meinem eigenen

Geschrei. Jakob!, rufe ich. Wo ist er? Warum kann mich niemand hören? Manchmal komme ich zu mir und denke, ich kann wieder sehen. Für einen kurzen Augenblick wird es hell, ja weiß um mich herum. Es könnte das Paradies sein, wenn die Schreie nicht wären. Sie sind hier anders als auf dem Schlachtfeld. Im Kampf sind die Schreie kurz, dann reißen sie ab. Die Schreie hier hören niemals auf. Ich erwache und höre eine Stimme an meinem Ohr. Eine sanfte Stimme, eine Frauenstimme. Mutter?, frage ich. Ich will es rufen, aber es kommt nur als Flüstern heraus. Ich spüre eine Hand auf meiner schmerzenden Stirn. Sie soll dort verbleiben, für immer. An der Front gibt es keine sanften Stimmen. Nur Geschrei. Gebellte Befehle. Zum Angriff! Ich erwache, und der Schmerz hat sich zusammengezogen. Nicht der ganze Kopf, nur die Augen. Ein doppeltes Feuer in meinem Schädel. Nicht der gesamte Körper, nur die Brust. Etwas berührt mich im Gesicht und ich merke, dass ich das selbst bin, dass das meine eigene Hand an meinem eigenen Arm ist. Es scheint noch alles an mir dran zu sein. Ich fühle Stoff vor meinen Augen. Eine Binde. Die Berührung schmerzt so sehr, dass ich mich übergeben möchte. Ich komme zu mir. Da war doch Jakob, gerade eben noch. Ich habe seine Schultern gespürt, auf denen er mich getragen hat. Wann war das? Habe ich es nur geträumt? Wie lange liege ich schon hier, Tage, Wochen, Jahre? Ich erwache, weil sich jemand an meinem Kopf zu schaffen macht. Gleißendes Licht, dass mir den Schädel sprengt. Ich schreieschreieschreie. Schad' um den guten Verband, höre ich jemanden sagen. Der wird doch eh nicht mehr. Im Traum weiß ich ganz genau, warum ich noch lebe. Der Stein ist's, der mich schützt. Wie Mutter gesagt hat. Ich wache auf und hebe den Arm. Es kostet mich alle Kraft. Ich greife nach der Brusttasche, doch da ist nichts, nur dünner Hemdenstoff. Ich erwache und berühre mit dem linken Fuß den rechten Fuß. Beide sind noch da. Was für eine Anstrengung. Ich komme zu mir, als eine Stimme sagt: Das Fieber lässt nach. Der Schmerz in der Brust ist unerträglich, jeder Atemzug eine Qual. Im Traum trägt mich Jakob durch die Dunkelheit. Alles ist schwarz und rot vor Schmerz. Aber er ist es, das weiß ich genau. Ich möchte meine Hand um seine schließen. Wo ist er nur? Ich möchte meine Hand um etwas schließen. Die Stoffhülle um den Stein war schon ganz grau geworden vom vielen Anfassen, mit braunen Sprenkeln von getrocknetem Blut. An manchen Stellen war der Stoff fadenscheinig, beinahe durchgerieben, und dunkelblau blitzte es daraus hervor wie Hoffnung. Ich erwache, und alles scheint deutlicher zu sein. Ich fühle meinen Körper, auch die weiche Unterlage, auf der ich liege. Man kann auf hartem Erdboden schlafen. Im Schnee, im Schlamm, auf Stein. Auf dem warmen Körper eines soeben verendeten Pferdes. Alles ist deutlicher heute. Auch der Schmerz. Jeder Atemzug ein Messerstich in der linken Lunge, im Hals ein Gefühl wie wundes, rohes Fleisch. Sie haben verdammtes Glück gehabt, sagt eine Stimme. Das Gas, und die Kugel in der Brust, gleich neben dem Herzen. Und wie ein Lichtschein ist da plötzlich die Erinnerung. Alles war schwarz und rot, und Jakob, der mich trug. Ich spürte, wie alles Leben warm aus mir herausrann. Mit letzter Kraft drückte ich Jakob den Stein in die Hand. Bring ihn nach Hause, sagte ich.

23

Schon beim Aufwachen am frühen Morgen hatte Hanna ein Stechen im rechten Unterarm gespürt. Als sie nun zum Fäustel griff, flammte es sofort wieder auf. Sie legte das Werkzeug auf dem Basalt ab und massierte den Arm.

„Haben Sie Schmerzen, Mademoiselle?", flüsterte Valentin Hanna ins Ohr und es schien ihr, als spürte sie dabei seinen Atem auf der Haut. Eine Gänsehaut schauerte ihr die Arme hoch. Valentin stand nun mit besorgtem Blick vor ihr, auf der anderen Seite des Steins.

„Sehnenscheidenentzündung", presste Hanna hervor. „Mit dem Arm kann ich heute keinen Hammer halten."

„Ich kannte einst eine blinde junge Dame", hob Valentin Haüy an, „in Ihrem Alter, um genau zu sein. Die hat sich durch nichts davon abhalten lassen, zu tun, was immer sie wollte."

„Soll das heißen, ich soll aufhören, mich zu beklagen?" Hanna stemmte die Hände in die Hüften, vorsichtig darauf bedacht, keinen Druck auf den rechten Arm auszuüben.

Valentin legte seinen Kopf schief, dass sein Lockenkranz ins Wippen geriet. „Das soll heißen, dass sich immer ein Weg finden lässt, wenn man etwas wirklich will."

Hanna schnaubte. „Mein Arm ist überlastet, ich hab noch 'nen Haufen Arbeit vor mir und die Zeit läuft mir allmählich davon. Wo bitte soll ich da einen Weg finden, hä?"

„Die Dame ohne Augenlicht, von der ich sprach, hat den fehlenden Sinn durch ihre anderen Sinne ausgeglichen." Valentin ließ seinen Blick durch den Garten streifen. Sein Gesicht hatte einen verträumten Ausdruck angenommen. „Statt zu sehen, hat sie gehört, gerochen, geschmeckt und gefühlt. Damit ist sie bestens durchs Leben gekommen."

Hanna lachte auf. „Willst du damit sagen, ich soll mich in den Stein reinfühlen, oder was?", fragte sie patzig.

Valentin seufzte theatralisch, wie um ihr zu zeigen, dass sie schwer von Begriff war. „Nehmen Sie den anderen Arm, Mademoiselle. Das will ich damit sagen."

Im selben Moment war er verschwunden. Hanna starrte noch einen Augenblick lang auf die Stelle, an der er eben noch gestanden hatte. Dann zog sie die Handschuhe aus, wechselte umständlich die Bandage und den Daumenwickel von der linken auf die rechte Hand, nahm den Meißel in die Rechte und setzte zum ersten Schlag an. Der Fäustel fühlte sich ungewohnt an und sie musste aufpassen, den Meißel nicht zu fest zu umklammern, um den Schmerz nicht wieder hervorzurufen. Doch nach einigen ungelenken Schlägen stellte sie überrascht fest, dass es funktionierte. Sie arbeitete sich vorwärts, Schlag für Schlag, Millimeter für Millimeter. Vertiefte die Falten der Kutte, die Monsieur Mais-Nons Beine bedeckte. Sie musste dabei öfter als sonst pausieren, da die ungewohnte Belastung den linken Arm schnell müde werden ließ. Jedes Mal, wenn sie innehielt, um den Arm auszuschütteln, vernahm sie aus dem Gestrüpp ein Rascheln und Scharren, ein Krabbeln und Huschen, als sei das Getier, das den Garten bevölkerte, an diesem Tag verzehnfacht. Oder als sei ihr Gehör an diesem Tag zehn Mal so empfänglich. Das helle Zirpen der Grillen im hohen Gras, das Nagen der Wespen an trockenem Holz. Auch schien es Hanna, als könnte sie mit einem Mal deutlicher riechen. Die Honigsüße der Blüten, die harzig-rauchige Note von sonnenbeschienener Rinde, den Steinstaub, der in ihrer Nase kitzelte. Ihr Telefon klingelte und riss Hanna aus dem Sinnesrausch. Sie legte das Werkzeug nieder und fummelte das Handy mit der linken Hand umständlich aus der Tasche ihres Overalls. „Hallo?"

„Frau Klopp, warum melden Sie sich nicht? Ich hatte Sie doch gebeten, mich zurückzurufen!"

Hanna erkannte die Stimme des Schätzers auf Anhieb. „Tut mir leid", setzte sie an, „ich ..."

„Ich habe ein sehr interessantes Angebot für Sie", fiel ihr der Mann ins Wort. „Zwei-fünf, was sagen Sie dazu?"

„Zwei-fünf was?"

„Zweitausendfünfhundert Euro, natürlich."

Der Schätzer ließ das so klingen, als habe Hanna einen Sechser im Lotto gelandet. Unwillkürlich lachte sie auf. „Ist das Ihr Ernst?", fragte sie, nachdem sie sich beruhigt hatte.

Einen Moment lang blieb es still in der Leitung.

„Sie wissen doch genau, dass der Stein viel mehr wert ist als das", fügte Hanna hinzu.

Neben ihr war René Just erschienen, der sie besorgt anblickte.

„Ich kann den Interessenten fragen, ob er bereit wäre, das Angebot zu erhöhen." Der Stimme des Schätzers war seine Enttäuschung anzuhören. „Aber dann erhöht sich auch meine Provision, das muss Ihnen klar sein!"

„Ich bin nicht mehr daran interessiert, zu verkaufen." Hanna drückte den Schätzer weg, bevor er etwas erwidern konnte.

Das Lächeln erhellte René Justs Gesicht so plötzlich und strahlend wie die Sonne, die hinter Regenwolken hervorkommt, den Himmel. „Merci, Mademoiselle", sagte er verlegen.

„Das habe ich doch versprochen, oder?" Hanna ließ das Handy, das wieder zu Klingeln begonnen hatte, in der Tasche verschwinden. „Ich brauche diesen Halsabschneider nicht!"

Sie setzte zum nächsten Schlag an, zog langsam eine Schneise bis hinauf zur Körpermitte des Mineralogen, an der sie zu einem späteren Zeitpunkt die Kordel ausarbeiten würde, die Monsieur Mais-Non dem Entwurf ihres Vaters gemäß als Gürtel dienen sollte. Sie fühlte sich stark. Sie würde es ihnen allen zeigen. Dr. Wolf, Mertens, Vera – und allen anderen, die je vielleicht daran gezweifelt hatten, dass sie dieser Aufgabe gewachsen war. Sie würde sich von einer Sehnenscheidenentzündung nicht aufhalten lassen. Diese Arbeit machte sie doch mit links! Beflügelt setzte Hanna das Beizeisen vor der Brust des Mineralogen an, um endlich das Goniometer zu skizzieren. Sie schlug eine gerade Linie in den Basalt, das würde einer der Schenkel des Messinstruments werden. Die dazugehörige Skala des Geräts skizzierte sie mit einer halbrunden Linie, die sich über dem Schenkel wölbte. Mais-Nons Hände mussten das Instrument seitlich umfassen, Hanna legte die Umrisse der Finger an, zunächst die der linken Hand, dann die der rechten. Kleiner Finger, Ringfinger, Mittel- und Zeigefinger. Die Daumenkuppe musste von der anderen Seite her zu sehen sein, Hanna konnte die Form im Stein bereits erahnen, bevor sie sie angedeutet hatte. Wenn sie den Basalt an dieser Stelle erst durchbrochen hätte, könnte sie sich tief in den Stein hineinarbeiten und die Hände sowie das Goniometer plastisch hervorstehen lassen. Sie sah es bereits deutlich vor ihrem inneren Auge. Sie setzte das Eisen noch einmal an, hob den Fäustel und schlug kräftig zu. Ein Zittern schien durch den Stein zu gehen, sie hörte ein Krachen, und wie in Zeitlupe zerriss es den Basalt. Ein Placken, viermal so groß wie ihre Handfläche, platzte ab und rutschte den basaltenen Abhang hinab wie ein Gebirgsbrocken, der ins Tal erodiert. Wie damals, als sie Peters Auftragsarbeit zerstört hatte. Ungläubig starrte Hanna die Stelle an, an der eben noch Teile der skizzierten Hände und des Goniometers zu sehen gewesen waren. Jetzt klaffte dort eine Wunde im Stein, die aussah, als habe ein Riese in den Basalt gebissen wie in einen Apfel.

„Scheiße!", schrie Hanna und ließ das Werkzeug fallen.

Der Fäustel landete auf ihrem Fuß, was sie nochmals aufschreien ließ. Sie bückte sich, um das fehlende Stück vom Boden aufzuheben. Die Unterseite des Brockens war etwas dunkler als die Oberfläche. Anscheinend war Wasser durch feine Risse in den Basalt eingedrungen und hatte ihn zum Platzen gebracht. Voller Wut hob Hanna den Brocken in die Höhe, um ihn von sich fortzuschleudern. Gewohnheitsgemäß nahm sie dazu die rechte Hand. Der Schmerz, der augenblicklich durch ihren Arm schoss, trieb ihr die Tränen in die Augen. „So eine verdammte Scheiße!"

Fast zwei Stunden lang musste Hanna im Wartezimmer des Arztes zubringen, bis sie endlich an die Reihe kam. Er empfahl Kühlung, verschrieb ihr eine Salbe und verordnete eine dreitägige Ruhepause, „mindestens!" In der Apotheke, in der Hanna das Rezept für die Salbe einlöste, kaufte sie zusätzlich eine Schlinge, um den Unterarm ruhigzustellen. Erst am späten Nachmittag kehrte sie in den Garten zurück, um die Werkzeuge einzusammeln. Dabei fiel ihr auf, dass unter dem Kirschbaum eine Gestalt im Gras lag. Sie vermutete einen der Brüder Haüy, doch als sie nähertrat, entdeckte sie schwarze Jeansbeine und Füße, die statt in Schnallenschuhen in Sneakers steckten.

„Tobbe?"

Der junge Mann schreckte hoch und schaute sich verschlafen um. Als er Hanna erblickte, richtete er sich halb auf. „Was ist mit deinem Arm passiert?"

„Überlastet", gab sie knapp zurück und ließ sich neben ihn ins Gras sinken. „Ich muss ihn für ein paar Tage schonen."

„Sehnenscheidenentzündung?"

„Im Anfangsstadium."

Hanna schob den linken Arm unter ihren Kopf und blickte in die Baumkrone hinauf, in der sich einige Amseln um die roten Früchte stritten. „Der Arzt sagt, wenn ich nicht aufpasse, wird's chronisch."

Tobbe zog hörbar Luft durch die Zähne. „Scheiße", sagte er mitfühlend. „Und was wird jetzt aus dem Denkmal?"

Hanna schloss die Augen. „Ich hab ja noch ein paar Wochen Zeit", sagte sie matt.

Tobbe hatte sich seitlich aufgestützt. Hanna spürte, wie er sie betrachtete. „Wenn ich dir irgendwie helfen kann, sag Bescheid, ja?"

Hanna zwinkerte eine Träne weg, die sich unter ihren Wimpern gebildet hatte, und atmete tief durch. „Ist schon okay", sagte sie. „War einfach ein bisschen viel heute."

Sie rollte sich ebenfalls auf die Seite. Sie war Tobbe jetzt so nahe, wie Valentin wenige Tage zuvor. Doch auch diesmal widerstand sie dem Impuls, die Hand auszustrecken, um den Mann neben sich zu berühren. „Gehst du eigentlich noch in die Höhlen?", fragte sie stattdessen.

Tobbe strich sich mit dem Handrücken eine Haarsträhne aus der Stirn. „Manchmal", sagte er zögerlich. „Ehrlich gesagt war ich schon lange nicht mehr da unten. Wieso fragst du?"

„Würdest du mich mal mitnehmen?"

Tobbe grinste. „Ich denke, du traust dich nicht?"

Hanna schürzte die Lippen. „Das war früher", sagte sie.

Tobbe zuckte die Schultern. „Morgen Nachmittag?"

„Abgemacht", sagte Hanna und lächelte.

„Dann muss ich jetzt los." Tobbe sprang auf die Füße. „Meine Ausrüstung zusammensuchen." Er kniete sich nochmals ins Gras und gab Hanna einen flüchtigen Kuss auf die Wange. „Ich rufe dich morgen nach der Arbeit an und sag Bescheid, wann wir uns treffen, ja?"

Den Abend verbrachte Hanna mit einem Glas Wein am Küchentisch, Valentin an ihrer linken, René Just an ihrer rechten Seite. Den Arm in der Schlinge hatte sie mit gekühlten Kompressen aus Veras Eistruhe umgeben, die sie alle halbe Stunde auswechseln musste.

Die Tischplatte war bedeckt mit den Briefen, die sie heimlich aus Tante Käthes Schublade entwendet hatte. Es war nicht einfach gewesen, das alte Papier mit der linken Hand aus den Umschlägen zu ziehen und auseinander zu falten.

„Kurrentschrift" hatte Walter Newel diese Schnörkel und steilen Linien genannt, als sie gemeinsam die Katasterkarten betrachtet hatten. Das Schriftbild erinnerte Hanna an die Linien auf den Monitoren am Krankenbett ihres Vaters, die seinen Herzschlag und weitere Körperfunktionen aufgezeichnet hatten. Gleichmäßige Wellen, aus denen unvermutet steile Höhen hervorschossen. Sie betrachtete die Handschrift des Vaters ihres Vaters, diese fast einhundert Jahre alten Briefe, und versuchte vergeblich, ihnen ihr Geheimnis zu entlocken. Einer der Briefe unterschied sich von den anderen. Er war in einer deutlichen, gleichmäßigen Handschrift geschrieben. Der Rest schien Hanna völlig unlesbar zu sein.

Bei Montdidier, 27. Juni 1918

Meine Lieben,
wundert euch nicht über diese euch unbekannte Schrift. Es ist mir leider noch nicht möglich, euch selbst zu schreiben, doch Schwester Irmgard ist so gut, es für mich zu übernehmen. Bitte verzeiht, wenn ich euch Kummer bereitet habe, als ich so lange nichts von mir hören ließ. Um diesen zu beenden, rasch das Wichtigste vorweg: Ja, ich wurde verwundet, doch geht es mir von Tag zu Tag besser. Die gute Nachricht ist, dass wir uns nun baldigst wiedersehen werden, sowie ich wieder bei Kräften bin, um den Transport antreten zu können. Es ist schon mehr als zwei Wochen her, dass es mich erwischt hat (ein Brustschuss und so manch anderes), und man sagt, es stand schlecht um mich. Doch ihr kennt mich ja, ich bin zäh wie die Ziegen auf der Weide, und mit Gottes Willen und der sorgsamen Pflege der Ärzte und Schwestern hier im Lazarett komme ich bald wieder auf die Beine (derer ich noch beide habe, wie die Arme auch – ein Glück!). Ich möchte die Zeit von Schwester Irmgard nicht länger beanspruchen. Sie ist ein wahrer Engel, und die Kameraden, die es noch schlimmer erwischt hat als mich, benötigen ihre Hilfe. Drum schließe ich in der Hoffnung, euch alle bei bester Gesundheit vorzufinden, wenn ich bald nach Hause komme. Ich küsse euch.
Für immer euer
Peter

P.S.: Mutter, dein Talisman hat mich beschützt! Als ich dachte, es sei aus mit mir, habe ich ihn Jakob mitgegeben. Er bringt ihn euch, sobald er Heimaturlaub hat.

24 Das Handy klingelte, als Hanna gerade den Frühstückstisch abräumte. Sie stellte die Tasse ab und nahm das Gerät mit der linken Hand – der Arm in der Schlinge war nicht einmal dazu zu gebrauchen.

„Sechstausend", meldete sich der Schätzer, „wenn Sie sofort zusagen!"

Hanna atmete tief durch. Valentin und René Just beobachteten sie aufmerksam. „Ich habe doch gesagt, dass ich an einem Verkauf nicht mehr interessiert bin. Hören Sie auf, mich zu nerven!" Ehe der Schätzer etwas entgegnen konnte, drückte sie das Gespräch weg.

„Bravo!" Valentin stand auf und applaudierte. „Dem haben Sie es gezeigt, Mademoiselle!"

René Just, der die Ellenbogen auf der Tischplatte aufgestützt hatte, bettete sein Kinn in die Handfläche und lächelte melancholisch. „So sehr ich mich über Ihre Entschiedenheit freue, hoffe ich doch, dass Sie das nicht in die Bredouille bringt."

„Ich werde dafür sorgen, dass er mich in Ruhe lässt", antwortete Hanna, während sie die Sperrlistenfunktion auf ihrem Handy öffnete. Doch etwas ließ sie zögern. Sie dachte an ihren verletzten Arm, an die Zeit, die ihr durch die Finger rann, an den unterschriebenen Vertrag. Anstatt die Nummer zu blockieren, leitete sie sie auf die Mailbox um.

Monsieur Mais-Non lag auf seinem Palettenbett und sah zufrieden aus, obwohl in seiner Brust ein Loch klaffte, als habe er eine böse Schussverletzung erlitten. Dabei habe ich nicht mal den Pressluthammer benutzt, dachte Hanna. Sie umrundete den Basalt, doch ganz gleich, aus welcher Position sie die Skulptur betrachtete, die Wunde blieb. Dort, wo das Goniometer hätte sein sollen, war ein Hohlraum. Sie würde den Basalt ringsherum abtragen müssen, den Höhenunterschied zwischen der abgeplatzten Stelle und der Umgebung ausgleichen, um wieder eine ebene Fläche zu gewinnen. Drei, vier Zentimeter Basaltschicht wegschlagen, den gesamten Rumpf der Skulptur überarbeiten. Den Kopf und die Gliedmaßen an die neuen Proportionen anpassen. Hanna schüttelte den Kopf. Eine Knochenarbeit, die sie zu viel Zeit kosten würde. Ohne die Maschine würde sie das niemals schaffen, schon gar nicht mit ihrem verletzten Arm.

Hanna erinnerte sich an das Vibrieren des Presslufthammers in ihrer Hand, das sich auf den ganzen Körper übertrug. An den Druck, dem sie standhalten musste, um den Hammer auf der steinernen Oberfläche tanzen zu lassen. Jeder Rückstoß hob ihre Hände an, und oftmals wurde der Abstand zwischen Pistole und Stein dabei so groß, dass der Meißel aus seiner Halterung sprang und klirrend auf dem Steinboden aufschlug. Als sie noch ein Kind gewesen war, hatte ihr Vater spätestens dann das Werkzeug aus ihrer Hand genommen. Aber die Schwere des Presslufthammers und die Vibration hatten noch eine Weile nachgewirkt, ihre Arme lang und schwer gemacht. Alles andere, was sie danach in die Hände genommen hatte, war ihr federleicht erschienen.

Warum Peter ihr an jenem Tag vor drei Jahren nicht den Drucklufthammer abgenommen hatte, konnte sie sich noch immer nicht erklären. Vielleicht war es ihre Entschlossenheit gewesen. Sie hatten später nie wieder darüber gesprochen.

„Hanna, bist du im Garten?"

Die Stimme ihrer Mutter ließ Hanna aufschrecken. Vera durfte keinesfalls sehen, in welchem Zustand die Skulptur war.

„Warte, ich komme nach vorn", rief Hanna und lief zur Werkstatt.

Vera winkte ihr schon von weitem mit einem braunen Briefumschlag zu, ließ ihn jedoch abrupt sinken, als sie die Armschlinge sah. „Sehnenscheidenentzündung?", fragte sie. „Wie lange fällst du aus?"

„Ein paar Tage, höchstens drei", beeilte Hanna sich zu sagen. „Halb so schlimm!"

„Verdammte Scheiße, Hanna." Zwischen Veras Augenbrauen grub sich eine steile Falte in die Stirn. „Das ist schlimm, und das weißt du."

Ein staubiges Gefühl im Mund ließ Hanna schlucken. „Ich tue, was ich kann, okay?", sagte sie heiser.

„Das ist aber nicht genug, Hanna", sagte Vera eindringlich. „Benutz den verdammten Kompressor!"

Sie drehte sich auf dem Absatz um, da fiel ihr der Umschlag in ihrer Hand wieder ein. Sie streckte ihn Hanna hin, „hier, für dich", und ging mit schnellen Schritten davon.

Es war ein Brief aus Paris. Da sie den Umschlag nicht mit einer Hand aufreißen konnte, nahm Hanna ihn mit in die Küche. Den verletzten Arm auf das Kuvert gedrückt, gelang es ihr, mit einem Messer einen ungeschickten Schnitt durch das feste Papier zu ziehen. Ein kurzer Brief, geschrieben auf dem Briefpapier des Museums, und ein kleines, in rotes Papier eingeschlagenes Geschenk. Dass er ihr nicht genug danken könne für ihren Beitrag, schrieb Forgeron, sie habe dem Museum und dem Andenken Haüys sehr geholfen. Im Namen des gesamten Teams sende er Grüße.

Hanna löste das Band, mit dem das Geschenk umwickelt war. Darin befand sich eine flache Pappschachtel mit dem Emblem des Teesalons der Pariser Moschee. Hanna klappte den Deckel auf. Ein runder Anhänger aus dunkelblauem Glas, das darin eingearbeitete Muster erinnerte an einen Augapfel – eine hellblaue Iris mit schwarzer Pupille auf weißem, tropfenförmigem Untergrund. Im Deckel der Schmuckschachtel entdeckte Hanna Forgerons Notiz: *nazar boncuk –from the arabic expression 'nazar' = to see, regard – a blue eye that shall protect from evil*

Hanna hob das Amulett an dem dünnen Lederband aus der Schachtel. Im Sonnenlicht, das durch das Küchendach fiel, leuchtete der Anhänger beinahe so blau wie Blau-Auge.

Mit zwei Augen sieht man besser, schoss es Hanna durch den Kopf, als sie sich die Kette über den Kopf streifte.

Sie solle sich warm anziehen, hatte Tobbe ihr geraten. Als Hanna am Nachmittag zur verabredeten Zeit den schmalen, von Brombeerranken überwucherten Trampelpfad zur Steingrube hinunterstieg, geriet sie ins Schwitzen. Die Wollsocken, die in den Motorradstiefeln an ihren Füßen klebten, rieben ihr die Haut wund. Sie trug einen von Peters Overalls, seinen Wollpullover hatte sie zusätzlich um die Hüfte geknotet. Im Rucksack hatte sie eine Flasche Wasser und eine Taschenlampe dabei. Unzählige junge Birkenbäume wuchsen auf dem Gelände. In dem Tal, das durch den jahrhundertelangen Steinabbau entstanden war, verbreiteten sich die Samen der Birken in alle Richtungen, kaum ein Samenkorn schaffte es aus dem Felsenkessel heraus, kaum ein Samenkorn einer anderen Baumart schaffte es hinein. Die schlanken, weißen Stämme, das frische junge Grün knallten Hanna vor dem Hintergrund der grauen Felswände regelrecht ins Auge. Sie ließ ihre Blicke schweifen. Von Tobbe war noch nichts zu sehen. Früher hatten sie sich im Sommer häufig hier getroffen, auch mit anderen Freunden. Hatten hier getrunken, Lagerfeuer gemacht, unter freiem Himmel geschlafen. Hanna stellte ihren Rucksack ab, befreite sich vom Wollpullover und hievte sich auf einen der moosbewachsenen Felsbrocken. Die Sonne hatte das Tal aufgeheizt, selbst der Stein, auf dem sie saß, fühlte sich warm an. Sie knöpfte den Overall auf, zog ihre Arme heraus. Das Feinripp-Unterhemd, das sie trug, stammte ebenfalls von ihrem Vater. Hanna ließ die Motorradstiefel mit den Socken zu Boden fallen, zog die Füße auf den Stein hoch. Wie eine Spiellandschaft sah ihre Umgebung aus, wie eine Eisenbahnanlage in Lebensgröße. Man konnte noch die Fahrrinnen erkennen, in denen früher, als in der Grube gearbeitet worden war, die schweren Wagen fuhren. Erst Fuhrwerke, später Lastwagen. Schotter und größeres Gestein, wohin man blickte. Dazwischen Gestrüpp, Gewächs, die Birken und Wildblumen von Insekten umsummt. Mittendrin prangte das Skelett eines alten Krans wie das Gerippe eines Dinosauriers, seinen rostigen Lastarm, an dem noch ein Stück zerfressenes Stahlseil hing, gen Himmel gereckt. Selbst in den Überbleibseln des Krans brach sich eine Birke Bahn, drückte das porös gewordene Material zur Seite, um ans Sonnenlicht zu gelangen.

„Wartest du schon lange?" Plötzlich stand Tobbe vor ihr.

„Sagtest du nicht ich soll mich warm anziehen?", fragte Hanna mit Blick auf Tobbes T-Shirt und seine abgeschnittenen Jeans.

„Hab ich alles dabei." Aus seinem Rucksack, der doppelt so groß war wie Hannas, zog er mehrere eng zusammengewickelte Textilbündel heraus, die sich beim Auseinanderfalten als Outdoor-Kleidungsstücke entpuppten. Um Tobbe nicht beim Umziehen zu beobachten, fixierte Hanna das Kran-Skelett. In einer Nische des rostigen Ungeheuers entdeckte sie ein verlassenes Vogelnest.

„Gut, wir können", sagte Tobbe.

In seiner Montur sah er jetzt aus wie ein professioneller Bergwanderführer. Er streckte ihr einen Helm mit Kopflampe zu, wie er selbst einen trug. „Hier, der ist für dich."

Die Höhle erblickte man, wenn man die Grube bis zur gegenüberliegenden Seite durchschritt. Sie klaffte in dem schroffen Felsen wie ein aufgerissenes Maul. Klobige Basaltbrocken ragten wie Zähne hervor, Reste der abgetragenen Säulen. Gesprengt, gelöst aus der Masse, gehauen, gesägt. Verladen, abtransportiert. Sie mussten über einige Basaltbrocken hinwegsteigen, die von der Decke heruntergebrochen waren. Hanna hob den Blick. Die Decke bestand aus sechseckigen Stümpfen, aneinandergeschmiegt wie Bienenwaben. Manche der Stümpfe hingen in einer leichten Schräglage, nicht sehr vertrauenerweckend. In den vorderen Bereich der Höhle fiel das Sonnenlicht von draußen herein, und Hanna spürte noch etwas Wärme, während ihr aus dem dunklen Schlund zugleich ein kalter Luftzug entgegenwehte. „Todeshauch" hatten sie das als Kinder genannt, als das Erklettern der Höhlen eine Mutprobe gewesen war. Hanna war damals nie tiefer als bis in den Eingangsbereich vorgedrungen. Die Aussicht, sich in diese Schwärze vorzuwagen, in diese unbekannte, stockdunkle Welt, hatte sie erschaudern lassen. Mit wild klopfendem Herzen hatte sie sich jedes Mal beeilt, zurück ans Licht zu kommen, zurück in den Sommer.

Doch diesmal war Hanna fest entschlossen, die Ängste ihrer Kindheit hinter sich zu lassen. Sie ließ ihren Blick schweifen, über den unebenen Boden, über die Reste eines Lagerfeuers zwischen den Steinbrocken, über zerdrückte Bierdosen, angefressene Plastiksäcke, alte Autoreifen und das ausgeschlachtete Gehäuse eines Röhrenfernsehers.

An die Wände waren Graffiti gesprüht. Während Hanna sich an Tobbes Seite weiter in die Höhle hineinwagte, entdeckte sie im Schein der Kopflampe die Zeichen überall, neben den üblichen *Ich war hier* und *I love you forever* auch eine Vielzahl von Zahlen- und Buchstabencodes in verschiedenen Farben.

Hanna wusste, dass sich das Tunnelnetz kilometerweit erstreckte. Wie in einem Ameisenhaufen gab es Gänge, Höhlen, Verbindungswege. Ein verzweigtes System, die Arbeit von Jahrhunderten. Schweigend ging sie neben Tobbe her, der sich hier unten so sicher bewegte wie sie im Netz der Berliner U-Bahnstationen. Nur ihrer beider Schritte waren zu hören, die dumpf von den Steinwänden zurückhallten, und ihre Atemzüge.

Der Basalt war über viele Generationen hinweg ausgebeutet worden. Die entstanden Hohlräume hatte man erweitert, abgestützt, miteinander verbunden. Transportwege waren geschaffen worden für die Gesteinsbrocken, die oft schon unter der Erde behauen und in Form gebracht wurden – Mühlsteine, Treppenstufen, Mauersteine. Manche Gänge, durch die Tobbe sie führte, waren so schmal, dass sie hintereinander gehen mussten. Andere waren breit genug, dass ein Auto hätte hindurchfahren können. Das System von Gängen und Höhlen schien unüberschaubar, jeder Grubenbesitzer hatte einst sein eigenes Reich ausgebaut, ausgehöhlt, ausgenutzt. Mittlerweile waren tragende Säulen weggebrochen, Stücke des Deckengewölbes nachgerutscht, der Himmel zu Boden gestürzt.

„Kannst du damit klettern?", fragte Tobbe mit Blick auf Hannas Armschlinge.

Im Schein der Kopflampe betrachtete Hanna den Geröllhaufen, der sich vor ihnen auftat. Er reichte beinahe bis zur Decke, ein schmaler Durchschlupf blieb frei.

„Ich kann's versuchen."

Tobbe war ihr bereits um mehrere Schritte im Anstieg voraus. Sand und Steinbröckchen rieselten unter seinen Schuhsohlen weg. „Sag Bescheid, wenn ich dir helfen soll!"

Vorsichtig setzte Hanna einen Fuß nach dem anderen auf die locker sitzenden Steine, die unter dem Druck leicht nachgaben. Mit der linken Hand stützte sie sich auf, vorsichtig darauf bedacht, mit dem rechten Arm nirgends anzustoßen.

Tobbe hockte auf der Anhöhe, sein Kopf berührte fast die Basaltdecke, und sah ihr von dort aus zu. Als Hanna es beinahe geschafft hatte, streckte er den Arm aus und zog sie an ihrer linken Hand zu sich hoch. Sie mussten einige Meter auf Knien kriechen, bis es wieder abwärts ging.

„Geht das jetzt so weiter?", fragte Hanna.

„Keine Sorge, das Schlimmste ist geschafft." Tobbe grinste. „Ich will dir was zeigen. Komm mit."

Hanna folgte Tobbe durch die dunklen Gänge. Immer dem doppelten Lichtschein der Lampen nach, die über die Wände und den Boden huschten, kurzzeitig Licht ins Dunkel brachten. Sie musste sich zusammenreißen, um nicht darüber nachzudenken, was sich in dieser Dunkelheit alles verbergen könnte.

Als sie um eine weitere Ecke bogen, erwartete Hanna, den nächsten schmalen Gang zu sehen. Stattdessen tat sich vor ihr ein Raum auf, groß wie eine Fabrikhalle.

Tobbe breitete die Arme aus: „Das ist meine Kathedrale!"

Staunend ließ Hanna den Lichtstrahl über die Decke streifen, die sich hoch über ihren Köpfen wölbte. Die Seitenwände waren so weit voneinander entfernt, dass der Schein der Lampe sie nicht erreichte. Eine Vielzahl von basaltenen Pfeilern war beim Abbau stehen gelassen worden, um die Decke zu stützen.

„Das ist der Hammer, Tobbe!"

Eine alte Wendeltreppe aus Eisen führte in die Halle hinab. Angesichts der Erhabenheit, die die Halle ausstrahlte, kam Hanna sich klein und zugleich besonders vor, auserwählt.

„Da ist noch was, das ich dir zeigen wollte." Tobbe griff Hannas linke Hand und zog sie mit sich. Vor einem der gewaltigen Stützpfeiler blieb er stehen. Mit der Taschenlampe strahlte er die Basaltsäule auf Brusthöhe an. „Tadaaa!"

Ungläubig starrte Hanna auf das Loch, das dort klaffte. Ein kreisrunder Durchbruch, den irgendjemand irgendwann einmal in den Basalt gehauen hatte – groß genug, um einander durch den Stein hindurch die Hand zu reichen.

Mendig, ein Tag im Sommer 1833

Der Steinbruch hat die Landschaft in eine weitläufige Steppe verwandelt. Kein Baum, kein Strauch, nur karge Ödnis, soweit das Auge reicht. Ein paar Hügel erheben sich aus der Ebene, aufgeschichtete Steine und ausgehobene Erde. Hier und da tun sich Löcher im Boden auf, die Gruben, zum Teil von Göpelwerken und hölzernen Unterständen flankiert. Je näher man kommt, desto lauter ist der stete, dumpfe Aufschlag zu hören, gepaart mit dem hellen Klirren von Metall. Dazwischen die Rufe der Arbeiter, das Wiehern der Pferde. An den Göpelwerken drehen müde Gäule ihre eintönigen Runden. Das Knirschen der Winden, mit denen die Steine aus den im Boden klaffenden Schächten emporgezogen werden, bereichert den Klangteppich um eine weitere Nuance. Das Grubenfeld ist zehnmal so groß wie der Marktplatz des Dorfes. Für Peter Klopp, der seit seiner Kindheit hier arbeitet, ist es sein zweites Zuhause. Überall sind Männer in Drillichhosen, Leinenhemden und blauen Schürzen emsig zugange. Um den Hals tragen sie geknotete Tücher, auf dem Kopf Schirmmützen. Sie verladen die Steine, die aus den Schächten kommen, auf die Fuhrwerke. In den Tiefen der Gruben wird der Basalt von den Steinhauern gewonnen und zu Rohlingen gehauen. Es ist eine schwere Arbeit, die vom Vater an den Sohn weitergegeben wird. Peter Klopp hat nie zusammen mit seinem Vater hier gearbeitet. Sein Vater starb, als er noch ein Säugling war, in der fernen Stadt Paris.

Heute herrscht eine besondere Stimmung auf der Ley. Der Grubenbesitzer Keib beschert seinen Männern einen frühen Feierabend. Zwei Stunden eher als sonst werden sie ihre Werkzeuge niederlegen und ins Wirtshaus einkehren, um mit Bier und Hefeschnaps auf Peter Klopp anzustoßen, den jungen Burschen, dem sie dieses unverhoffte Geschenk verdanken. Ihm und seiner verrückten

Wette. Sie haben längst ihre eigenen Wetten abgeschlossen, ob das waghalsige Vorhaben gelingen wird. Nicht viele waren bereit, ihren Einsatz auf Peter zu setzen.

Als die vereinbarte Stunde gekommen ist, greift der junge Mann das geschnürte Leinenbündel, das er von zu Hause mitgebracht hat. Von den anderen Leyern erntet er mitleidige Blicke. Einige Klopfen ihm ermutigend auf die Schulter, andere nicken ihm zu. Manche spucken aus, als er an ihnen vorbei geht, denn dass einer es wagt, sich so hervorzutun, können sie nicht gutheißen.

Der Grubenbesitzer Keib ist auf die Minute pünktlich auf dem Gelände erschienen. Nachdem die letzten Männer aus dem Schacht ans Tageslicht getreten sind, steigt er höchstpersönlich hinab. Begleitet wird er dabei von seinem Buchhalter, der zu bezeugen hat, dass alles den vereinbarten Regeln gemäß verläuft.

Die Öllampe, die der Buchhalter trägt, wirft gespenstisch tanzende Schatten an die Felswände. Keib, der die Höhlengänge nicht gewohnt ist, gerät wieder und wieder ins Stolpern. Die auf dem Weg liegenden Gesteinsbrocken zerschaben das teure Leder seiner Schuhe.

Sie erreichen die gigantische unterirdische Halle, die *Kathedrale,* wie sie unter den Leyern genannt wird. Mit der Laterne in der Hand schreitet Keib umher, begutachtet einen Pfeiler nach dem anderen, bis er schließlich den dicksten Kaventsmann ausfindig macht.

Peter hat sein Werkzeug mitgebracht – den Zweispitz, den Wetzkopp und ein paar gut geschärfte Eisen. Einen Krug Wasser und einen halben Laib Brot hat er ebenfalls dabei. Er platziert den Proviant exakt fünf Schritte hinter der Säule auf dem Boden.

„Es ist nun achtzehn Uhr", verkündet Keib mit Blick auf seine goldene Taschenuhr. „Um sechs in der Frühe kommen wir wieder!"

Der Buchmacher nickt, und Keib bricht in schallendes Gelächter aus, das von den Steinwänden zurückhallt. Dann gehen sie, nehmen die Öllampe mit und überlassen Peter Klopp der tiefschwarzen Dunkelheit. Am Schachteingang wird Keib die ganze Nacht über seine Leute postieren, um zu verhindern, dass jemand Peter Klopp zu Hilfe kommt.

Der junge Steinhauer streckt die Hände aus, ertastet den kalten, vertrauten Basalt, hebt den Zweispitz an und führt den ersten Schlag aus. Der Klang, der von den Wänden zurückdröhnt, erscheint ihm lauter als sonst. Als ob die Dunkelheit alle Geräusche verstärken würde. Steinstaub und Basaltsplitter spritzen ihm ins Gesicht, er hält die Augen geschlossen und arbeitet weiter. Jeder Schlag erzeugt ein hundertfaches Echo. Noch unangenehmer jedoch sind die Pausen, die raren Momente, da er für einen Moment stillhält, nur einen Atemzug lang. Ein Sirren in seinen Ohren, lauter als der grobe Arbeitslärm, und eine Stimme in seinem Kopf, die sagt, Das schaffst du niemals! Peter Klopp verbietet sich das Grübeln. Tastet in der Dunkelheit nach der Vertiefung, die er geschlagen hat, eine winzige Kuhle im Fels. Er schlägt auf den Stein ein. Jeder Schlag eine Sekunde. Wie viel Zeit bleibt ihm noch? Wenn er die Augen öffnet, umgibt ihn Schwärze. Manchmal stiebt ein Funken auf. Ein kurzes Leuchten nur, begleitet vom Geruch nach Verbranntem. Peter nimmt jedes Aufleuchten zum Anlass für ein kleines Stoßgebet. Bitte, lass es gelingen. Es muss gelingen!

Wenn er die Augen schließt, sieht er Bilder vor sich, hell und farbig. Der Kristall, leuchtend blau, zum Greifen nah. Peter Klopp schlägt und schlägt. Der Schweiß rinnt ihm im Nacken zusammen, kitzelt den Rücken hinunter. Ihm ist heiß. Ihm ist kalt. Er schlägt weiter. Jeder Atemzug eine Sekunde. Wenn er innehält, um die Hände auszuschütteln, hört er ein Geraschel und Gewisper, das ihm eine Gänsehaut macht. Er schlägt weiter. Denkt an Blau-Auge. Denkt nicht an jenen armen Franzosen, dessen Namen niemand mehr erinnert, der einst in den Gruben verscharrt worden war. Er schlägt weiter. Denkt doch an den Franzosen. Den Entdecker von Blau-Auge. Er war in Mendig getötet worden, wie Peters Vater in

Paris getötet worden war. Seither gehe er um des Nachts, sagt man, und in dieser Nacht hält Peter Klopp das durchaus für möglich.

Er schlägt sich die Hände wund, er schlägt auf den Stein. Jegliches Gespür für Raum und Zeit ist ihm abhandengekommen. Wenn er nicht mehr weiß, wer er ist und was er tut, legt er für den Bruchteil eines Augenblicks die Hand auf den Basalt. Fest und unerbittlich steht er da. Aufrecht und unbeugsam.

Nicht daran denken, was passieren könnte. Nicht daran denken. Diese Schwärze um ihn herum. Er muss sich herausarbeiten aus dieser Schwärze, sonst ist die Dunkelheit alles, was ihm bleibt. Ein augapfelgroßer Kristall oder das Augenlicht. Eines davon wird seinem Besitzer verlorengehen.

Als der Grubenbesitzer Keib und sein Buchhalter am nächsten Morgen in aller Frühe in der Kathedrale eintreffen, liegt Peter Klopp bewusstlos am Boden. Seine Hände sind blutig, seine Kleidung grau vom Steinstaub, sein Kopfhaar jedoch leuchtet so schlohweiß im Licht der Öllampe, dass die Männer sich unwillkürlich bekreuzigen. Später wird keiner der beiden sagen können, welcher Anblick erstaunlicher war – der des jungen Mannes, der über Nacht ergraut ist, oder der der Basaltsäule, in der ein Durchbruch prangt, durch den man sich die Hände reichen kann.

Dass das nicht mit rechten Dingen zugegangen sein konnte, darüber ist man sich in Mendig schnell einig. Dass er mit dem Teufel im Bunde sei, sagen die einen und fürchten Peter Klopp von diesem Tage an. Dass hier ein Wunder geschehen sei, sagen die anderen und fallen vor Peter Klopp auf die Knie.

Ein Glückstag jedenfalls war's für die Wenigen, die auf den jungen Steinhauer gewettet haben.

25

Am nächsten Morgen schlug Hanna die Augen auf und erblickte Valentin und René Just, die vor ihrem Bett standen und sie betrachteten. Valentin mit einem amüsierten Lächeln im Gesicht, René Just kopfschüttelnd. Von Tobbe schaute unter dem Laken nicht mehr als der Haarschopf und eine Schulter hervor.

Als Hanna und Tobbe abends aus der Höhle herausgetreten waren, war es noch angenehm warm gewesen.

„Wow", hatte Tobbe gesagt, „du hast dich endlich getraut. Glückwunsch!"

Er hatte sie in den Arm genommen. So waren sie eine Weile stehen geblieben, Arm in Arm inmitten der Birkenbäume, zwischen deren Wipfeln die ersten Fledermäuse hin und her flatterten. Im milden Abendlicht an diesem Ort ihrer Jugend, im Gezwitscher der Vögel, dem Gezirpe der Grillen.

Später hatte Tobbe Hanna auf seinem Fahrrad nach Hause gebracht. Sie hatte auf dem Gepäckträger gesessen und ihren linken Arm fest um seine Hüfte geschlungen.

Ruckartig setzte Hanna sich auf, wobei sie die Decke vor der Brust festhielt. Mit einer wedelnden Handbewegung scheuchte sie die Brüder hinaus, zog sich den Overall über und trat in die Küche.

„Ich muss sagen, Mademoiselle, dass ich ein solches Verhalten nicht gutheißen kann!" René Just Haüy war neben dem Tisch stehengeblieben und hatte die Arme vor der Brust gekreuzt.

„Hören Sie nicht auf ihn", sagte Valentin, der auf einem der Stühle saß, die Beine lang ausgestreckt, die Hände im Nacken verschränkt. „Er hat von solchen Dingen keine Ahnung."

„So?", René Just schnaubte. „Vielleicht bin ich kein Experte, wenn es um körperliche Vereinigung geht, aber ich weiß, was es heißt, hintergangen zu werden. Dieser junge Mann ist ganz offensichtlich in Mademoiselle verliebt, und ihr ist es nicht ernst mit ihm. Das ist es, was ich nicht gutheißen kann!"

Hanna spürte, wie sich die Blicke der Brüder in ihren Rücken bohrten.

„Ist das wahr, Mademoiselle Hanna?", fragte Valentin leise.

Ehe Hanna antworten konnte, ging die Schlafzimmertür auf. Tobbe hatte sich angezogen, doch seine verstrubbelten Haare zeugten davon, dass er geradewegs aus dem Bett kam.

„Morgen", sagte er.

Drei Augenpaare fixierten ihn. Valentin von seinem Stuhl aus, René Just, noch immer stehend. Hanna an der Kochplatte mit schreckgeweiteten Augen. Doch Tobbe schien die Brüder Haüy nicht zu sehen. Er kam auf Hanna zu und küsste sie auf die Wange. „Machst du Kaffee? Super!"

Mit der Tasse in der Hand setzte er sich auf den Stuhl, der Valentin am nächsten stand. Der zog eilig seine Beine zurück, um Tobbe Platz zu machen.

„Ich muss leider schon los, meine Schicht fängt um neun an." Tobbe griff Hannas Hand, blickte sie über die Kaffeetasse hinweg an. „Sehen wir uns später?"

„Ich weiß es noch nicht." Vorsichtig zog Hanna ihre Hand zurück und schloss sie um die Kaffeetasse. „Mein Arm scheint wieder in Ordnung zu sein. Ich muss mich um die Arbeit kümmern."

Valentin zog die Augenbrauen hoch. René Just machte eine Handbewegung, die nichts anderes bedeuten konnte als: Na, was habe ich gesagt?

Hanna atmete tief durch. „Entschuldige, Tobbe", sagte sie, mehr zu ihrer Kaffeetasse als zu dem jungen Mann ihr gegenüber, „ich glaube, ich kann das im Moment nicht."

Das Strahlen auf Tobbes Gesicht erstarb so plötzlich, als habe jemand den Lichtschalter umgelegt. „Ist schon okay", murmelte er, „ist sicher ziemlich viel für dich, mit deinem Vater und der Skulptur und so."

Das Klingeln ihres Handys ersparte Hanna eine Antwort.

„Sorry", sagte sie in Tobbes Richtung, den Blick aufs Display gerichtet, „da muss ich kurz rangehen", und dann, in den Apparat gesprochen: *„Salut André, ça va?"*

Hanna war aufgestanden und hatte sich von Tobbe und den Brüdern Haüy, die die Szene verwundert beobachteten, weggedreht. Mit Forgeron zu sprechen fühlte sich an wie Sekt zu trinken. Prickelnd, beschwingt. „Danke für die Kette, sie ist wunderschön!"

„Das freut mich", erwiderte Forgeron. „Wie kommst du mit der Skulptur voran? Ich warte immer noch auf mein Foto!"

„Oh, es geht so. Ich hatte ein paar ... Probleme, aber jetzt lege ich wieder los."

„Und schickst mir das Foto?"

„Mal sehen", lachte Hanna, „ob die Skulptur auf ein Foto passt. Sie ist riesig!"

„Da ist noch etwas, weswegen ich anrufe", sagte Forgeron. „Ich habe beschlossen, ein Buch über Haüy zu schreiben. Ein Kapitel soll sich mit Blau-Auge befassen. Würdest du mir dabei helfen?"

„Ich?", rief Hanna aus. „Ja klar, gerne!"

„Wunderbar! Oh, warte ..."

Hanna konnte hören, wie Forgeron mit jemandem im Hintergrund Französisch sprach.

„Hör zu, 'anna, ich muss jetzt leider hier weitermachen, aber ich melde mich bald wieder, ja?"

Nachdem sie das Gespräch beendet hatte, drehte Hanna sich zum Tisch um. Doch die Küche war verwaist. Tobbes Rucksack war verschwunden, nur seine halb geleerte Kaffeetasse erinnerte daran, dass Hanna heute tatsächlich nicht allein gewesen war.

Sie widerstand dem Impuls, Tobbe anzurufen, um sich zu entschuldigen. Vielleicht war es besser so. René Just hatte ja recht, sie würde ihn nur verletzen. Das Handy, das sie noch in der Hand hielt, zeigte eine Sprachnachricht an.

„Zwölftausend Euro, mein allerletztes Angebot", sagte der Schätzer, als Hanna die Mailbox abhörte, und es schien ihr, als schwinge ein aggressiver Unterton mit. „Wenn Sie dieses Angebot ausschlagen, werden sie es bereuen!"

Sie hatte Tobbe angelogen. Ihr Arm fühlte sich keineswegs so an, als ob sie schon wieder damit arbeiten könnte. Während Hanna sich die Armschlinge umlegte, wiederholte eine Stimme in ihrem Kopf wieder und wieder die Worte des Schätzers. Zwölftausend Euro, das war eine Menge Geld.

Als sie den Laden ihrer Mutter durch die Seitentür betrat, kam Lajosch ihr schwanzwedelnd entgegen. Aus Veras Arbeitsecke drang Swingmusik. Hanna fand ihre Mutter am Computer.

„Du bist ja früh auf", begrüßte Vera sie. „Hast du schon gefrühstückt?"

„Nur Kaffee." Nach der Sache mit Tobbe war Hanna der Appetit vergangen. „Und du?"

„Ich sitze schon seit zwei Stunden hier", sagte Vera und streckte sich. „Da hat sich so viel angestaut die letzten Wochen, ich komme kaum hinterher." Sie musterte Hannas Overall. „Arbeitest du wieder?"

„Heute noch nicht, aber morgen versuche ich's."

Hanna legte den Packen Briefe, den sie in der Hand gehalten hatte, auf Veras Schreibtisch ab. „Kann ich die kurz kopieren, oder stört dich das?"

„Feldpost?", Vera griff den obersten Umschlag. „Wo kommen die denn her?"

„Die lagen in Käthes Schrank, ich hab sie mir nur ausgeliehen", beeilte Hanna sich, zu sagen. „Leider kann man sie nicht entziffern."

Vera hatte den ersten Bogen bereits aus dem Kuvert gezogen. Sie setzte ihre rote Lesebrille auf und fixierte die handgeschriebenen Zeichen. *„Meine Lieben daheim, habt Dank für eure herzensguten Briefe"*, las sie laut.

„Du kannst Kurrentschrift lesen?" Hanna starrte ihre Mutter überrascht an.

„Na hör mal, ich handele mit Antiquitäten!" Vera knipste die Schreibtischlampe an. *„Bei all den Genesungswünschen muss ich doch bald wieder fidel sein!"*

„Die sind von Opa Peter", warf Hanna ein. „Der wurde im Ersten Weltkrieg in Frankreich verwundet. Die Briefe hat er im Lazarett geschrieben."

Vera pfiff durch die Zähne. „Stimmt, davon hat Peter mir erzählt. Bei Montdidier war das, hier oben steht's." Sie tippte mit dem Fingernagel auf die Datumszeile. 4. Juli 1918, das konnte Hanna entziffern.

„Ich habe Nachricht von Jakob erhalten, er ist in einen anderen Frontabschnitt gezogen, aber er versucht, mich baldmöglichst zu besuchen", fuhr Vera fort.

„Jakob Höner, der Bruder von Oma Gerda, das war sein Freund – wusstest du das?" Hanna hatte sich einen Stuhl herangezogen und neben ihrer Mutter Platz genommen.

„Ja, davon habe ich schon mal gehört", sagte Vera. „Der wurde später erschossen, soviel ich weiß."

Hanna richtete sich kerzengerade auf. „Dann ist er also im Krieg gefallen?"

„Nicht im Krieg, sondern danach."

Stimmt, fiel Hanna ein, Tobbe hatte erzählt, dass sich die beiden Freunde nach dem Krieg überworfen hätten. Da musste Jakob noch gelebt haben.

„Er war Separatist, das schwarze Schaf der Familie, wenn ich mich recht erinnere." Vera zwirbelte eine ihrer dunklen Haarsträhnen. „Darüber wusste aber auch Peter nicht richtig Bescheid, anscheinend wurde nicht darüber gesprochen."

„Separatist?", fragte Hanna.

„Rheinischer Separatismus. Das war in den Zwanzigerjahren. Ich glaube, die Separatisten wollten, dass das Rheinland französisch wird", erklärte Vera. „Sie galten als Vaterlandsverräter. Aber so richtig weiß ich das auch nicht. Da solltest du besser mal dieses Geschichtsmännlein fragen."

„Newel?" Hanna zog die Stirn kraus. „Lieber nicht, der wird mir allmählich zu aufdringlich."

Vera hatte sich bereits wieder in den Brief vertieft.

„Liest du bitte laut?", fragte Hanna.

„Entschuldige! Also: ... *er versucht, mich baldmöglichst zu besuchen. Wer weiß, vielleicht werde ich davor schon bei euch in der geliebten Heimat eintreffen. Ihr könnt nicht glauben, wie sehr sich alles in mir danach sehnt! Immer euer Peter.* Und dann steht da noch ein P.S.: *Vater, denk nur, das Lazarett ist in einer zerstörten Kirche eingerichtet. Wenn ich die herumliegenden Steine sehe, juckt es mich in den Fingern,* Klammer auf, *die zum Glück alle heil geblieben sind,* Klammer zu, *zu Klöppel und Meißel zu greifen!*"

Vera sah Hanna über den Rand ihrer Lesebrille hinweg an. „Verrückt, oder?"

„Hast du Opa Peter vor seinem Tod eigentlich noch kennengelernt?", fragte Hanna.

Vera schüttelte den Kopf. „Der ist schon Ende der Sechzigerjahre gestorben."

„Da war Papa ja noch total jung!", entfuhr es Hanna.

„Peter war neunzehn, als sein Vater starb." Veras Blick wanderte durch den Raum. „Er hatte seine Lehre noch bei ihm gemacht."

„Und wie war er so, hat Papa das mal erzählt?"

Vera zuckte mit den Schultern. „Alt. So hat Peter das immer empfunden. Steinalt und knurrig." Sie hob den Brief an, den sie noch in Händen hielt. „Schon seltsam, ihn hier als jungen Mann zu erleben, oder? Fast so, als würde er zu uns sprechen!"

Sie legte den Brief ab, griff nach dem nächsten Umschlag.

„Sie sind chronologisch", erklärte Hanna. „Ich habe sie nach den Poststempeln sortiert."

„Der hier stammt vom siebten Juli", sagte Vera, „also wenige Tage später. *Meine geliebte Familie, ich habe schlechte Neuigkeiten. Keine Sorge, mir geht es weiterhin den Umständen entsprechend gut und mit jedem Tag rückt die Heimfahrt näher. Doch gestern kam Jakob zu mir. Er war ganz geknickt, als er berichtete, dass er den Talisman im Schlamm der Gräben von –* das ist hier unkenntlich gemacht." Vera zeigte auf die Stelle, wo ein schwarzer Balken prangte. „Kriegszensur. Also: *in den Gräben von* werweißwo *verloren hat. Glaubt mir, im Getümmel des Kampfes würde man selbst den eigenen Augapfel verlieren, ganz gleich, wie sorgsam man ihn hütet. Nehmt es Jakob nicht übel, ihr wisst, er ist mir immer ein treuer Freund gewesen. Nicht zuletzt hat er mir das Leben gerettet, als ich auf dem Feld zu verbluten drohte.*"

Vera blies die Backen auf. Auch Hanna fühlte eine Gänsehaut.

„*Es grüßt euch, schon fast wieder auf den Beinen, euer Peter.* Und hier gibt es auch ein P.S.: *Stellt euch vor, an den Sonntagen wird im Mittelschiff der Kirche der Gottesdienst abgehalten. Vorne wird gepredigt, derweil man in den Gängen hinter zugezogenen Vorhängen amputiert. Ob die Seelen der armen Kreaturen auf diese Weise wohl schneller in den Himmel aufsteigen?*"

Vera ließ den Brief sinken. „Gruselig, oder? Was diesen jungen Männern angetan wurde?"

„Lies weiter!", bettelte Hanna. Sie hatte den nächsten Brief schon aus dem Umschlag gezogen und hielt ihn der Mutter hin.

„*Elfter Juli: Vater, Mutter, seit Tagen komme ich innerlich nicht zur Ruhe. Immer muss ich an Jakob denken und daran, welchen Verlust wir durch ihn erlitten haben. Wie hat er verlieren können, was mir, was uns so viel bedeutet? Aber ich darf ihm doch nicht böse sein – wo ich ihm mein Leben verdanke. Ich bete zu Gott, dass ER mir hilft, Jakob zu vergeben. Doch innerlich fühle ich mich wie entzweigerissen.*"

Vera atmete tief durch. „Ganz schön pathetisch, oder? Was das wohl für ein Talisman gewesen sein mag, dass er so große Worte darum macht?"

Hanna wusste, worum es sich handelte. Mit jedem Wort, das ihr Großvater durch die Briefe hindurch an sie richtete, war sie sich sicherer.

„*P.S.:*", hob Vera wieder zu lesen an, „*Ist es denn tatsächlich möglich, jemanden, den man einst wie einen Bruder geliebt hat, nun so zu hassen?*"

Sie legte den Brief ab. „Ich glaube, ich brauche erstmal noch 'nen Kaffee. Das ist ganz schön heftig am frühen Morgen!"

„Ich mache dir gleich einen", Hanna hielt ihr den letzten Umschlag hin, „nur diesen Brief noch, ja?"

„Dafür habe ich dann aber einen Cappuccino verdient." Vera zog ihr den Brief aus der Hand. „Der stammt vom vierzehnten Juli, also drei Tage später. *Meine Lieben daheim, wie konnte ich nur so unachtsam sein, das Wertvollste, das wir besaßen, in die Hände jenes Mannes zu geben, den ich für meinen Freund hielt? Nun ist es für immer verloren, und es vergeht keine Minute, in der ich nicht darüber grübele, ob Jakob mir die Wahrheit gesagt hat. Der Gedanke lässt mich keine Ruhe finden, ich schlafe schlecht und die Ärzte schelten mich, weil es dadurch mit meiner Genesung nicht vorwärts geht. Mit verzweifelten Grüßen, euer Peter.*"

Vera wiegte den Kopf hin und her. „Vielleicht war der Talisman eine Taschenuhr aus dem Familienbesitz, so etwas wurde den Söhnen manchmal mitgegeben." Das P.S. betrachtete sie zunächst stumm, atmete dann tief durch und las vor: *„Was, wenn ich ihm Unrecht tue? Wie soll ich je wissen, ob ich mich nicht täusche? Wie soll ich je Gewissheit erlangen?"*

Sie wandte sich ihrer Tochter zu. „Hast du auch eine Gänsehaut?"

Hastig stand Hanna auf. „Ich mache deinen Cappuccino!"

In ihrem Kopf drehte sich alles. „Jakob, der Stinkert", hatte Tante Käthe geschimpft. Anscheinend hatte die Familie Klopp ihm nie verziehen. Zu Recht, denn offensichtlich hatte Jakob gelogen. Blau-Auge war nicht auf dem Schlachtfeld verlorengegangen, sondern versteckt worden. Ob Jakob vorgehabt hatte, den Stein später zu verkaufen, wie sein Vorfahr es hundert Jahre zuvor getan hatte? Aber er wurde erschossen, bevor er den Kristall aus dem Versteck befreien und zu Geld machen konnte. Fast weitere hundert Jahre lang hatte niemand gewusst, dass der Stein in der Nofretete-Büste verborgen war. Verrückt, dachte Hanna, da braucht es erst mich und meine Tollpatschigkeit, um ihn wieder ans Licht zu befördern.

Als sie mit zwei dampfenden Tassen zu Vera zurückkehrte, hatte diese die Briefe bereits kopiert und in die Kuverts gesteckt.

„Gib sie Käthe zurück. Wenn sie sie all die Jahre aufbewahrt hat, scheinen sie ihr etwas zu bedeuten", sagte sie. „Und es wird nicht mehr lange dauern", fügte sie mit leiserer Stimme hinzu, „dann kommen sie ohnehin wieder zu uns."

Hanna nickte. Sie hatte sowieso vorgehabt, die Briefe zurückzulegen. Allerdings würde sie erst ins Altenheim gehen, wenn Tobbes Schicht vorüber war. Sie wollte ihm heute nicht mehr begegnen.

Es ging schon auf den Abend zu, als Hanna das Zimmer Nummer 122 betrat. In den Gängen roch es nach Kamillentee und Leberwurst – Abendbrotzeit im Seniorenheim. Hanna hatte den Tag damit verbracht, endlich die Kartons aus Berlin auszupacken und ihre Kleidungsstücke in Peters Regal einzuordnen. Seine Sachen hatte sie in den Kartons verstaut, außer den Arbeitsklamotten, die sie selbst tragen konnte. Zweieinhalb Monate war ihr Vater nun tot. Vielleicht würde sie es an einem dieser Tage übers Herz bringen, seine Sachen zur Altkleidersammlung zu bringen. Im dritten Karton waren Bücher gewesen, Fotos, Magazine, Postkarten und Ähnliches, was sich in und auf ihrem Schreibtisch angesammelt hatte. Dafür hatte sie im Schlafzimmerregal ein Fach freigeräumt. Es hatte sich angefühlt, als sei sie jetzt eingezogen.

Später hatte sie sich an Veras Computer gesetzt und zum rheinischen Separatismus recherchiert. Verschiedene Strömungen, die sich von Preußen hatten lossagen wollen, zum einen aufgrund der unterschiedlichen Religionen – hier das katholische Rheinland, da das protestantische Preußen –, zum anderen, um eine Schutzzone zwischen Frankreich und dem Deutschen Reich zu bilden. Auf dass es zwischen diesen Ländern nie wieder Krieg geben solle. Was ja leider nicht geklappt hatte. Im Verlauf des Jahrhunderts hatte ein weiterer grausamer Krieg stattgefunden, und die beiden alten Frauen, denen sie nun gegenüberstand, hatten ihn miterlebt.

Tante Käthe saß am Fenster, wie üblich, die neue Zimmernachbarin löste Kreuzworträtsel am Tisch. Das dritte Bett war leer und mit einer Plastikfolie abgedeckt.

„Guten Abend", grüßte Hanna in die Runde, doch weder Tante Käthe noch die andere Dame schienen sie wahrzunehmen. Hanna ging zu ihrer Großtante ans Fenster.

„Hallo Käthe", sprach sie die Alte an, doch die reagierte noch immer nicht, „ich wollte dir was zurückgeben."

Hanna zog das Briefbündel aus der Umhängetasche. Die Tür des großen Schranks quietschte beim Öffnen in den Angeln.

„Ich weiß, was du vorhast!"

Hanna schrak zusammen. Die Stimme in ihrem Rücken war durchdringend. Ruckartig drehte sie sich um. Die Zimmernachbarin hatte den Blick von ihrer Zeitschrift gehoben und funkelte Hanna an. „Schleichst dich hier herum und bestiehlst alte Leute!"

„Aber nein!", sagte Hanna schnell. „Ich lege nur was zurück, was Tante Käthe gehört." Sie wedelte mit dem Briefbündel in ihrer Hand.

„Willst du uns für dumm verkaufen? Denkst wohl, mit uns kannst du das machen!", zischte die Alte.

„Nein, hören Sie doch!", sagte Hanna, „ich habe nichts gestohlen. Das würde ich nie tun!"

Hanna trat ein paar Schritte auf die Frau am Tisch zu. „Außerdem habe ich Ihnen vor ein paar Tagen ein Stück Kuchen mitgebracht." Sie lächelte die Alte an. „Marmorkuchen, den hatte ich Ihnen hingestellt, erinnern Sie sich?"

Das Gesicht der alten Frau wurde noch finsterer. „Wolltest mich wohl vergiften, was?", kreischte sie. „Wo ich doch Diabetikerin bin!"

Eilig legte Hanna die Briefe zurück in die unterste Schublade. „Tschüss, Tante Käthe", rief sie und verließ das Zimmer.

Als Hanna zur Werkstatt zurückkehrte, stand das Flügeltor einen Spalt offen.

„Hallo?", rief sie in den Raum hinein. „Vera, bist du das?"

Niemand antwortete. Auch die alte Stalltür zum Anbau war geöffnet. Hanna trat ein. „Ist hier jemand?"

Die Espresso-Dose auf der Anrichte war umgestoßen, das schwarze Pulver auf der Arbeitsplatte verstreut. Hanna versuchte, sich zu erinnern. Hatte sie selbst den Kaffee am Morgen verschüttet? Als sie ins Schlafzimmer trat, spürte sie ihren Herzschlag im Hals. Der Karton mit Peters Sachen war umgestoßen, Socken, Pullover und Hosen lagen auf dem Boden verstreut.

„Hallo?", rief Hanna und versuchte, das Zittern in ihrer Stimme zu unterdrücken. Sie sah auch im Badezimmer nach. Hier war nichts Auffälliges zu erkennen. Niemand war zu sehen, nicht einmal die Brüder Haüy.

Vielleicht war es ein Tier gewesen, versuchte Hanna sich zu beruhigen. Vielleicht hatte sie vergessen, die Tür zu schließen und eine streunende Katze war hereingekommen. Oder ein anderes Tier. Vielleicht hatte Lajosch sich in die Werkstatt geschlichen. Aber ein unangenehmes Gefühl blieb. Wenn es kein Tier gewesen war, wenn sie die Tür nicht offengelassen hatte – wer konnte es dann gewesen sein? Newel, der sich mal umschauen wollte? Der Schätzer? Hatte er über Ludmilla ihre Adresse herausgefunden?

Hanna ließ die Hand tastend in ihre Umhängetasche gleiten, in der Blau-Auge sicher in seiner T-Shirt-Rolle lag. Sie würde den Kristall von nun an immer mitnehmen.

Im August 1923

Jakob Höner räumt die leeren Bierkrüge vom Tresen, wischt die verschütteten Tropfen mit dem Geschirrtuch auf und trägt alles in die Küche, wo seine Schwester Maria mit dem Abwasch zugange ist. Seit dem Tod des Vaters ist die gesamte Familie im Betrieb eingespannt. Eine Lungenentzündung im vergangenen Frühjahr hat Matthias Höner dahingerafft. Er ist nicht der Einzige gewesen, den Mendig zu beklagen hat – ausgehungert, wie sie alle waren, starben die Menschen wie die Fliegen. Dabei hätte man meinen können, mit dem schrecklichen Krieg sei die schlimmste Zeit vorüber. Doch die Reparationszahlungen an die Siegermächte ließen die Leute noch mehr verarmen, als sie es ohnehin schon waren.

„Hier ist der Rest." Jakob stellt die Bierkrüge zu dem anderen schmutzigen Geschirr. Viel ist es nicht, denn das Geschäft läuft schlecht. Wo sollen die Leute auch das Geld fürs Wirtshaus hernehmen? „Ich mach dann Schluss für heut'."

„Gehst wohl zu deinem Liebchen?", fragt Maria und lacht.

Vierundzwanzig ist sie dieses Jahr geworden, nur ein Jahr jünger als Jakob, und noch immer nicht verheiratet, obwohl sie so hübsch anzusehen ist. Der verdammte Krieg hat ihr, wie ihnen allen, die Jugend gestohlen.

„Verrätst du mir endlich, wer's ist?"

„Den Teufel werd ich tun!", feixt Jakob. „Wenn's so weit ist, werdet ihr es schon erfahren!"

Er hängt das Geschirrtuch zum Trocknen über den Herd. Eines Tages wird er einen elektrischen kaufen, das hat er der Mutter versprochen. Damit sie sich nicht mehr den Buckel krumm machen muss, um das Feuer zu schüren. Sobald sich der Finanzmarkt beruhigt hat. Aber daran ist zurzeit noch nicht zu denken. Gerade an diesem Morgen hat es in der Zeitung gestanden: Ein Dollar ist jetzt eine Million Mark wert! Sie sind alle Milliardäre und können sich doch nichts davon kaufen. Die Inflation scheint unaufhaltbar. Ein Kunde hat das Bier mit einem Gutschein über zehn Millionen Mark bezahlt, der bei der Amtskasse eingelöst werden kann. Ein neuer Schein Notgeld. Auf der Rückseite ist das Mendiger Grubenfeld abgebildet. Wahrscheinlich hat man mehr davon, sich das Bild an die Wand zu hängen, anstatt es einzutauschen, denkt Jakob. All das viele Papier, das man in Taschen, Koffern, Schubkarren bei der Kasse abholt, ist kaum noch was wert, wenn man zu Hause angelangt ist. Seine Familie kann, wie die meisten im Dorf, nur deshalb überleben, weil sie ihren Garten bestellt und das Nötigste über den Tauschhandel bezieht. Die Pferde für das Fuhrgeschäft haben sie im Krieg weggeben müssen. Einen elektrischen Herd und ein Automobil für den Taxibetrieb, das werden die ersten Dinge sein, die er kaufen wird, sobald sich die Lage wieder normalisiert hat. Er wird nach Köln oder Düsseldorf fahren und Blau-Auge zum Kauf anbieten. Irgendeinen Kriegsgewinnler wird es schon geben, der Gefallen an dem Kristall findet. Dann wird die Not endlich ein Ende haben.

In seiner Kammer streift Jakob das Jackett über, das noch vom Vater stammt und an den Schultern ausgebeult ist. Er zieht die unterste Schublade der Kommode auf. Hinter Socken und Taschentüchern liegt der Kristall versteckt. Jakob hat ihn in seiner fadenscheinigen Stoffhülle gelassen – für den Fall, dass eine seiner Schwestern in den Sachen wühlen sollte. Gerade die jüngste, Gerdie, ist so furchtbar neugierig. Neben dem Kristall verwahrt er dort ein weiteres Geheimnis. Eine Armbinde in den Farben Grün, Weiß und Rot – das Zeichen der rheinischen Separatisten. Grün wie die Hoffnung, denkt Jakob und steckt die Armbinde in die Brusttasche seines Jacketts. Sie auf der Straße zu tragen, getraut er sich nicht. Zu viel Unverständnis und offener Hass schlägt den Separatisten entgegen. Als Vaterlandsverräter beschimpft man sie. Aber was für ein Vaterland soll das bitte schön sein – Preußen? Den feinen Herren dort in Berlin ist das Elend der Rheinländer doch herzlich egal.

Was will Berlin? Krieg und Zerstörung, hieß es auf dem Flugblatt, das ihn zu seinem ersten Treffen mit den Separatisten geführt hat. *Was wollen wir? Frieden und Arbeit!*

Ein freies Rheinland, das ist Jakobs Traum. Die Unabhängigkeit von Preußen, das ihnen diesen furchtbaren Krieg eingehandelt hatte. Wozu all die Toten, wozu all das Elend? Und schon rasselt Preußen wieder mit dem Säbel. Ein eigener Rheinstaat muss her, davon ist Jakob überzeugt, der als Puffer zwischen Frankreich und dem preußischen Deutschland liegt. Nie wieder Krieg, das ist das Ziel – wenn sie das doch nur verstehen würden! In seiner Familie gibt es niemanden, mit dem er darüber reden kann. Vielleicht würde Peter es verstehen. Jakob spürt einen Stich im Herzen, wenn er an seinen früheren Freund denkt. Der redet nicht mehr mit ihm, und Jakob kann es ihm nicht verübeln.

Nicht einmal in den Reihen der Separatisten sind sie sich einig, worum es geht. Viele haben sich aus reiner Abenteuerlust angeschlossen, auch einige Krawallmacher darunter. Doch es werden mehr. Die Arbeitslosen, die nichts mehr zu verlieren haben. Und es gibt konkrete Ideen. Es wird gemunkelt, dass Dorten, Smeets und Matthes planen, Koblenz einzunehmen.

„Sobald das geschieht", so hat Wilhelm Schlich, der Backofenbauer aus Bell, beim letzten Treffen verkündet, „werden wir die Stadt Mayen erobern und auch in Mendig den Separatismus ausrufen lassen!"

Jakob ist so in Gedanken versunken, dass er auf der Treppe beinahe Gerdie über den Haufen rennt, die ihm mit einem Korb frisch gewaschener Laken entgegenkommt.

„Hast du dich fein gemacht?", fragt die Kleine und zwinkert mit ihrem guten Auge. „Maria hat's mir erzählt. Jetzt sag schon, wer ist denn dein Liebchen?"

Und als der Bruder stumm an ihr vorbei die Treppe hinunterhastet, ruft sie ihm hinterher: „Ich weiß genau, warum du's nicht verrätst! Ich weiß es!"

Wie vom Blitz getroffen bleibt Jakob auf den Stufen stehen und dreht sich zu Gerda um. Sie hat den Wäschekorb abgestellt und die Arme in die Hüfte gestemmt. Von ihrem erhöhten Standpunkt aus schaut sie auf Jakob herab. „Ich weiß, warum du nicht sagen willst, zu wem du gehst."

Jakob wird es heiß und kalt. „Was weißt du?", fragt er mit belegter Stimme.

„Ich weiß, dass du uns deine Freundin nur deshalb nicht zeigen willst, weil sie so hässlich ist!"

26

Obwohl graue Wolken den Himmel bedeckten, war es warm, fast schon heiß im Garten. Die Luft schien gefangen zu sein unter der Wolkendecke. Kein einziger Windstoß, der die Blätter an den Bäumen zum Zittern gebracht hätte. Vollkommene Erstarrung. Auch Hanna fühlte sich wie gelähmt. Am Morgen hatte Ludmilla aus Berlin angerufen. Was denn nun mit dem Stein sei, hatte sie wissen wollen, der Schätzer habe sie eindringlich gebeten, bei Hanna nachzuhaken. Hanna hatte die Juwelierin vorerst abgewimmelt – doch als sie nun das erste Mal wieder vor der Skulptur stand, dachte sie, dass es vielleicht doch das Sinnvollste wäre, Blau-Auge zu verkaufen. Nach drei Tagen Zwangspause lag der Fäustel schwer und fremd in ihrer Hand.

Widerwillig setzte Hanna den Meißel an, um die Ränder des Lochs zu glätten, das in Monsieur Mais-Nons Brust klaffte. Wie sie den Schaden, den sie der Skulptur zugefügt hatte, beheben sollte, war ihr schleierhaft. Es tat weh, die Wunde anzusehen.

„Jedem Scheitern wohnt eine Chance inne, Mademoiselle," sagte René Just, der plötzlich neben ihr stand. „Vergessen Sie das nicht!"

Hanna atmete tief durch. Ihr war schwindelig. Die Hitze, diese drückende Atmosphäre. „Mein Vater", setzte sie an, dann versagte ihr die Stimme.

„Was war mit Ihrem Vater?", fragte Valentin, der jetzt auf ihrer anderen Seite stand und sie voll Mitgefühl ansah.

Hanna biss sich auf die Lippen. „Mein Vater ist davon krank geworden." Mit der Hand, in der sie noch den Meißel hielt, wies Hanna auf die Lücke. „Drei Jahre ist das her. Und ich ..." Ein Kloß im Hals ließ sie verstummen.

„Und Sie?" René Just legte sanft seine Hand auf ihre Schulter. Hanna war, als könnte sie es tatsächlich fühlen. „Bitte, Mademoiselle, fahren Sie fort!"

„Und ich bin schuld daran."

Alle Kraft schien mit einem Mal aus Hanna zu entweichen. Sie schaffte es gerade noch, das Werkzeug auf der Skulptur abzulegen, dann wurden ihre Beine weich. Sie ließ sich zu Boden sinken, bis sie mit angewinkelten Knien im Gras saß, den Rücken an die Holzpaletten gelehnt, auf denen die Basaltsäule ruhte. Die Brüder Haüy ließen sich links und rechts von ihr nieder.

„Es war im Sommer. Ich war fast fertig mit meiner Ausbildung. Die Lehre hatte ich direkt nach dem Abitur bei meinem Vater angefangen." Hanna hielt den Blick auf ihre Knie gesenkt, die sie mit den Händen fest umklammerte. „Mein Vater hatte gerade einen neuen Auftrag bekommen. Er sollte für eine Kölner Kirche eine Reihe von sakralen Skulpturen restaurieren. Ein großer Auftrag, sehr gut bezahlt. Geld, das wir dringend nötig hatten."

Hier blickte sie erst René Just, dann Valentin kurz an. Die beiden Brüder nickten stumm und Hanna fuhr fort.

„Am Morgen war also die erste Skulptur angeliefert worden. Peter hatte sie hier im Garten aufbocken lassen, ähnlich wie ihn hier." Hanna zeigte nach hinten auf das Denkmal. „Er hatte dafür sogar ein Dach gezimmert, damit die Skulptur nicht im Regen stand. So wertvoll war sie, so besonders."

Hanna hielt inne, rieb sich mit beiden Händen durchs Gesicht. „Ich seh's noch vor mir. Die Skulptur war aus einer sehr seltenen Marmorart. Ein liegender Mann, irgendein Bischof oder so, mit vor der Brust gefalteten Händen. Allerdings standen die Hände so ab", Hanna legte ihre Handflächen in Gebetshaltung zusammen und hielt sie rechtwinkelig vor ihre Brust, „versteht ihr?"

Die Brüder nickten.

„Ich weiß nicht mehr genau, was mein Vater an der Skulptur machen sollte. Irgendwelche Ausbesserungen, Kleinigkeiten. Er hatte dafür einen Kitt entwickelt, künstliche Steinmasse, mit der er Kerben und Risse füllen konnte."

Mit den Blicken verfolgte Hanna ein Schmetterlingspärchen, das über der Wiese tanzte. Sie atmete hörbar durch.

„Neben dem überdachten Platz für diese Skulptur war noch ein zweiter Arbeitsplatz eingerichtet. Da war ich zugange. Peter hatte mir auch einen Stein aufbocken lassen. Einen Basaltbrocken, damit ich üben konnte, mit dem Drucklufthammer umzugehen."

Wieder verstummte Hanna, in Gedanken bei diesem Sommertag. Wie sie mit ihrem Vater den Kompressor auf einem Handwagen aus der Werkstatt in den Garten bugsiert hatte. Wie sie die Kabeltrommel abgerollt hatte, um den Strom von der Werkstatt in den Garten zu leiten. Das laute Zischen der Maschine, das Brummen des Motors.

Peter hatte ihr eine Zeichnung gegeben, auf der eine Kreuzblume abgebildet war – ein gotisches Ornament, das im Kirchenbau häufig verwendet wurde. Hanna sollte die Skizze im Basalt umsetzen. Sie hatte sich mit dieser Aufgabe überfordert gefühlt, wollte das aber nicht zugeben.

„Papa hat immer von mir erwartet, dass ich bildhauern kann", sagte sie bitter. „So als müsse es mir angeboren sein. Richtig gezeigt oder erklärt hat er eigentlich nie etwas. Er hat immer vorausgesetzt, dass ich es auch so schaffe." Tränen stiegen ihr in die Augen. „Wahrscheinlich hat er das so von seinem Vater übernommen, und der von seinem. Und offensichtlich hat es immer funktioniert, nur bei mir nicht."

Jetzt konnte sie die Tränen nicht mehr zurückhalten, sie liefen ihr in langen Bahnen über das Gesicht.

Mit einem Ruck stand sie auf und ließ die Brüder Haüy verdutzt am Boden zurück. „Ich bin eben kein Bildhauer!", stieß sie zornig hervor, während sie vor den beiden hockenden Gestalten auf und ab lief. „Ich bin eben nicht der Sohn, den er sich immer gewünscht hat. Ich hab's halt einfach nicht in mir!"

Hanna sah ihren Vater vor sich, wie er ihr mit tadelndem Blick bei der Arbeit zusah. Wie ungeschickt sie sich gefühlt hatte. An jenem Tag war es besonders schlimm gewesen. Wie sie sich mit den Beinen im Schlauch des Kompressors verheddert hatte. Wie ihr zum wiederholten Male der Pressluftmeißel aus der Halterung gesprungen und in die Brennnesseln gefallen war. Unter den Blicken ihres Vaters hatte sie sich gewünscht, unsichtbar zu sein.

„Dabei wollte ich doch, dass er stolz auf mich ist", sagte sie leiser und hielt im Gehen inne. „Ich wollte so sein wie er, wollte können, was er konnte!" Sie ließ sich vor den Brüdern auf die Knie nieder, blickte in ihre aufmerksamen Gesichter. „Das hat mich manchmal so wütend gemacht", stieß sie hervor, „so wahnsinnig wütend!"

Hanna spürte dem vertrauten Gefühl ihres inneren Vulkans nach, der überkochte. Auch der Jähzorn war ein Erbe ihres Vaters, doch während sie vom bildhauerischen Talent ihrer Meinung nach zu wenig abbekommen hatte, hatte sie von der blinden Wut mehr in sich, als ihr lieb war.

„Was ist damals geschehen, Mademoiselle?", fragte René Just sanft. „Was quält Sie so?"

Hanna bedeckte ihr Gesicht mit beiden Händen. Ihre Haut roch nach dem Leder der Arbeitshandschuhe, nach Eisen, Rost und Steinstaub. Vertraute Gerüche, die ihr die Kraft gaben, weiterzusprechen.

„Mein Vater war dabei, irgendwelche Schäden an der Marmorskulptur auszubessern, während ich, nur wenige Meter entfernt, mit dem Druckluftgerät kämpfte. Immer, wenn er zu mir rüberschaute, hatte er so einen missbilligenden Blick drauf. Oder er schüttelte nur stumm den Kopf. Und ich merkte wieder mal, dass ich es ihm nicht recht machen konnte. Dass ich nicht gut genug war. Plötzlich hat er den Behälter mit der Spachtelmasse auf den Boden gepfeffert und mich angebrüllt. 'Wie kann man sich bloß so dämlich anstellen?', hat er gerufen. 'Aus dir wird nie im Leben eine Bildhauerin!' Und da ist bei mir die Sicherung durchgeknallt."

Hanna schloss einen Moment lang die Augen, atmete tief durch. „Ich bin mit dem Gerät in der Hand zu ihm rüber. Der Schlauch am Kompressor war gerade so lang, dass ich bis zu der Marmorskulptur kam. Ich habe den Presslufthammer an diese betenden Hände gesetzt und ohne Nachzudenken abgedrückt."

Sie sah es vor sich, auch nach all den Jahren noch. Sah, wie der Druckluftmorse auf dem Stein vibrierte. Wie ein Zittern durch die jahrhundertealten Hände ging, so als sei der Bischof plötzlich lebendig geworden. Sah die dunklen Risse, die im Marmor sichtbar wurden und sich unaufhaltsam ausbreiteten. Es hatte nur wenige Sekunden gedauert. Schmerzlich langsam sah sie den Marmor reißen, sah, wie die gefalteten Hände auseinanderbrachen, die Bruchstücke zu Boden fielen. Sie war davongerannt, entsetzt von ihrer eigenen Tat. Hinter ihrem Rücken hatte der Vater gebrüllt wie ein Tier.

„Ich bin ins Haus gerannt, habe meine Tasche gepackt und bin nach Berlin abgehauen." Hanna sprach schnell, sie wollte es endlich hinter sich bringen. „Da wohnte mein Freund. Und ich bin bis auf ein paar kurze Besuche nicht mehr zurückgekommen."

Valentin hatte sich vorgebeugt und atemlos Hannas Geschichte gelauscht. „Und ihr Vater? Was ist mit ihm geschehen?", fragte er aufgewühlt.

„Er hat den Auftrag verloren. Wir haben nie wieder darüber gesprochen." Hanna rappelte sich hoch, kam auf die Füße. „Ich habe überhaupt noch nie mit jemandem darüber gesprochen. Ihr seid die Ersten!"

Sie versuchte, zu lachen. Es klang traurig. Die Brüder Haüy standen ebenfalls auf. René Justs Kutte rutschte dabei hoch und entblößte seine faltigen Knie. *„Mon Dieu!"*, rief er aus und strich eilig den derben Stoff glatt.

„Wie ging es weiter, Mademoiselle?", fragte Valentin. „Sie sagten doch zu Beginn, dass ihr Vater davon krank geworden sei?"

Hanna blickte in den Himmel, der noch immer schwer an den dichten Wolken trug. Sie konnte den Brüdern nicht in die Augen schauen.

„Nicht nur dieser Auftrag platzte, es kamen auch keine neuen mehr rein. Sowas spricht sich schnell rum."

Eine Schar Schwalben flog tief am Himmel. Wenn es nur endlich regnen würde. Die Hitze lag auf Hanna wie Felsgestein.

„Meinen Eltern ging es finanziell noch schlechter als sonst. Schließlich musste Papa sogar sein Motorrad verkaufen. Das hat ihm das Herz gebrochen." Hanna senkte den Blick. „In jenem Sommer wurde er krank, und jetzt ist er tot."

Es hatte gutgetan, alles auszusprechen. Hanna fühlte eine angenehme Leere, die sich in ihr ausbreitete. In der drückenden Hitze arbeitete sie die nächsten Stunden an der Skulptur, und obwohl sie keine großen Fortschritte machte, fühlte sie sich ruhig dabei. Am frühen Abend kehrte sie in die Werkstatt zurück. Im Vorübergehen blieb ihr Blick an der Nofretete-Büste auf dem Mühlsteintisch hängen.

Jakob hatte Blau-Auge nicht im Krieg verloren, sondern in der Büste versteckt, dachte Hanna. Wenn ihr Vater geahnt hätte, dass dieser Schatz in seiner Werkstatt war, direkt vor seinen Augen! Alles wäre anders verlaufen.

Nach einer ausgiebigen Dusche setzte sich Hanna, noch ins Handtuch gewickelt, an den Küchentisch und griff nach dem Telefon. Zwar war ihr Walter Newels Neugierde suspekt, doch war er der Einzige, der ihr vielleicht etwas über Jakob Höner würde erzählen können.

„Guten Abend, Fräulein Klopp, wie schön, dass Sie mich anrufen!" Der Chronist klang aufrichtig erfreut. „Womit kann ich Ihnen denn weiterhelfen?"

„Ich habe etwas über jemanden aus meiner Familie erfahren, das beschäftigt mich irgendwie", setzte Hanna an. „Der Bruder meiner Großmutter, Jakob Höner. Er soll nach dem Ersten Weltkrieg erschossen worden sein. Wissen Sie vielleicht etwas darüber?"

„Der Separatist?", fragte Newel überrascht.

„Das hat mir meine Mutter erzählt, genau. Aber sie weiß nichts über die näheren Umstände seines Todes, daher dachte ich ..."

„Das wissen Sie nicht? Das war doch eine recht große Sache damals!"

Hanna richtete sich im Stuhl auf. „Können Sie mir sagen, was geschehen ist?", fragte sie aufgeregt.

„Nun, der rheinische Separatismus, das ist natürlich eine lange Geschichte. Der Ursprung reicht zurück bis zur Zeit der französischen Revolution, bis zur Idee der Cisrhenanischen Republik. Wenn ich mich recht erinn..."

„Entschuldigen Sie, Herr Newel, aber könnten wir die Hintergründe auslassen, und Sie erzählen mir einfach, was mit meinem Großonkel passiert ist?"

„Nun, wenn Sie so wollen", nuschelte Newel in den Hörer.

Dann folgte Schweigen.

„Herr Newel, sind Sie noch dran?" Hanna hätte den Telefonhörer schütteln können vor Ungeduld. „Verzeihen Sie bitte, falls ich Sie gekränkt haben sollte!" Sie versuchte, möglichst liebreizend zu klingen. „Das war nicht meine Absicht."

„Nun gut", sagte Newel mit einem Seufzen, „dann setzten wir eben direkt mit dem Jahr 1923 ein. Vielleicht wissen Sie, dass im Herbst in Koblenz durch die Separatisten die Rheinische Republik ausgerufen wurde? Ein Mann aus Bell, Wilhelm Schlich, hat sich daraufhin selbst zum Landrat von Mayen ernannt und seinen Sohn zum separatistischen Bürgermeister von Mendig. Das waren schwere Zeiten damals, Inflation, Arbeitslosigkeit, Hunger. Chaos überall. Die Separatisten waren ein wilder Haufen, viel Gesindel darunter, heißt es. Es kam zu Schießereien, Tote und Verwundete auf beiden Seiten. Nach wenigen Wochen war der Spuk auch wieder vorbei und die Preußen haben die Ämter zurückerobert."

„Dann ist Jakob Höner bei diesen Unruhen getötet worden?"

„Nein", sagte Newel knapp und schwieg dann wieder einen Augenblick lang.

„Sondern?", hakte Hanna nach.

„Das ist keine schöne Geschichte, Fräulein Klopp", sagte der Chronist und seufzte erneut. „Der Separatismus hatte viele Gegner. Die Anhänger der Bewegung wurden als Vaterlandsverräter angesehen, da sie sich auf die Seite Frankreichs schlugen, des damaligen Erzfeinds der Deutschen. Sie müssen bedenken, dass der Krieg noch nicht lange her war. In den Herzen der Menschen war die Erinnerung noch frisch. Zwar war die Rheinische Republik zerschlagen worden, doch fürchtete man, dass die Separatisten einen weiteren Versuch unternehmen könnten. Um dies zu verhindern, wurde beschlossen, die Anführer zu liquidieren."

„Wer hat das beschlossen?", fragte Hanna atemlos.

„Das weiß ich leider nicht genau. Das waren geheime Zusammenschlüsse auf nationaler Ebene. Inwiefern die preußische Regierung dabei mitgemischt hat, kann ich nicht sagen. Jedenfalls wurden diejenigen, die man als Anführer ansah, in den folgenden Wochen erschossen. Später gab es eine Generalamnestie, bei der die Verbrechen beider Seiten gegeneinander aufgehoben wurden. Das Ganze wurde unter den Teppich gekehrt – abgesehen davon, dass die Nationalsozialisten den Widerstand gegen die Separatisten als Heldentum und Vaterlandstreue glorifiziert haben."

„Dann gehörte Jakob Höner also zu den Anführern, oder warum wurde er erschossen?"

1924, ein Winterabend

Um kurz vor halb zehn tritt ein später Gast ein, eine kalte Brise mit sich bringend.
„Tut mir leid, wir schließen!", ruft Maria Höner aus der Küche.

Der Mann schlägt den dunklen Wollschal von seinem Gesicht zurück. „Nur einen Kaffee bitte, wenn's möglich ist."

Jakob, der gerade ein leeres Bierfass in den Keller gebracht hat, erkennt ihn sofort. Es ist Wilhelm Schlich, der ehemalige separatistische Landrat von Mayen, den er seit dessen Verhaftung im vergangenen November nicht mehr gesehen hat.

„Das geht in Ordnung", sagt er in Richtung der Schwester und weist dem Gast zugleich einen Platz am Tisch neben dem Ofen zu, „bitte, setzen Sie sich doch."

„Ich sperr' jetzt trotzdem ab." Maria angelt den Schlüssel aus der Schürzentasche, „Dass nicht noch mehr Leute kommen!"

Jakob nickt. Ihm ist es sehr recht, wenn niemand sieht, dass sie Schlich hier bedienen. „Du kannst dann Feierabend machen", sagt er zu seiner Schwester, die sogleich den Schankraum verlässt.

Als Jakob wenig später die dampfende Tasse Muckefuck vor Wilhelm Schlich abstellt, fällt ihm auf, wie alt dieser in den vergangenen Wochen geworden ist. Alle Energie, die ihn im Herbst noch beflügelt hat, scheint verpufft zu sein. Aschfahl und grauhaarig sitzt er am Tisch, nicht einmal den Mantel hat er abgelegt.

„Ich komme eben zurück aus Adenau", sagt der Alte, während er mit beiden Händen nach der Tasse greift. „Wir hatten dort ein Treffen. Aber es sind nicht viele gekommen."

„Ich konnte leider nicht weg", sagt Jakob schuldbewusst, während er sich neben Schlich auf einem Stuhl niederlässt. „Die Frauen schaffen es hier alleine nicht!"

„Ist schon gut, Junge", der Mann winkt ab. „Es ist halt vorbei. Jetzt wo Frankreich uns nicht mehr unterstützt, wird das nichts mehr."

Er trinkt den heißen Getreidekaffee mit hörbaren Schlucken und stellt die leere Tasse auf den Unterteller zurück.

„Ah, das hat gutgetan!", sagt er und wischt sich mit dem Handrücken die Reste aus dem Schnurrbart. „Ich muss noch rauf bis nach Bell, das ist bei dieser Kälte kein Vergnügen!"

Jakob begleitet den Gast zur Tür, reicht ihm seinen Hut vom Garderobenhaken und den langen Bergstock, den Schlich dort abgestellt hat.

„Ich denke nicht, dass alles vorbei ist", sagt Jakob. „Wir müssen nur die richtigen Leute versammeln. Keine Krawallmacher und Hitzköpfe, sondern solche, die Verantwortung übernehmen wollen. Und es darf auf keinen Fall wieder zu Plünderungen kommen wie im letzten Herbst!"

Im Oktober des vergangenen Jahres hatten separatistische Anhänger die Herrschaft über mehrere Städte und Gemeinden im Rheinland übernommen. Der französische Präsident der Rheinlandkommission, Paul Tirard, hatte sie als neue Regierung anerkannt. Koblenz war zum Regierungssitz erhoben worden, und Josef Friedrich Matthes war separatistischer Ministerpräsident. Doch nach dem kurzen Freudentaumel brach schon im November alles in sich zusammen. Die Franzosen machten einen Rückzieher, und ohne deren militärische Unterstützung gewann die preußische Seite bald wieder Überhand. Hinzu kam, dass die von den Separatisten rekrutierten Schutztruppen durch Vandalismus und Diebstähle auch den allerletzten Rückhalt in der Bevölkerung zunichtegemacht hatten.

„Die Idee des freien Rheinlands ist gut und richtig. Halten Sie daran fest!", sagt Jakob eindringlich.

Doch Schlich schüttelt den Kopf.

„Ich bin müde", sagt er, wobei Jakob nicht sicher ist, ob er damit seinen Zustand in diesem Augenblick meint oder ob die Aussage allgemeiner aufzufassen ist. „Es braucht andere Männer, den Kampf fortzusetzen. Jüngere!"

„Wissen Sie", sagt Jakob zögerlich, „ich habe mir dazu schon ein paar Gedanken gemacht. Wenn ich Sie vielleicht ein Stück begleiten dürfte? Ich hole nur eben meinen Mantel!"

Und so kommt es, dass die beiden Männer sich gemeinsam auf den Weg machen, bergan von Mendig in Richtung Bell, dem Dorf der Backofenbauer. Im Takt des Bergwanderstocks, im Schein der Kutschenlampe, die Jakob mitgebracht hat, wandern sie durch die eisklare Nacht. Sie sind so ins Gespräch über die separatistische Idee vertieft, dass sie ihre Umgebung kaum wahrnehmen. Weder die vereinzelten Passanten, die ihnen entgegenkommen, noch die beiden späten Fußgänger, die sich ihnen am Ortsrand von Mendig anschließen und mit einigen Schritten Entfernung hinter ihnen gehen. Erst als sich in das gleichmäßige Geräusch ihrer Schritte, unterbrochen vom dumpfen Aufschlag des Bergstocks, ein anderes Geräusch mischt, ein leises Klicken nur, wird Wilhelm Schlich schlagartig bewusst, dass sie es auf ihn abgesehen haben.

„Zap fo! Der tsuesch!", raunt er Jakob auf Lebber Talp zu – Pass auf! Der schießt!

Doch Jakob versteht die Warnung nicht, denn er entstammt einer Familie von Postreitern und Gastwirten, die die Geheimsprache der Beller Backofenbauer nicht beherrschen. Und ehe er sich über die Bedeutung der Worte bewusstwerden kann, geht er von Kugeln getroffen zu Boden.

27 Die drückende Hitze hielt auch am nächsten Tag an. Die Luft schien zu einer festen Materie geworden zu sein, die man bei jeder Bewegung verdrängen musste. Schweiß rann Hanna über die Stirn und tropfte vom Nasenrücken auf Monsieur Mais-Non herab.

„Hast du mal 'ne Minute Zeit?" Veras Stimme in ihrem Rücken ließ Hanna zusammenfahren. Geistesgegenwärtig griff sie nach dem Stoffbeutel, mit dem sie das Werkzeug transportiert hatte, und bedeckte damit die weggebrochene Stelle im Basalt, ehe sie sich zu ihrer Mutter umdrehte.

„Klar, was gibt's denn?"

Vera trat näher und sah an Hannas Schulter vorbei, um einen Blick auf den Stein zu erhaschen. „Dieser Dr. Wolf hat angerufen", sagte sie. „Er wird in den nächsten Tagen vorbeikommen, um die Skulptur zu besichtigen."

„Shit!", stieß Hanna hervor. „Konntest du den nicht noch ein bisschen vertrösten?"

Vera hatte den Basalt umrundet und stand nun auf der anderen Seite der Säule. „Vertrösten auf wann, Hanna?", fragte sie. „Der Versetzungstermin ist in drei Wochen, ist dir das eigentlich klar?"

Ehe Hanna es verhindern konnte, griff ihre Mutter den Stoffbeutel und ließ ihn zu Boden fallen. Veras Augen wurden groß. „Ach du Scheiße", flüsterte sie, dann hob sie den Kopf und sah ihrer Tochter lange ins Gesicht. Die erwartete Schimpftirade blieb zu Hannas Überraschung aus.

„Wir werden jemanden beauftragen, der das in Ordnung bringt", stellte Vera stattdessen in ruhigem Ton fest. „Aber das darf nicht nach außen dringen, klar? Offiziell bist du die Bildhauerin!"

Die Mutter wirkte so gefasst. Das hat sie sich nicht erst jetzt überlegt, wurde Hanna klar. Diesen Notfallplan musste Vera schon die ganze Zeit über im Kopf gehabt haben.

„Wovon sollen wir das bezahlen?", fragte Hanna, überzeugt, dass die Mutter auch darauf eine Antwort parat hatte.

„Der Steinmetz bekommt sein Geld nach der Versetzung der Skulptur, sobald das Museum bezahlt hat. Einen Teil der Beerdigungskosten muss ich dann abstottern, das ist jetzt auch egal. Hauptsache, wir verlieren diesen Auftrag nicht!"

Veras letzter Satz versetzte Hanna einen Stich.

„Ich wollte mich endlich bei dir entschuldigen", sagte sie leise, „wegen der Sache vor drei Jahren, du weißt schon."

„Du meinst, als du abgehauen bist?"

Hanna nickte. „Es tut mir wahnsinnig leid, dass ich die Skulptur zerstört habe. Ich habe mich nie dafür bei Papa entschuldigt, das wird mir wahrscheinlich für immer nachhängen. Aber wenigstens dir kann ich es noch sagen."

Vera hob die Hand, um ihre Tochter zu unterbrechen. „Es stimmt, du hättest dich wirklich bei Peter entschuldigen müssen", sagte sie. „Ihm selbst hat es aber auch leidgetan, dass er dich so weit gebracht hat. Dass du dann einfach verschwunden bist und hier alles zurückgelassen hast, so kurz vor dem Abschluss, das konnten wir beide nicht verstehen. Egal, das ist dein Leben. Bei mir brauchst du dich jedenfalls nicht zu entschuldigen, ich hatte ja nichts damit zu tun."

„Aber es ging euch doch schlecht, als die Aufträge weggebrochen sind!"

Vera zuckte mit den Schultern. „Das ist wahr, aber das war ja nicht deine Schuld."

„Die Aufträge sind ausgeblieben, weil ich die Skulptur zerstört hatte. Natürlich habe ich Schuld!"

„Das denkst du?" Ein Grinsen breitete sich auf Veras Gesicht aus. „Da kanntest du deinen Vater aber schlecht! Peter hat die Skulptur rechtzeitig abgeliefert. Die Auftraggeber waren sehr zufrieden mit ihm."

„Das kann nicht sein, die Hände sind doch in tausend Teile zerbrochen!"

„Es war knifflig, das stimmt. Zuerst hat Peter noch versucht, ein Stück von diesem Marmor aufzutreiben. Aber die Färbung des Steins war sehr besonders, keine Ahnung, woher der stammte. Dann kam er eines Morgens ins Haus und hat mich aufgeweckt. Er sah furchtbar aus, er hatte die ganze Nacht durchgearbeitet. 'Ich hab ihn gefunden', hat er gesagt. 'Ich hab meinen Stein gefunden!'"

Bei diesen Worten zuckte Hanna zusammen. „Was meinte er damit?"

„Dein Vater hatte sich das Stück Marmor beschafft, das er brauchte, um die Hände nachzubilden. Er hatte es aus dem Rücken der Skulptur entnommen. Herausoperiert, kannst du dir das vorstellen? Was das für eine Fingerspitzenarbeit gewesen sein muss – aus dieser jahrhundertealten Skulptur ein Stück herauszunehmen, ohne den Rest zu beschädigen? Aber Peter hat es geschafft. Das Loch im Rücken hat er am nächsten Tag mit Gips gefüllt und mit dem Marmorstaub so patiniert, dass es nicht auffiel. Dann hat er ein Gipsmodell der Hände angefertigt – das liegt doch in einem der Regale in der Werkstatt, ist dir das noch nie aufgefallen? Er hat die Hände aus dem Marmorstück ausgearbeitet und mit seiner stinkenden Spachtelmasse an den Stein gekittet. Die Klebestelle war völlig unauffällig, ich hätte nichts gemerkt, wenn ich es nicht gewusst hätte."

Hanna war sprachlos. Alles drehte sich in ihrem Kopf. „Aber", setzte sie schließlich an, „er hat die Folgeaufträge doch verloren. Ihr hattet kaum Geld in dem Jahr!"

„Er musste die Aufträge abgeben", Veras Stimme klang sanft, „er ist krank geworden in dem Sommer. Er konnte lange Zeit überhaupt nicht arbeiten."

„Ich dachte, er wäre krank geworden, weil ich ..." Hanna brach mitten im Satz ab. Weil ich ihm das Herz gebrochen habe, hatte sie sagen wollen, doch als ihr der Satz auf der Zunge lag, merkte sie selbst, wie albern das war. Hatte sie tatsächlich geglaubt, solche Macht zu besitzen?

„Die Herzschwäche hat er von seinem Vater geerbt, das war eine Zeitbombe. Es war klar, dass er irgendwann Probleme bekommen würde. Das wurde in seiner Familie schon immer von den Vätern an die Söhne vererbt, wie der Vorname. Wusstest du das nicht?"

Hanna schüttelte stumm den Kopf.

„Das war doch der Grund, weshalb sich Peter lange geweigert hat, selbst Vater zu werden. Irgendwann konnte ich ihn doch noch überzeugen. Aber erst, als klar war, dass du ein Mädchen sein würdest, konnte er sich so richtig darüber freuen."

„Er wollte eine Tochter?"

„Er war überglücklich, Hanna."

Kaum, dass Vera den Garten verlassen hatte, landeten die ersten Regentropfen auf Monsieur Mais-Non und hinterließen dunkle Flecken im Steinstaub. Hanna legte den Kopf in den Nacken. Die Wolken hatten einen tiefen graugelben Farbton angenommen. Ein Tropfen platschte ihr auf die Nase. Sie kamen erst noch vereinzelt, wurden schnell mehr. Hanna spürte den Regen auf ihrem Kopf, ihren Händen, im Gesicht. Endlich!, dachte sie. Plötzlich waren die Brüder Haüy neben ihr. Valentins Lockenkranz geriet unter dem Gewicht der Tropfen in Bewegung. Er strahlte Hanna an. Auch René Just sah fröhlich aus, während ihm das Wasser über die hohe Stirn rann, über das Gesicht perlte und aus dem Stoff seiner Kutte tropfte.

„Welch eine Erleichterung!", rief er aus, „*N'est-ce pas, Mademoiselle?*"

Die Luft war warm und feucht, wie im Gewächshaus. Die Tropfen trommelten rhythmisch auf das dichte Laub der Bäume, auf die Blätter der Brennnesseln, drückten das Gras zu Boden. Ein intensives Aroma von Pflanzenduft und nasser Erde stieg Hanna in die Nase. Sie stand noch immer wie angewurzelt, den Kopf im Nacken, die Arme dem Himmel entgegengereckt. Das Wasser rann von ihren Händen in die Armaufschläge des Overalls, bildete kitzelnde Bahnen bis zu ihren Schultern. Der Stoff klebte nass an ihrem Oberkörper. Das Prasseln wurde lauter, übertönte alle anderen Geräusche, auch das Gezwitscher der Vögel im Kirschbaum. Dröhnte in den Ohren. Valentin rief Hanna etwas zu, was sie nicht verstand. Sein Lockenkranz hatte sich mit Wasser vollgesogen, klebte ihm strähnig im Gesicht. Lachend riss er die Perücke von seinem Kopf und warf sie von sich. Darunter kam lichtes Haar zum Vorschein, im Nacken zu einem dünnen Zöpfchen zusammengefasst. Auch René Just lachte, hob seine Kutte bis zu den Waden an und machte einige barfüßige Tanzschritte im nassen Gras. Hanna drehte sich um die eigene Achse, schneller und schneller, mit den Motorradstiefeln auf den Boden stampfend, wo sich zu ihren Füßen bald eine Pfütze bildete. Sie lachte, jauchzte, schrie aus vollem Hals gegen den Lärm an. Der Felsbrocken in ihrem Inneren löste sich im Regen auf wie ein Brausebonbon. Alle Anspannung perlte an ihr ab, tropfte aus ihren Haaren, aus dem Stoff ihres Overalls. Sie legte René Just und Valentin jeweils einen Arm um die Hüfte, die beiden fassten einander um die Schultern und schlossen einen Kreis. Zu dritt hüpften sie auf der Stelle auf und ab, dass das Wasser zu ihren Füßen aufspritzte. Fast ebenso plötzlich, wie der Regen gekommen war, hörte er wieder auf, und ein Sonnenstrahl blitzte zwischen den Wolken hervor. Hanna ließ die tropfnassen Brüder Haüy los, die sich augenblicklich in Luft auflösten. Wie benommen stand sie noch einen Augenblick lang da, leicht schwankend, bis sie zu frösteln begann und in die Werkstatt ging, um sich zu trocknen.

1924, ein Tag Ende Januar

Die Witwe Höner führt Peter Klopp in die gute Stube, die über der Gastwirtschaft liegt. In der Ecke bollert der gusseiserne Ofen. Den hat sie bestimmt eigens für den Besucher angeheizt – die Kälte, die noch im Raum hängt, zeugt davon, dass das Zimmer üblicherweise nicht genutzt wird. Peter sieht sich um. Dunkle Holzstühle mit seidenen Kissen, ein roter Teppich und ein Sofa mit geschnitzten Verzierungen, daran erinnert er sich noch von früher. So hat es hier schon ausgesehen, als er und Jakob Schulkinder gewesen sind. Mittlerweile trägt das Interieur trotz aller Sorgfalt Zeichen des Alters. Die Tapete mit den weinroten Streifen wirkt vergilbt, eine Staubschicht hat sich auf den Möbeln abgelegt. Seit die Höners ihre Angestellten entlassen haben und die Familie sich allein um Haus und Gastwirtschaft kümmert, bleibt für solche Feinheiten wie Staubwischen offensichtlich keine Zeit.

Peter steht noch immer in der Mitte des Raums und knetet die Schiebermütze in seinen Händen.

„Bitte, setz dich doch", fordert die alte Frau Höner ihn auf.

Sie ist schwarz gekleidet, noch im Trauerjahr, das dem Tod ihres Mannes folgt, nun zusätzlich in Trauer um ihren einzigen Sohn. Zögerlich nimmt Peter auf dem Sofa Platz. Als Kinder haben Jakob und er nie darauf sitzen dürfen. Der lindgrüne Seidenbezug ist mittlerweile an den Armlehnen verschlissen.

„Liebe Frau Höner", sagt Peter, „ich bin gekommen, um Ihnen mein aufrichtiges Beileid auszusprechen."

Die Beerdigung hat heimlich stattgefunden, im engsten Familienkreis. Er ist nicht dabei gewesen, als sein ehemals bester Freund zu Grabe getragen wurde. Jakobs Familie hat sich geschämt für die Umstände. Ein Separatist, was sollten die Leute denken?

„Wahrscheinlich wissen Sie, dass Jakob und ich zerstritten waren", setzt Peter an.

Die Mutter Höner hält den Kopf gesenkt, den Blick starr auf ihre gefalteten Hände gerichtet. Ob seine Worte überhaupt bei ihr ankommen?

„Es tut mir furchtbar leid, dass ich mich nicht mehr mit ihm versöhnen konnte, und ich wünschte, ich könnte das irgendwie wiedergutmachen."

Die Alte hebt den Kopf. „Du bist ein guter Junge", sagt sie und legt ihre Hand auf Peters Arm.

„Jakob hat mir das Leben gerettet, damals im Krieg." Peter schluckt schwer an dem Kloß in seinem Hals. „Das habe ich nicht vergessen!"

Frau Höner nickt. „Behalte ihn in guter Erinnerung", sagt sie leise, „trotz dem, was aus ihm geworden ist." Sie nimmt ihre Hand zurück und zieht ein besticktes Taschentuch aus dem Ärmelaufschlag ihres Kleides, mit dem sie sich die Augenwinkel tupft. „Schlimme Zeiten sind das," hört Peter sie hinter dem Stofftuch sagen, „schrecklich schlimme Zeiten."

Er räuspert sich. „Ich weiß, dass es für Sie nun besonders schwer ist, ohne Mann im Haus, mit der Gastwirtschaft und allem", druckst er herum, „und ich möchte Ihnen daher meine Hilfe anbieten. Wann immer Sie Unterstützung brauchen, im Haus oder im Garten, dann zögern Sie bitte nicht, mich rufen zu lassen!"

„Ach, du Guter", murmelt die Alte in ihr Taschentuch, ehe sie es wieder in den Ärmel steckt, „das ist wirklich sehr freundlich von dir!"

„Und da wäre noch etwas." Peter klammert seine Hände, die plötzlich schweißnass geworden sind, in den Stoff seiner Schiebermütze. „Weil sie doch jetzt allein dastehen mit den beiden Töchtern ... Da habe ich mir gedacht", er räuspert sich, „also ich habe mir gedacht, ich könnte vielleicht die Maria, wenn die einverstanden ist. Und wenn Sie einverstanden sind, natürlich! Also, was ich sagen will, ich könnte sie vielleicht zur Frau nehmen, die Maria."

Die Mutter Höner hebt den Kopf, blickt ihm lange ins Gesicht. Dann seufzt sie. „Es ist nicht die Maria, um die ich mich sorge", sagt sie schließlich. „Die Maria ist patent, die wird schon einen finden, der mit ihr den Gasthof führt. Aber das Gerdchen ..." Die alte Frau legt Peter abermals die Hand auf den Arm, sieht ihn eindringlich an. „Was soll denn aus dem armen Ding werden, wenn ich einmal nicht mehr bin? Die nimmt doch keiner!"

„Die Gerda?", fragt Peter verwirrt. „Die ist doch noch ein halbes Kind!"

„Siebzehn wird sie schon im März", sagt die Alte und tätschelt seinen Arm. „Du bist doch so ein guter Junge, schon immer gewesen", fügt sie im Brustton der Überzeugung an. „Wenn du uns wirklich helfen willst, dann heirate die Gerda!"

Die Worte der Mutter hallen durch den Raum, durchdringen das Holz und erreichen das Ohr, das Gerda fest an die Tür presst. Dem Mädchen stockt der Atem. Wie benommen taumelt es einige Schritte zurück, ehe es sich besinnt und mit wenigen Sprüngen die Treppe hinauf zu seiner Kammer hastet.

28

Hanna hatte die regennassen Klamotten im Badezimmer ausgezogen, ihre Haare mit einem Handtuch umschlungen und sich aufs Bett fallen lassen. Mit hinter dem Kopf verschränkten Armen blickte sie in den nun wolkenlosen Sommerhimmel. Es war vorbei. Vera würde jemanden beauftragen, der Monsieur Mais-Non vollenden würde. Hanna wäre frei, in ihr altes Leben zurückzukehren. Nie wieder Steinstaub. Nie wieder Schwielen an den Händen. Nie wieder die Last des Basaltbrockens auf ihren Schultern.

Hanna schloss die Augen. Sie wollte schlafen. Loslassen. Vergessen. Stattdessen stand sie nach wenigen Minuten wieder auf und zog einen frischen Overall ihres Vaters über.

Im Garten hingen die Regentropfen noch schwer im Laub der Bäume, tropften von den Blättern herab. Die Brüder Haüy standen neben der Basaltsäule und strahlten Hanna an. Die beiden sahen aus wie immer, nichts erinnerte an den Tanz im Regen.

„Wir wussten, dass Sie Ihr Wort halten würden!", rief Valentin ihr entgegen.

„Sie haben es Ihrem Vater versprochen", fügte René Just hinzu.

Die Wassertropfen glitzerten noch auf dem Werkzeug, das Hanna auf dem Basalt liegengelassen hatte. Während sie das Polster an ihrer linken Hand anbrachte, stellte sich René Just wenige Schritte von ihr entfernt in Positur. Leicht gebeugte Haltung, die Hände auf Brusthöhe zusammengeführt und in der Luft erstarrt, als würden sie etwas halten – das unsichtbare Goniometer. Den Meißel angesetzt, den Fäustel zum ersten Schlag erhoben, fixierte Hanna ihn eindringlich. Die hohe Stirn, das nachsichtige Lächeln. Die Form der Schultern, den Faltenwurf der Kutte. Jedes Detail prägte sie sich ein – all die Feinheiten, die helfen würden, der Skulptur Leben einzuhauchen. Während sie ihn betrachtete, ließ der Mineraloge plötzlich seine Hände auf Bauchhöhe sinken, hielt sie dort, ineinandergelegt, die offenen Handflächen nach oben gerichtet. Es war die Haltung, die eines der Gipsmodelle ihres Vaters eingenommen hatte. In der offenen Hand etwas haltend, zugleich beschützend und präsentierend. Blau-Auge.

Ein Schauer durchlief Hanna bis in die Kopfhaut, bis in die Zehenspitzen. Sie senkte den Blick auf die Steinskulptur. Das Loch, das im Stein klaffte, endete etwa auf der Höhe von Monsieur Mais-Nons Magen. Darunter war ausreichend Material vorhanden, um die Arme und Hände auszuarbeiten. Als Hanna wieder aufsah, war René Just verschwunden. Aber sein Bild hatte sich ihrem geistigen Auge eingebrannt. Hastig hob sie ein abgeschlagenes Steinbröckchen vom Boden auf und schabte damit auf der Skulptur entlang, bis ein heller Strich auf dem Stein zu erkennen war. Mit wenigen Linien skizzierte sie die neue Haltung der Arme und Hände auf dem Basalt.

Hanna stellte die abgerollte Kabeltrommel auf den Kompressor und hievte das verschlungene Kabel darauf. Den gelbgrünen Schlauch, der sie als Kind immer an eine Schlange erinnert hatte, legte sie in zwei Schlaufen um ihre Schulter. Mit dem Ärmel wischte sie das Spinnennetz weg, das zwischen der Deichsel des Handwagens und dem Kompressor gespannt war. Mit einer Hand das Kabel fixierend, zog sie die Maschine in den Garten, wobei sie immer wieder stehen bleiben musste, um das Kabel zu entwirren und nach und nach ins Gras gleiten zu lassen. Bei der Skulptur angekommen, startete Hanna den Motor. Das dumpfe Dröhnen brachte den Gesang der Vögel und das Zirpen der Grillen jäh zum Verstummen. Hanna entrollte den Schlauch, setzte einen Drucklufthammer auf und ließ die Luft fauchend entweichen. Sie nahm den kleinsten Druckluftmeißel, den sie in der Werkstatt hatte finden können, und setzte die Meißelspitze auf dem Basalt an. Die Vibration des Werkzeugs in ihrer Hand ging ihr durch Mark und Bein. Das Eisen knatterte über die Steinoberfläche – vor Hannas Augen löste sich die oberste Schicht in einer Wolke aus Steinstaub auf.

Am Abend konnte Hanna kaum noch ein Glied rühren. Sie fühlte sich erschöpft, aber glücklich. Schon nach wenigen Stunden Arbeit waren deutliche Fortschritte zu erkennen gewesen. Zum ersten Mal war Hanna zuversichtlich, in der vereinbarten Zeit mit der Arbeit fertig zu werden. Sie war hundemüde, zugleich aber so aufgewühlt, dass sie nicht sofort würde schlafen können. Im Schlafzimmer ging sie die im Regal aufgereihten Zeitschriften durch, aber die Kunst- und Motorradmagazine konnten sie nicht fesseln. Schließlich blätterte sie durch die Unterlagen, die Lisa ihr im dritten Karton aus Berlin geschickt hatte. Eine Broschüre aus dem Neuen Museum fiel ihr ins Auge, die der Büste der Nofretete gewidmet war. Beeindruckt vom Anblick des Originals hatte Hanna das Heft damals im Museumsshop gekauft, später jedoch nie hineingesehen. In den Untiefen ihrer Schreibtischschublade war es in Vergessenheit geraten. Jetzt nahm sie es mit ins Bett, um im Schein der Nachttischlampe darin zu lesen.

Das Cover zeigte eine Frontalansicht der Büste. Nofretetes ebenmäßiges Gesicht, die rot bemalten, sinnlichen Lippen, die schwarz umrandeten Augen, eines mit strahlend weißem Augapfel, das andere mit einer dunklen Iris. Die breiten Brauen, darüber der hohe, majestätische Hut mit goldener Borte. Die Ohren, die wie angeknabbert wirkten, gehörten zu den wenigen Details, die Spuren von Alter und Zerstörung aufwiesen. Der lange, glatte Hals sah so intakt aus, als sei er gestern erst bemalt worden. Die Büste endete dort, wo Nofretetes Schlüsselbeine hätten sein sollen. Hanna erinnerte sich daran, wie sie im Museum ungläubig vor der Skulptur gestanden hatte, die ihr in ihrer modernen Schönheit vorkam wie aus der Zeit gefallen. Sie hätte aus den 1920er Jahren stammen können, stattdessen war sie bereits mehr als 3000 Jahre alt.

Hanna schlug die Broschüre auf.

Die Büste der Nofretete war 1912 bei Grabungen eines deutschen Archäologenteams in Amarna in der verschütteten Werkstatt eines

Bildhauers gefunden worden. Die Fundstücke hatte man zwischen Deutschland und Ägypten aufgeteilt. Ludwig Borchardt, der leitende Archäologe, dem die Besonderheit der Büste sofort ins Auge gesprungen war, hatte sie bei der Aufteilung wissentlich als einfaches Gipsmodell deklariert, ein Stück unter vielen, um ihren Wert herunterzusetzen und sie ungehindert nach Deutschland bringen zu können. Doch er hatte geahnt, wenn die Büste jemals öffentlich ausgestellt werden würde, gäbe es Rückforderungen von ägyptischer Seite. Bei der ersten Ausstellung mit Exponaten der Ausgrabungen im Jahr 1913 wurde die Büste der Nofretete daher nicht gezeigt. James Simon, der Mäzen der Grabungskampagne und somit Besitzer der Fundstücke, gab 1920 sämtliche Objekte aus der Amarna-Grabung an die Ägyptische Abteilung der königlich preußischen Kunstsammlungen. In einer zweiten Ausstellung unter dem Titel *Tell el-Armana* wurde die Büste im März 1924 schließlich doch noch der Öffentlichkeit zugänglich gemacht. Wie erwartet, erregte die bemalte Büste das größte Aufsehen, was sowohl die von Borchardt befürchteten Rückgabeforderungen mit sich brachte als auch einen Nofretete-Boom auslöste. Nofretete entwickelte sich zum Kultobjekt, beeinflusste die Mode und das Schönheitsideal der Zeit. Zahlreiche Abbildungen und Kopien der Büste überschwemmten in der Folge den Markt.

Hanna stutzte, ließ ihre Augen über die Zeilen fliegen. Da stand es: *März 1924.* Sie hatte sich nicht verlesen.

„Guten Abend, Herr Newel, Hanna Klopp hier. Bitte entschuldigen Sie die späte Störung."

„Aber ich bitte Sie, Fräulein Klopp, Sie stören mich doch nicht! Worum geht es denn?"

„Können Sie mir sagen, wann genau Jakob Höner erschossen wurde?"

„Sicherlich, da schaue ich eben nach. Einen Augenblick, bitte." Hanna hörte den Chronisten in seinem Zimmer umhergehen, hörte das Rascheln von Papier. „Wie ich's mir gedacht habe", nuschelte er kurz darauf wieder in den Hörer, „Also, das Attentat auf Wilhelm Schlich?"

„Genau", bestätigte Hanna ungeduldig.

„Das fand in der Nacht vom 24. Januar 1924 statt."

Nachdem Hanna sich bedankt und den Hörer aufgelegt hatte, musste sie sich auf den Küchenstuhl setzen. Die Replik der Büste war demnach frühestens im März 1924 angefertigt worden, eher noch später. Da war Jakob Höner bereits seit Monaten tot gewesen.

1924, ein Nachmittag im Sommer

Gerda blickt lange in den Spiegel, betrachtet ihre hohe Stirn, die ebenmäßigen Züge, den geschwungenen Mund, und hört in ihrem Kopf doch nur dies eine Wort: Klitschauge. Die braunen Haare sind auf Kinnlänge abgeschnitten - endlich hat die Mutter ihr den todschicken Bubikopf erlaubt. Eigentlich sähe sie doch recht passabel aus, wenn nur dieses Auge nicht wäre. Ein Geburtsfehler, sagen sie. Die alte Märthe, die Hebamme des Dorfes, sei eben nicht mehr ganz auf der Höhe gewesen damals. Ist auch kurz danach gestorben, aber da war es für Gerda schon zu spät. Nun hat sie ein Auge, das offen und wach in die Welt hinausschaut, und eines, dass sich hinter einem grauweißen Schleier verbirgt. Sie hält sich das hässliche Auge zu, schon blickt ihr ein anderes Mädchen entgegen, mit einem schönen haselnussbraunen Auge und einer weißen Hand, die eine Hälfte des Gesichtes bedeckt. Die Hand wird seit Neuestem von einem schmalen Silberring geschmückt. Gerda wechselt die Seite und nimmt ihr Ebenbild nur noch verschwommen, neblig wahr. Klitschauge. Das haben sie ihr in der Schule immer nachgerufen. Später, im Pensionat, hat keiner mehr gerufen, aber geflüstert haben sie miteinander und gekichert, wenn sie dachten, dass Gerda sie nicht hören kann. Nur gut, dass sie dort seit dem Tod des Vaters nicht mehr hinmuss. Statt mit Handarbeiten und Konversationsstunden verbringt sie ihre Zeit nun damit, die Hotelwäsche zu machen, das Haus sauber zu halten und die Gäste in der Wirtschaft zu bedienen. Ihr ist es nur recht, dieses Leben fühlt sich erwachsener an, als mit den dummen Puten im Pensionat zu tuscheln. Wer hätte gedacht, dass ausgerechnet sie die Erste sein würde, die sich verlobt? Nicht eines der Hühnchen, die den ganzen Tag Stickereien, Haushaltslehre und die Schönheitstipps in der „Eleganten Welt" studieren. Wer hätte gedacht, dass sie es wäre, die sogar noch vor der großen Schwester heiraten würde? Der Gedanke an Maria war Gerda unangenehm. Natürlich hätte Peter lieber die Maria genommen. Dabei hat die ihn nie groß beachtet, schon früher nicht, als er mit Jakob im Haus ein- und ausging, und heute ebenso wenig. Sie selbst hingegen hat Peter schon immer gemocht, mehr als die anderen jungen Männer im Dorf, auch wenn er zehn Jahre älter ist als sie. Im März ist sie siebzehn geworden, noch lange nicht großjährig, aber für die Ehemündigkeit reicht's. Im nächsten Frühjahr wird sie Frau Gerda Klopp heißen. Die gipserne Büste, die neben dem Frisierspiegel auf ihrem Tischchen steht, hat Peter ihr zum Geburtstag geschenkt und ein wenig auch zur Verlobung, so als habe der Ring nicht ausgereicht. Von einer Reise aus Berlin hat er sie mitgebracht, wo er das Original in einer Ausstellung gesehen hat. Gerda liebt die Büste, eine Abbildung der alt-ägyptischen Königin Nofretete, einer wunderschönen Frau. Sie trägt einen Hut ohne Krempe, der ihr Haar verdeckt. Darunter ein ebenmäßiges Gesicht mit gerader Nase und geschwungenen Lippen, auf einem langen, schlanken Hals sitzend. Das Unglaublichste jedoch – die Frau besitzt ein normales und ein weißes Auge! Die Skulptur sei das Schönste gewesen, was er je gesehen habe, hat Peter ihr vorgeschwärmt, als er ihr das Geschenk überreichte. Seither spricht er sie manchmal scherzhaft mit „meine ägyptische Hoheit" an, was Gerda jedes Mal verschämt kichern lässt. Was macht es da, dass er eigentlich ihre Schwester heiraten wollte? Was macht es da, dass er sie nur aus schlechtem Gewissen Jakob gegenüber heiratet? Kann er nicht trotzdem ein guter Ehemann sein?

Damals, vor mehr als fünf Jahren, als ihr Bruder aus Frankreich zurückgekehrt war, ausgezehrt und so müde, dass er drei Tage und Nächte im Bett liegenblieb, hatte Gerda ihn wieder und wieder ausgefragt. Er hatte sich gesträubt, wollte nichts erzählen. Doch nach und nach kamen die Geschichten ans Tageslicht. Der Bruch mit Peter hatte ihm zugesetzt. Den genauen Grund für ihren Streit wollte er nicht erzählen, nur dass Peter anscheinend glaubt, Jakob habe ihm etwas weggenommen. Jahrelang hatte Gerda an die Unschuld des Bruders geglaubt, bis sie ihm im letzten Herbst wie so oft seine gebügelte Wäsche ins Zimmer brachte. Er hatte ihr eingebläut, nicht an die unterste Schublade der Kommode zu gehen, aber bitte, war das nicht regelrecht eine Aufforderung? Ganz schmutzig und abgegriffen ist das Lumpenbündel gewesen, sie hat es mit spitzen Fingern hervorgeholt. Erst da hat sie gemerkt, dass etwas darinnen steckte. Die Stoffhülle war fadenscheinig, doch darauf war etwas gestickt. Vielleicht hatte man die Hülle aus einem alten Taschentuch gefertigt. Der Plattstich des Monogramms war erhaben, Gerda konnte die Buchstaben, die auf dem verdreckten Stoff mit dem Auge nicht mehr lesbar waren, unter den Fingerspitzen ertasten – ein P und ein K, Peter Klopps Initialen. Sie hatte nicht erkennen können, was in diesem schäbigen Ball versteckt war, und hatte ihn rasch wieder zurückgelegt. Doch an jenem traurigen Morgen, als die Gendarmen vor der Tür gestanden und die Mutter über Jakobs Tod unterrichtet haben, da ist sie wie von Sinnen in seine Kammer gerannt und hat das Bündel an sich genommen, ehe jemand anderes es fand. Weshalb, wusste sie selbst nicht, doch es schien ihr, als ob das wichtig wäre. Die Stoffhülle hat sie später im Ofen verbrannt. Den Kristall, dessen Schönheit ihr die Sprache verschlagen hat, verwahrt sie seither in ihrem Bett, in der Ritze zwischen den beiden Matratzenteilen. Wo aber soll sie ihn verstecken, wenn sie erst mit Peter einen Hausstand teilt? Es ist glasklar, er darf ihn niemals, nie und nimmer zu Gesicht bekommen – den Beweis, dass Jakob ihn tatsächlich hintergangen hat. Dass er umsonst ein schlechtes Gewissen hat.

Gerdas Blick fällt auf die Nofretete-Büste. Hat Peter nicht selbst gesagt, deren einziger Makel sei, dass sie innen hohl sei? Hatte er nicht selbst angeboten, sie mit Gips zu füllen, um sie stabiler zu machen?

Gerda lächelt ihrem Spiegelbild zu. Das Füllen der Büste wird sie selbst übernehmen.

29 Der Laacher See lag da wie eine riesige Pfütze, unbewegt und friedlich. Tiefblau glänzend im Sonnenschein, umgeben von dunkelgrünem Wald und hellgrünen Feldern. Vereinzelt erkannte man weiße Segel auf dem Wasser sowie ein paar dunkle Flecken, die Ruderboote. Hanna und Tobbe waren mit den Fahrrädern auf der Anhöhe stehengeblieben und blickten auf das Gewässer hinab, in dem sich das Sonnenlicht in funkelnden Einsprengseln brach. Das zweite Fahrrad hatte Tobbe mitgebracht, als er Hanna in aller Frühe abgeholt hatte.

„Jetzt, wo du mit der Arbeit fertig bist, müssen wir endlich mal zum See fahren", hatte er gesagt und sie angegrinst, so als ob es die zwischenzeitliche Funkstille nicht gegeben hätte. Hanna war froh gewesen, ihm nichts erklären zu müssen. Die Brüder Haüy hatten ihr vom Werkstatttor aus nachgewunken, als sie aufs Rad gestiegen und losgefahren war.

„Komm, wer als Erstes unten ist!", rief Tobbe plötzlich aus und stieß sich vom Asphalt ab. Hanna beeilte sich, ihm auf der abfallenden Straße nachzukommen. Der Fahrtwind pfiff ihr um die Ohren. Sie fühlte sich frei und leicht, wie schon ewig nicht mehr. Tobbe bog auf einen Feldweg ein, die Räder holperten über Zweige und Steinchen. Hier und da mussten sie Joggern ausweichen, aber es waren noch nicht viele unterwegs an diesem Morgen. Sie bogen in den Laubwald ein. Die Baumstämme warfen dunkle Schatten auf den Weg, das Sonnenlicht erhellte die Zwischenräume – hell, dunkel, hell, dunkel. Ein würziger Duft stieg aus Gräsern und Farnen auf, die den Weg flankierten. Hier und da glitzerte der Morgentau noch in den Halmen. Es war nichts zu hören außer dem Geträller der Vögel, dem Summen der Insekten und dem Sirren ihrer Räder.

Hanna hatte Monsieur Maïs-Non ihrer Vision entsprechend ausgearbeitet. In den Händen hielt er Blau-Auge, zugleich präsentierend und schützend. Den Kristall in Basalt umzusetzen war eine Fingerspitzenarbeit gewesen. Sie hatte die Facetten glattgeschliffen, doch das war der Pracht des echten Kristalls noch nicht gerecht geworden. Schließlich war Hanna die Anleitung zum Färben von Basalt in den Sinn gekommen, die ihr Vater in einem seiner Bücher notiert hatte. Sie musste fünf Kladden durchblättern, bis sie die Stelle wiederfand. Eine Mischung aus kobaltblauen Farbpigmenten, Steinhärter und weiteren Zutaten, die sie zum größten Teil in der Werkstatt gefunden hatte. Es war erstaunlich gewesen, wie viel von dieser Farbmischung im Basalt versickerte, ehe er den gewünschten Ton annahm – ein tiefes, intensives Blau, das den Blick des Betrachters sofort auf sich zog.

An dem Tag, als die Auftraggeber zum vereinbarten Besichtigungstermin hatten erscheinen sollen, war Hanna vor Aufregung dreimal zur Toilette gerannt, aus Angst, sich übergeben zu müssen. Schließlich hatten René Just und Valentin sie in ihre Mitte genommen und in den Garten geschoben, wo Vera bereits mit Newel, Mertens und Dr. Wolf neben der Skulptur stand. Der Museumsleiter hatte sich darüber aufgeregt, dass Hanna ohne Rücksprache die Vorlage abgeändert hatte. Aber Newel und Mertens waren begeistert gewesen, sodass Dr. Wolf sich schließlich ebenfalls zufriedengegeben hatte.

Ein Ast, der auf dem Waldweg lag, riss das Fahrrad in die Höhe, was Hanna aufschreien ließ.

„Hoppla", rief ihr Tobbe über die Schulter hinweg zu, „ist alles okay bei dir?"

„Alles gut!", antwortete Hanna und fuhr mit zittrigen Knien weiter.

Nachdem die Männer gegangen waren, hatte Vera sie in den Arm genommen und fest an sich gedrückt. „Du bist eben die Tochter deines Vaters", hatte sie in Hannas Halsbeuge gesprochen, „du hast sein Talent, Hanna! Mach was draus!"

Hanna bog mit dem Fahrrad um eine Kurve und bremste abrupt ab, als sie Tobbe auf einer Bank sitzen sah.

„Meine Güte", stöhnte er, während er sich theatralisch langsam erhob, „da sind ja die Alten bei mir auf Station schneller als du!"

„Na warte", lachte Hanna und zog an ihm vorbei, „wer zuerst am Jägereck ist, hat gewonnen!"

Je näher sie dem Wasser kamen, desto mehr Feuchtigkeit lag in der Luft. Ein dumpf modriger Geruch stiegt Hanna in die Nase, den sie begierig einsog. Der Boden war matschig, zwei Mal geriet das Rad ins Rutschen. Hanna hörte Tobbe dicht hinter sich in die Pedalen treten. Eine weitere Kurve, da war der Rastplatz, wie sie ihn von früher kannte. Sie bremste scharf, sprang ab und ließ das Rad zu Boden fallen.

„Erste!"

„Aber um Haaresbreite!", keuchte Tobbe, der mit quietschenden Bremsen zum Stehen kam. Er hob ihr Fahrrad aus dem Gras und schloss es mit seinem zusammen.

„Komm, wir gehen ans Wasser!"

Der Trampelpfad führte steil abwärts, Hanna musste sich an den freiliegenden Baumwurzeln festhalten, um nicht auszurutschen. Am Ufer angekommen, ließen sie sich auf einem umgestürzten Baumstamm nieder. Spiegelglatt lag der See vor ihnen, durchbrochen nur von vereinzelten Ästen, die auf dem Wasser trieben, und Schilfhalmen, die daraus hervorragten. Ein leichter Windstoß kräuselte für einen Moment die Wasseroberfläche, dann lag der See wieder still da. Nur ganz nah am Ufer stiegen unaufhörlich Gasbläschen auf, das einzige Zeichen dafür, dass es sich bei dem See um einen schlafenden Vulkan handelte.

Irgendwo quakte ein Frosch. Hanna spürte, wie die Ruhe in sie hineinsickerte. Wie alle Anspannung von ihr abfiel.

Der Schätzer hatte noch zwei Mal auf ihre Mailbox gesprochen. Hanna hatte erwartet, dass er sie nach ihrem Gespräch mit Ludmilla in Ruhe lassen würde, aber anscheinend hatte er ihr die Behauptung, sie habe den Stein ans Museum gegeben, nicht abgenommen. Um ihre Lüge zu untermauern, hatte Hanna den Brief fotografiert, den Forgeron ihr zusammen mit der Nazar-Boncuk-Kette geschickt hatte. Seine dankenden Worte, im Namen des Museums, für ihren wertvollen Beitrag – geschrieben auf dem offiziellen Briefpapier des Muséum National d'Histoire Naturelle.

Sie hatte das Foto an den Schätzer geschickt und danach seine Nummer endgültig in ihrem Handy gesperrt.

Tobbe räkelte sich ausgiebig in der Sonne. Hanna beobachtete ihn aus dem Augenwinkel heraus, er fing ihren Blick auf und grinste. „Na los", sagte er, „wer als erstes im Wasser ist!"

So schnell sie konnten, streiften sie sich die T-Shirts über den Kopf, rissen sich die Hosen vom Leib und rannten in den See. Wie früher schrak Hanna zusammen, als ihre Fußsohlen auf den schleimigen Grund trafen. Die Kälte des Wassers raubte ihr einen Moment lang den Atem. Nach wenigen Schritten ließ sie sich ins Wasser gleiten und machte prustend und quiekend ein paar schnelle Schwimmbewegungen.

Tobbe tauchte unter und kam einige Meter entfernt wieder an die Wasseroberfläche.

„Du Mädchen!", rief er ihr zu und lachte.

Hanna spritzte ihm zur Antwort eine Ladung Wasser ins Gesicht. Dann ließ sie sich auf dem Rücken treiben. Das weiche Wasser streichelte ihren Körper, während sie ihren Blick über den unendlichen blauen Himmel streifen ließ. Eine Entenfamilie zog an ihr vorbei, ohne sie weiter zu beachten. Die Jungen waren schon fast ausgewachsen, bald würden sie ihren eigenen Weg gehen. Es tat so gut, hier zu sein.

Hier und jetzt.

Tobbe war vom See aus zur Arbeit geradelt. Zurück in der Werkstatt blieb Hannas Blick an der Nofretete-Büste hängen. Sie nahm die Plastik in beide Hände und trug sie in den Anbau, wo sie sie auf dem Küchentisch abstellte.

„Da fehlt noch immer das letzte Teil", sagte René Just, der mit einem Mal neben ihr aufgetaucht war, und wies auf die gipsweiße Wunde in der Wange der alten Ägypterin.

„Das sehe ich selbst", antwortete Hanna unwirsch. Sie setzte sich an den Tisch und fixierte die Büste. „Sie hat meiner Großmutter Gerda gehört", sagte sie, ohne René Just anzusehen, „und die hat immer sehr gut auf sie geachtet." Hanna erinnerte sich, wie die Oma sie ermahnt hatte, wenn sie als kleines Mädchen mit der Büste spielen wollte. „Ich durfte sie nicht anfassen, nur betrachten. Oma ist dann immer neben mir stehengeblieben und hat aufgepasst, damit ich nicht heimlich irgendwas damit anstelle."

„Und warum war das wohl so?", fragte nun Valentin, der plötzlich zu Hannas anderer Seite am Tisch saß.

„Sie muss gewusst haben, was darin versteckt war." Die Erkenntnis traf Hanna im selben Moment, in dem sie den Satz aussprach.

„Dann hat Ihre Großmutter Blau-Auge versteckt?" René Just legte den Kopf schief und blickte Hanna auffordernd an.

„Ja, vermutlich", flüsterte sie. Die Ellenbogen auf die Tischplatte gestützt, bettete sie ihr Kinn in die Hände. „Mein Großvater kann es nicht gewesen sein – wenn ihm der Kristall so viel bedeutete, dass er sich deswegen mit seinem besten Freund zerstritten hat – dann hätte er ihn doch nicht auf diese Weise aus dem Verkehr gezogen, oder?"

„Und Ihre Großmutter, weshalb sollte sie es getan haben?"

Hanna drehte sich zu Valentin um. „Ich habe keine Ahnung", antwortete sie. „Vielleicht, weil es jedes Mal Streit gab, wenn er irgendwo aufgetaucht ist. Wie bei ihr hier!" Mit dem Kinn deutete Hanna auf Nofretete. „Das Original ist so unfassbar schön, dass der Archäologe, der sie ausgegraben hat, nicht wollte, dass man sie jemals öffentlich ausstellt."

„Was aber offensichtlich doch geschehen ist", stellte Valentin fest.

„Und einen Rückforderungsstreit entfacht hat, der seit schon fast hundert Jahren immer wieder neu geführt wird", beendete Hanna seinen Satz und nickte bekräftigend. „Ich denke, das ist es, was Oma Gerda verhindern wollte. Weiteren Unfrieden. Sie hat erkannt, dass Blau-Auge zu schön ist, um gesehen werden zu dürfen!"

„Vielleicht war es ihre Absicht, ihn eines Tages aus dem Versteck hervorzuholen", vermutete René Just.

Hanna zuckte die Schultern. „Sie hat immer gewusst, wo der Stein war. Sie hätte ihn immer befreien können. Aber sie ist fast neunzig Jahre alt geworden, ohne ihn wieder ans Tageslicht zu holen. Und offensichtlich auch, ohne jemandem davon zu erzählen."

Hanna dachte an ihren Vater. Ihrem Sohn hatte Gerda ganz bestimmt nichts von dem Kristall verraten. Er hätte ihn niemals im Versteck gelassen, dafür wäre er viel zu neugierig gewesen.

„Und Sie?", fragte Valentin jetzt sanft. „Was werden Sie mit Blau-Auge machen?"

Hanna blies die Wangen auf und zuckte mit den Achseln.

„Es muss ihn ja niemand zu Gesicht bekommen", sagte René Just eindringlich, „allein Sie könnten sich an seiner Pracht erfreuen!"

Ein trauriges Lächeln umspielte Hannas Mundwinkel. Sie griff in ihre Tasche, die an der Stuhllehne hing und zog den Kristall hervor. Das Sonnenlicht, das durch das Glasdach fiel, ließ das Blau erstrahlen.

„*L'oeil bleu*", flüsterte René Just wehmütig.

Hanna hob den Kopf und sah Valentin an. Der nickte ihr kaum merklich zu. Mit einem Ruck schob Hanna den Stuhl zurück und stand auf. „Sorry, Jungs, ich hab noch was zu erledigen!"

Hanna setzte das Flacheisen am unteren Lidrand von Monsieur Mais-Nons rechtem Auge an. In der Werkstatt hatte sie die Meißel sorgfältig an der Schleifmaschine geschärft. Sie atmete tief durch, schlug dann zu. Das Unterlid brach weg. Die Erinnerung daran, wie aufwändig es gewesen war, das Auge in Stein zu schlagen, musste Hanna verdrängen. Sie setzte die Meißelspitze am Augapfel an. Der Basalt spritzte unter ihren Fäustelschlägen in alle Richtungen. Energisch schlug sie zu, spürte die Kraft in ihren Muskeln. Nahm das Spitzeisen zur Hand, sprengte den Augapfel Schlag für Schlag, bis ein unförmiges Loch im Gesicht des Denkmals klaffte. Sie erweiterte den Umfang der Augenhöhle, schlug das Oberlid weg, ging in die Tiefe. Der Anblick war gruselig. Wenn Vera sehen könnte, was ich hier tue, dachte Hanna, würde sie mich für verrückt erklären. Doch ihre Mutter war für einige Tage nach Tschechien gefahren, um neue Ware für den Laden aufzustöbern.

Wenn Newel, wenn Mertens, wenn Dr. Wolf das sehen würden. Unwillkürlich blickte Hanna sich um, doch es war niemand außer ihr im Garten, nicht einmal die Brüder Haüy ließen sich blicken.

Am nächsten Vormittag sollte die Basaltsäule abgeholt werden. Ein Betonfundament sollte gegossen, die Skulptur darin verankert werden. In nicht einmal einer Woche stand die Einweihung des Denkmals an.

Hanna hatte nur noch diesen einen Tag, diese wenigen Stunden mit Monsieur Mais-Non. Tiefer und tiefer schlug sie die Höhle. Ihr Schlagarm fühlte sich schwer an, die Hand, die den Meißel hielt, krampfte. Hanna schlug weiter. Bei dieser Operation den Drucklufthammer zu benutzen, schien ihr zu riskant. Keinesfalls durfte mehr wegbrechen, als sie ohnehin zerstören musste. Sie hielt inne, betrachtete das steinerne Gesicht, das sie noch immer freundlich anlächelte, obwohl es aussah, als habe ihm jemand ins Auge geschossen. Alles wird gut, redete Hanna sich ein. Du schaffst das, alles wird gut!

Sie schüttelte ihre Hände aus, griff wieder nach dem Werkzeug. Der Fäustel wog eine Tonne. Hanna schlug weiter, wie besessen. Sie wusste nicht, wie viel Zeit vergangen war, seit sie den Meißel angesetzt hatte. Stunden, Wochen, Jahre. Ihr war, als sei dies alles, was sie jemals getan hatte, alles, was sie je tun würde. Eine Höhle in diesen Basalt schlagen, groß genug, tief genug. Sie zog den Handschuh von der linken Hand, steckte ihren Zeigefinger in den Stein. Zwei Fingerglieder verschwanden darin. Zu wenig. Hanna nahm ein neues Eisen. Sie schlug, schlug, schlug. Basaltstaub und Steinbröckchen sammelten sich am Grund des Lochs. Hanna pulte alles mit den Fingern heraus, pustete in die Höhle, um die letzten Reste zu vertreiben. Die Staubwolke stieg ihr in die Atemwege, Hanna nieste und hustete, dass ihr die Tränen in die Augen schossen. Als sie sich schnäuzte, waren die Spuren auf dem Taschentuch tiefgrau, fast schwarz. Die Finger fühlten sich wie eingerostet an, wenn sie die Hände öffnete oder schloss, knackte es in den Gelenken. Hanna schüttelte ein weiteres Mal die Arme aus, ließ sie wie Windmühlenflügel kreisen. Sie musste dranbleiben, sie musste es schaffen. Sie brüllte wie ein Tier, das sich in den Kampf stürzt. Packte das Werkzeug, schlug drauflos. Tiefer und tiefer fraß sich das Eisen in den Stein hinein. Während das Loch an der Oberfläche nicht viel größer war als der Kreis, den Hanna mit Daumen und Zeigefinger bilden konnte, hob sie im Inneren von Monsieur Mais-Nons Schädel einen größeren Hohlraum aus.

Es dämmerte bereits, als sie den Meißel ablegte. Endlich war das Loch so tief, dass Hanna ihren gestreckten Zeigefinger darin versenken konnte. Das musste genügen.

Zurück in der Werkstatt trug sie die Zutaten zusammen, die ihr Vater in der Rezeptur vermerkt hatte. In der Mitte des Raums lehnten die Brüder Haüy am Mühlsteintisch und beobachteten kommentarlos ihr Treiben. Nur einmal, als sie den Steinstaub, den sie mit dem Handfeger auf Monsieur Mais-Non zusammengekehrt hatte, auf die Tischplatte schüttete und mit einem Holzklöppel darauf einschlug, um die letzten Bröckchen zu Mehl zu zerstäuben, setzte René Just zaghaft an:

„Meinen Sie denn ganz bestimmt, es ist nötig ...?"

Hanna nickte so energisch, dass der alte Mineraloge verstummte.

Es war alles vorhanden, bis auf die Styroporflocken. Hanna erinnerte sich, dass ihr Vater sie gewonnen hatte, indem er Styroporblöcke mit einer Drahtbürste bearbeitete. Die weißen Teilchen waren aufgestoben, hatten es sogar im Hochsommer in der Werkstatt schneien lassen. Die Flöckchen waren in Peters Haaren hängengeblieben, an seiner Kleidung, an den Härchen auf seinen Unterarmen.

Hatten ihm im Gesicht geklebt, auf der Schutzbrille, sogar in den Ohren, bis er selbst wie ein Schneemensch ausgesehen hatte. Immer hatte er einen Vorrat an Styropor in der Werkstatt gehabt. Große Blöcke, aus denen er Formen geschnitzt hatte, die er später mit Gips oder Latex kaschierte, oder kleinere Reststücke. Aber obwohl Hanna in allen Regalen und Ecken nachsah, konnte sie kein Styropor entdecken. Sie brauchte die Flöckchen. Ohne sie würde es nicht gehen!

Hanna schnappte sich den Handbesen und fegte sorgfältig jeden Winkel. Hier und da entdeckte sie weiße Schnipsel, die sie aus dem Staub klaubte und zu einem Häufchen anordnete. Sie band sich die Schürze ihres Vaters um die Taille und mischte die Paste zusammen. Als sie damit fertig war, schloss sie für einen Moment die Augen. Sammelte sich.

Sie trug Peters Schürze, seinen Blaumann, seine Motorradstiefel. Unter dem Overall schmiegte sich Tobbes schwarzes Unterhemd an ihre Haut. Er hatte es ihr am Morgen nach dem Schwimmen geliehen, als ihr T-Shirt nass geworden war. Das Augen-Amulett, das Forgeron ihr geschenkt hatte, baumelte am Lederband um ihren Hals. Hanna hob die Hand und berührte es flüchtig. An den Ohren trug sie die Ohrstecker von Vera. Ihre Rüstung, ihre Talismane.

Es war ein milder Abend. Die letzten Zikaden zirpten, vereinzelt war Vogelgezwitscher zu hören. Zwischen den Baumwipfeln vollführten Fledermäuse ihren hektischen Tanz. Hanna hatte die Taschenlampe auf Monsieur Mais-Nons Kopf abgelegt. Im Lampenlicht sah das zerstörte Gesicht noch brutaler aus. Aus dem Stoffbeutel zog Hanna das T-Shirt-Bündel hervor und schlug es auf. Unschuldig und rein wirkte der Kristall im Schein der Lampe. Es war, als leuchtete er von innen heraus. Hanna wünschte sich, in dieses Blau eintauchen zu können, darin zu versinken. Wie Schwimmen musste das sein, wie Fliegen. Ihr gegenüber standen René Just und Valentin auf der anderen Seite der Steinsäule. Sie neigten ihre

Oberkörper vor, um ebenfalls einen letzten Blick auf den Kristall erhaschen zu können.

„Wollen Sie das wirklich tun?" René Justs Gesicht wirkte blass im Schein der Lampe.

„Ich will nicht", antwortete Hanna leise, „aber ich glaube, ich muss."

Valentin legte einen Arm um die Schultern seines Bruders und drückte ihn an sich.

Mit beiden Händen hob Hanna den Kristall an ihre Lippen, küsste den kühlen, glatten Stein. Sie schloss ihre Hände um Blau-Auge, versuchte, sich dieses Gefühl einzuprägen.

Niemals würde sie ihn vergessen. Sie würde immer wissen, wo er war.

Mit einem dumpfen Pock! kam Blau-Auge auf dem Grund von Monsieur Mais-Nons Augenhöhle auf. Mit einer Hand richtete Hanna den Strahl der Taschenlampe in das Loch, mit der anderen hielt sie den Gummibecher, aus dem sie die zähe Kunststein-Mischung goss. Mit angehaltenem Atem beobachtete sie, wie sich die Paste um den Kristall herum verteilte, träge anstieg, um sich schließlich wie in Zeitlupe über ihm zu einer glatten Oberfläche zu schließen.

Die Styroporflocken hatte Hanna in einer ausgeleerten Streichholzschachtel transportiert. Sie ließ die Flöckchen auf die frische Steinmasse fallen und verrührte sie mit einem Spatel. Innerlich sprach sie ein Gebet, ohne zu wissen, an wen sie es richtete. Bitte! Mach! Dass es funktioniert!

Um Hanna herum war es stockdunkel geworden. Wieder und wieder musste sie mit der Taschenlampe erst Monsieur Mais-Nons gesundes Auge anleuchten, dann das blinde, welches sie mit dem Modellierspatel bearbeitete. Noch war die Masse formbar. Hanna ritzte die Umrisse des Augenlids ein, modellierte den Augapfel, deutete die Iris an, bohrte eine Vertiefung als Pupille. Dann wurde die äußere Schicht steinhart, wie eine Kruste, die sich auf flüssiger Lava bildet. Als das Auge so fest war, dass es unter dem Druck von

Hannas Daumen nicht mehr nachgab, nahm sie die Metallflasche mit dem Waschbenzin aus der Tasche, schraubte sie auf und ließ die Flüssigkeit auf das Auge träufeln. Ein stechender Geruch, es knisterte und zischelte, während sich die vom Benzin benetzten Styroporschnipsel in der Steinmasse auflösten. Hanna wurde schlagartig übel. Sie stellte die Flasche ab, wischte ihre Hände an der Schürze trocken, trat einen Schritt zurück und atmete tief durch. Im Schein der Lampe betrachtete sie das Ergebnis ihrer Arbeit. Monsieur Mais-Non strahlte sie an, mit zwei intakten Augen, die sich auf den ersten Blick kaum voneinander unterschieden. Das neue Auge war dunkler, der Stein noch feucht. Hanna hoffte inständig, dass sich die Farbe angleichen würde. Mit basaltschweren Gliedern schlurfte sie zurück, jeder Schritt ein Kraftakt. In der Werkstatt brannte noch Licht, eine dunkle Motte tänzelte dicht unter der Decke herum. Immer wieder prallte sie hörbar gegen das Glas des Lampenschirms. Hanna fuhr mit den Händen in die Schürzentasche. Überrascht zog sie ein kleines Stück Gips hervor, auf einer Seite weiß, die andere hautfarben koloriert. Am Küchenwaschbecken wusch Hanna sich die Hände, um sie von Benzin und Steinstaub zu befreien. Etwas Wasser sammelte sie in der hohlen Hand und ging damit in die Werkstatt zurück. Aus dem braunen Papiersack ließ sie das weiche Gipspulver in ihre Handfläche rieseln, wo es sich mit dem Wasser vermischte. Sie rührte mit dem Zeigefinger der anderen Hand darin herum, bis eine cremige Paste entstand, tupfte ein wenig der Gipsmasse in die Wunde, die in Nofretetes Wange klaffte, und quetschte das letzte Puzzleteil hinein. Drückte es fest, bis der Gips hielt, wischte dann den am Rand hervorgequollenen Überstand weg. Nofretete war geheilt. Durch das Glasdach leuchtete das erste Grau des anbrechenden Morgens in die Küche. Hanna löschte das Licht, schleppte sich ins Schlafzimmer und ließ sich in voller Montur aufs Bett fallen.

In dieser Nacht

Im Traum betritt Hanna durch das weit geöffnete Flügeltor die Werkstatt. Wärme und Licht füllen den Raum, winzige Staubpartikel tanzen in den einfallenden Sonnenstrahlen. Die Stalltür, die zum Anbau führt, ist geöffnet. Am Küchentisch sieht Hanna ihren Vater sitzen, in einer Hand ein Stück Sandstein, in der anderen ein Schnitzmesser, mit dem er den Stein bearbeitet. Peter Klopp ist vollkommen in seinem Tun versunken. Weichgelber Sand rieselt auf seine Jeans, wo er kleine Dünenkämme bildet.

Mit angehaltenem Atem betrachtet Hanna ihren Vater. Peter sieht jünger aus, als er zuletzt gewesen war. Sein Haar ist dicht und dunkel, fast schwarz. Sein Körper wirkt kraftvoll, jede Bewegung sitzt. Er trägt den braun gemusterten Norweger-Pullover, den Hanna aus ihrer Kindheit kennt. Plötzlich schaut er auf und blickt sie überrascht an. Sein Gesicht ist faltenlos und rosig, nicht fahl wie in den letzten Tagen seines Lebens.

„Da bist du ja", sagt Peter Klopp und strahlt. Er legt das Werkzeug auf die Tischplatte, wischt die Hände an den Hosenbeinen ab. Als er aufsteht, rieselt Sand zu Boden.

„Ich bin so stolz auf dich", sagt er und breitet seine Arme aus, „das hast du richtig gut gemacht!"

Hannas erste Schritte sind noch zögerlich, dann stürzt sie sich in die Umarmung ihres Vaters.

Doch alles, was sie von ihm berührt, löst sich in Luft auf, bis der ganze Peter Klopp verschwunden ist.

30

Auf der Wiese vor dem Vulkanmuseum stand Monsieur Mais-Non in weiße Tücher gehüllt, wie ein unförmiges Gespenst. Alle waren gekommen. Newel, Mertens, Dr. Wolf und seine Mitarbeiterinnen. Eine Journalistin und der Pressefotograf der regionalen Tageszeitung, dazu mindestens fünfzig Zuschauer. Tobbe hatte Tante Käthe mitgebracht. Klein wie eine verschrumpelte Kartoffel saß sie in ihrem Rollstuhl, die Wolldecke trotz der Wärme um die Schultern drapiert. Obwohl die Sonne schien, hatte Hanna den Eindruck, als läge eine erste Vorahnung des Herbstes in der Luft. Ein Hauch nur, kaum wahrnehmbar.

Jetzt entdeckte sie die Brüder Haüy. Valentin hatte sich unter das Publikum gemischt. Mit amüsiertem Gesichtsausdruck schob er sich durch die Reihen und beobachtete die Menschen ringsum, lauschte ihren angeregten Gesprächen. René Just stand allein abseits der Menge. Als er Hannas Blick bemerkte, lächelte er mild.

Das Rednerpult war seitlich des verhüllten Denkmals aufgebaut. Mertens, der gerade noch mit der Journalistin gesprochen hatte, baute sich dahinter auf und hob die Hand, um das Publikum zum Verstummen zu bringen.

„Sehr verehrte Damen und Herren, liebe Mendiger Mitbürgerinnen und Mitbürger, ich freue mich sehr, Sie hier so zahlreich begrüßen zu dürfen!"

Hanna griff die Hand ihrer Mutter und drückte sie fest. Vor Aufregung war es ihr nicht möglich, der Rede zu folgen – die lange Liste der Sponsoren, die der Altbürgermeister mit klangvoller Stimme vortrug, zog an ihr vorbei. Hanna hatte Monsieur Mais-Non seit jener Nacht nicht mehr gesehen. Die Versetzung des Denkmals vom Garten hinter der Werkstatt vor das Vulkanmuseum hatte sie verschlafen. Drei Tage lang war sie im Bett geblieben, vollkommen kraftlos. Wenn sie aus ihren fiebrigen Träumen hochgeschreckt war, hatten abwechselnd Vera, Tobbe und die Brüder Haüy an ihrem Bett gesessen. Aber vielleicht hatte sie das auch nur geträumt. Sie wusste nicht, wie der Kunststein aussah, nachdem er durchgetrocknet war. Sie konnte nur hoffen, dass er sich im Tageslicht unauffällig in den ihn umgebenden Basalt einfügte.

Das Publikum klatschte, Hanna fiel mit ein. Jetzt löste Newel Mertens am Rednerpult ab und nuschelte eine Kurzfassung der Legende um Blau-Auge ins Mikrofon. Schließlich war Dr. Wolf an der Reihe und bedankte sich bei seinen Vorrednern.

„Ich möchte nun Hanna Klopp zu mir bitten, die Tochter des verstorbenen Künstlers, die es dankenswerter Weise übernommen hat, die Skulptur ihres Vaters zu vollenden!"

Hanna schoss das Blut in die Ohren.

„Na los", raunte Vera und gab ihr einen auffordernden Stoß, „nun geh schon!"

Hanna schob sich zwischen den applaudierenden Menschen hindurch zum Rednerpult, wo sie Dr. Wolf, Mertens und Newel die Hände schüttelte. Der Museumsleiter hielt ihr eine große silberne Schere hin.

„Darf ich Sie bitten, das Denkmal zu enthüllen, Frau Klopp?"

Mit wild klopfendem Herzen nahm Hanna die Schere entgegen. Unsicher lächelte sie ins Publikum. Da, Valentin, der beide Daumen für sie hochreckte. René Just, noch immer ganz am Rand stehend, nickte ihr aufmunternd zu. Hanna atmete tief durch, setzte die Schere an dem roten Band an, das die Tücher um Monsieur Mais-Non zusammenhielt, und teilte es mit einem beherzten Schnitt. Die Tücher rauschten zu Boden und enthüllten die Basaltsäule. Hanna hörte anerkennende Laute aus der Menge, dann wurde wieder geklatscht. Da sie nicht wusste, was sie tun sollte, verbeugte sie sich schnell und trat einen Schritt zur Seite, um die Sicht auf die Skulptur freizugeben. Mit einem scheuen Blick streifte sie dabei das Gesicht von Monsieur Mais-Non. Das künstliche Auge hatte einen leicht helleren Ton als der Basalt, der es umgab, doch fiel das nicht weiter auf. Eine weitere Verfärbung im Naturstein, ein Einsprengsel, eine Flechte. Erst jetzt bemerkte Hanna, dass sie vor Aufregung die Luft angehalten hatte. Erleichtert atmete sie aus.

Eigentlich schade, dass sie nur René Just ein Denkmal setzen konnte und nicht auch Valentin. Der jüngere Bruder von Monsieur Mais-Non hatte nicht nur die erste Blindenschule Frankreichs gegründet, kostenfrei und für alle Schichten zugänglich, wodurch er den Umgang der Gesellschaft mit Blinden revolutioniert hatte, sondern auch in anderen Ländern Europas die Entstehung solcher Institutionen vorangetrieben. Hanna hatte das im Internet recherchiert. Seine letzte große Reise hatte ihn nach Russland geführt, ins Reich des Zaren Alexander I., in dessen Auftrag er in St. Petersburg ein weiteres Institut aufbauen sollte. Die russische Blindenschule kam nicht zustande, und Valentin kehrte elf Jahre später gescheitert nach Paris zurück. Krank, alt, verarmt, einsam. Sein Bruder nahm ihn bei sich auf, die beiden Greise verbrachten ihre letzten Monate gemeinsam. Valentin starb im März 1822, René Just wenige Monate danach. Seitdem lagen sie auf dem Friedhof Père Lachaise, für immer vereint.

„Frau Klopp, kommen Sie doch zu uns herüber!" Mertens winkte. Wieder schüttelte Hanna Hände, nahm Glückwünsche entgegen, ohne richtig wahrzunehmen, von wem. Bald wurde die Aufmerksamkeit der Gäste von Sekt und Häppchen beansprucht, die die Angestellten des Museums auf Tabletts herumreichten.

Hanna fand Tobbe in den hinteren Reihen. Er hatte Käthes Rollstuhl der Sonne zugedreht. Mit geschlossenen Augen saß die Großtante da und reckte das faltige Gesicht ins Licht. Als Hanna auf die alte Frau zutrat, schlug sie die Augen auf.

„Dat äess awer nett der rääschte Blau-Aach!", krähte sie.

„Boo hass dau den verstoch, Mammsäll?"

Tobbe umarmte Hanna, die froh war, auf diese Weise einer Antwort zu entgehen. „Du hast es wirklich geschafft!"

Die beiden setzten sich neben dem Rollstuhl auf den Boden. Als eine Angestellte des Museums mit dem Tablett vorbeikam, nahm Tobbe zwei Sektgläser entgegen und reichte Hanna eins.

„Und jetzt?", fragte er, nachdem sie angestoßen hatten. „Verschwindest du wieder nach Berlin?"

Hanna ließ ihren Blick schweifen. Sah die Menschen, die sie teilweise von früher kannte. Zwischen denen sie aufgewachsen war. Sah das Grün der Bäume und die sanften Hügel am Horizont. Irgendwo dort hinten lag der Laacher See. Vulkanlandschaft.

„Ich bleibe erst mal", sagte sie und trank einen Schluck. „Ich will meine Ausbildung abschließen. Das letzte Jahr werde ich wohl wiederholen müssen."

„Und danach?", fragte Tobbe betont gleichgültig, obwohl er das Strahlen auf seinem Gesicht nicht unterdrücken konnte.

Hanna zuckte die Schultern. „Weiß ich noch nicht. Mal schauen."

Tobbe hob eine Hand an ihr Haar, spielte mit einer Strähne. „Hast du das schon lange? Ist mir noch nie aufgefallen."

„Was meinst du?"

„Die weiße Strähne", sagte er und ließ seine Finger sanft hindurchgleiten. „Passt aber zu dir, finde ich."

In diesem Moment bog ein Taxi auf den Parkplatz des Museums ein. Die Beifahrertür öffnete sich und André Forgeron stieg aus. Hanna verschluckte sich am Sekt. Er hatte ihr beim letzten Telefonat erzählt, dass er demnächst in die Eifel kommen wollte, um für sein Buch zu Blau-Auge zu recherchieren. Aber er hatte mit keinem Wort erwähnt, dass er zur Einweihung käme. Tobbe klopfte der hustenden Hanna auf den Rücken, folgte dabei ihrem Blick und zog die Augenbrauen hoch. „Das ist also dein Pariser?"

Ratlos schaute Hanna zwischen Tobbe und Forgeron hin und her. Da bemerkte sie aus dem Augenwinkel eine Bewegung am Denkmal. Die Brüder Haüy winkten ihr zu, der Blindenlehrer Valentin zur einen, der Mineraloge René Just zur anderen Seite der Basaltsäule stehend. Wie auf ein geheimes Kommando hin drehten sie sich zu dem Denkmal um, und ehe Hanna richtig begriff, was geschah, schritten sie geradewegs in den Basalt hinein. Verschmolzen mit ihm. Entgeistert starrte Hanna die Steinsäule an. Monsieur Mais-Non lächelte ihr entgegen. Und es schien Hanna, als ob er ihr mit dem helleren Auge zuzwinkerte.

Nachwort

BLAU-AUGE ist ein Roman, und somit zum größten Teil etwas frei Erfundenes. Da ich mich jedoch von historischen Persönlichkeiten und Ereignissen habe inspirieren lassen, steckt auch viel „Wahres" in der Geschichte.

Die Brüder Haüy haben tatsächlich gelebt und gewirkt, sie waren wichtige Persönlichkeiten ihrer Zeit – und der Einfluss, den Valentin Haüy auf die Blindenbildung genommen hat, wirkt bis heute fort. Allerdings waren die beiden meines Wissens nie in der Eifel. Der „Haüyn" bekam seinen Namen durch T.C. Bruun-Neergard, der das neu entdeckte Mineral 1807 erforschte – zum Teil in Zusammenarbeit mit René Just Haüy – und es nach dem damals berühmten Mineralogen benannte.

Die blinde Pianistin Maria Theresia Paradis hat 1783 im Rahmen ihrer Tournee durch Europa tatsächlich ein Konzert in der Festung Ehrenbreitstein gegeben – ihr Treffen mit Valentin Haüy fand jedoch erst im Jahr darauf in Paris statt. Sie hat Valentin Haüy dazu inspiriert oder zumindest darin bestärkt, Blinde zu unterrichten. Dass es sich dabei um eine Liebesgeschichte handelte, entspringt allein meiner Fantasie.

Die Stadt Mendig gibt es wirklich, der Name ist nicht erfunden – obwohl ich ihn, im Hinblick auf die Tradition des Basaltabbaus und als Wortspiel aus dem Englischen (*men dig* – Männer graben) gerne erfunden hätte. Die Stadt heißt allerdings erst seit 1969 so, als die zuvor eigenständigen – und natürlich konkurrierenden – Gemeinden Obermendig und Niedermendig zur Stadt Mendig zusammengefügt wurden. Der Einfachheit halber habe ich darauf verzichtet, im Roman die historisch korrekten Zuteilungen zu Ober- und Niedermendig vorzunehmen – auf die Gefahr hin, mich unbeliebt zu machen.

Das eher seltene Gestein Haüyn ist tatsächlich weltweit zu finden, aber in seiner besonderen tiefblauen Erscheinung ist es nur in der Gegend um den Laacher See bekannt. Als ich vor vielen Jahren die ersten Ideen zum Roman gesammelt habe, kam es mir sehr verwegen vor, einen „augapfelgroßen" Haüyn zu erfinden – sie sind nämlich üblicherweise recht klein. Dann aber wurde 2012 ein immerhin walnussgroßes Exemplar gefunden, was als „wissenschaftliches Wunder" galt. Hier hat also die Realität die Fiktion legitimiert.

Bei allen weiteren historischen Personen und Ereignissen habe ich mich bemüht, möglichst realitätsgetreu zu bleiben. Vieles war so, wie ich es beschreibe, und vieles hätte zumindest so gewesen sein können.

Und dann gibt es da noch die zeitgenössische Ebene. Auch die ist erfunden, und auch die ist von realen Personen und Ereignissen inspiriert. Mein Vater war Bildhauer, ihm widme ich dieses Buch. Nach seinem Tod habe ich seine letzte Skulptur beendet. Die Möglichkeit, mich und meine Trauer an diesem Stein „abarbeiten" zu können, empfand ich als großes Geschenk. Meine Oma hatte ein weißes Auge, und sie besaß eine Nofretete-Büste.

Alle eventuellen weiteren Ähnlichkeiten mit realen Personen sind rein zufällig.

MERCI!!!

für Info und Inspiration:

Musée Valentin Haüy, Paris (Madame Roy); Musée National d'Histoire Naturelle, Paris; Festung Ehrenbreitstein, Koblenz; Rhein-Museum, Koblenz; Stadtarchiv Koblenz, Eifelarchiv Mayen und Eifelbibliothek, Lava-Dome Vulkanmuseum, Mendig (Herr Koll); Stadtarchiv Mendig (Herr Breil)

Für das „Mennijer Platt" Dank an Richard Clemens: „Niedermendiger Wörterbuch. Dokumentation einer Mundart der Pellenz.", Selbstverlag, Mendig 2013

Für das „Lebber Talp" Dank an den Beller Backofenbauer Claus Heuft!

Ein besonders großes DANKESCHÖN an Stephan Retterath für Höhlenkunde und zeitgeschichtliche Korrekturen!

Für Unterstützung, Beistand, Testlesen:
Sehr großen Dank an
Brigitte Glaser!!!, Mila Lippke, Beate Sauer, Uli Hermanns (besonders für Paris sowie für die Korallen in den Feldern der Eifel), Ivette Mittler, Carsten Liersch, Ingo Flormann, Stefan H. Kraft

Herzlichen Dank an meine Agentin Astrid Poppenhusen und an die engagierten Verlagsfrauen bei schruf & stipetic, die dafür gesorgt haben, dass aus einem Traum ein Buch wurde
& last, not least:
Ein großes Dankeschön an meine Familie, die es aushalten muss, dass ich als Schreibende in mehreren Welten zugleich lebe.